김춘수 시를 읽는 방법

김춘수 시를 읽는 방법

현상학적 해석과 치유시학적 읽기

초판 1쇄 발행 2012년 9월 28일

지은이 김성리
펴낸이 강수걸
펴낸곳 산지니
편집 양아름 권경옥 손수경 윤은미
디자인 권문경
등록 2005년 2월 7일 제14-49호
주소 부산광역시 연제구 거제1동 1498-2 위너스빌딩 203호
전화 051-504-7070 | 팩스 051-507-7543
홈페이지 www.sanzinibook.com
전자우편 sanzini@sanzinibook.com
블로그 http://sanzinibook.tistory.com

ISBN 978-89-6545-197-6 94810
      978-89-6545-194-5(세트)

크리티카 & 02

김춘수 시를 읽는 방법

현상학적 해석과 치유시학적 읽기

김성리

산지니

2006년 여름, 문학치료 연구에 현실적인 어려움을 느끼고 있던 나에게 지도교수였던 엄국현 선생님께서 시를 좀 더 깊이 공부한 후에 문학치료 연구를 하는 게 어떻겠느냐는 제안을 하셨다. 덧붙여 문학치료는 문학을 완전히 이해했을 때에 가능한 것이라는 말씀도 하셨다. 그때 나에게 다가온 것이 김춘수의 시였다. 대학원 수업 시간에 간간이 살펴보았던 김춘수의 시는 알 수 없는 매력을 지니고 있었기 때문이다.

나에게 김춘수의 시는 새로운 세계였다. 그러나 새로운 세계는 결코 감미롭거나 안전한 곳이 아니었다. 김춘수의 시 세계는 들어가면 들어갈수록 다이달로스의 미궁처럼 앞을 볼 수 없었다. 그렇다고 되돌아 나오기에는 자존심이 허락하지 않았다. 무모하다고밖에 표현할 수 없는 고집으로 7년의 시간을 보냈다. 어느 순간 김춘수의 시는 내가 도전하고 모험을 시도하여 문제를 해결해야 하는 대상으로 변모해 있었다.

하지만, 지난 시간들은 참으로 행복했다. 고통스러웠고 심리적으로 많은 위험의 순간들을 지나왔지만, 분명히 행복했다. 자신의 존재에 대하여 근원을 알고자 했고, 자기를 위협하는 많은 문제들을 오랜 시간 동안 하나하나 풀어가다가, 결국 자신의 삶을 살짝 내려놓고 지나간 시간들을 관조하면서 박석고개를 넘어간 김춘수라는 철학자를 만났기 때문이다.

그 만남의 과정은 험난했다. 가장 힘들었던 건 나의 무지와 학문의 가벼움을 깨달을 때였다. 깨달음은 수시로 찾아왔다. 나의 무능함에 너무 놀라 내 자신이 티끌보다 하찮게 여겨질 때도 많았다. 어떤 이는 너무도 쉽게 풀어내는 문제를 실마리조차 찾지 못할 때가 많았다. 지금까지의 나는 오만덩어리였음을 그의 시를 읽으며 알게 되었다.

김춘수의 시 연구로 박사학위를 받을 즈음, 김춘수의 시가 새로운 모습으로 다가왔다. 김춘수에게 '천사'가 세 번의 변용을 거쳐 다가왔듯이 나에게는 그의 시가 '치유'라는 모습으로 변모했다. 김춘수의 시를 읽으며, 내가 그의 시를 처음 만났을 때의 설렘과 떨림의 이유를 알게 되는 순간이었다.

이 책은 김춘수의 시와 함께 보낸 지난 시간들의 결정체이다. 1장은 김춘수의 시를 현상학적으로 해석하고 치유시학적으로 읽는 방법들에 대한 설명이다. 김춘수의 시는 그가 삶의 전반을 이끌어간 존재론적 사유의 흔적들이다. 그의 삶의 문제들과 그가 겪은 고통이 어떤 것이었는지 알기 위해서는 객관적인 안목으로 그의 시를 해석해야 한다. 그리고 시쓰기의 과정이 삶의 고통을 어떻게 치유하는지를 살펴볼 때, 비로소 그의 시는 온전한 모습을 드러낼 것이다.

2장은 김춘수의 시 전반에 걸쳐 나타나는 체험에 대한 연구이다. 그가 지닌 유년기의 기억은 지향성을 지닌 체험으로 되살아나 자신이 '세계-내-존재'임을 확인해가는 동력이었다. 이 지향적 체험을 시간과 공간의 차원에서 살펴보았다.

3장은 김춘수의 시에 나타나는 세계관을 연구한 결과이다. 김춘수의 세계관은 시간과 공간을 살펴보면서 그 중요성을 인식했다. 그의 세계관은 유년기의 기억에서 노년기에 이르기까지 지속성을 지니고 정신세계를 형성하고 있었기 때문이다.

4장은 김춘수의 시를 치유시학적으로 읽은 글이다. 김춘수가 시를 쓰는 과정에서 어떻게 자신의 상처와 고통을 치유하는지 연구했다. 자신의 문제를 묻고 그에 대한 답을 찾아가면서 삶의 문제가 해결되는 것이 치유이다.

5장은 김춘수가 시를 통하여 구현하고자 했던 것이 무엇이었는가를 총체적으로 풀어본 글이다. 김춘수에게 시는 그의 삶이었고 고통이었으며, 치유이기도 했다.

이 책은 그동안 연구했던 김춘수 시의 세계를 차근차근 짚어가며 하나로 완성하고 싶은 욕심에서 시작되었다. 박사학위 논문과 이후 학술지에 게재된 논문들을 중심으로, 지금 보면 부끄러운 것들은 삭제하고, 부족한 것들은 수정하였다. 그리고 많은 부분들을 첨가해서 새로운 책으로 만들었다.

김춘수의 시를 어떤 특정한 시기로 나누지 않고, 그의 무의미시론에 매이지 않고, 시가 삶이 되고 삶이 시가 되었던 과정을 총체적으로 읽고 해석했다고 자부한다. 시인이 생전에 소망했던 것처럼 나 또한 '눈 밝은 이'가 있어 이 책으로 김춘수를 느끼고 나와 공감하기를 소망한다.

김춘수의 시와 울고 웃던 사이, 사랑하던 어머니께서 내 곁을 떠나셨다. 집에 가서 책을 읽어야 한다는 조급증으로, 자고 가라는 손을 뿌리치고 돌아오기 바빴고, 보고 싶다는 전화를 받고서야 겨우 가서 두 세 시간 앉아 있다 오는 것도 힘들어했다. 지금도 나는 어머니를 생각하면 가슴이 먹먹해진다. 이 책으로 그 먹먹함이 조금은 가벼워질까? 아이들은 스스로 자라서 성인이 되었다. 월아, 기남, 고맙다. 그리고 사랑한다. 공부하는 아내를 말없이 지켜준 남편에게도 한 없는 고마움을 보낸다.

돌이켜 보면 고마운 분들이 참 많다. 나의 형제들, 변함없는 우정을 주는 친구들, 인제대학교로 나를 이끌어준 장영재 선생님, 인문의학 연구소의 강신익 선생님, 인문의학 교실의 김택중 선생님, 한국시 연구회의 학우들, 모두 고마울 뿐이다. 섬세하고 꼼꼼한 편집으로 글을 더욱 빛나게 해준 산지니 출판사의 권경옥 편집장님과 양아름 님께도 감사를 드린다.

내가 미궁 속을 빠져나올 수 있도록 아리아드네의 실을 주신 엄국현 선생님께 말과 글로는 표현할 수 없는 감사와 존경과 사랑을 드린다. 선생님께서는 '참 고집이 세다' 하시면서도 때로는 엄하게 때로는 따뜻하게 실을 조종하는 방법을 가르쳐주셨다. 깊이를 잴 수 없는 선생님의 학식과 초겨울의 서늘함과 봄의 따뜻함을 동시에 지닌 성품에 감탄하며, 선생님의 제자임을 자랑스럽게 생각한다.

2012년 8월
뜨거운 태양 아래에서
김성리 씀

1장

김춘수 시를 읽는 방법

김춘수는 존재 본질의 문제에 대한 탐색과 회의를 시로 나타내고, 시에서 답을 찾는다. 이때 체험은 중요한 의미를 지닌다. 체험은 작품 속에서 구체적인 대상으로 드러나기 이전에 이미 시인의 내면에 존재 했던 것이다. 이 체험이 작품 속에서 어떤 구조 연관을 지니고 있느냐에 따라 삶이 스스로를 어떻게 드러내고 표현하는지 결정된다. 김춘수는 체험을 시로 표현하는 과정에서 자신을 스스로 드러내고 자신의 삶에 의미와 가치를 부여했기 때문에, 그의 시를 현상학적으로 해석하고 치유시학적으로 읽어 보았다.

　김춘수의 시에 대한 논의는 지금까지의 많은 연구에도 불구하고 새로운 관점에서도 계속해서 진행되고 있다. 이는 한국 현대문학사에서 김춘수의 시가 차지하는 위상이 큼에도 불구하고, 그 의미가 제대로 밝혀지지 못하고 있다는 것을 뜻한다. 김춘수는 자신의 시에 대해 "아무 것도 다 없어지고/말의 날갯짓만 남게 됐다./왠지 시원하고 왠지 서운하다."(「말의 날갯짓」)라거나, "시는 침묵으로 가는 울림"(「폼을 줄이게」)이라고 하였다. 그리고 "고급 장식품"(「나의 시」)이라는 자신의 시에 대한 평에도 "잘한 말"(「나의 시」)이라고 한 적도 있다.

김춘수는 자신의 시론을 개진한 『의미와 무의미』에서 "대상과 거리가 상실될 때는 이미지가 대상이 되는데, 이때 나타나는 시"가 무의미시라고 언급한 바 있다. 이것은 시인이 대상에 어떤 의미도 부여하지 않고 대상으로부터 어떤 구속도 받지 않는다는 뜻이다. 말하자면, 무의미시는 의미의 소거이자 의미로부터의 자유라 할 수 있다. 의미와 대상이 소거된 무의미시에는 고전적인 시쓰기 방법과는 다른 '환상', '수수께끼', '몽타주(montage)'와 같은 기법이 나타난다. 무의미시를 포함한 그의 시 전반에 나타나는 기법들은 시의 이해를 방해하지만, 김춘수의 시를 이해할 수 있는 어떤 의미를 지닌 표현이기도 하다.

에드문트 후설(Edmund Husserl)에 의하면, 표현에는 통지기능, 의미기능, 명명기능이 있는데, 이 중 의미기능에는 의미지향이 있다. 우리들의 의식은 실제적으로 증명하는 것은 불가능하지만, 그것을 현실화하고자하는 지향을 지닌다. 이 의미지향에 의해 상상이나 동화, 문예작품에 나오는 둥근 사각형, 황금산, 과자로 만든 집처럼 지시하는 대상이 실제로 없는 것이라도 표현에 의해 의미를 확보할 수 있다. 이미지가 대상이 되는 무의미시는 결국 의미가 없는 시가 아니라 서정시에 대한 고전적인 관점에서 벗어나 시인 자신의 지향에 의해 표현됨으로써 개별적이며 특수한 의미를 지닌 시이다. 그렇기에 이러한 무의미시의 의미를 찾는 것이 김춘수 시를 읽는 올바른 방법이 된다. 김춘수가 오랜 기간 동안 무의미시에 천착한 것을 고려한다면, 무의미시에 나타나는 시작기법이 그의 시 전반을 이해하는 방법이 될 수도 있기 때문이다.

김춘수 자신이 무의미시를 "이미지가 대상이 되는 시"라고 밝힌 바 있으므로 시의 이미지를 간과할 수는 없다. 상상하는 것을 시에서 표현한 것이 이미지이므로, 가장 넓은 의미에서 이미지는 시적 현실이자 시인의 의미지향을 나타내는 현실적인 대상이기도 하다. 이 현실은 시인이 '세계-내-존재'[1]로서 세계를 지각하고 체험한 후 이루어진 내면세계이자, 시인 자신이 삶에 대해 취하는 태도가 드러나는 의식공간이다. 따라서 시를 읽는 것은 세계 속에 있는 시인의 내밀한 경험을 이해하는 것과 같다. 경험 중에서도 시인이 자기의식 속에 어떤 의미를 지닌 채 간직하고 있는 것이 체험이며, 이 의미에 의해 체험은 지향성을 지닌다. 지향적 체험은 과거의 대상이지만, 현재적인 의미를 지니게 되는 시간적인 특성이 있다. 삶 자체가 경험으로 이루어지는 것이기 때문이다.

시에 표상되는 이미지는 우리들의 삶과 시가 지니고 있는 연관성에 의해, 눈에 보이는 대상뿐 아니라 눈에 보이지 않지만 그 대상을 드러나게 하는 어떤 것까지를 내포하게 된다. 그래서 시인의 지향적 체험을 토대로 시의 의미를 해명할 때 시의 지평 구조가 중요한 범주가 된다. 지평은 어떤 관점에서 보이는 모든 것을 포괄하고 포섭하는 시야와 같다. 그래서 지평은 경험의 대상이 아니라 경험에 구조를 부여한다. 모든 대상 경험에는 이미 세계가 지평으로서 주어져 있기 때문이다. 즉, 모든 대상 경험은 그때그때 실제로 감각되고 파악되는 것 '이상의 것'을 더불어 가지고 있는 셈이다. 알레아토릭은 김춘수가 초기 시에서 보였던 관념적인 세계에서 '환상', '수수께끼', '몽타주'와 같은 기법에 의한 무의미시의 세계로 나아가는 것과 연관이 있다.

─────────────

1) 인간의 실존적인 삶이 형식적으로나 내용적으로나 세계 안에서 영위될 수밖에 없다는 의미로 하이데거가 쓴 용어이다. 즉, 현존재의 형식적·실존적 존재양태는 세계 없이 생각할 수 없다는 것을 말한다.

관념적인 세계는 사물이 가진 우연적·가변적 측면보다 사물의 불변적·필연적 본질을 드러내려 하므로 코스모스적인 아름다움을 지닌다. 하지만 관념은 변하지 않는 진리를 규정하는 것과 같으므로 현실 세계에서는 구체화하여 나타낼 수 없다. 현실에서 진리를 찾기 위해서는 사물을 고정된 그 어떤 것으로 보아야 하고, 그 과정에서 이름이 주어지고 결과적으로 사물이 지닌 이름(형식) 이전의 모습(질료)은 변형되거나 소실된다. 김춘수가 언어에 천착하고 무의미시론을 펼치는 이유가 바로 여기에 있다. 우리가 사물에 이름을 주는 순간, 사물이 지닌 순수는 사라진다는 것을 알았기 때문이다. 사물이 지닌 순수한 모습보다 우리가 주는 질서에 의해 사물의 본질을 규정하려는 것을 김춘수는 언어적인 폭력으로 보았다. 이러한 사물 인식은 그의 체험과 연관되어 고전적인 시작법을 탈피하여 사물의 본질을 있는 그대로 보려는 시도로 나아간다.

김춘수가 시작에 활용했던 '환상', '수수께끼', '몽타주' 등은 시의 창작기법에 일종의 우연을 도입하는 것이다. 예술에 우연을 도입하는 것을 예술학에서는 마치 주사위를 던지는 것처럼 정해진 규칙이 적용되지 않는다는 의미에서 알레아토릭(Aleatorik, 주사위 던지기)이라 한다. 알레아토릭은 정해져 있는 것이 파괴되는 것이다. 미술에서는 세잔(Paul Cézanne)이 사물과 사물의 경계를 획일화하는 선을 없앰으로써 사물들 사이에 흐르는 색의 흐름을 표현했다. 김춘수는 자신의 시에 세잔의 표현기법을 도입하여 한 이미지가 다른 한 이미지를 뭉개고, 그 이미지는 다시 제3의 이미지에 의해 소멸해가는 우연의 연속을 시에서 형상화했다. 따라서 김춘수 시의 이미지를 제대로 읽어내기 위해서는 이미지와 이미지의 사이에 나타나는 틈을 보아야 한다. 그것이 김춘수 시에 나타나는 환상이다. 현실의 이미지와 환상의 이미지는 의미와 가치에 차이가 있다. 환상의 이미지에는 시인이 현실에서 추구했으나 구현하지 못한 의미가 있는 것이다.

이러한 김춘수의 시작 기법은 그가 지니고 있는 '역사=이데올로기=폭력'이라는 명제와 깊은 연관을 지니고 있다. 역사는 우연의 연속에 의한 것이지만, 우연이 연속되면 필연성을 지닌다. 이 필연성이 인간의 삶에 침투해 오면 개인의 개별성과 실존을 위협하는 이데올로기가 되고, 이데올로기와 역사는 개인에게 폭력으로 작용한다. 김춘수의 시적 여정은 '이데올로기와 폭력의 역사 앞에서 인간구원은 어떻게 이루어질 수 있는가' 하는 실존의 문제에 대한 천착이었다. 김춘수는 시를 통하여 인간구원의 문제를 해결하고자 했던 것이다. 초기의 시에서 보이는 관념에서 언어가 배제된 리듬만으로, 그리고 이미지의 표상으로 시세계가 변하는 것 같지만 그것은 방법의 변화였을 뿐, 그가 찾고자 했던 진리는 오직 하나였던 것이다.

그러나 김춘수는 김현의 지적대로 이러한 시적 여정을 철저하게 숨기고자 했다. 김춘수는 자신의 감옥경험과 어린 시절부터 지니고 있던 실존에 대한 의문이 그의 시세계를 형성하고 있다는 그 자체마저 숨기고 싶어 했다. 그 까닭은 김춘수가 예술은 예술을 위해 존재할 뿐 이데올로기와 역사 따위에 귀속될 수 없다는 예술지상주의적인 예술관을 지니고 있었기 때문이다. 김춘수가 시에서 그려낸 인물들이 이데올로기와 역사의 폭력에 개인성을 억눌린 결과 수난당하게 되었다는 공통점을 지닌 점에 비추어 볼 때, 그가 감옥경험에서 결코 자유롭지 못했으며 예술가를 역사의 폭력에 맞서 완전한 자유를 지향하는 자유인으로 인식했음을 알 수 있다.

김춘수의 시에서 유년의 기억과 연관된 이미지들은 그의 개인적 체험과 깊은 관계가 있다. 이러한 개인적 체험은 삶에 대한 의식적 태도, 즉 시인의 지향적 의식에서 비롯되기 때문에 시는 인식의 문제와 결부된다. 김춘수 시에서 의식의 지향성을 살펴보는 것, 즉 지향적 체험을 해명하는 일은 시적 이미지의 의미를 해명하는 작업이다. 이때 이미지는 대상의 자연적인 현상뿐만 아니라 시인의 정신세계라는 측면에서도 이해해야 한다. 의식은 인식할 대상과 마주하고 있으며 의식이 알고자 하는 것은 인식이고, 결국 인식의 목표는 진리이기 때문이다. 따라서 시에 나타나는 지향적 체험은 김춘수의 사물 인식뿐만 아니라 그의 존재에 관한 물음과도 연관된다.

자전소설『꽃과 여우』에 나타나는 유년시절의 기억이 시에서도 형상화되어 있음을 볼 때, 존재론적 질문은 시인의 삶과 시작 의도를 드러내주는 중요한 모티프이자 존재 진리를 해명하려는 근본물음이라고 할 수 있다. 달리 말하면 김춘수는 존재의 진리를 스스로 묻고, 시작(詩作)을 통하여 응답을 추구한 것이다. 하이데거(Martin Heidegger)에 의하면, 응답은 주체와 객체가 분리되어 서로 묻고 대답하는 사유형식이 아니라 소통하고 교응하는 사유형식이다. 이런 의미에서 그의 시는 존재 혹은 존재의 의미에 대한 탐색인 것이다. 체험은 삶의 전 과정 속에서 이루어지며, 삶은 부분적인 체험이 하나의 구조를 이루어나가는 구조연관이므로 체험은 삶과의 연관성 속에서 해명되어야 한다.

이러한 관점으로 김춘수의 시를 전반적으로 살펴보면 시에서 보이는 관념의 배제나 언어의 한계에 대한 인식, 그리고 존재 탐구에 대한 물음이 '꽃' 중심의 초기시에서도 드러나고 있음을 알 수 있다. 또 후

기시 중『거울 속의 천사』와『쉰한 편의 비가』는 이전 시에 대한 자기
모사라는 방법을 보인다. 따라서 김춘수의 시적 여정에서 마치 그의
시세계의 전부인 것처럼 알려진 무의미시는, 초기시와 단절된 이후 새
로 창조된 시세계가 아니라 시인의 기법에 의해 그 모습을 달리하고
있을 뿐이다. 또 무의미시에 숨겨진 의미는 유년기뿐만 아니라 시인의
삶 전반에 걸친 존재탐구와 세계인식의 문제와 연관되어 있음을 뜻한
다. 따라서 김춘수의 시는, 시작과정을 시기별로 구분하거나 무의미시
전과 후로 구분하기보다 시의 전반을 전체적인 관점에서 보아야 한다.

시 전반에 나타나는 이러한 특성들은 우리가 김춘수의 시를 읽을
때 주관적인 판단을 중지해야 하는 중요한 이유가 된다. 서정시는 1인
칭의 화자를 중심으로 한 고백 형식의 문학이므로 어느 정도는 시인
의 주관적인 세계관이 투영되고, 읽는 이의 정서가 그에 상응하게 되
는 것이 사실이다. 하지만 김춘수의 시처럼 시인의 삶과 연관된 지향
적 체험이 시의 전반에 나타나는 경우에는, 시를 읽는 이의 주관적인
정서에 의한 개입이 좀 더 엄밀하게 차단되어야 시에 내포되어 있으나
보이지 않는 것까지 읽어낼 수 있다. 그래야만 김춘수 시가 지닌 의미
는 그 모습을 드러낼 것이다.

시에서 사물은 지향적 체험에 의해 개인적인 상징을 지니고 반드시
어떤 형태로든지 객관화되고 표현된다. 해석자는 추체험(追體驗)에 의
해 이해하는 동시에 공통된 징표들의 관계를 확정하여야 하며, 이러한
과정이 시를 이루는 부분과 부합될 때 해석이 이루어진다. 시인의 체
험은 세계 속에 자신이 살고 있다는 전제를 바탕으로 형성된다. 이 전
제는 언제나 기억과 연관되어 있다. 우리들의 삶에서 변하지 않는 것
은 없다. 그런데도 변함없이 '내가 나'일 수 있는 것은 기억이 있기 때

문이다. 기억은 체험을 잊지 않고 삶 속에 지속시키는 힘이다.

지향적 체험이란 우리들의 삶 속에서 일어나는 많은 경험들이 그 순간이 지나면 잊혀지지만, 그중 자기 의식 속에 남아 자신의 삶에 지속적인 영향을 미치는 것을 말한다. 이 체험이 삶의 구조 연관과 관계 깊은 것은 순간의 사건들이 영원히 지나가 버리는 것 같지만, 마치 짧은 짚이 농부의 손에 의해 하나씩 연결되어 긴 새끼줄이 되는 것처럼 꼬리를 물고 연결되어 서로 영향을 미치기 때문이다. 사건 자체는 변하지 않은 상태로 지속되는 것처럼 보이지만, 실제로 우리가 경험한 사건(짚)들은 시간이 지나면서 삶의 구조 연관(새끼줄)으로 변하는 것이다. 그런데 이 변화를 우리가 알지 못하거나 받아들이지 못할 때 우리들은 하나의 대상을 우리들의 시각에 보이게끔 해주는 비가시적인 그 어떤 것(농부의 손)은 보지 못하게 된다.

시인이 자신의 시에서 하나의 이미지를 또 다른 이미지로 소거해나갔다는 것은, 그 사물에 부여된 고정된 이미지 이전의 양태를 추구한 것이라 볼 수 있다. 사물에 대한 고정된 관념에서 탈피하기 위해서는 시인 자신의 판단을 중지하고 사물을 들여다보아야 한다. 그렇게 관념을 배제하고 쓴 시를 성공한 시라고 김춘수는 말하고 있다. 즉 김춘수는 우리들의 판단에 의해 이름 지어진 사물의 보편성을 떠나, 이름 지어지기 이전의 사물의 고유성을 시에 나타내고자 했던 것이다. 시「바람」을 보자.

풀밭에서는
풀들의 몸놀림을 한다.
나무가지를 지날 적에는

나무가지의 소리를 낸다……

풀밭에 나무가지에
보일 듯 보일 듯
벽공에 사과알 하나를 익게 하고
가장자리에
금빛 깃의 새들을 날린다.

　김춘수는 위의 시에서 풀과 나뭇가지의 움직임을 통하여 '바람'
의 고유성이 '보이지 않음'이라는 것을 나타내고, "사과"의 "가장자
리"에 날리는 "금빛 깃의 새들"을 통하여 바람이 지닌 '날려서 보이
게 함'의 기능을 묘사한다. 우리가 '바람'이라고 이름 붙이기 이전
의 '바람'은 고정된 관념이 없는 대상이었지만, 이름을 붙이는 그 순
간부터 '바람'은 우리에게 고정된 이미지로 각인된다. 그러나 김
춘수는 시 「바람」에서 우리가 지닌 바람에 대한 고정관념을 "풀들
의 몸놀림", "나무가지의 소리", "금빛"으로 익은 "사과알"을 통하
여 해체한다. 이처럼 김춘수에게 시는, 하이데거가 "신의 눈짓"으
로 표현한 사물의 숨은 순수성을 드러내줄 수 있는 언어 이전의 세
계를 나타내는 그 무엇이기 때문에, 명멸하는 시간을 품을 수 있
는 '설렘'으로 다가온다. 그 설렘을 김춘수는 시 「나목과 시」에서
"시를 잉태한 언어"로 묘사하며, 그 언어를 구사하는 시인을 "겨울의
설레이는 가지 끝에 설레이며 있는" 존재로 표상한다.

　시를 잉태한 언어는

피었다 지는 꽃들의 뜻을

든든한 대지처럼

제 품에 그대로 안을 수가 있을까,

시를 잉태한 언어는

겨울의

설레이는 가지 끝에

설레이며 있는 것이 아닐까,

일진의 바람에도 민감한 촉수를

눈 없고 귀 없는 무변無邊으로 뻗으며

설레이는 가지 끝에

설레이며 있는 것이 아닐까,

—「나목과 시」 부분

　시인이 언어 이전의 세계를 나타내기 위해서 사물에 부여된 관념을 배제했다면, 그 시를 해석하는 이들도 시인이 사물을 보았던 그 방법대로 시를 보아야 그 시가 지닌 의미를 찾을 수 있다. 의미를 찾기 위해서는 시에 문맥으로 드러나는 구조적인 형식도 알아야 하지만, 그 작품 내적인 것뿐만 아니라 작품 외적인 것도 부분과 전체라는 차원에서 이해해야 한다. 빌헬름 딜타이(Wilhelm Dilthey)에 의하면, 이해한다는 것은 부분들을 통해 하나의 통일적인 조망을 얻는 것이다. 이해는 부분을 통하여 전체를 알게 되거나 전체 속에서 부분을 알게 되는 것이므로 고도의 긴장을 필요로 하게 된다. 또, 이해란 생동적인 인간적 체험을 파악하기 위한 정신적 과정이기도 하므로, 내적으로 얽혀 있는 논리적 과정들을 밝히는 것도 이해가 될 수 있다.

그러기 위해서는 해석자의 관념과 판단이 중지되어야 한다. 세계의 존재란 그것의 있음이나 실재성(實在性) 따위가 아니라 그것의 의미, 세상에 대한 의식, 세계의 의미를 구축하는 의식이다. 현상학은 의식과 세계 사이의 지향적 관계를 있는 그대로 나타내도록 하는 것을 근본적 과제로 삼는다. 현상학적 방법은 사물의 본질을 정확하게 알기 위해서 인식 대상의 내용에 대한 일체의 믿음을 보류하는 '판단중지'를 한 다음, 작가와 세계의 관계를 올바르게 파악하기 위해 인식의 순수성을 확보한다. 김춘수의 무의미시를 현상학적으로 해석하려는 이유가 여기에 있다.

그런데 원래 시인의 체험은 세계 속에 자신이 살고 있다는 전제를 바탕으로 형성되는 것이다. 따라서, 시는 시인이 말하고자 하는 것을 글쓰기로 그려낸 것이기에 시에는 시인의 세계가 고스란히 들어 있다고 볼 수 있다. 시는 언어로 이루어져 있기 때문에 시를 읽는 해석학은 상징적 형상들로 가득 차 있는 언어에 대한 해독의 과정인 셈이다. 무의식적인 충동이나 욕망이 무의식 밖으로 나올 때 언어 기호의 껍질을 쓰고 나오는데, 이때 기표(記標)와 기의(記意) 관계 속에는 심리적인 동기도 있으므로 체험과 언어의 관계에 주목해야 한다. 이러한 점을 염두에 두고 현상학적으로 시를 읽으면서 정신분석학의 도움을 받았다.

시를 해석하면서 김춘수가 시작 과정에서 스스로 치유받았음을 알게 되었다. 시와 치유의 관계에 대한 언급은 고대문학에서부터 찾아볼 수 있다. J. 웨스턴의 연구에 의하면, 고대의 시 『리그베다』(Rgveda, 인도 브라만교의 성전 중 하나)에는 의사 또는 메디신맨이 나온다. 고대의 제식에서 메디신맨은 초목령의 대표자로서 죽은 자나 고통받는 자에게 약초로 생명과 건강을 되찾아준다. 『리그베다』에서 메디신맨은 주술사와 같은 역할을 하는 것으로 되어 있는데, 고대에서 주술사는 하늘과 땅의 매개자로서 고대인들에게는 삶의 문제를 해결해주는 치유자였다. 『리그베다』에 나오는 등장인물 중 마지막 낭송자가 "나는 시인(또는 가수)이며 나의 아버지는 의사로다"라고 말함으로써 시와 치유의 관계가 표현된다. '성배이야기'에서도 기사 가웨인(Gawain)은 '치유자'라는 특성을 지니고 있으며, 의사의 의학 기술이 아닌 약초로 고통을 낫게 하였다.

한국의 고대사회에서는 질병이나 생활의 문제가 생겼을 때, 노래와 시를 통하여 치유를 빌거나 문제를 해결하고자 했다. 엄국현은 한국 시가연구에서 시가 고대부터 현실 생활의 문제를 해결하는 데 매우 중요한 역할을 수행하고 있었던 것으로 본다. 그 이유는 고대시가가 인생사의 고난이라고 할 수 있는 현실적인 문제들(풍요의 기원, 처첩 간의 갈등, 역병과의 투쟁, 죽음 등)에서 시작하여 탐색을 거쳐 해결에 이르는 구조를 지니고 있기 때문이다.[2] 시를 읊고 그 시를 노래함으로써 삶의 문제가 해결되리라고 믿었다는 것은 고대사회에서 시가 치유의 기능을 하고 있었다는 것과 함께 시인이 치유자의 역할을 했다는 것을 의미한다. 이는 삶의 문제를 해결하는 것이 곧 치유였음을 말해준다.

삶의 문제에서 비롯된 마음의 괴로움에 오래전부터 관심을 기울인 것이 바로 예술이다. 예술이 추구하는 아름다움은 '특수한 정서에 관한 개인적인 경험'에서 출발한다. 사람들은 이러한 미적 정서에 의해

---

2) 엄국현, 「한국고대가요와 어릿광대의 세계」, 『한국문학 논총 제20집』, 한국문학회, 1997과 엄국현, 「한국시가의 양식비평적 연구」, 『한국문학 논총 제23집』, 한국문학회, 1998 참조

그림, 춤, 음악 그리고 글을 통하여 마음의 괴로움을 다스리고자 했다. 음악이나 그림, 춤 등도 삶의 문제를 예술가들이 자신의 관점으로 보고 상상력에 의해 표현한 것이므로, 예술이 지닌 치유적인 성격이 문학에만 국한된다고 할 수 없다. 그러나 문학이 타 예술 장르와 다른 것은 구체적이며 규범적인 도구인 언어를 사용하여 생각을 나타낸다는 점이다.

심리학적인 측면에서 볼 때, 시의 언어는 시인의 개인적인 경험에 의한 주관적인 감정과 정서가 언어로 나타난 것이다. 시는 삶의 문제를 시인의 눈으로 보고 시인의 언어로 표상한 것이기 때문에 시의 언어를 살펴보면 그들 내면의 괴로움의 양상을 알 수 있다. 또한 시는 시인이 '세계-내-존재'로서 인식하는 삶의 문제들을 '인식-탐색-해결'의 과정을 거쳐 문제를 해결하거나 해결을 모색하는 실천적인 행위의 결과이다. 시작은 시인이 자신의 체험을 파악하기 위한 정신적인 과정이자 내적으로 얽혀 있는 심리적인 상황을 드러내는 자기이해의 행로이기 때문에, 시를 통하여 시인이 내면의 괴로움을 어떻게 해결하는지 구체적으로 살펴볼 수 있다.

이러한 마음의 행로는 언어에 의해 표상되므로 인지언어학적으로도 설명이 가능하다. 생각이 언어로 표현되는 과정에는 의식이 미치지 못하는 곳이 있으며, 무의식적인 원칙에 따라 경험을 능동적으로 조직할 수 있다. 이때 같은 대상이나 상황이 시인에 따라 다르게 표현되는 것은 언어 사용자의 머릿속에 '내재문법'[3]이라는 무의식적인 문법의 원칙이 있기 때문이다. 내재문법은 생활환경에서 자연적으로 경험하게

---

3) 레이 재켄도프(Ray Jackendoff), 이정민·김정란 옮김, 『마음의 구조』, 태학사, 2000, 17-45쪽. 레이 재켄도프는 내재문법을 머릿속에 저장된 모국어와 같은 것으로 본다.

되는 지식이나 선험적인 경험에 의해 하나의 대상이나 생각을 능동적으로 조직하는 것을 말한다. '내재문법'은 일종의 인지모형과 같은 것으로 볼 수 있다. 여러 사람이 같은 상황을 동시에 경험해도, 개인의 기억에 의해 그 경험이 무의식 속에 잠재되거나 그 상황을 잊게 되기 때문이다. 이 조직의 과정에서 시인의 개인적인 선험적 체험의 기억이 개입하게 되면, 일반적인 대상이나 상황 또는 생각들이 개별성을 지니고 다양하게 표현된다. 이를 아래의 도표로 나타낼 수 있다.

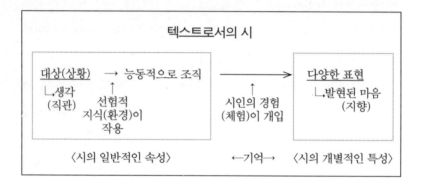

시인의 마음이 발현된 시의 언어는 체험에 의해 지향을 지니게 되고, 시인의 마음과 육체의 연관성을 이해할 수 있는 단서가 된다. 이는 텍스트로 보는 시 속에, 시의 일반적인 속성과 시인 고유의 개별적인 특성이 함께 존재하기 때문이다. 시인은 시를 쓰면서 자신의 마음을 가장 잘 나타낼 수 있는 언어를 선택하고, 자신이 선택한 언어를 통하여 자연적으로 자신의 내면을 들여다보게 된다. 이때 선택하는 언어는 의식의 지향성에 의해 시인이 표현하고자 하는 마음과 가장 유사한 사물이나 상황을 나타낸다. 그러나 이 대상들은 날것 그대로 표현되는 것이 아니라 자신의 마음을 가장 잘 투사할 수 있는 대상을 통해 추체험되어

나타난다. 추체험은 심층에 침잠되어 있는 무의식적인 세계까지 포함되어 나타나므로, 시에는 보이는 것과 보이지 않는 것이 공존한다.

시의 개별적인 특성이라고 할 수 있는 추체험은 특히 은유에서 많이 나타난다. 이미 많은 인지과학 연구에서 문학의 용법 중 하나인 은유가 인간 마음이 작용하는 기본 방식임을 제시한 바 있다. 어떤 대상에 대한 선험적인 지식은 유아기 때부터 유입되어 있다가 시인의 체험을 나타내고자 할 때 대상과 체험의 공통점을 찾게 해준다. 가령, '달은 누이의 얼굴'이라는 은유에는 '달은 둥글다. 달은 환하다. 달은 어둠을 비춘다. 달은 멀리 밤하늘에 떠 있다.'라는 선험적인 지식이 들어 있다. 누이에 대한 기억에는 '예쁘다. 다정하다. 시집을 가서 내 옆에 없다.'라는 사실과 함께 '그립다'라는 감정이 공존한다. 어둠 속에서 '시집 간 누이'를 가장 잘 나타낼 수 있는 대상은 자연적으로 밤하늘의 어둠을 비추는 '달'이 되어 '달은 누이의 얼굴'이라는 은유가 형성된다. 즉, 누이에 대한 추상적인 그리움이 '달'이라는 사물로 구체화되어 나타나는 것이다.

은유가 이미지들의 결합방식이라는 점에서 시의 언어적 특성과 마음의 구조연관을 살펴보면, 시인이 시를 통하여 추구하는 내적 지향을 해명할 수 있다. 시는 시인의 고유한 기억이 언어로 구조화된 것이므로, 시가 지닌 미적 체험, 카타르시스, 1인칭 발화체가 지니는 감성 등과 같은 일반적인 속성들과 함께, 체험에 의한 개별적인 특성도 지니게 된다. 따라서 시는 생각의 의식적인 발현이며, 시인 스스로 삶에 대해 묻고 답하는 것이다. 즉, 삶으로부터 비롯되는 모든 문제에 대한 답을 구하는 과정이 시이다.

김춘수가 체험에서 오는 삶의 문제를 시작을 통하여 해결하고자 한

것은 스스로 밝힌 바 있다. 김춘수는 저서 『의미와 무의미』에서 "과거
는 나에게는 알 수 없는 어둠일 따름"이며, "시작은 세계를 개시하는
의식"이라고 말한다. 김춘수에게 시작은 또 다른 세계를 열어가는 과
정인 것이다. 그리고 자신의 시 「처용삼장」에 대해 언급하면서 시를 통
해 "상처의 치유를 말하려" 했다는 것을 밝힌다. 김춘수 스스로 시작을
통하여, 때로는 자신의 시에서 삶의 문제를 해결해간 것이다. 이와 같
이 삶의 문제에서 비롯된 고통을 시로 해결하고자 하는 것을 필자는
"치유시학"(「현대시의 치유시학적 연구-김춘수 · 김수영 · 천상병의 시를 중
심으로」, 「시치유에 대한 인문의학적 접근-한센인의 시를 중심으로」)으로 개
념화한 바 있다.

　김춘수가 과거의 체험으로부터 결코 자유롭지 못하며, 그 기억이 어
둠이라는 것, 그리고 시작을 통하여 그러한 문제들을 해결하고자 한
것을 붓다의 사성제(四聖諦)의 관점에서도 바라볼 수 있다. 삶에서 비
롯되는 고통을 실존적인 관점에서 마음의 문제로 인식한 이가 붓다이
다. 붓다는 인간의 경험이 물질적인 것뿐만 아니라 심리적이고도 사회
적인 취약성을 함께 지니고 있지만, 괴로움은 개인적인 갈망이나 욕망
에서 비롯된 것으로 보고 고집멸도(苦集滅道)의 진리를 설파했다. 고
집멸도는 병(苦)의 원인(集)을 알고 그에 맞는 처방(道)에 의해 병이
낫는(滅) 의학적 진단방법의 형식으로도 설명된다. 즉, 미망에 의한 집
(集)의 결과가 고통(苦)인 것이다. 고통의 원인을 찾는 것이 도(道)이
며, 도에 의해 깨달음을 얻고 마음의 평온(滅)을 찾게 된다.

　마음의 고통인 괴로움은 우리가 삶의 과정에서 만나게 되는 물질,
감각, 지각, 의지, 의식 등의 오온(五蘊)에 의해 생성된다. 오온에 의
해 집착이 생성되므로 집착이 내재된 마음과 육체가 겪게 되는 경험

의 모든 양상은 괴로움이다. 그중에서도 무지와 미혹은 괴로움의 가장 큰 원인이다. 여기에 대해 붓다는 세상을 사실 그대로 직시함으로써 무지를 없앨 수 있다고 보았다. 능동적이며 주체적인 행위에 의해 괴로움의 원인을 직시함으로써 앎에 이르게 되면 괴로움은 사라지고 삶의 문제는 해결된다. 붓다는 고통을 해결이 가능한 삶의 문제로 본 것이다.

'고통으로부터의 해탈은 어떤 천상의 영역으로 이주하는 것이 아니라 인식의 변화에 따라 획득된다는 것'이 고집멸도의 궁극적인 지향이다. '나는 누구인가', '나는 어떻게 살 것인가'라는 물음은 매순간 우리를 마음의 본질에 집중하게 한다. 마음의 본질에 집중한다는 것은 언제나 깨어 있음을 뜻한다. 마음이 깨어 있으므로 삶의 문제를 직시할 수 있고, 원인을 파악하고 스스로 문제를 해결할 수 있는 방법을 찾을 수 있다. 하이데거는 시를 '언어를 통해 존재를 건립'하는 것이라고 정의 내린 바 있다. 시인은 언어를 통해 존재를 건립하는 자이므로 시인은 시를 통해 자신이 누구인지를 말한다.

김춘수의 시작행위는 마음의 본질에 집중하여 자신의 존재성을 확립해간 것으로 볼 수 있다. 『의미와 무의미』에서 "항상 사물을 신선하게 받아들일 것-이것은 시가 주는 하나의 해방감일 수 있다."고 했다. 즉, 시를 통하여 마음의 본질에 다가갈수록 잡다한 것으로부터 벗어나 사물의 순수성을 알 수 있다는 것이다.

시인은 언어를 통한 자신의 존재 본질에 대한 탐구 과정에서 사고와 감정의 질적인 변화를 경험하게 되는데, 이것이 바로 치유이다. 김춘수는 감옥경험이라는 실존적인 한계상황을 경험하고 그 체험을 시적 언어로 표상하면서, 자신의 존재 근원을 몸과 마음으로 탐색하고자 한 시인이다. 그래서 김춘수는 스스로 '시는 해탈'이라고 말한다. 김춘수에게 시는 그의 삶에 대한 해설이며, 고통에 대한 치유인 것이다.

2장

김춘수 시의 지향적 체험

인간의 경험은 시간과 공간의 범주 내에서 이루어지므로, 물리적이며 자연적인 시간과 공간은 인식의 기본 틀로 작용한다. 이런 시간과 공간에 시인의 의식이 침투되어 융화하면, 시간과 공간은 개별적인 의미를 지니게 된다. 유년기의 기억을 이미지화한 김춘수의 시에서 시간과 공간은 개인 상징을 지닌 내면적 의미를 지닌다. 김춘수의 시에서 주목할 만한 것은 유년기의 시공간이 자아와 세계의 관계에서 오는 자아실현의 양상을 보여준다는 점이다.

　따라서 김춘수 시의 시공간은 지향적 체험과 연관된 개인상징이 된다. 지향적 체험은 이미지로 표상되므로 이미지를 해석하여 상징을 이해한다면 은폐되어 있던 의미가 드러나게 된다. 하이데거는 인간이 주체가 되어 세계와의 관계를 통하여 존재자를 자기 앞에 대상으로 세우게 된 것을 '표상(Vorstellen)'이라고 명명했다. 표상이란 서로 차이를 지니고 잡다하게 나타난 것들을 다시 거머쥐어 '동일한 하나'의 지평에 귀속된 것으로 나타나게 하는 활동이다. 그러므로 시적 자아가 '무엇'을 말하고자 하는가보다 어떻게 시인이 체험한 것을 세계 내에서 의미 있는 유기체로 통합했느냐에 관심을 가지고자 한다.

1. 실존적 삶과 그 의미

　실제적으로 경험하는 시간은 과거 · 현재 · 미래라는 계기적인 축을 중심으로 인식되지만, 작품 속에서 재현되는 시간은 절대적이기보다 상대적이며 가역성을 지니고 있다. 가역성에 의해 경험은 작품 속에서 꿈, 연상, 기억, 환상과 같은 이미지로 표상된다. 또한 작품 속의 경험적인 시간은 지속적인 자아의 시간이기도 하다. 이때 시간은 영원성[1]을 지니고 있어서 시적 자아의 지향성을 나타낸다. 김춘수의 시에서 기억은 시간성을 표출하는 중요한 매개자의 역할을 하며, 글쓰기를 통하여 형상화된다. 김춘수는 자신이 남긴 많은 산문들에서 어린 시절 겪은 경험들을 말하고 있는데, 그러한 경험들이 시에는 김춘수의 의식 지평을 구성하는 개인 상징으로 나타난다. 개인 상징 속에 나타나는 시간은 기억이 지닌 순수지속성으로 인해 과거와 현재가 융합되어 표상된다.

---

1) 영원이라는 용어는 적어도 세 가지 뜻이 있다. 첫째는 끝이 없는 시간으로 그리스적인 일반적 의미이다. 둘째는 진리의 무시간성이다. 이를 현대 관념론자들은 영원한 가치, 이상, 진리를 말한다. 셋째는 존재의 무시간성으로 세계와 시간을 초월한 신의 속성을 말한다. 에릭 프랭크, 김하태 역,『哲學的 理解와 宗敎的 眞理』, 대한기독교서회, 1981, 87-88쪽 참조. 여기에서의 영원은 진리의 무시간성을 뜻하는 것으로 가치, 이상, 진리를 말한다.

1) 순수지속과 자아 탐구

'눈, 바다, 산다화'는 『처용단장』 1부의 표제어이자 김춘수 시에 자주 나타나는 시어이다. 이들은 시인의 의식 외적인 환경에서 존재하는 자연적인 사물이며, 텍스트를 읽을 수 있는 언술의 코드이기도 하다. '눈, 바다, 산다화'는 시인이 어린 시절에 겪은 경험의 소산물이자 지향적 체험을 드러내는 기표이기 때문이다. 체험들은 과거의 시간 속에 저장되어 있다가 기억에 의해 그 모습을 드러낸다.

> 바다가 왼종일
> 새앙쥐 같은 눈을 뜨고 있었다.
> 이따금
> 바람은 한려수도에서 불어오고
> 느릅나무 어린 잎들이
> 가늘게 몸을 흔들곤 하였다.
>
> (…)
>
> 가을이 가고 또 밤이 와서
> 잠자는 내 어깨 위
> 그해의 새눈이 내리고 있었다.
> 어둠의 한쪽이 조금 열리고
> 개동백의 붉은 열매가 익고 있었다.

잠을 자면서도 나는

내리는 그

희디흰 눈발을 보고 있었다.

—「처용단장 제1부 1」 부분

호주 선교사네 집에는

호주에서 가지고 온 해와 바람이

따로 또 있었다.

탱자나무 울 사이로

겨울에 죽도화가 피어 있었다.

주님 생일날 밤에는 눈이 내리고

내 눈썹과 눈썹 사이 보이지 않는 하늘을

나비가 날고 있었다.

한 마리 두 마리,

—「처용단장 제1부 3」 부분

　바닷가의 '산다화'는 어린 김춘수에게 "한려수도에서 불어오"는 "바람"과 함께 봄을 알리는 사물이다. 눈과 바다 그리고 산다화는 어린 김춘수에게 '황홀하리만큼 몸 저리는 착각에' 빠지게 하였고, 이 유년기의 경험이 기억에 의해 그의 시 속에서 이미지화된다. 기억이란 결국 현재 속에 숨어 있는 과거이며, 기억 속에는 과거의 삶이 포용되어 있다고 할 수 있다. 어린 시절의 경험을 잊지 않고 기억하였다가 이미지로 재현하는 것은, 이미지 속에 지향적 체험이 내포되어 있다는 것을 의미한다. 이때 지향적 체험은 시인의 의식 지평을 확대시켜 현재 시인이 속한 세계와는 다른 자유로운 의식 세계를 알게 해준다. 시간을 초월하여 현재 안에서 과거를 재현한다는 것은, 과거의 경험 내용과 현재의 경험 내용을 접목시키는 것으로 그 자체가 하나의 창조행위가 되는 것이다.

　과거와 현재가 접목되어 나타나는 것은 시간의 유한성을 초월하여 시간의 특성을 지속적인 흐름으로 보는 것이다. 즉, 경험적 시간은 지속의 시간이자 자아의 시간이다. 과거의 시간이 현재 속에서 접목되고 있는 것은 의식 속의 시간 지평이 가시태뿐만 아니라 비가시태까지 의식의 대상으로 확대된다는 의미이다. 김춘수의 「처용단장 제1부」에 나타나는 서술체계를 살펴보면, 과거의 시간이 현재의 시간 속에 접목되어 나타난다. 이것은 과거가 단절되거나 완성된 것이 아니라 아직도 진행 중이라는 것을 말한다. 다음 시의 서술어인 '~있었다', 또는 '~곤 하였다'는 과거진행 시제로서, 무엇인가가 아직도 지속되고 있음을 나타낸다.

　　바다가 왼종일
　　새앙쥐 같은 눈을 뜨고 있었다.
　　이따금
　　바람은 한려수도에서 불어오고
　　느릅나무 어린 잎들이
　　가늘게 몸을 흔들곤 하였다.

　　날이 저물자
　　내 늑골과 늑골 사이
　　홈을 파고

거머리가 우는 소리를 나는 들었다.
베꼬니아의
붉고 붉은 꽃잎이 지고 있었다.

그런가 하면 다시 또 아침이 오고
바다가 또 한 번
새앙쥐 같은 눈을 뜨고 있었다.
뚝 뚝 뚝, 천阡의 사과알이
하늘로 깊숙이 떨어지고 있었다.

가을이 가고 또 밤이 와서
잠자는 내 어깨 위
그해의 새눈이 내리고 있었다.
어둠의 한쪽이 조금 열리고
개동백의 붉은 열매가 익고 있었다.
잠을 자면서도 나는
내리는 그
희디흰 눈발을 보고 있었다.

　　　　　　　　　　　—「처용단장 제1부 1」 전문

　　이 시에서 서술어는 환유적인 구조를 지니고 시간의 변화를 말해준
다. 서술어만 떼어놓고 보면, '뜨고 → 열리고 → 익어간다'라는 지속성
이 나타난다. '바다가 왼종일 새앙쥐 같은 눈을 뜨고 있어서 어둠의 한
쪽이 조금 열리고 개동백의 붉은 열매가 익고 있는 것을 볼 수 있었다'

라는 언술구조인 셈이다. 그런데 서술어의 주어는 "바다"와 "어둠" 그리고 "개동백의 붉은 열매"이다. 시적 자아가 성장하고 있는 것을 바다와 개동백의 열매를 매개로 이미지화한 것이라고 볼 수 있다.

"바다가 왼종일 새앙쥐 같은 눈을 뜨고 있었다"라는 표현은 자아가 존재를 인식하기 시작했음을 뜻한다. 가장 원초적인 곳("내 늑골과 늑골 사이")에서 싹트는 자아는 뚜렷하지 않지만 내 존재의 소리를("거머리가 우는 소리") 듣고 있다. 존재의 소리를 듣기 시작한 시적 자아는 어둠과 빛의 경계를 열고("어둠의 한쪽이 조금 열리고") 현현하는 시간성 속에서 자아의 성장("개동백의 열매")을 스스로 느끼게 된다.

이러한 열림의 이미지는 「꽃의 소묘」에서도 찾을 수 있다. "꽃이여, 네가 입김으로/대낮에 불을 밝히면/환한 금빛으로 열리는 가장자리,/빛깔이며 향기며/화분花粉이며 …… 나비며 나비며/축제의 날은 그러나/먼 추억으로서만 온다."에서 꽃은 대낮에 봉오리를 열어 가장자리를 환한 금빛으로 연다. 꽃은 개화 이전에는 어둠의 세계였지만 꽃이 열리면서 어둠과 빛의 경계가 드러나고, 빛의 입김으로 세상은 금빛으로 빛난다.

꽃이 열리는 것은 "새앙쥐가 눈을 뜨는" 것과 같은 의미이다. 비록 자연적인 시간은 대낮이었지만, 열리기 이전의 꽃에게는 어둠의 시간이었다. 그러므로 눈을 뜨고 세계를 접함으로써 새로운 빛의 세계가 열리고 의미가 생성된다. 즉, 눈을 뜨고 봄으로써 시선은 안에서 밖으로 이동되어 지평이 확대되고, 자기를 세계 내의 존재로 인식한다. 그리고 존재 완성의 날은 지속적이어서 '새앙쥐는 잠을 자면서도 눈을 뜨고', 시적 자아는 꽃처럼 '환한 금빛으로' 열리게 된다.

기억을 통한 자아인식이나 존재에 대한 탐색은 「처용단장 제1부 2」

에서도 나타난다.

> 3월에도 눈이 오고 있었다.
> 눈은
> 라일락의 새순을 적시고
> 피어나는 산다화를 적시고 있었다.
> 미처 벗지 못한 겨울 털옷 속의
> 일찍 눈을 뜨는 남쪽 바다,
> 그날 밤 잠들기 전에
> 물개의 수컷이 우는 소리를 나는 들었다.
> 3월에 오는 눈은 송이가 크고
> 깊은 수렁에서처럼
> 피어나는 산다화의
> 보얀 목덜미를 적시고 있었다.
>
> ―「처용단장 제1부 2」 전문

3월에 오는 큰 눈송이가 "라일락의 새순"과 "피어나는 산다화"를 적시는 봄은 경이롭고, 일찍 눈뜬 남쪽 바다에서 우는 물개의 울음소리는 새봄의 싱싱함을 지닌다. 「처용단장 제1부 1」에 나오는 "내 늑골에서 들려오던 거머리의 울음"은 "물개의 수컷"이 우는 소리로 바뀐다. 지속되는 시간 안에서 존재의 본질을 탐구하고자 하는 관심(Sorge)은 멈추지 않고 계속되어 "울음"으로 나타난다. 시간이 지속한다는 것은 삶을 꾸려 나가고 있다는 것으로 "나"는 시간 속에서 존재하고 인식된다. 비로소 자아는 자신의 존재에 관심을 가지고 세계를 둘러보는 것이다. 그리고 자신이 '세계-내-존재'라는 사실을 알게 된다.

하이데거는 자신의 존재에 관심을 가지는 인간을 현존재라고 불렀다. 현존재의 존재의미는 시간성으로 나타나므로 현존재는 항상 자신이 '거기에' 있음을 지향하며, 흠이 있는 상태로 세상에 내던져진 존재이기도 하다. 그래서 현존재는 항상 존재의 본질을 탐구하는데, 「처용단장 제1부 1」과 「처용단장 제1부 2」의 시에서 시적 자아가 현존재에 가지는 관심이 울음으로 표상되는 것이다. 그러므로 "나의 늑골에서 우는 거머리"나 "잠들기 전에 듣는 물개의 수컷의 우는 소리"는 시간의 흐름에 의해 시적 자아가 자기의 존재를 인식함으로써 대상에 대한 의식 지평이 넓어지는 것을 의미한다. 여기에서 "3월에 내리는 눈을 맞으며 새앙쥐 같은 눈을 뜨"는 바다는 자아가 싹트고 자라는 운동성을 지니고 있는 공간이 된다.

현존재는 항상 깨어 있는 존재이므로 삶 속에서 이루어지는 만남과 헤어짐이라는 시간의 이중성에 관심을 가지게 된다. 이때 시간의 이중성은 삶의 한계상황이다. 한계상황에 대한 의식의 고양은 자기 자신과 그 세계를 예리하게 관찰할 수 있는 감수성을 충분히 가지고 있는 사람들에게서 항상 일어난다.[2]

아침에 내린 복동이의 눈과 수동이의 눈은
두 마리의 금송아지가 되어
하늘로 갔다가
해질 무렵

---

2) 이은선 · 이경 엮음, 『李信의 슐리어리즘과 靈의 신학』, 종로서적, 1992, 59쪽 참조

저희 아버지의 외발 달구지에 실려
금간 쇠방울 소리를 내며
돌아오곤 하였다.
한밤에 내린
복동이의 눈과 수동이의 눈은 또
잠자는 내 닫힌 눈꺼풀을
차운 물로 적시고 또 적시다가
동이 트기 전
저희 아버지의 외발 달구지에 실려
금간 쇠방울 소리를 내며
돌아가곤 하였다.

*

눈이 내리고 있었다.
눈은 아침을 뭉개고
바다를 뭉개고 있었다.
먼저 핀 산다화 한송이가
시들고 있었다.
눈이 내리고 있었다.
아이들이 서넛 둘러앉아
불을 지피고 있었다.
아이들의 목덜미에도 불 속으로도
눈이 내리고 있었다.

—「처용단장 제1부 5」 전문

이 시에 나타나는 시간성은 만남과 헤어짐이라는 한계상황으로서 자아를 분열시키는 매개가 된다. "두 마리의 금송아지가 되어 하늘로 갔"던 "복동이의 눈과 수동이의 눈"은 아침에 내렸다가 하늘로 갔지만, "금간 쇠방울 소리를 내며" "해질 무렵"이 되면 돌아온다. 그래서 "한밤에 내린 복동이의 눈과 수동이의 눈은" 잠자는 나의 자아를("잠자는 내 닫힌 눈꺼풀") 끊임없이 깨우다가("차운 물로 적시고 또 적시다가") 왔던 길로 다시 돌아간다. "금간 쇠방울"은 잠자는 나의 존재를 일깨우는 울음과 같은 계열체로서 하나였다가 둘이 되는, 즉 만났다가 헤어지는 이미지로 표상된다.

베르쟈예프(Nicholas Berdyaev)는 시간의 극한을 극복하는 방법으로 영원에 참여하는 순간을 현재화하는 주체의 창조적인 노력에서 찾았다.[3] 만남과 헤어짐이 반복될 수 있는 것은 시간의 영원성에 참여하는 시적 자아의 환상적 체험 때문이다. 1연과 2연이 각각 다른 세계, 환상과 실제를 그리고 있는 것은 김춘수가 연과 연 사이에 넣은 "*"표기로도 알 수 있다. 이 "*"에 의해 1연을 읽고 2연으로 넘어가기 위해선 긴 호흡의 쉼이 만들어진다. 시간과 시간 사이의 공간이 느껴지면서,

---

3) 베르쟈예프, 이신 역, 『노예냐 자유냐』, 인간, 1979, 323-333쪽 참조. 베르쟈예프는 시간을 우주적 시간, 역사적 시간, 실존적 시간으로 나누었다. 우주적 시간은 원(圓)으로 상징된다. 이것은 태양의 주위를 도는 지구의 운동, 날이나 달이나 해의 계산과 달력과 시계와 관련되어 있는데, 아침이 오고 저녁이 되고 가을이 되는 회귀가 계속적으로 일어나는 원의 운동이다. 또한, 이것은 자연의 시간이며 자연적 존재로서 우리도 이 시간 속에서 살고 있다. 역사적인 시간은 원으로 상징되지 않고 전방으로 펼쳐진 직선으로 상징된다. 역사적 시간의 특성은 확실히 이와 같이 도래하는 것을 향해서 펼쳐진 것으로서 이것은 종결에 도달하는 전개이다. 실존적 시간은 주체적 세계의 시간이며 객체적 세계의 시간은 아니다. 모든 창조적 행위는 실존적 시간 속에서 이루어지고 역사적 시간 속으로 투사될 따름이다.

"눈이 내리고 있었다./눈은 아침을 뭉개고/바다를 뭉개고 있었다."라는 표현으로 "눈"에 의해 시간의 경계가 해체된다. 그러므로 복동이의 눈과 수동이의 눈은 어린 시절을 추억하는 눈(雪)의 표상일 수도 있고 시간의 경계를 해체하는 영원성의 눈(雪)일 수도 있다. 만남과 헤어짐의 세계를 체험한 자아는 훨씬 성숙하여 인식의 변화를 보인다.

그러나 인식의 변화에도 불구하고 세계와의 동일시를 이루지 못한 시적 자아는 불안을 느낄 수밖에 없다. 불안은 현존재의 가장 광범하고 가장 근원적인 개시 가능성이다. 그 이유는 존재 가능성에 대해 마음을 쓰는 '세계-내-존재'가 현존재이기 때문이다. 내가 속해 있는 세계 내에서 나의 존재 가능성에 대한 확신이 없을 때 느끼는 불안은 세계를 회피하거나 도피하게 만들고, 그럼으로써 내가 속한 세계 속에서 나는 고통스러워진다. 오랜 시간이 지났음에도 시인의 기억 속에 고통과 불안이 지속하는 것은 이러한 의식이 사고 안에서 억압되어 있기 때문이다. "억압된 것은 시간이 경과해도 변하지 않는다."[4] 이러한 심리적인 한계는 죽음이라는 현상을 만나면서 더 구체적으로 드러나고, 그것을 극복하기 위한 방법으로 유년기의 기억을 떠올린다.

다음의 시에서 불안이 어떻게 나타나는지, 그 불안이 어떻게 극복되는지를 찾아볼 수 있다.

요코하마크ㅋ八マ헌병대가지빛검붉은벽돌담을끼고달아나던요
쿄하마헌병대헌병군조모軍曹某에게나를넘겨주고달아나던박승줄
로박살내게하고목도木刀로박살내게하고욕조에서기氣를절絶하게

---

4) 한스 마이어호프, 김준오 역, 『文學과 時間現象學』, 삼영사, 1987, 85쪽

44

하고달아나던창씨創氏한일본성姓을등에짊어지고숨이차서쉼표도
못찍고띄어쓰기도까먹고달아나던식민지반도출신고학생헌병보補
야스다ヤス夕모의뒤통수에박힌눈개라고부르는인간의두개의눈가
없어라어느쪽도동공이없는

─「처용단장 제3부 5」 전문

요코하마 헌병대 겨울 감방에서
나는 깜박 꿈을 꾼 모양이다.
뒤꼭지의 꼭두서니 빨간 그 볏,

─「처용단장 제3부 7」 부분

산토끼의 바보,
무르팍에 피를 조금 흘리고 그때
너는 거짓말처럼 죽어 있었다.
봄이 와서
바람은 또 한 번 한려수도에서 불어오고
겨울에 죽은 네 무르팍의 피를
바다가 씻어주고 있었다.
산토끼의 바보,
너는 죽어 바다로 가서
밝은 날 햇살 퍼지는
내 조그마한 눈웃음이 되고 있었다.

─「처용단장 제1부 12」 부분

위의 시들을 자연적인 시간관으로 볼 때, 시인의 자아는 두 개로 분열되어 있다. 하나의 자아는 감옥에서의 경험 이전의 시간 속에 있고, 다른 하나의 자아는 그 이후의 시간 속에 있다. 감옥에서의 경험은 자신의 존재성을 전혀 인식할 수 없는 것이었기에 시적 자아가 느끼는 불안과 절망감은 죽음과 같은 것이다. 「처용단장 제3부 5」의 띄어쓰기가 무시된 기법에서 시적 자아가 느끼는 불안을 느낄 수 있다. "가지빛 검붉은", "박살나게하고", "기氣를절絶하게하고"와 같은 표현들은 공포 앞에서 시적 자아가 자기의 존재성을 상실하고 절망하는 것이다. 그럼에도 불구하고 시적 자아에게 "헌병보補야스다ヤスタ"는 세인의 모습으로 가엽게 인식된다.

시적 자아가 느끼는 불안, 절망감과 함께 타인을 바라보는 가여운 시선은 꿈속에서도 지속된다. "헌병보補야스다ヤスタ모의뒤통수에박힌눈"이 "뛰꼭지의 꼭두서니 빨간 그 볏"으로 이어지는 것이다. "가지빛검붉은"과 "빨간 그 볏"이 표상하는 공포와 불안은 "한려수도에서 불어오"는 "바람"에 의해 "무르팍의 피"가 씻어질 때 사라진다. 시적 자아는 분열되기 이전의 유년기 기억을 지속시킴으로써("바람은 또 한번 한려수도에서 불어오고") 두 자아 사이의 균열을 통합하고자 한다. 시간을 통해서 분열된 자아의 시간을 정복한 것이다. 이는 과거의 기억이 현재의 시간에 접목되어 융·통합한 것과 같다. 이러한 행위는 삶과 죽음이라는 대비적인 이미지에서 찾을 수 있다.

「처용단장 제1부 12」의 시에서 시적 자아는 산토끼의 죽음을 통하여 삶의 본질적인 모습을 본다. 그때 한려수도에서 불어온 봄바람은 겨울에 죽은 산토끼의 피를 바다로 가져가 씻어준다. 시적 자아는 산토끼의 죽음을 통하여 비로소 생명의 문제를 인식하고 그 실체를 탐색한다. 따라서 산토끼의 죽음은 단순히 일회성적인 죽음이 아니라 시적 자아가 삶을 성찰하게 하는 경험이다. 죽어서 "내 조그마한 눈웃음이 되고 있"는 산토끼를 통해 비로소 죽음이라는 시간의 한계를 극복한 ("겨울에 죽은 네 무르팍의 피를/바다가 씻어주고 있었다") 시적 자아는 세계를 향해 "눈웃음"을 짓게 된다. 반드시 죽어야 할 생명의 한계적 시간을 넘지 못하고 마치 "거짓말처럼" 피를 조금만 흘리고 죽어 있는 산토끼를 통하여 생명에 대한 유한성을 인식한 것이다. 삶과 죽음을 통하여 자신의 존재에 대해 새롭게 눈을 뜬 자아는 분열을 넘어 통합의 단계에 관심을 기울인다.

시간을 초월한 기억에 의해 성장하는 자아는 다음의 시에서 볼 수 있다.

> 내 손바닥에 고인 바다,
> 그때의 어리디 어린 바다는 밤이었다.
> 새끼 무수리가 처음의 깃을 치고 있었다.
> 봄이 가고 여름이 오는 동안
> 바다는 많이 자라서
> 허리까지 가슴까지 내 살을 적시고
> 내 살에 테 굵은 얼룩을 지우곤 하였다.
> 바다에 젖은
> 바다의 새하얀 모래톱을 달릴 때
> 즐겁고도 슬픈 빛나는 노래를
> 나는 혼자서만 부르고 있었다.
> 여름이 다한 어느 날이던가 나는

커다란 해바라기가 한 송이
다 자란 바다의 가장 살찐 곳에 떨어져
점점점 바다를 덮는 것을 보았다.

—「처용단장 제1부 8」전문

　미성숙한 자아("새끼 무수리")가 자신의 존재에 처음 관심을 가질 때
("처음의 깃을 치던")의 바다는, "어리디 어렸기" 때문에 의미를 지니
지 않은 순수상태의 대상("내 손바닥에 고인 바다")으로만 보인다. 이
때의 "바다"는 시적 자아와 동일시되어 있다. 그러나 시간의 경과에 따
라("봄이 가고 여름이 오는 동안") "바다"와 시적 자아는 분리된다. 바
다와 분리된 시적 자아는 시간의 지속성 안에서 계속 자란다. 그리하
여 내 살에 묻어 있던 '흠'("얼룩")을 지워갈 때, 바다는 나의 내면을 인
식할 수 있는 매개가 된다. "즐겁고도 슬픈 빛나는 노래"는 시적 자아
가 존재의 본질에 조금씩 다가갈 때 느끼는 내면 세계를 나타내는 것
이다. 자아가 성숙하는 시간 안에서 바다는 이별과 분열 그리고 해체
의 시간을 보여주는 공간이 아니라 "커다란 해바라기 한송이"가 떨어
져 "덮는" 통합의 시간을 보여주는 공간이다.

　통합의 시간은 산다화 꽃잎 하나로 가리워진 바다가 비로소 자신의
모습을 드러내는 시간이기도 하다.("울지 말자,/산다화가 바다로 지고
있었다./꽃잎 하나로 바다는 가리워지고/바다는 비로소/밝은 날의 제
살을 드러내고 있었다./(…)/울지 말자,/산다화가 바다로 지고 있었
다." 「처용단장 제1부 11」) 자신의 존재성을 인식한 시적 자아는 지고
있는 산다화 꽃잎에서 존재의 참모습을 보게 되고, "울지 말자"고 스스
로 말할 수 있게 된다. 통합의 시간 안에서 과거, 현재 그리고 미래라

는 시간의 계기성은 이제 의미가 없다. 통합을 이루는 시간은 기억 속에서 재생된 유년의 시간이기 때문이다.

유년의 시간은 김춘수의 시에서 "영원한 정수(精髓)"[5]라는 성질을 띠고 나타난다. 이 "영원한 정수(精髓)"의 체험은 분열된 자아를 통합하여 하나의 단일성으로 승화시키는 구심점이 되며, 자아의 지속적인 성장을 돕는다. 시에 나타나는 유년의 시간은 오염되지 않은 시간으로서, 유년기 이후의 오염되고 파편화된 시간을 극복하여 내면 세계의 변화를 불러오는 통합의 시간으로 작용한다.

2) 무시간과 영원 추구

통합의 시간을 이루기 위해서는 파편화된 기억들이 하나의 의미 있는 형태를 지녀야 한다. 파편화된 기억들이 하나가 되기 위해선 시간의 질서가 무시되어야 하는데, 시간의 질서가 무시되어 나타나는 경우에는 동시성을 띠게 된다. 동시성에 의해 시간은 주관적이며 개인적인 의미를 지닌다. 이러한 시간이 하나의 문학작품 상에 나타날 때 이것은 자유연상의 배경이 된다.

벽이 걸어오고 있었다.
늙은 홰나무가 걸어오고 있었다.
한밤에 눈을 뜨고 보면

---

5) '영원한 정수(精髓)'란 물리적 시간의 경과와 파괴작용에 영향을 받지 않는 원래 상태 그대로 기억된 경험을 말한다. 이렇게 기억된 경험은 그 경험이 일어난 날짜와는 관계가 없는 것처럼 보인다. 마이어호프, 앞의 책, 81쪽 참조

호주 선교사네 집

회랑의 벽에 걸린 청동시계가

겨울도 다 갔는데

검고 긴 망또를 입고 걸어오고 있었다.

내 곁에는

바다가 잠을 자고 있었다.

잠자는 바다를 보면

바다는 또 제 품에

숭어새끼를 한 마리 잠재우고 있었다.

다시 또 잠을 자기 위하여 나는

검고 긴

한밤의 망또 속으로 들어가곤 하였다.

바다를 품에 안고

한 마리 숭어새끼와 함께 나는

다시 또 잠이 들곤 하였다.

— 「처용단장 제1부 3」 부분

「처용단장 제1부 3」은 시인의 의식 속에서 현실과 꿈이 혼융되어 나타나 있다. 그 현실도 꿈과 확연하게 구분되지 않아 시적 자아가 무의식의 지층을 헤매고 있는 듯한 분위기를 준다. 이 시에서 "벽"과 "늙은 홰나무", 그리고 "청동시계"는 어둡고 무거운 이미지이다. 그리고 세 개의 대상은 "걸어오고 있었다"라는 서술어에 의해 대상의 동일시를 이루는 것 같지만, "벽과 늙은 홰나무"는 꿈속의 시간에 속해 있고, 회랑의 "청동시계"는 꿈 밖의 시간이다. 현재의 시간도 "잠자는 바다"가 "제

품에/숭어새끼를 한 마리 잠재우고 있는" 시간이므로, 이 시간 자체도 꿈인지 현실인지 명확하지 않다. 시적 자아가 잠을 자기 위하여 들어가는 시간도 또 다른 꿈속의 시간("한밤의 망토 속")이다.

기억이 회상에 의해 순간들을 서로서로 연결시키며 과거를 현재 안에 넣기도 하고 꿈속의 상황을 다른 꿈속의 상황에 넣기도 한다. 그러나 공통점은 "벽", "늙은 홰나무", "청동시계", "바다"가 시인의 유년기의 기억이라는 점이다. 시적 자아가 환상적인 방법으로 시인의 유년의 기억을 탐구한다는 것은 내면세계에 충실하다는 것으로, 자기의 참된 자아를 찾기 위한 시도라고 할 수 있다. 현실의 세계와 환상(비현실)의 세계는 서로 다른 가치관을 지니지만, 현실의 지향이 환상 속에서 이루어지기도 하여 나아가야 할 방향을 제시하기 때문이다. 이는 외부의 간섭으로부터 자유롭고자 하는 것으로 그의 무시간[6]적인 시간관을 드러내는 것이다.

기억 속에서는 시간이 구분되지 않는다. 기억을 통하여 자아를 재구성하는 창조적 회상 작용은 무시간성으로 인해 '무의식적 자아'의 심층까지 내려가서 잃어버린 것처럼 보이는 흔적들을 찾는다. 그러나 무의식은 언제나 이미 전의식과 의식의 지배를 받으므로 언어행위의 중

---

6) 무시간성은 물리적 시간을 초월하고, 이 시간 밖에 있는 경험의 한 성질을 의미한다. 따라서 회상행위 자체는 무시간적이다. 회상이 시공을 초월한 성질을 띠고 있고 어느 때든지 일어날 수 있다는 사실만으로도 회상이 무시간적 차원에 속한다고 볼 수 있다. 그리고 기억된 것, 즉 회상 내용도 똑같은 무시간적 차원에 속한다. 기억을 통하여 자아를 재구성할 수 있는 가능성에도 무시간적 양상이 뚜렷이 나타난다. 그러므로 예술작품이 조용히 회상된 무시간적 정수나 시간의 경과에 따라 해방된 무시간적 자아를 구체화하는 한, 예술작품도 역시 동일한 성질을 공유한다. 마이어호프, 앞의 책, 80-84쪽 참조

개를 통해서만 드러낼 수 있다.[7] 이때 무의식을 드러내는 언어행위의 형식이 자유연상이다. 자유연상은 의식과 무의식을 결합시켜주는 역할을 한다. 그래서 의식과 무의식의 상호작용에 의해 다른 시간성을 지닌 두 가지 장면의 상호침투가 일어난다.

위의 시에서 의식과 무의식은 상호침투에 의하여 혼용되어 있지만, 그것이 나타나는 체험의 의미는 다르다. 무의식 속의 바다는 생명의 바다로서 "숭어 새끼를 잠재우는 바다"이자 시적 자아가 잠들 수 있는 바다이다. "바다를 품에 안고 숭어 새끼와 함께 잠"이 드는 것은 "나"와 "바다"와 "숭어 새끼"가 분리되지 않은 상태이다. 이것은 의식의 지평이 주체와 대상을 분리하지 않기 때문에 가능하다. 과거 회상의 과정에서 시간의 규제를 받지 않는 기억은 무시간적 정수(精髓)로서 회상 행위에 의해 재구성되거나 다른 경험과 결합하여 새로운 의미를 지니게 되는 것이다.

시의 시간성이 무시간적이라는 것은 물리적인 시간으로부터 자유롭다는 의미다. 이것은 시간과 대상이 지닌 고유의 성질을 인정하지 않는 것으로, 현실을 벗어나고자 하는 시적 자아의 의지의 표출이기도 하다. 그래서 서로 연관성이 없는 대상들이 같은 시간 안에서 통일된 의미 있는 형태를 띠고 새로운 의미를 다시 생성할 수 있게 된다. 이러한 방식은 동시성의 질서로서 다른 시간적인 질서들을 지양하고 있다. 때문에 동시성 안에서 모든 사물들은 똑같이 중요하고 또 동시에 아무것도 아닌 것으로 나타난다.[8] 따라서 이러한 사고는 시적 자아의 의식의 지평을 넓혀주는 계기가 된다.

---

7) 줄리아 크리스테바, 유복렬 옮김, 『반항의 의미와 무의미』, 푸른숲, 2002, 94쪽 참조
8) 디이터 람핑, 장영태 옮김, 『서정시 : 이론과 역사』, 문학과지성사, 1994, 271쪽 참조

아래의 두 시는 초기시(「가을에」)와 『타령조·기타』에 수록되어 있어
(「낙엽이 지고」) 창작 시기는 다르지만, 대조라는 관점에서 시적 자아의
지평 변화를 살펴볼 수 있다.

> 사월은
> 지천으로 내뿜는
> 그렇게도 발랄한
> 한때 우리 젊은이들의
> 피를 보았거니,
> 가을에 나의 시는
> 여성적인 허영을 모두 벗기고
> 뼈를 굵게 하라.
> 가을에 나의 시는
> 두이노 고성古城의
> 라이너·마리아·릴케의 비통으로
> 더욱 나를 압도하라.
> 압도하라.
> 지금 익어 가는 것은
> 물기 많은 저들 과실이 아니라
> 사월에 뚫린
> 총알구멍의 침묵이다.
> 캄캄한 그 침묵이다.
>
> ─「가을에」 전문

낙엽이 지고 눈이 내린다.
잠들기 전에 너는
겨울바다가 우는 소리를 듣고
꿈에 너는
동맥冬麥의 푸른 잎을 보리라.
동맥의 푸른 잎을 보고 잠을 깨면
너는 네 손발의 따스함을 느끼리라.

—「낙엽이 지고」 전문

　시적 자아는 "사월"이라는 시간 속에서 젊은이들의 피를 본 후, 가을
이 되어 현상적으로 보이는 모든 허상을 벗고 내면의 세계를 지향한
다. 이 내면의 세계는 유년기의 기억과 같은 회상의 세계가 아니라 "가
을에 익어가는 나의 시" 속 세계이다. 이 익어가는 시간의 세계에서 시
적 자아는 자연적인 시간 속에서 여물어가는 과실을 볼 것이 아니라
사월에 젊은이들의 피를 뿌리게 한 총알구멍의 침묵을 보자고 말한다.
현실을 인지한 "나의 시"는 나를 압도하는 릴케의 고독한 비통으로 시
간이 지닌 캄캄한 침묵을 인식하게 된다. 이러한 침묵은 현실을 인식
한 시적 자아의 침잠의 시간으로, 현실이 주는 비인간적인 모습을 보
았기 때문이다. 침잠의 시간을 보낸 시적 자아는 겨울 바다가 우는 소
리를 들으며 잠이 들고, 꿈속에서 동맥의 푸른 잎을 보고 잠을 깬다.
그리고 이전의 폭력적인 현실과는 다른 인간적인 따뜻한 세계("너는
네 손발의 따스함을 느끼리라")를 느끼게 된다.
　인용한 시에서 눈에 띄는 것은 대조이다. 「가을에」에서는 시간의 대
조를 통하여 자아의 변화를 표현한다. "사월"과 "가을", "젊음"과 "고

성”, “‘물기 많은 과실”과 “캄캄한 침묵”의 대조는 시간의 흐름과 그에 따른 내면 의식의 변화를 보여준다. 「낙엽이 지고」에서는 색채의 대조를 통해 내면 의식의 변모를 보여준다. “낙엽”과 “동맥”, ‘흰색’(“눈”)과 ‘푸른 색’의 대조는 마지막 행인 “너는 네 손발의 따스함을 느끼리라”를 통하여 시적 자아의 지향이 인간적인 성숙에 이르고 있음을 알 수 있다. 시적 자아는 젊은이들의 피를 통하여 내면의 소리를 듣고, 동맥의 푸른 잎에서 인간성을 회복하게 된다. 서로 상반되는 이미지를 지닌 대상들이 하나의 시 속에서 결합되어 새로운 의미를 생성하고 있음을 볼 수 있다. 이는 ‘본다’라는 시각적인 행위를 통해 좀 더 선명하게 나타난다.

‘본다’라는 동사에는 주체가 내포되어 있다. 이 주체가 무엇을 보았느냐에 따라 시적 자아의 지향성이 드러난다. 「가을에」에서 보는 것은 “한때 발랄했던 젊은이들의 피”와 그 피가 흘러나온 “총알구멍”이다. 「낙엽이 지고」에서 보는 것은 겨울의 추위를 이기고 올라온 “동맥의 푸른 잎”이다. 두 시에서 본 것은 눈앞에서 일어나는 현상을 초월한 시간이다. 시간의 제약에서 벗어난다는 것은 인간의 유한성에서 탈피한, 진정한 자유인이 된다는 의미이다. 이것이 바로 시적 자아가 지향하는 것이다.

시간으로부터의 자유는 기존질서를 파괴하면서 새로운 질서를 창조하는 것과 같다. 김춘수의 후기시인 「장미, 순수한 모순」에서 시간의 한계를 벗어나 자기의 질서를 창조하는 사물을 볼 수 있다. “장미는 시간을 보지 않으려고/눈을 감고 있다./언제 뜰까/눈을,/시간이 어디론가 제가 갈 데로 다 가고 나면 그때/장미는 눈을 뜨며/시들어 갈까.”(「장미, 순수한 모순」)에서 장미는 자연적인 시간의 질서를 벗어나 자기

고유의 시간 질서를 새로이 창조한다. 자연적인 시간의 흐름에 따라 피었다 지는 것이 아니라 자기의 의지에 따라 피었다 지고자 한다. 이 시에서 장미는 시간의 한계를 초월한 사물이 되어 무시간적인 존재의 표상이 된다.

나는 죽고
오늘밤
살을 감추는
별 혹은 석류石榴꽃 그늘에
눈뜨는 그대
나는 이미 죽었나니
눈뜨는
그대의 눈물, 깨지 않는 내 밤을
젖게 하여라.

— 「살을 감추는」 전문

기러기는 울지 마,
기러기는 날면서 끼루룩 끼루룩 울지 마,
바람은 죽어서 마을을 하나 넘고 둘 넘어
가지 마, 멀리 멀리 가지 마,
왜 이미 옛날에 그런 말을 했을까.
도요새는 울지 마,
달맞이꽃은 여름밤에만 피지 마,
언뜻언뜻 살아나는 풀무의 불꽃,

풀무의 파란 꽃

—「노새를 타고」 전문

　무시간성은 이제 관습적인 시간관을 완전히 거부하고 순수성을 찾고자 한다. 그것은 인간화의 양상으로 나타난다. '내가 죽어 그대가 눈 뜨므로 나와 그대는 만날 수 없으나 그대의 눈물은 깨지 않는 내 밤을 젖게 할 것이다.' 이는 죽음과 삶을 초월하는 시간관으로, 시간을 거역하지 못하고 죽은 나를 깨우는 것은 "별 혹은 석류꽃 그늘에/눈뜨는 그대", 즉 순수한 영혼이다. 순수한 영혼은 시간을 뛰어넘어 '내' 안에서 '나'를 깨운다.("그대의 눈물, 깨지 않는 내 밤을/젖게 하여라.") 이는 현재라는 시간 안에 미래가 내포되는 것으로 과거가 극복된다. 과거를 부정함으로써("왜 이미 옛날에 그런 말을 했을까.") 과거는 여전히 지속되어 현재에 이르고 미래를 내포한다.

　"가지 마", "울지 마", "피지 마"라는 표현은 자연의 순리에 대한 반항이며, 있는 그대로의 존재를 부정하는 것이기도 하다. 자연의 순리를 거부할 때("달맞이꽃은 여름밤에만 피지 마,") "풀무의 불꽃"은 소생한다.("풀무의 파란 꽃") 여름밤에만 피는 달맞이꽃이 여름밤에만 피지 않게 되었을 때 풀무의 불꽃이 살아난다는 것은 시간의 경계를 초월하여 새로운 시간의 질서가 형성됨을 의미한다. 이는 시적 자아가 시간의 경계를 넘어선 세계를 탐구하고 있는 것으로 볼 수 있다.

　시간으로부터 자유로워지고자 하는 시적 자아의 열망은 시의 형식에서도 나타난다.

　모과는 없고

모과나무만 서 있다.

마지막 한 잎

강아지풀도 시들고

하늘 끝까지 저녁노을이 깔리고 있다.

하나님이 한 분

하나님이 또 한 분

이번에는 동쪽 언덕을 가고 있다

—「리듬 · Ⅱ」 전문

위의 시에는 서 있는 "모과나무", 시들고 있는 "강아지풀", "저녁노을",
"동쪽 언덕"을 가는 "두 하나님"이라는 여러 개의 장면이 병치되어 있다.
이 장면들은 표상된 기표만으로는 연관관계를 찾을 수 없지만, 모과 없
는 "모과나무"에는 "마지막 한 잎"만 남아 있고, "강아지풀"도 시들고 있
다. 사라져가는 것들이 하늘 끝까지 깔리는 노을에 의해 하늘 아래 어
느 한 지점으로 모이고 있다. "저녁노을"의 이미지는 의미적으로 '~있
다'라는 지금의 존재성을 나타내는 서술어에 의해 사라져가는 사물들
을 서로 연결해주고 있다. 하지만 이 시에는 '없고', '시들고', '깔리고'라
는 상황을 나타내는 서술어에 의해 소멸의 시간성도 지니고 있다.

"동쪽 언덕"의 하나님은 단지 "가고 있다"라는 매우 객관적인 서술
에 의해 앞 장면과 연결되어 있어, 두 개의 장면이 마치 하나의 장면처
럼 착시 현상을 유도하고 있다. 이러한 "몽타주는 정상적으로는 서로
가 결합될 수 없을 어휘들을 결합시키는 것이다."[9] 그러나 "동쪽 언덕

---

9) 디이터 람핑, 앞의 책, 334쪽

을 가는 두 하나님"의 이미지를 앞의 두 장면과 같은 소멸의 이미지로 보기는 어렵다. "한 분", "또 한 분", "이번에는" 등의 말은 서로 다른 상황이 연속되어 나타나는 것으로, 소멸이 아니라 생성의 의미를 지닌다. 이 시에는 이렇게 소멸과 생성이 충돌하고 있는 것이다.

이러한 몽타주는 각각의 장면이 지닌 고유의 시간과 의미를 인정하지 않을 때 가능하다. 즉 모과나무가 서 있는 시간과 강아지풀이 시들어가고 저녁놀이 깔리는 시간, 그리고 하나님이 언덕을 가고 있는 시간의 각자성이 인정되지 않기 때문에 하나의 시 속에 병치되어 나타날 수 있다. 시간의 각자성을 인정하지 않는다는 것은 시간의 질서에 종속되지 않는다는 것과 같다. 이것은 "인습적인 의미를 깨부수고 새로운 의미나 반의미를 창조"[10]하는 창작기법이다. 즉, 시적 자아가 지향했던 시간으로부터의 자유, 완전한 자유이다. 김춘수가 시에서 완전한 자유를 추구한 것은 자신이 물리적인 시간 안에서 대상은 결코 자유로울 수 없음을 자각하고, 시작(詩作)을 통하여 시간의 경계를 해체함으로써 존재의 진리를 알고자 했기 때문이다.

---

10) 수잔 손탁, 이민아 옮김, 「해프닝, 급진적인 병치의 예술」, 『해석에 반대한다』, 이후, 2002, 399쪽

2. 존재와 세계의 의미

공간은 지향적 체험을 전체적으로 볼 수 있는 곳이다. 시에서 대상은 시각적, 촉각적, 청각적인 성격을 지녀 다양한 성질을 가지고 있지만, 공간 안에서 대상은 공존하게 된다. 대상이 자신을 드러낼 때 관계를 맺는 다른 대상도 공간 속에 모습을 함께 드러내 공간의 지평을 형성하기 때문이다. 공간적 지각과 체험의 지속이 지평구조를 통해 조직화되는 것이다. 지각하는 행위는 정신이 아닌 감각, 특히 시각에 의해 많이 포착하는 것이므로 작품 속에서 공간은 몸을 중심으로 지평구조를 이룬다. 이때 공간은 인식하는 자아에 의해 열려 있거나 폐쇄되어 있어 시적 자아의 지향성과 불가분의 연관관계에 놓인다.

시에 있어서 공간은 지향된 사물과 실존적인 인간의 관계에 의해 생성되는 것이다. 공간은 지향적 체험이 실존의 현상으로 모이는 곳인 동시에 시적 자아가 사물의 운동 방향을 지각하는 곳이기도 하다. 따라서 공간 안에서 지각된 대상의 다양한 모습에서 잠재적인 비가시태까지 조망할 수 있다.

1) 존재 물음과 실존 탐색

사물을 지각하거나 인식하는 것은 우리의 몸이라는 공간을 통해 시작하게 되므로, 공간은 자아와 세계 속에 상호 연관되어 있다. 시 속의 세계는 객관적인 현실이 아니라 작가의 개인적인 체험에 의해 개별적으로 구조화되어 나타나는 현실이다. 작가의 체험을 이루게 해주는 의식 양태를 현상학의 제네바학파는 인식, 의지작용, 정서, 지각, 시간(기억), 공간, 그리고 상상으로 분류하고, 의식의 내용을 세계(비인간적 실재), 발생(사건), 타자(나 이외의 타인들), 그리고 자아(자신의 지향적 행위의 내용으로서의 자기) 등으로 범주화하였다. 이처럼 작가가 살아가면서 겪게 되는 자아와 타자의 관계, 물질에 대한 의식의 상태 등과 함께 경험하게 되는 공간이 중요한 것은 시적 자아가 '세계-내-존재'로서 자신의 현존재를 여기에서 찾기 때문이다.

현존재에 대한 탐색은 자신이 내던져져 있는 세계에 대한 호기심으로부터 시작된다. 호기심은 알고자 하는 의식의 시작이며 사물을 보는 작가의 눈을 뜨게 하는 매개이기도 하다. 호기심은 세계를 낯설게 보는 데에서 시작되는데, 시에서는 「처용단장 제1부 1」에서 보듯이, 바다가 "새앙쥐 같은 눈"으로 표상되고, 새앙쥐 같은 눈에 보이는 것은 "느릅나무 어린 잎", "새눈", "개동백의 붉은 열매", "피어나는 산다화" 등과 같이 생명성을 지닌 사물들이다. 반면, "가라앉은 바다", "군함이 닻을 내린 바다", "물새가 죽어 있고", "죽은 바다" 등과 같은 소멸과 죽음으로 표상되기도 한다. 이처럼 "바다"라는 같은 공간에서 생명성과 죽음이 함께한다는 것은 곧 자아가 분열되어 있다는 것을 의미한다.

시인은 자아의 분열로 인하여 의식지평을 세계에서 내면 세계로 변모시키고, 존재에 대하여 물음을 던진다. 그 물음은 '다오'체의 언술로 나타난다. 「처용단장 제2부」의 시들에서 반복되는 '다오'체는 일반적인 서술어와 마찬가지로 화자와 청자가 꼭 필요한 청유형 종결어미로 구어체이다. 그러나 일반적인 언술체계와 달리 「처용단장 제2부」의 '다오'체는 화자와 청자가 없이 대상만 남아 있다.

돌려다오.
불이 앗아간 것, 하늘이 앗아간 것, 개미와 말뚱이 앗아간 것,
여자가 앗아가고 남자가 앗아간 것,
앗아간 것을 돌려다오.
불을 돌려다오. 하늘을 돌려다오. 개미와 말뚱을 돌려다오.
여자를 돌려주고 남자를 돌려다오.
쟁반 위에 별을 돌려다오.
돌려다오.

— 「처용단장 제2부 1」 전문

구름 발바닥을 보여다오.
풀 발바닥을 보여다오.
그대가 바람이라면
보여다오.
별 겨드랑이를 보여다오.
별 겨드랑이의 하얀 눈을 보여다오.

— 「처용단장 제2부 2」 전문

애꾸눈이는 울어다오.

성한 눈으로 울어다오.

달나라에 달이 없고

인형이 탈장하고

말이 자라서 사전이 되고

기중기가 올라갔다 내려오고 올라갔다 내려오고

올라갔다 내려온다고

애꾸눈이가 애꾸눈이라고

울어다오. 성한 한 눈으로 울어다

— 「처용단장 제2부 4」 전문

불러다오.

멕시코는 어디 있는가,

사바다는 사바다, 멕시코는 어디 있는가,

사바다의 누이는 어디 있는가,

말더듬이 일자무식 사바다는 사바다,

멕시코는 어디 있는가,

사바다의 누이는 어디 있는가,

불러다오.

멕시코 옥수수는 어디 있는가,

— 「처용단장 제2부 5」 전문

'다오'체는 강렬한 욕구와 함께 안타까움을 동반한 슬픔을 내포하고 있는데, 주문처럼 반복되면서 이러한 느낌은 강화된다. 반복이란 자신의 의지와는 무관하게 상실한 대상을 결코 돌려받을 수 없다는 것을 알기 때문에 하는, 무의식적 행동이다. 자신이 상실한 것을 찾고자 하는 욕구는 '어디 있는가'라는 존재 탐색으로 이어진다. 위의 시들에서 보이는 주문과 같은 반복은 의미가 없는 것이 아니라, 자신을 향해 던지는 존재 물음과 같은 것이다.

구체적인 대상보다 주술적인 리듬에 의해 의미를 추구하는 것은 타자와의 대화 형식이 아니라 시적 자아의 의식과 무의식의 문제이기 때문에 반복적인 리듬을 형성하고, 상징적인 의미는 리듬에 떠밀려 나타난다. 리듬에 떠밀려 나타난 것은 시인이 체험한 사물들을 대표하는 것으로 이 시에서는 사람과 자연으로 분류될 수 있다. 즉 「처용단장 제2부 1」의 시에서 반복되는 "돌려다오"와 "앗아간 것"을 제거하면, "불", "하늘", "개미", "말똥", "여자", "남자", 그리고 "쟁반 위에 별"만 남는다. 의미가 연결되지 않는 단어들을 수수께끼처럼 늘어놓는 것은 시인의 체험이 자아의 분열을 일으키고 있는 것이다. 일단 분열된 자아는 무의식 속에서 상실한 대상을 되찾고자 저항의 몸짓을 하게 되고, 그것은 시 속에서 반복적인 리듬으로 나타난다.

리듬에 떠밀려 나타난 것을 정리하면, 먼저 "앗아 간 것을 돌려다오."라는 음성화된 기호가 남는다. 그리고 그 기호의 대상이 반복되어 나타나는 것을 제거하면, "쟁반 위에 별"이 남는다. 결국 빼앗겼던 것은 "쟁반 위에" 돌려받을 "별"이 된다. 시적 자아가 찾고자 했던 "별"은 '길'과 같은 상징적 이미지이다. 별은 어두운 밤을 밝히는 빛이며, 앞에서 살펴보았던 '눈'처럼 잠자는 우리들의 오성을 깨우고 우리들의 존재를 자각하게 한다. 왜냐하면 그 별은 "하나의 거리이기 때문이다. 그 거리가 영원히 도달할 수 없는 시공적 거리일 때 어느 것이 어느 것의 알레고리로 보인다. 나에게 밀착돼 있으면서 눈에는 보이지 않는 운명이라고 하는 신비의 촉수가 눈에 보이는 것 중의 가장 유현한 것으로 대치될 때 우리의 상상력은 계시를 받는다."[11] 시인의 상상력에 의해 하늘의 물질인 "별"은 물리적인 거리를 초월하여 시적 자아가 찾아가야 할 운명이 되는 것이다.

하늘의 별을 보고 떠올린 운명의 길은 시인이 세계 내에서 체험한 일들이 상상의 배경이 되어 '다오'라는 서술어를 통해 시의 표면에 드러난다. 「처용단장 제2부 2」의 시에서 "보여다오"라고 요청된 대상은 보이지 않는 공간이다. "발바닥"과 "겨드랑이"는 보이지 않으며 쉽게 볼 수 없다. 이 공간은 생물학적인 신체의 일부가 아니라 가려져 보이지 않는 곳을 지칭하는 것이다. 앞의 시와 달리 이 시에서는 화자와 청자가 확연하게 나타난다. 언표되어 있지 않지만 '나'라는 화자가 "바람"으로 상정한 청자에게 부탁하고 있는 것이다. "그대가 바람이라면" 구름을 가리는 것, 풀을 가리는 것, 별을 가리는 것들을 없애고 그들의 본질을 있는 그대로 보여 달라고 희구한다. 왜냐하면 우리의 삶은 "성한" 것이 아니기 때문이다.

성하지 못한 우리의 삶은 「처용단장 제2부 4」의 시에서 "달이 없는 달나라", "탈장한 인형", "애꾸눈이"처럼 '실체 없음'의 대상으로 나타난다. 달이 없는 달나라와 장기가 없는 인형이 탈장한 것, 그리고 애꾸눈이는 본질을 상실한 현상을 구체화시켜 드러내는 것이다. 유일하게 실재하는 것은 말인데, 이 말은 자라서 사전이 된다. 말이 자라서 사전이 된다는 것은 온전치 못한 삶이 온전하게 된다는 것이며, 존재의 본질

---

11) 김춘수, 『꽃과 여우』, 민음사, 1997, 139쪽

이 드러난다는 것이다. 이처럼 시인이 체험한 현실은 존재의 길을 찾기 위한 몸짓이다. 볼 수 없고 가질 수 없는 운명이나 존재에 대한 인식은 "어디 있는가"라는 반복되는 물음과 함께 고통스럽게 우는 자성의 물음을 던진다.

위의 시들에서 공통적으로 드러나는 감정은 존재에 대한 안타까움이다. "별"은 시적 자아가 지향하는 존재의 모습이지만, 결코 닿을 수 없는 거리이기도 하다. "발바닥"과 "겨드랑"은 숨어 있는 대상이기에 시적 자아의 눈으로는 볼 수 없다. "애꾸눈이", "달이 없는 달나라", "탈장한 인형"은 완전을 꿈꾸는 시적 자아에게는 동일시될 수 없는 대상이자 자신이 불완전한 존재라는 것을 일깨워주는 타자이다. "사바다"와 "멕시코"는 존재의 의미를 상실한 대상이다. 이러한 불완전한 존재에 대한 안타까움에서 '다오'라는 간절한 염원과 함께 시적 자아가 찾고자 하는 것이 사물과 존재의 진리임을 알 수 있다.

그러나 이 시도 역시 "어디 있는가"가 반복되어 있는 것처럼, 찾고 있는 대상의 부재를 통해 역설적으로 존재의 의미를 찾고 있다. "어디 있는가"라는 반복되는 물음 속에는 자신이 누구이며, 자신이 무엇을 지향하는지에 대한 강렬한 탐구의지와 함께 현재에 대한 안타까움이 내포되어 있다. 하이데거는 현존재를 세계 속에서 존재의 의미를 물을 수 있는 존재라고 규정하였다. 김춘수는 세계 내에서 자신의 존재 의미와 존재 방식뿐만 아니라 자신과 관계 맺는 모든 존재에 대하여 스스로 묻고 있다. 현존재인 자신의 물음에 대한 응답을 찾고 있는 그의 문학은 존재의 진리를 탐구하는 공간이 된다.

진리를 탐구하기 위하여 던지는 자성의 물음은 다음의 시에서도 볼 수 있다.

하늘은 없지만 하늘은 있다.
밑빠진 독이
허리 추스르며 바라보는 하늘,
문지방 너머 그 쪽에서
떼꾼한 눈알 굴리며 늙은 실솔이 바라보는
아득한 하늘,
그런 모양으로 시와 사람도
땅위에 있다.

— 「시詩와 사람」 전문

바람이 자고 있네요. 그 곁에
낮달도 자고 있네요.
남쪽 바닷가 소읍을
귀작은 나귀가 가고 있네요.
패랭이 꽃이 피어 있네요.
머나먼 하늘, 도요새 우는
명아주 여뀌꽃도 피어 있네요.

— 「깜냥」 전문

위의 시에서 하늘은 하늘 그 자체로 실재하는 공간이 아니라 "밑빠
진 독이" 바라보고, "늙은 실솔이 바라보는" 행위에 의해 실재하는 공
간이다. 비단 하늘뿐만 아니라 "시와 사람"도 스스로 존재하지 않는
다. 모든 행위는 삶의 구체적인 지평을 떠나서는 성립될 수 없는데, 위

의 시에 나타나는 주체의 삶의 지평은 일상의 여러 모습으로 나타난
다. 그것은 "머나먼 하늘"과 관계없이 영위되고 있는 우리들의 일상이
다. 즉 "바람"과 "낮달"은 자고, "귀작은 나귀"는 갈 길을 가고, "패랭이
꽃"과 "명아주 여뀌꽃"은 피지만, 또 한편 "허리 추스르며", "떼꾼한 눈
알 굴리며" 바라보아야 하는 "하늘"이기도 한 것이다. 존재를 탐구하는
시인의 눈길이 자연과 인간뿐만 아니라 시에도 동시에 적용되고 있음
을 위의 시는 잘 보여주고 있다.

다음의 시에서 시적 자아의 존재에 대한 탐구는 더 구체화되어 나타난다.

　　　쥐약을 먹었는지 쥐가 한 마리
　　　내장을 드러내고 죽어 있다.
　　　내장이 하얗게 바래지고 있다.
　　　한 달을 비가 오지 않는다.
　　　제주도로 올라 온 저기압골은
　　　다시 밀리어
　　　남태평양까지 갔다고 한다.
　　　웃통을 벗은 아이가 둘
　　　가고 있다.
　　　그들의 발뒤꿈치에서 먼지가 인다.
　　　먼지도 하얗게 바래진다.
　　　흙냄새가 풍기지 않는다.
　　　금잔화의 노란 꽃잎 둘레가
　　　한결 뚜렷하다.

　　　　　　　　　　　　　　　—「작은 언덕 위」전문

시적 자아의 시선에 포착된 작은 언덕 위의 상황은 전혀 희망적이지 않다. 죽은 쥐의 내장은 하얗게 바래지고, 한 달 동안 비가 오지 않아 언덕 위를 걸어가는 아이들의 발뒤꿈치에서는 먼지가 하얗게 바래지고 있다. 그러나 시적 자아는 심한 가뭄 속에서도 노랗게 빛을 발하는 금잔화를 발견한다. 1에서 12행까지의 상황과 마지막 두 행의 상황을 대조시킴으로써 "금잔화"의 생명력이 앞의 절망적인 상황을 희망적으로 바꾸는 효과가 있다. 이것은 시적 자아가 보는 행위를 통해 소멸과 절망의 공간을 희망과 재생의 공간으로 재창조하고 있음을 뜻한다. 이러한 변모는 삶의 구체적인 체험 지평을 긍정적인 방향으로 지향한 결과이다. 그리고 시적 자아는 자신이 속해 있던 세계에서 새로운 사유의 세계로 진입한다.

2) 화해와 통합의 세계 탐색

반짝이는 호기심으로 내면의 소리를 듣고 인식의 눈을 뜬 시적 자아는 실존의 고통과 부조리한 현실에 눈을 뜬다. 그러나 그에게 "길은 동강 나 있었다."(「처용단장 제3부 4」) 나아가야 할 삶의 방향을 상실한 상태에서 시적 자아가 느끼는 것은 자신이 "소설 속에 불쑥 나온 언어단편처럼"(「처용단장 제3부 4」) 길을 잃었다는 외로움과, "눈썹이 없는 아이가 눈썹이 없는 아이를 울리고 있"(「처용단장 제3부 4」)는 부조리한 현실이다.

부조리한 현실은 "어느 날은/살 오른 숭어새끼/온몸으로 바다를 박차고/솟아올랐지만, 그의 눈에는/그해의 첫눈이 오"(「처용단장 제3부

4」)는 모습으로 비친다. "바다 속에서 나와 함께 잠을 자던 숭어새끼"가 자라 솟아오른 바다는 겨울을 알리는 첫눈이 오는 공간으로 더 이상 숭어새끼의 삶의 몸짓을 허용하지 않는다. 길이 동강 났다고 여기는 시적 자아의 좌절감은 생성을 알리는 "새눈"이 아니라 겨울을 알리는 "첫눈"을 보고 있다. 좌절감에 의해 "첫눈"에 쫓어 "가고 있는 늙은 들쥐와/남천의 작은 꽃이" 마치 "새봄인데/아주 아주 낡은 투로"(「처용단장 제3부 4」) 보이는 것이다.

삶의 지향점을 상실한 시적 자아에게 다가온 것은 아나키스트들이다. 김춘수에게 있어 아나키스트는 민족이나 이데올로기 같은 이념에 사로잡힌 존재가 아니라, 개인의 의지를 관철시키거나 자신의 삶을 주체적으로 살았던 존재이다. 자신이 주체적인 삶을 살지 못한다고 생각한 시인의 의식은 아나키스트로부터 '세계-내-존재'로서의 존재 본질을 추구하게 된다.

꿈이던가,
여순 감옥에서
단재 선생을 뵈었다.
땅 밑인데도
들창 곁에 벚나무가 한 그루
서 있었다.
벚나무는 가을이라 잎이 지고 있었다.
조선사람은 무정부주의자가 되어야 하네
되어야 하네 하시며
울고 계셨다.

단재 선생의 눈물은
발을 따뜻하게 해주고 발을
시리게도 했다.
인왕산이 보이고
하늘이 등꽃빛이라고도 하셨다.
나는 그때 세다가야서セタガヤ서署
감방에 있었다.
땅 밑인데도
들창 곁에 벚나무가 한 그루
서 있었다.
벚나무는 가을이라 잎이 지고 있었다.
나도 단재 선생처럼 한 번
울어보고 싶었지만, 내 눈에는 아직
인왕산도 등꽃빛 하늘도
보이지가 않았다.

— 「처용단장 제3부 3」 전문

,표나 .표가 먼저 오는 수도 있다.
,誤. 讀

그의 눈물과 나의 눈물은 그래서
같지 않다.
내가 보는 그의 눈물은
저녁에 지는 하얀 얼룩처럼

거짓말 같기만 하다. 혹은

도마 위에 놓인 참새 늑골에 붙은

(내가 먹을)보얀 살점처럼,

— 「처용단장 제3부 1」 부분

「처용단장 제3부 3」에 나타나는 체험은 꿈과 현실의 관계가 모호하다. 꿈은 무의식이 의식의 층위를 뚫고 올라와 잠자는 동안 재현되는 것으로, 꿈과 같은 것이 시이다. 시에서 꿈속의 여순 감옥과 세다가야서 감방을 결합하는 것은 "벚나무"이다. "시는 부분들의 유사성과 대립성의 상호보완적인 운동에 의하여 움직이는 총체"[12]이기 때문에 서로 유사성이 없는 공간이 연속적으로 접목해 새로운 의미를 생성한다. 특히 "벚나무"는 꿈과 현실의 경계에 삽입되어 있어 서로 다른 두 공간을 결합시키기도 하고 분리시키기도 한다. 분리의 공간이자 결합의 공간인 벚나무를 제외하면 '여순 감옥에서 단재 선생을 뵈었다 – 선생은 조선은 무정부주의자가 되어야 하네 하시며 눈물을 흘렸다 – 단재 선생의 눈물은 발을 따뜻하게도 하고 시리게도 했다 – 인왕산이 보이고 하늘이 등꽃빛이라고 했다 – 나는 그때 세다가야서 감방에 있었다 – 내게는 인왕산도 등꽃빛 하늘도 보이지 않았다'라는 언술이 독백체로 나타난다.

이 언술에 의하여 세계와 대립하는 시적 자아의 감정이 시의 표면에 나타난다. 시에서 대비되는 것은 "여순 감옥"과 "세다가야서 감방", "단

---

12) 옥타비오 파스, 김은중 옮김, 『흙의 자식들 외』, 솔출판사, 2003, 257쪽. 파스는 시에 나타나는 동시성을 시의 언어가 지닌 운동성으로 인한 인접성과 연속성, 공간성과 시간성의 결합으로 본다.

재"와 "나", "따뜻함"과 "시림", "땅밑"과 "하늘" 등이다. 서로 다른 공간이 "벚나무"를 통해 하나로 결합되는 것은 단재와 시적 자아가 서로 다른 사상을 지니고 있음에도 불구하고 추구하는 것이 같기 때문이다. 그것은 '자유'다. "벚나무"는 실제로 김춘수가 감방에서 본 사실적인 나무이면서 동시에 상승지향성을 지니고 자유를 지향하는 단재와 시인의 모습이 전이되어 묘사된 것이다.

"그의 눈물과 나의 눈물이 같지 않은 것"은 '오독誤讀'의 가능성 때문이다. "그의 눈물"은 개인의 자유보다 민족과 이념을 위한 것이었고, "나의 눈물"은 개인의 자유이자 존재의 주체성을 위한 것이다. 그것은 '오독誤讀'의 가능성이며, 반점이 온점보다 먼저 오는 것과 같다. 삶이란 오독과 같은 것임을 깨달은 후, 시적 자아가 관심을 기울인 존재는 철저하게 개인의 의지를 관철시키며 자신의 삶을 주체적으로 살았던 무정부주의자들이다. "표트르 알레크세비치 크로포트킨", "피에르 요셉 푸르동", "미카일 알렉산드로비치", "金文子", "朴烈"(「처용단장 제3부 24」) 등은 민족이라는 개념을 떠나 개인의 의지에 따라 자신들의 뜻을 실천하며 민중의 자유를 위하여 삶을 바친 무정부주의자들이다. 김춘수가 이들의 이름을 자신의 시에서 자주 호명하는 것은 자신이 주체적으로 삶을 선택하지 못했다는 심리가 강하게 작용했기 때문이다.

시인이 몸으로 겪은 일련의 경험들은 시적 자아에게 있어 그 무엇보다 자유가 중요한 것임을 깨닫게 한다. 몸의 자유가 제한된 현실에서 경험하는 것들은 시적 자아의 세계에 대한 인식을 변화시킨다. 일본의 감옥 안에서 작은 들창을 통하여 벚나무를 보는 것만이 김춘수에게 주어진 자유이듯이, 괄호 안에 들어 있는 언어는 그 이상의 의미를 지닐 수 없으며 나아갈 수도 없다. 문장 내에서도 괄호 안의 단어는 고립되어 있어 괄호 안의 의미로만 읽힌다. "모난 것"이든 "둥근 것이든" "귀가 선 모양"(「처용단장 제3부 40」)의 괄호이든 괄호 안의 단어는 자신의 의지와는 상관없이 들어가 있어야 한다. 괄호는 곧 단어의 감옥인 것이다.

체험에 의해 세계와 대립하던 소극적인 자아는 순수의 존재를 만난다.

반딧불 하나
열없이
내 손바닥에서 사그라져 간
순하디 순한 그해 여름
나는 죽고, 그때
갓 태어난 그네, 날마다 밤마다
오늘도 그네는
보지 못한
나를 운다.

— 「처용단장 제3부 25」 전문

"반딧불 하나"가 죽던 여름에 자신과는 다른 세계 속에 살던 존재인 그네를 만난다. 순수한 그네("갓 태어난 그네")를 만나자 지금까지의 "나는 죽고", 그네는 시인의 의식 속으로 뚫고 들어온다. 감옥에서의 기억으로 세계와 대립하던 자아에게 "날마다 밤마다 보지 못한 나를 위한" 그네의 울음은 지금까지의 대립과 불화가 사족(뱀의 발, 「처용단장 제4부」의 제목)과 같다는 자각을 준다. 그 자각에 의해 반딧

불과 함께 지금까지의 나는 죽고 그네와 일심체가 된다. 대립의 해체는 시인에게 가해졌던 힘의 해체를 불러온다. "ㅎ ㅏ ㄴ ㅂ ㄴ ㅈ ㅓ ㄱ ㅈ ㅅ ㅓ ㅓ ㄹ ㄱ ㅜ ㄹ ㄴ"(「처용단장 제3부 37」) "ㅜ ㅉ ㅣ ㅅ ㄹ ㄲ ㅗ ㅂ ㅏ ㅂ ㅗ ㅑ/ㅣ 바보야./역사가 ㅕ ㄱ ㅅ ㅏ ㄱ ㅏ 하면서/ㅣ ㅂ ㅏ ㅂ ㅗ ㅑ"(「처용단장 제3부 39」)라는 자신에 대한 탄식은 그네의 울음을 통해 순하디순하게 사그라진다.

대립에 의한 갈등이 무화되자 "꿈은 꾸지 말아야지,/깨고 나면/혓바닥에 혓바늘이 이는/그런 짓은 이젠 하지/말아야지"(「처용단장 제4부 16」)라는 인식의 변화를 일으키고, '세계-내-존재'로서 세계를 살펴보게 된다.

> 서울은 꼭 달팽이 같다. 아니
> 달팽이뿔 같다. 오므렸다
> 폈다 움츠렸다 뻗었다
> 앉았다 섰다
> 서울은 말하자면 이니까 이니까로 서 있는
> 뿔이니까, 달팽이뿔에는
> 뼈가 없으니까, 또 니까, 다. 그렇지
> 무슨 장광설이 무슨 자유가
> 무슨 무정부주의가
> 오디오 비디오가 그렇게도
> 많은지,
> 광화문 네 거리에서도 보이지 않는
> 인정전, 더 깊은 곳에

비원이 있고
여름에는 제 혼자 호젓이
개불알꽃이 핀다.
이조잔영,
치즈를 한 입, 명동에서
술을 마시면
서울의 겨울 밤은 모든 것 다 잊으려한다.
저음으로 누가 징글벨 징글벨 노래하면서,

—「처용단장 제4부 1」전문

죄지은 자 모두 잠들어 있고
죄짓지 않은 자
홀로 깨어 있다.
술청을 앞에 하고 술 마시는
거기가 곧 선술집인데
젓가락 장단에 소매 걷어붙이고
옷가슴엔 김칫국도 튀어가야 한다.
어 어 어
우린 언제 어디서 왔나.

—「처용단장 제4부 2」전문

이 시에서는 현재와 과거가 서울이라는 공간 안에서 함께 살아간다. "인정전"과 "비원"은 과거라는 시간이 공간화된 곳으로 "이조잔영"을 지닌다. 광화문 네 거리와 명동은 현재가 공간화된 곳으로 장광설과 자유와 무정부주의가 자신들의 소리를 내고("오디오") 자신들의 모습을 보여주는("비디오") 곳이기도 하다. 서울에서는 과거와 현재가 서로 뒤틀리며 살아가고, 외래문화("치즈", "징글벨 징글벨")까지 이유를 붙이며("니까") 자신의 존재를 주장한다. 서울의 모습은 뼈가 없는 달팽이의 뿔이라는 부조화적인 이미지로 구체화된다. 이런 서울의 모습은 역겹기도 하지만, 낯설기도 하다. 서울의 모습은 "말하자면 이니까 이니까로 서 있는 뿔"로 나타나는데, 시인이 보는 서울의 모습은 주체가 상실된 채 모든 것을 잊으려 하는 낯선 모습이다.

원래의 모습을 상실한 서울에서 벗어나고자 하는 시적 자아는 보이지 않는 깊은 곳("비원")에서 "여름에 제 혼자 호젓이 있는 개불알꽃"을 본다. 그것은 '항상 깨어 있어야 하는 현존재'와 같다. 그래서 "술을 마시면 모든 것을 다 잊으려 하는 서울의 겨울 밤"에 보이지 않는 곳에서 시적 자아는 홀로 깨어 있다. 시적 자아가 찾는 존재의 지향은 "옷가슴에 김칫국"이 튀어가면 "어 어 어" 놀라는 데서 잘 드러나고 있다. 그것은 존재의 근원적인 모습을 잊어버린 일상적인 인간의 타락한 모습을 보면서 갑자기 놀라 깨어 묻는 질문("우린 언제 어디서 왔나")이기도 하다.

김춘수 시에서 공간은 시적 자아가 '세계-내-존재'로서 자신의 현존재를 찾는 곳이다. 현존재에 대한 탐색은 자신이 속해 있는 세계를 낯설게 보는 것으로 시작하여 구체적인 대상보다는 주문과 같은 반복을 통해 존재의 의미를 찾고 있다. 이러한 존재 탐색은 부조리한 현실을 인식하는 계기가 되고, 이 현실로 인하여 자신이 주체적인 삶을 살지 못했음을 자각하게 된다. 이것은 김춘수의 감옥경험이 유년의 기억과 결합하여 새로운 의미를 생성한 것으로, 의식 지향이 개인의 자유에 있음을 의미한다.

  김춘수 시의 공간에서 유년의 기억은 '바다', '산다화'로 표상되며, 감옥경험은 '벗나무', '감옥', '괄호' 등으로 표상된다. 이 이미지들이 '서울', '괄호', '달팽이 뿔'과 같은 공간 이미지를 만나 개인의 실존적 고통을 벗어나서 존재의 본질을 찾는 공간으로 변화한다. 이 공간에서 시적 자아가 도달한 것은 세계와의 화해이다. 마치 "다 자란 바다의 가장 살찐 곳에 떨어져/점점점 바다를 덮는" "커다란 해바라기" (「처용단장 제1부 8」)처럼 시인은 그만의 방법으로 세상과 화해하고 있는 것이다.

3장

김춘수 시의 세계관

이데올로기는 사람들이 살아가면서 경험을 통해 형성하는 사상이나 가치 등의 체계를 말한다. 이데올로기에는 지배계층의 이념을 대변하기 위하여 은폐, 위장하는 허위의식으로서의 부정적인 면과 현실적인 모순을 폭로하고 변화를 도모하는 유토피아적 지향이라는 긍정적인 면이 있다.[1] 김춘수는 폭력적인 역사를 경험하면서 이데올로기에 대해 비판적인 태도를 취한다. 이 태도가 시에서 인위적인 메시지를 배제하는 순수시를 추구하게 하고, 서술적 이미지 또한 이 과정에서 나타나게 된다. 여기서 한 걸음 더 나아가 시에서 대상마저 지우고 의미의 자유를 얻고자 할 때 김춘수가 원하는 순수시, 즉 무의미시가 나타나고 있다.

무의미시는 자신의 존재조건을 위협한 현실에 대하여 부정의식을 표출한 것이므로, 이데올로기에 대해 비판적인 관점을 갖는다고 할 수 있다. 다시 말하면, 김춘수는 회의적인 인식으로 세계를 부정적으로 보게 되고, 이러한 자아와 세계 사이의 갈등은 글쓰기를 통해 구체적

---

1) 폴 리쾨르, 박병수 옮김, 「이데올로기와 유토피아 : 사회적 상상의 두 표현」, 『텍스트에서 행동으로』, 아카넷, 2004, 408-409쪽 참조

으로 드러난다. 그런데 이러한 인식이 김춘수가 말하는 무의미시에만 나타나는 것이 아니라, 그의 시 전반에 나타나고 있다. 이것은 그의 순수시에 대한 열정이 특정한 시기에 국한된 게 아니라는 것을 뜻한다.

1. 고립적 자아와 전복의 글쓰기

　세계가 자아를 억압하면 자아는 자신의 자리를 상실하고, 세계가 자아의 자리를 대신한다. 그리하여 자아는 현실을 외면하거나 두려워하게 되어, 현실을 직시하기보다 사선적으로 보거나 유희의 성격을 띤다. 이때 실존하는 개인, 즉 주체는 영원히 사라지는 것이 아니라 무의식 안에서 끊임없이 리비도를 생성하며, 그 리비도는 개인의 존재를 인정하지 않으려는 지배 이데올로기와 맞서는 기제를 만들어낸다. 이러한 시도는 김춘수의 시에서 전복과 부정이라는 방식으로 표상되고, '환상'과 '수수께끼' 그리고 '카니발적'인 형식[2]으로 구체화된다.

　카니발적 삶이란 통상적인 궤도에서 벗어난 삶이며, 어느 한도에서는 '뒤집혀진 삶', '거꾸로 된 세상'이다. 카니발적인 상황에서는 일상적 생활의 질서와 체계를 규정 짓는 구속, 금기, 법칙들이 제거된다. 카니발적 삶이 작품 속에 표상될 때, 이데올로기는 부정되거나 전복된다.

---

2) M. 바흐찐, 김근식 옮김, 『도스또예프스끼 시학』, 정음사, 1988, 180-182쪽 참조

1) 현실 상실과 환상 이미지

시인이 속한 현실세계가 시인의 존재성을 위협하게 되면, 시인은 자신이 현실과 맺고 있는 관계가 허구임을 깨닫는다. 그리고 현실의 진실을 의심하게 되고, 이성과 논리는 상상력 앞에서 고개를 숙이며 이미지와 환상이 가득한 영역이 전개된다.[3] 환상은 현실과 허구의 틈에서 생성되는 것으로, 시에서 환상은 현실성을 상실하고 실재하는 이성과 논리보다 불확실성과 회의가 글쓰기로 재현된다. 이때의 리얼리티는 텍스트 외부의 실재성보다는 텍스트 내에서 재현되는 또 다른 종류의 허구적 자율성을 말한다.[4]

이데올로기의 허구성을 경험한 후, 현실 세계에서 진실을 상실한 시적 자아는 '환상'으로 현실을 피하고자 한다. 특히 폭력 앞에서 무너져내린 자존심은 마음 깊은 곳에서 모욕감으로 인한 부끄러움[5]을 형성하고, 환상 속의 공간으로 자아를 옮겨간다. 「겨울밤의 꿈」은 이 같은 현상을 말해준다.

저녁 한동안 가난한 시민들의

살과 피를 데워주고

---

3) 이본느 뒤플렌시스, 조한경 역, 『초현실주의』, 탐구당, 1983, 35쪽 참조
4) 토도로프는 자신의 저서인 『환상문학서설』에서 시는 환상문학에 어울리지 않는 장르라고 제시하고 있다. 실제의 재현을 통한 허구의 세계를 생성하는 소설과 달리 시는 세계의 재현과 관계없이 언어적 결합에 의해 이미지를 생산하므로 환상성을 유발할 수 없다는 것이다. 그러나 현대의 많은 시가 재현적 기능을 가지고 있고, 특히 김춘수의 시는 전통적인 양식을 벗어나 모호성을 유발하여 환상성을 불러일으키는 특징이 있다.
5) 김춘수는 자신의 상상력으로 인하여 육체의 고통에 너무 빨리 정신이 손을 든 것에 대하여 모욕감을 느끼며 일생 동안 깊은 상처를 받았음을 산문에서 토로하고 있다.

밥상머리에

된장찌개도 데워주고

아버지가 식후에 석간을 읽는 동안

아들이 식후에

이웃집 라디오를 엿듣는 동안

연탄가스는 가만 가만히

쥐라기의 지층으로 내려간다.

그날 밤

가난한 서울의 시민들은

꿈에 볼 것이다.

날개에 산홋빛 발톱을 달고

앞다리에 세 개나 새끼공룡의

순금의 손을 달고

서양 어느 학자가

Archaeopteryx[6]라 불렀다는

쥐라기의 새와 같은 새가 한 마리

연탄가스에 그을린 서울의 겨울의

제일 낮은 지붕 위에

내려와 앉는 것을,

—「겨울밤의 꿈」 전문

위의 시에는 일상적인 삶과 함께 환상적인 꿈의 세계가 묘사되어 있

---

6) 아르카이오프테릭스 새(시조새)

다. 새롭게 제시된 꿈속의 공간은 현실을 모델로 하면서도 현실과는 전혀 다른 의미를 지닌 공간으로 변하여 환상성을 띤다. 시에서 현실과 꿈의 세계를 연결하는 것은 "연탄가스"이다. "연탄가스"에 의해 "가난한 서울 시민들"은 "쥐라기의 새"를 꿈에 볼 수 있다. 이러한 환상은 시적 자아가 일상 생활을 통해서는 진실을 볼 수 없기 때문에 나타나는 현상이다. 시적 자아가 인식하는 현실은 본래의 모습을 상실했으므로 꿈속에서 탈현실의 세계를 지향하는 것이다.

꿈은 문학텍스트 속에서 새로운 영역으로 들어갈 때 흔히 사용되는 '거울'이나 '문', 그리고 '구멍'과 같은 역할을 한다. 시적 자아가 꿈같이 환상적이며 새로운 영역을 탐색하는 것은 일상적이고 습관적인 타성을 괄호 속에 넣고, 판단을 중지한 상태에서 변화를 도모하는 것이다. 이것은 일상의 논리에 앞서 근원적인 세계를 보고자 하는 노력으로, 우리가 가지고 있는 편견에서 해방되는 것과 같다. 다음 시에서 그것을 더욱 명확히 볼 수 있다.

새장에는 새똥 냄새도 오히려 향긋한
저녁이 오고 있었다.
잡혀 온 산새의 눈은
꿈을 꾸고 있었다.
눈 속에서 눈을 먹고 겨울에 익는 열매
붉은 열매,
봄은 한잎 두잎 벚꽃이 지고 있었다.
입에 바람개비를 물고 한 아이가
비 갠 해안통을 달리고 있었다.

한 계집아이는 고운 목소리로
산토끼 토끼야를 부르면서
잡목림 너머 보리밭 위에 깔린
노을 속으로 사라지고 있었다.
거짓말처럼 사라지고 있었다.

—「처용단장 제1부 7」 전문

위의 시에서 현실세계와 꿈은 차이를 통해 환상적인 분위기로 묘사된다. 현실세계에서 산새는 새장 속에 감금되어 꿈을 꾼다. 꿈속은 폐쇄적인 현실인 "새장"과 달리 개방된 공간으로서 "눈을 먹고 겨울에 익는 붉은 열매", "벚꽃", "한 계집아이", "산토끼" 등이 "해안통"과 "잡목림 너머 보리밭"을 배경으로 펼쳐져 있다. 새장 속에 갇혀 꿈을 꾸는 산새와 해안통을 달리는 아이, 그리고 노래를 부르며 잡목림 너머 보리밭 위에 깔린 노을 속으로 사라지는 아이는 현실과 꿈의 차이를 보인다. 그것은 바로 구체성과 모호성이다.

이 시에서 꿈과 현실의 상황을 전달하는 것은 "있었다"라는 서술어이다. 현실의 상황은 "저녁"과 "산새의 눈"이라는 주어에 의해 시간과 대상이 구체성을 띤다. 그러나 꿈속의 상황은 "봄"과 "벚꽃"이라는 구체적인 시간과 "한 아이", "한 계집아이"라는 모호한 대상이 함께 있다. "겨울"과 "봄"이라는 구체적인 시간이 설정되어 있더라도, 이러한 구체성이 현실에서 지각되는 것을 거부하기 때문에 환상 속에서 시간과 대상은 우연적이고 비인과적으로 결합되어 나타난다. 따라서 꿈에 나타나는 계절이 겨울인지 봄인지는 뚜렷하게 나타나 있지 않고 모호하다.

시에서 드러나는 우연성은 현실의 재현이 아니라 유년기의 기억들이 시인의 연상에 의해 꿈속에서 자동기술로 서술된 것이다. '산새가 잡혀 왔다 → 잡혀 온 산새는 현실을 피하여 꿈을 꾼다 → 꿈속에서는 겨울 열매가 눈을 먹고 붉게 익고 있다 → 벚꽃이 지고 있다 → 한 아이가 바람개비를 물고 해안통을 달리고 있다 → 한 계집애가 산토끼를 부르며 보리밭길 위 노을 속으로 사라지고 있다'라는 서술구조가 비인과적이라는 것이 이를 말해준다. 그래서 "한 계집아이는" "거짓말처럼 사라지고" 있다.

시에서 현실은 구체성을, 꿈은 모호성을 띠는 이유는 시 속의 대상들이 개별적 가치를 상실하고 하나의 기의를 통해 의미화되기 때문이다. "붉은 열매", "한 아이", "계집아이", "산새"라는 기표들은 폭력적인 역사가 시인에게 개입되기 이전인 유년기로서 '꿈'과 같이 평화로우며 자유스러운 의미를 지닌다. 반면, "새장", 지고 있는 "벚꽃"은 억압과 좌절을 의미한다. 이처럼 기표들은 시인의 상상에 의해 우연적으로 결합된 것처럼 보이지만, 하나의 의미망에 의해 결합되어 있다. 이러한 시작(詩作) 기법에 의해 '환상'이 묘사된다.

「겨울밤의 꿈」과 「처용단장 제1부 7」에서 현실의 묘사는 구체적으로 묘사되는 반면, 꿈속의 세계는 모호성을 띠고 환상적으로 묘사된다. 김춘수는 감옥경험에 의해 현실의 진실을 의심하고 회의하는 것뿐만 아니라 자신의 존재에 대해서도 회의한다. 자신의 존재본질을 알고자 하는 욕구는 현실이 지니고 있는 타성에서 벗어나 사실 있는 그대로 보게끔 만든다. 그래서 감옥경험 이전인 유년으로 돌아가 '자신이 누구인지' 알고 싶어 하지만, "한 아이" 또는 "한 계집아이"로 표상되는 모호함만 남아 있다. 시 속의 대상들도 인과성을 상실한 채 우연적으로 결합되어 시적 자아의 현실 상실감과 존재의 모호함을 형상화한다.

우연적인 결합에 의한 모호성은 「해파리」에서 더 뚜렷하게 묘사
된다.

> 바다 밑에는
> 달도 없고 별도 없더라.
> 바다 밑에는
> 肛門과 膣과
> 그런 것들의 새끼들과
> 하나님이 한 분만 계시더라.
> 바다 밑에서도 해가 지고
> 해가 져도, 너무 어두워서
> 밤은 오지 않더라.
> 하나님은 이미
> 눈도 없어지고 코도 없어졌더라.
> 흔적도 없더라.
>
> ― 「해파리」 전문

이 시에서 바다는 낯설고 신비한 세계이다. 프로이트(Sigmund
Freud)는 창조적 상상력이란 어떤 것을 발명하는 것이 아니라 낯선 요
소들을 결합할 수 있는 능력이라고 말한 바 있다. 이는 '창조적 상상
력'과 '환상'이 서로 맞닿아 있다는 의미이다. 바다 밑에는 서로 공존
할 수 없는 대상들이 함께 살아간다. "肛門"과 "膣"과 "새끼들"이 살아
가는 바다 밑은 환상 속에서 실재하는 공간이다. '~더라'는 경험한 일

을 회상하여 말하는 것을 나타내므로, 믿을 수 없는 일을 오히려 신빙성 있는 일로 만드는 역할을 한다고 할 수 있다. 시 전체를 지배하는 모호성과 환상성은 시간의 질서를 상징하는 "하나님"마저 추상적인 존재("하나님은 이미/눈도 없어지고 코도 없어졌더라")로 치환시킨다.

따라서 시에서 논리성은 사라지고 상상력만 남게 된다. 상상력은 외부의 모든 요소와 인위적인 논리로부터 자유롭기 때문에, 시 속에서 대상은 있기도 하고 없기도 하는 모호한 상태로 남는다. "하나님"이 "肛門과 膣과/그런 것들의 새끼들"과 함께 '있는' 것은 "하나님"과 '인간'이 지닌 가치의 차이가 상실되면서, 그 결과 이들이 "바다 밑"에서 공존할 수 있기 때문이다. 그러나 해가 져도 너무 어두워서 밤이 오지 않는 "바다"는 현실 속에서의 차별을 무력화시키는 환상의 공간이다. 이 무차별성에 의해 가치를 상실한 "하나님"은 모호성을 띠고 사라진다.

그러나 시인의 의식은 논리보다 대상의 본성을 파악할 수 있는 근원적인 세계를 지향한다. 그것은 타성을 괄호 안에 넣는 것이다. 추상적으로 표현된 "한 아이", "한 계집아이"가 그 예로서, 시인의 관념작용이 억제되어 있다는 것을 의미한다. 두 시에는 배경이 되는 관념이 드러나지 않기 때문에 대상 자체가 차별성을 잃고 모호하게 묘사된 것이다. 이러한 판단중지에 의해 묘사된 「처용단장 제1부 7」과 「해파리」에 유년기의 기억이 나타난다. 시적 자아는 탈현실의 세계를 꿈꾸고, 이러한 탈현실은 곧 유년기의 기억으로 나타나는 것이다.

「겨울밤의 꿈」과 「처용단장 제1부 7」 그리고 「해파리」에서 볼 수 있는 또 다른 공통점은 존재에 대한 탐색이다. "쥐라기의 새와 같은 새", "한 아이", "한 계집아이", "바다"와 같은 시어들이 바로 그것이다. 각각의 시에 나타나는 대상은 명확한 실체가 없는 것과 무의식("꿈", "바다")을 표상하는 것으로, 존재의 불확실성을 의미한다. 그 모두가 현실이 아닌, 꿈이나 바다에 존재하기에 모호성을 띨 수밖에 없다. 따라서, '있다'라는 존재의 단계가 아니라 '있지 않을까'라는 탐색의 단계인 것이다.

김춘수의 시에서 '환상'은 우연적이며 비인과적이고 비논리적인 연결에 의해 모호성을 띠며 나타난다. 이것은 시적 자아가 현실을 알 수 없는 공간으로 보기 때문이다. 시적 자아가 현실에서 도피한 곳은 유년기의 기억이다. 그것은 시인의 세계관인 불가지론(不可知論)에 의해, 현실에서는 진실을 알 수 없다는 인식의 한계를 넘어서서 청년기에 경험했던 폭력적인 감옥경험이 없는 세계인 유년기에서 진실을 찾고자 하기 때문이다. 또한, 자신이 속해 있는 세계에 대한 불신은 실존의 문제와 연관되어 환상의 공간에서 존재의 본질을 찾고자 하지만 그 뜻을 이루지 못한다.

세계에 대한 불신은 무의미시 속에서 현실을 의심하게 만들고, 환상 속에서 현실을 전복하여 재현한다. 가난한 서울 시민들의 꿈에 환상적인 새가 찾아오고, 새장 속에 갇힌 산새는 폐쇄된 현실을 벗어나기 위하여 꿈을 꾼다. 그 꿈속에는 폐쇄적이고 억압적인 새장과는 다른 어린 시절의 기억이 재현된다. 이처럼 김춘수 시의 환상성은 하늘("새")과 땅("아이")을 거쳐, 바다 밑으로 옮겨가면서 대상이 서로 우연적으로 결합되면서 나타난다. 대상의 우연적인 결합은 시간적인 질서를 부정함으로써 현실세계를 전복하는 의미를 지니고 있다.

김춘수 시에 나타나는 환상성은 의미론적인 차원에서 이해해야 한다. 의미론적인 차원에서 읽을 때, 비로소 시 속에 숨겨진 시인의 의식 지향을 알 수 있다. 그것은 탈현실의 세계, 타성이 없는 세계, 존재의 본질을 추구하는 세계이다. 따라서, 그의 시에서 환상은 현실에 대한 판단을 중지함으로써 현실이 전복되어 재현되는 공간이다. 재현된 공간이 꿈의 세계이자 유년기라는 것은 시인의 내면세계가 현실을 부정하고, 보이지 않는 존재의 본질을 탐색하기 때문이다.

2) 세계 부정과 수수께끼 기법

담화를 형성하는 기표는 시인의 무의식에 의해 함의적인 기능을 지니지만,[7] 김춘수의 시에서 함의적인 기능을 지닌 기표는 의미를 숨긴 채 표면 위에 떠오른다. 이때 기표를 특징짓는 시작 방법이 '수수께끼'이다. 실제로 시와 '수수께끼'는 놀이라는 공통점을 지닌다. "시를 짓는 것은 사실상 놀이기능이다. 그것은 정신의 놀이터 즉 정신이 그것을 위해 창조해주는 그 독자의 세계 속에서 진행된다."[8] "수수께끼에서도 시의 근원인 창조적 상상력이 작용한다. 그리고 수사적 설의법이 그대로 수수께끼의 질문방법이다. 즉 수수께끼의 시학적 요소는 상상력의 일치와 수사적 기법에 집중한다."[9]

수수께끼는 질문과 해답의 순으로 되어 있고 시는 제목과 해답의 순으로 되어 있다는 데에서도 유사성을 찾을 수 있다. 다만 그 순서가 바

---

7) 무의식의 상징은 그것의 그릇인 기표를 언어기호에서 빌려 오지만, 내용물인 기의는 일반적인 언어기호인 '개념'이 아니라 '억압된 무의식적 충동이나 욕망'으로 본다. 이는 무의식적 충동이나 욕망이 무의식 밖으로 나올 때 언어기호의 껍질을 쓰고 나온다는 뜻이다. 줄리아 크리스테바, 앞의 책 82쪽 참조
8) 요한 호이징하, 김윤수 옮김, 『호모 루덴스』, 까치, 2007, 183쪽
9) 이재선, 『韓國文學의 解釋』, 새문사, 1981, 31쪽

뛴다.[10] 그리고 시적 언어의 이른바 '낯설게 하기'란 수수께끼적인 전이와 원칙적인 상관성을 갖고 있다. 이처럼 수수께끼가 시에 연관되거나 투영된다는 것은 수수께끼의 은유가 시적 은유와 서로 일치한다는 뜻이다.[11] 즉 시와 수수께끼의 은폐기전이 유사하다는 의미이다.[12]

김춘수 시에 나타나는 수수께끼적 요소는 동음이의어의 반복에 의한 유희성이다. 유희란 수단이나 도구가 아니라 그 자체가 목적이기 때문에, 그의 시에 나타나는 유희성은 언어를 메시지의 수단으로 사용하지 않고 시적 기능으로 사용하는 데서 온다. 무의미시에서 언어들은 아무런 관련성이 없이 시인의 무의식에 의해 자동기술되는 것처럼 반복된다. 그러나 무의식이 자동기술되기 위해서는 어쩔 수 없이 의식의 층위를 뚫고 올라와야 하므로, 엄격한 자동기술이란 사실상 어렵다. 그러므로 "순수한 문자유희는 문자 자체의 소리의 골계적인 배열에 중점을 두고 스스로 한 유형을 이룬다."[13] 이때 반복되는 동음이의어는 의미가 상실되어버린 단순한 기표들의 음으로 이루어져 있는 것처럼 보인다.

다음의 시가 이러한 수수께끼적인 기법을 말해준다.

---

10) 엄국현, 「시에 있어서의 사물인식-이데올로기와의 관련성을 중심으로」, 부산대학교 박사학위논문, 1990, 52쪽 참조
11) 이재선, 『우리문학은 어디에서 왔는가』, 소설문학사, 1986, 126쪽
12) 유협은 언어를 두 종류로 보았다. 하나는 애매한 표현으로 진의를 감추는 것이다. 이는 바로 은밀히 약속한 말과 글을 사용하여 바로 뜻을 은폐시키는 것을 말한다. 실제로 은어는 일종의 암호다. 다른 하나는 비뚤어진 비유로 어떠한 사태를 암시하는 것이다. (…) 표현방법에 있어서 전자는 빌려 오는 것으로 두 사물의 상호관계를 취하고, 후자는 비유하는 것으로서 두 사물의 유사성을 취했다. 유협, 최동호 역편, 『문심조룡』, 민음사, 2005, 196쪽. 여기에서 전자의 설명이 시에 있어서의 수수께끼 특성을 가리킨다.
13) 朱光潛, 정상홍 옮김, 『詩論』, 동문선, 2003, 67쪽

① 나는 어디가 아픈지 아파서 누워 있다. 밖에서는 굿을 한다고 무당이 칼춤을 추고 있다. 무당의 몸에 달린 쇠방울이 요란하게 소리를 내고 있다. 머슴과 부엌데기들이 왔다 갔다 하는 소리도 들린다. 나는 목이 탄다. 눈이 잘 열리지가 않는다. 그러나 나는 눈을 감고도 똑똑히 볼 수 있었다. 증조고曾祖考의 위비位牌. 신위神位. 소지燒紙 따위,

명도明圖가
아냐
명사明沙
명사鳴沙
명사鳴謝
명사螟嗣
명사銘謝
명사名師
명사明絲
명사名士
그래 나는 명사고불名士古佛
이야
명신대부名信大夫
콧대 높은

② 사바다는 그런 함정이 자기를 기다리고 있는 것을 전연 알지

못했다. 희망을 가지고 게까지 갔지만, 이상하다고 느꼈을 때는 이미 늦어 있었다. 창구와 옥상에서 비 오듯 날아오는 총알은 그의 몸을 벌집 쑤시듯 쑤셔놓고 말았다. 백마가 한 마리 눈앞을 스쳐갔을 뿐아무것도 생각할 틈이 없었다. 그 뒤에 일어난 일들은 그의 알 바가 아니다. 그의 시신은말에 실려가 그의 동포들의 면전에 한 벌 누더기처럼 던져졌을 뿐이다.

— 보아라, 사바다는 이렇게 죽는다.

③ 가마때기를 여러 장 끼워 맞춰 그것으로 원형의 장막(그 직경은 2m가 될까 말까 하다.)을 치고, 투계鬪鷄 두 마리를 그 안에서 싸우게 하고 있다. 장막가를 삥 둘러싸고 검붉게 탄 얼굴들이 모가 나고 핏발선 눈으로 들여다들 보고 있다. 이따금 알아들을 수 없는 말로 뭐라고 싸움을 돋우고 있다. 한 마리는 눈에서 피를 흘리고 있다. 그러나 다른 한 마리는 어디를 상했는지 비칠거리고만 있다. 피를 흘리고 있는 쪽은 한번씩 날개를 치며 솟아오르기는 하지만, 힘없이 허공을 때릴 뿐이다.

①′ 증조고曾祖考 제삿날에
그는 오지
않았다.

④ 네잎 토끼풀이 있다고 어떤 아이가 나에게 그걸 보여줬다. 그걸 보고도 믿지 않을 수는없었다. 남이 그걸 가지고 있는 이상 나도 가질 수 있다고 생각하고 나는 네잎 토끼풀을 찾아나섰다. 쉽게

생각한 것은 내 잘못이었다. 사방이 어둑어둑해지고 갈라진 잎의
모양새가 잘 보이지 않을 때까지 찾아다녔으나 나는 끝내 그걸 찾
아내지 못했다. 그런데 그 아이는 또 하나 다른 네잎 토끼풀을 찾
아냈다. 모과木瓜의 딴 이름은

①″명사榠樝.

—「처용단장 제3부 36」 전문[14]

위의 시에는 여러 개의 서술층위가 있지만, 실제 수수께끼적인 담화
는 하나이다. ①에서 '눈을 감아도 증조고曾祖考의 위비位牌, 신위神
位, 소지燒紙 따위가 보이는 이유는? ("나는 눈을 감고도 똑똑히 볼 수
있었다") ⇒ 거울(明圖)이니까'라는 수수께끼적인 담화를 보이고 있
다. 다시 정리해보면, '내가 눈을 감아도 증조고曾祖考의 위패位牌, 신
위神位, 소지燒紙 따위가 보이는 이유는? ⇒ 명도明圖이니까 ⇒ 명은
명인데 명도가 아닌 다른 것은? ⇒ 명사明沙 ⇒ 명사鳴沙 ⇒ 명사鳴謝
⇒ 명사螟蛉⇒ 명사銘謝 ⇒ 명사名師 ⇒ 명사明絲 ⇒ 명사名士 ⇒ 그
래 맞아, 나는 명도가 아니라 명사고불名士古佛이기도 하고 콧대 높은

14) 이 시에서 "위비位牌", "명신대부名信大夫"는 각각 '위패位牌,' '명신대부名臣大夫'로
바뀌어야 한다. 문맥상 "증조고曾祖考", "신위神位", "소지燒紙"와 관계있는 것은 "위
비位牌"가 아니라 '위패位牌'이며, "명사고불名士古佛"과 짝을 이루는 것은 '명신대부
(名臣大夫)'이기 때문이다. 이 시가 처음 발표된 『현대문학』(통권 431호, 1990년 11
월)에도 한글 없이 한자로만 '位牌, 名信大夫'로 되어 있다. 그 후 활자화된 것이 『처
용단장』(미학사, 1991)과 『김춘수 시 전집』(현대문학, 2004)인데, 처음부터 잘못 쓰
인 한자가 교정되지 않고 있다. 『현대문학』에는 ②연과 ③연이 하나의 연으로 되어
있으며, "증조고曾祖考 제삿날에/그는 오지/않았다"에 온점이 없고, "모과木瓜의 딴
이름은"이라는 행이 독립되어 있지 않으며 반점이 표기되어 있고, 마지막 연을 이루
는 "명사榠樝."에는 온점이 없다.

명신대부名臣大夫이기도 해'라는 말놀이를 통해 수수께끼적인 담화가 형성된다. "나"는 고불이자 대부이기 때문에 명도(明圖)를 통하지 않고도 "증조고"를 똑똑히 볼 수 있다.

이 시에서 수수께끼는 드러냄을 통하여 은폐되어 있다. 네 개의 서술 층위 사이사이에 수수께끼적인 담화를 구성하는 기표를 쪼개어 감추어놓고 있는 것이다. ③연과 ④연 사이에는 내용이나 형식, 문맥과 관련 없이 "증조고曾祖考 제삿날에/그는 오지/않았다."라는 구절이 들어 있다. 그리고 하나가 빠져 있던 것을 마치 나중에 우연히 발견한 것처럼 ④연의 문맥 끝에 "모과木瓜의 딴 이름은/명사榠楂"라고 덧붙여 놓는다. 이 구절도 문맥과는 전혀 어울리지 않는다. 또 특이한 것은 ①의 문맥 속에 두 개의 언술이 들어 있는 것이다. 하나는 묻고 답하는 형식이고, 하나는 동음이의어를 반복하는 방법이다. 두 개의 언술이 서로 얽혀 하나의 언술을 만들어내, 마치 아무런 의미 없는 기표들이 반복되어 연관성 없이 나열되어 있는 것처럼 보인다.

그러나 이것은 말하고자 하는 것을 감추기 위하여 일관성 있게 문맥을 연결하지 않고 일부러 뒤섞어놓은 것이다. 내용적으로 ①-①'-①"-②-③-④의 순서로 연이 구성되어야 하지만, 언어유희의 성격을 지닌 수수께끼적 배열로 자신의 의도를 은폐하는 것이다. "명사"라는, 서로 다른 의미로 쓰이는 기호들을 반복하여 나열함으로써 '낯설게 하기'를 시도한다. 수수께끼적 기법은 일상적이고 가까이 있는 것을 '낯설게 하기' 기법을 통하여 이질적으로 느끼게 하는 것이다. 이러한 기법은 대상의 참모습을 알 수 없다는 그의 불가지론(不可知論) 세계관과 맞닿아 있다. 진리는 숨어 있다고 생각하는 김춘수는 네잎 토끼풀을 찾지 못한 이유를 말장난("모과木瓜의 딴 이름은 명사榠楂")으로 은폐하고 있다.

②연에서는 멕시코의 혁명가 사바다의 이야기를 하고 있다. 여기에서 사바다는 자신의 운명을 전혀 알지 못한 채 죽임을 당한다. ③연은 투계장을 나타낸다. ②연과 ③연은 서로 연관이 없는 것처럼 보이나, 외부의 힘과 타자의 힘에 의해 야기되는 폭력이라는 공통점을 지닌다. 반면, ①연과 ④연에서는 어린 시절의 기억을 나타내고 있다. 이처럼 네 개의 서술은 서로 다르지만, 두 개씩 나뉘어져 각각의 공통점을 지닌다는 특성을 가진다. 구조적으로 보면 유년 시절의 기억 속(①연과 ④연)에 이데올로기에 의한 물리적인 폭력(②연과 ③연)이 들어 있다. 마치 의미 없는 기표의 나열처럼 보이는 하나의 완성된 서술이 두 개의 층위로 나뉘어 대비되는 것은 액자형식의 구조이며, 수수께끼 형식을 빌린 고도의 은폐책략이라고 할 수 있다. 이처럼 시 속에서 폭력이라는 의미는 숨고, 기표만 표면 위에 떠오르는 수수께끼적 표현의 은폐책략을 엿볼 수 있는 것이다.

수수께끼적 표현은 다른 형태로도 보인다. 은폐책략으로 인하여 시는 의미 없이 모호성만 띠게 된 것처럼 보일 수 있지만, 여기에서도 김춘수 세계관의 일면이 엿보인다. 그에게 삶이란 이해될 수 없거나 폭력에 물들어 있는 것이다. 굿은 아픈 "나"에게 폭력과 같다. 나의 병을 정확히 알려고 하지 않고, 굿을 통해 "증조고(曾祖考)"를 불러 치유하려 하기 때문이다. 또 사바다의 죽음도 아무런 의미를 지니지 못한 채, "보아라, 사바다는 이렇게 죽는다."라는 지배자의 말로 고시될 뿐이다. 투계장의 물리적인 폭력("이따금 알아들을 수 없는 말로 뭐라고 싸움을 돋우고 있다")에 의해 닭들은 힘을 쓰지 못한다.("다른 한 마리는 어디를 상했는지 비칠거리고만 있다. 피를 흘리고 있는 쪽은 한번씩 날개를 치며 솟아오르기는 하지만, 힘없이 허공을 때릴 뿐이다.") 따라서 '명도明圖가 아냐 나는 명사고불名士古佛이야 콧대 높은 명신대부名臣大夫'라는 것은 억압적인 관념('굿')에 대한 부정이며 폭력에 대한 반항의식으로 볼 수 있다.

수수께끼 기법에 의해 은폐된 또 하나의 의미는 존재 본질에 대한 탐색이다. 시에서 시적 자아는 자신이 누구인지 정확하게 알지 못한다. "어디"가 아픈 "나"는 "밖"의 굿이 내는 소란스러움에 의해 사람들("머슴과 부엌데기")에게 드러나지 않지만, "나"의 감각은 듣고 본다. 그러나 "나"는 "목이 타"고 "눈이 잘 열리지 않"아서 삶의 본질을 쉽게 볼 수 없다. 그것은 와야 할 날에 오지 않는 "증조고(曾祖考)"와 같고 다른 사람("어떤 아이")은 쉽게 찾지만 나는 찾지 못하는 "토끼풀"과 같다. 또 "사바다"처럼 인간의 운명은 왜곡되며, "투계"처럼 "장막"에 갇혀 "허공을 때릴 뿐이다."

①연, ②연과 ③연의 서술층위에 나타나는 타인의 모습은 폭력과 연관된다. 사바다는 폭력에 의해 희생되는 타자로, 투계장의 "핏발 선 눈"은 폭력을 조장하는 이데올로기와 같다. 이 타자들은 주체가 일생을 고뇌하며 풀고자 했던 폭력과 이데올로기의 모습이자 거부했던 대상으로, 현재의 "나"에게는 풀 수 없는 수수께끼와 같은 것이다. 존재 본질을 탐색하는 시인의 인식은 수수께끼라는 기법과 함께 시를 구성하는 중요한 의미이다. 수수께끼에 기법에 의해 은폐되어 있는 것이 바로 시인의 존재에 대한 탐색이기 때문이다.

수수께끼의 기본적인 놀이 방법은 묻고 답하는 데에 있다. 「처용단장 제3부 36」처럼 제목에서 의미를 유추할 수 없거나 제목과 내용 사이의 유사성을 찾을 수 없을 때, 시는 긴장감을 유발하고 호기심을 촉

발시킨다.[15] 그러나 "수수께끼의 해답은 숙고나 논리적 추론에 의해 발견되지 않는다. 그것은 글자 그대로 급작스러운 해결로서 나타난다."[16] 해결이란 질문자가 해답의 힌트를 제시하는 것이다. 김춘수의 시에서 그 해답은 제목이나 소리의 반복을 중심으로 하는 문자의 구조적인 배열에서 찾을 수 있다. 실제로 그는 "제목은 내용을 가장 암시할 수 있는 것이어야 할 것이다. 동시에 스타일(문체)이나 감각의 예둔(銳鈍)이나 하는 것들을 남에게 알리게 되는 것이다."[17]라고 시의 제목에 대하여 기술한 바 있다. 하지만 자신의 이론과는 반대로 제목이 내용을 전혀 암시할 수 없는 시가 많이 있다는 것은 그가 의도적으로 시의 긴장감을 고조시키고 있음을 말해준다.

다음의 시에서 제목과 내용 사이의 긴장감을 알 수 있다.

메콩강은 흘러서 바다로 가나,
메콩강은 흘러서 바다로 가나,
부산 제1부두에서
귀뚜라미 한 마리가 울고 있다.
가을이 오면 어디로 가나,
가을이 오면 어디로 가나,
여름을 먼저 울자, 여름을 먼저 울자.

---

15) "수수께끼는 解號를 방해하는 장치를 지니면서 아울러 이 解號를 유도하는 장치를 지니고 있어야 한다. 전자가 지나치면 수수께끼는 영영 解讀不能의 暗號로 화하고, 후자의 장치가 과중하게 되면 수수께끼는 싱거워지고 만다." 김열규, 『민담학 개론』, 일조각, 1982, 214쪽
16) 요한 호이징하, 앞의 책, 170쪽
17) 김춘수, 『김춘수 시론 전집 I』, 현대문학, 2004, 254쪽

위의 시는 제목이나 내용 사이에서 해호(解號)를 유도하는 어떤 장치도 찾을 수가 없기 때문에 의미가 없는 언어의 나열로 보인다. 하지만 시를 읽을 수 있는 장치는 시를 구성하는 언어 속에 있다. "언어는 제 자신의 질서와 세계를 가지고 있다."[18]는 관점에서 이 시의 언어적 배열을 볼 때, "메콩강"과 "귀뚜라미"는 "가나"에 의해 연결되어 있으며, 'A는 B로 간다. 그럼 C는 어디로 가게?'라는 수수께끼의 담화구조를 취하고 있다. 즉 '메콩강은 흘러서 바다로 간다. 그럼 귀뚜라미는 어디로 가지?'라는 수수께끼적 담화를 보이는 것이다. 여기에서 연관성이 없는 "메콩강"과 "귀뚜라미"는 "바다"와 "부산 제1부두", 그리고 "~로 가나"라는 단어에 의해 연결되어 있는 것처럼 보인다. "메콩강"은 "바다"로, "바다"는 "부산 제1부두"에서 울고 있는 "귀뚜라미"로, "귀뚜라미"는 "가을"이라는 선적인 구성을 하고 있다.

이러한 수수께끼적인 담화에는 '시간의 흐름'이라는 심층구조가 은폐되어 있다. "메콩강", "흐르다", "가다", "가을", "여름"은 시간을 나타내는 언어이다. 이 언어들이 최종적으로 가리키는 것은 '울음'이다. 시적 자아는 "강", "바다", "귀뚜라미"라는 대상에서 시간을 인식하고 유한성을 지닌 존재를 슬퍼하는 것이다. "여름을 먼저 울자"라는 것은 시간의 흐름을 슬퍼하는 것으로, 여름을 울음으로 보내는 귀뚜라미의 유한한 삶을 안타까워하고 있다. "가을이 오면 어디로 가나"라는 표현은 한계를 아는 존재의 불안을 나타낸다. 따라서 '귀뚜라미의 울음'은

---

18) 앞의 책, 633쪽

현재인 여름을 보내면서 존재의 유한성을 인식한 시적 자아의 내면의 소리이다.

　자연스러운 '시간의 흐름'과 존재 인식의 '울음'을 수수께끼적인 담화로 나타내는 것은 시간이라는 폭력적 질서에 대한 부정의식이다. 존재의 본질을 탐구하는 시적 자아는 자연스러운 시간의 흐름에 대해서 걱정하고 슬퍼하며 죽음이 오기 전에 미리 운다. 이것은 시간 질서에 대한 부정이라는 의미가 수수께끼처럼 표현되어 있는 것이다. 이처럼 존재의 본질에 대한 탐구는 수수께끼 형식으로 그 의미가 은폐되어 표현되거나 '카니발'의 형식으로도 나타난다.

　　사랑이여, 너는
　　어둠의 변두리를 돌고 돌다가
　　새벽녘에사
　　그리운 그이의
　　겨우 콧잔등이나 입언저리를 발견하고
　　먼동이 틀 때까지 눈이 밝아 오다가
　　눈이 밝아 오다가, 이른 아침에
　　파이프나 입에 물고
　　어슬렁 어슬렁 집을 나간 그이가
　　밤, 자정이 넘도록 돌아오지 않는다면

　　　　　　　　　　　　　　　　　　　　　　　―「타령조·1」 부분

　　저
　　머나먼 홍모인紅毛人의 도시

비엔나로 갈까나,

프로이트 박사를 찾아갈까나,

뱀이 눈뜨는

꽃피는 내 땅의 삼월 초순에

내 사랑은

서해로 갈까나 동해로 갈까나,

용의 아들 라후라羅睺羅 처용아빌 찾아갈까나,

엘리엘리나마사박다니

나마사박다니, 내 사랑은

먼지가 되었는가 티끌이 되었는가,

굴러가는 역사의

차바퀴를 더럽히는 지린내가 되었는가

구린내가 되었는가,

썩어서 과목들의 거름이나 된다면

내 사랑은

뱀이 눈뜨는

꽃피는 내 땅의 삼월초순에,

— 「타령조·2」 전문

지귀志鬼야,

네 살과 피는 삭발을 하고

가야산 해인사에 가서

독경이나 하지.

환장한 너는

종로 네거리에 가서

남녀노소의 구둣발에 차이기나 하지.

금팔찌 한 개를 벗어 주고

선덕여왕께서 도리천의 여왕이 되신 뒤에

지귀야,

네 살과 피는 삭발을 하고

가야산 해인사에 가서

독경이나 하지.

환장한 너는

종로 네거리에 가서

남녀노소의 구둣발에 차이기나 하지.

때마침 내리는

밤과 비에 젖기나 하지.

오한이 들고 신열이 나거들랑

네 살과 피는 또 한번 삭발을 하고

지귀야,

—「타령조 · 3」 전문

　　제4시집 이후 십 년 동안 나는 또 한 번의 실험기를 겪게 되었다.
그것은 60년대의 상반기에 걸친 연작시 「타령조」를 통해서다. 장
타령場打令이 가진 넋두리와 리듬을 현대 한국의 상황 하에서 재
생시켜 보고 싶었다. 이러한 처음의 의도와 달리 결과적으로는 하
나의 기교적 실험이 되어 버린 듯하다. 그러나 이러한 과정이 나에
게 있어서는 헛된 일은 아니었다고 생각한다. 「타령조」이후의 나의

시작에 이때의 기교적 실험이 음양으로 작용하고 있다는 것을 충분히 짐작하고 있기 때문이다.[19]

아이들이 장난을 익히듯 나는 말을 새로 익힐 생각이었다. 50년 대의 말에서부터 60년대의 전반에 걸쳐 나는 의식적으로 트레이닝을 하고 있었다. 데생시기라고 해도 좋을 듯하다. 「타령조」라고 하는 시가 두 달에 한 편 정도가 씌어지게 되었다. 일종의 언롱이다. 의미를 일부러 붙여보기도 하고 그러고 싶을 때에 의미를 빼버리기도 하는 그런 수련이다.[20]

위의 시들이 게재된 시집의 제목은 『打令調·기타(其他)』이며 시들의 제목도 「타령조」이다. 타령조란 장타령이라는 뜻을 지니고 있으며, 기층문화를 대변하는 예술 장르로 삶의 미묘함을 희극화하는 특징이 있다. 넋두리는 장타령에 나오는 것으로 언롱(言弄)의 성격을 지니고 있다. 김춘수는 의미의 생성을 기피하는 수단으로 언롱(言弄)을 선택하여 말을 새로 익혀보려고 했지만, 언어유희행위(언롱)[21]는 그의 무의식적 충동을 드러내는 매개체가 되어 오히려 의미를 생성하는 현상이 일어난다. 이것은 그의 무의식 속에 내재된 이성적인 사고에 대한 부정의식이나 사회질서 체계에 대한 거부감으로 해석된다.

「타령조」 시에서 언어들이 마치 흥얼거리고 몸을 흥청거리는("어슬

---

19) 김춘수, 『김춘수 시 전집』, 현대문학, 2004, 253쪽
20) 김춘수, 『김춘수 시론 전집 Ⅰ』, 현대문학, 2004, 533쪽
21) 언롱은 남창가곡 계면조의 곡명이며, 흥청거리는 창법이 그 특징이다. 김춘수는 의도 적으로 시에서 의미를 넣었다 뺐다 하는 장난을 흥청거리는 창법에 비유한 것이다.

렁 어슬렁", "갈까나 찾아갈까나", "하고, 하지"의 반복) 듯 유희성을 띠
는 이유는 그의 무의식 속에 이성과 논리에 대한 거부감이 있기 때문
이다. 이는 위의 시들이 수수께끼의 트릭처럼 제목과 내용 사이에서 유
기적 관계를 찾을 수 없지만, 기존의 질서가 유희에 의해 해체됨으로
써 근대의 합리적 질서에 대한 부정의 의미를 지니는 카니발적 요소를
나타내는 것에서 알 수 있다. 여기에서 유의할 것은 김춘수의 시가 상
징적인 질서 체계에 대한 부정과 탈피의 의미뿐만 아니라, 인간의 본
능적인 사랑에 대한 탐구도 지니고 있다는 점이다.

　언어가 가진 질서와 체계를 무시하고 새로운 말을 익히겠다는 의
도는 시에서 같은 말의 반복을 통하여 의미를 제거하는 것처럼 보인
다. 그러나 그 의도 뒤에는 '이루지 못한 사랑'에 대한 슬픔이 있다. "어
둠의 변두리를 돌고 돌았지만"(「타령조·1」) "대상을 찾지 못한"(「타령
조·2」) 사랑의 슬픔은 이성과 논리성을 무시하고(「타령조·3」) "오한
이 들고 신열이 나"는 본능적인 사랑을 추구하기에 이른다. 「타령조」
의 시에서 추구하는 본능적인 사랑은 시인의 존재 탐구와 맞닿아 있
다. 실존은 인간이 습관적으로 되풀이하는 관념에서 벗어나 독자적으
로 자신의 삶을 살아가는 것이다. 김춘수가 일상적인 언어에서 벗어나
자신만의 언어를 추구했다는 것은 그의 의식이 실존의 문제에 천착하
고 있었음을 의미한다. 이러한 시도에서 도달한 것이 본능적인 사랑의
탐색이었다면, 사랑은 존재의 본질을 구성하는 요소인 셈이다.

　김춘수의 시에서 환상과 수수께끼, 그리고 언롱은 탈현실의 방법이
자 존재의 본질을 추구하는 글쓰기 기법이다. 그는 불가지론(不可知
論)의 세계관에 의해 현실에서의 진리를 의심하고 부정하기 때문에 그
의 시에 나타나는 현실은 부정적이고 폭력적인 양상으로 묘사된다. 따

라서, 시적 자아는 현실에 대한 판단을 중지하고 환상의 공간에서 탈현실을 꿈꾼다. 그것은 유년의 기억으로 표상되지만, 존재의 본질을 찾지 못했기에 모호한 대상으로 남는다.

　김춘수의 시는 보이는 구조보다 그 구조 속에 들어 있는 의미망을 찾았을 때 해석 가능하다. 시는 의미 없는 단어들이 나열된 것처럼 보이지만, '환상'과 '수수께끼', '언어유희', '언롱(言弄)', '카니발'적 양식을 통해 시간의 질서를 부정하고, 이성과 논리를 부정한다. 이러한 시의 창작 기법은 김춘수가 언어의 새로운 질서를 추구하고, 실존의 문제에 깊은 관심을 지니고 있었음을 말해준다.

2. 존재 차원으로서의 유토피아

김춘수는 역사와 이데올로기를 폭력으로 보았으므로, 시에서 관념을 배제하고자 한다. 시는 관념을 추구하는 것이 아니라는 자각과 함께, 관념 이전의 세계가 진정한 시의 세계라는 인식을 하기에 이른 것이다. 그래서 그는 시가 유희이자 인격의 발견이며 형성으로 보게 되었고, "그대로의 주어진 생을 시에서 즐기고 싶"22)어 한다. 관념에서 벗어나기 위하여 그가 가장 먼저 한 것은 대상을 있는 그대로 보는 훈련으로, 설명을 배격하고 현상학적 망설임의 상태, 판단을 중지하는 시를 시도하는 계기가 된다.

여기에서는 김춘수의 이러한 시작 방법에 의해 시도된 시를 형성 과정이라는 관점에서 살펴보고, 그의 시가 지닌 허무와 유토피아 지향에 대해서 살펴볼 것이다.

---

22) 김춘수, 『김춘수 시론 전집 Ⅰ』, 현대문학, 2004, 638쪽

1) 존재 지향과 탈이데올로기

장르론적으로 볼 때 서정, 서사, 극은 장르류로서 보편적이며 불변적인 갈래이다. 이때 적용되는 문학 분류의 원칙은 유사성으로, 이 유사성에 따라 체계 시학은 2분법설, 3분법설, 4분법설 등 여러 분류를 보이고 있다. 이와 같은 일반적인 문학장르 분류에 반하여 김춘수는 의미를 지향하는 산문과 무의미를 지향하는 시로 문학을 구분하고 시와 산문이라는 그만의 장르체계를 고수한다.[23] 먼저 김춘수는 세계를 '존재 차원'과 '의미 차원'으로 나누고 각각의 차원에 시의 언어와 산문의 언어를 대응시킨다.

> 내 속에는 두 가지 다른 요소가 자리하고 있다. 하나는 존재 차원에 대한 감각이요, 다른 하나는 의미 차원에 대한 감각이다. 그것이 각각 시와 산문으로 나타나곤 한다.[24]

현상학적으로 보자면 존재 차원이란 언어화되기 이전의 차원으로 대상이 곧 존재가 된다. 여기에 언어에 의한 해석이 곁들여지면 대상이 의미화되어 관념적인 세계가 되므로, 김춘수는 이 의미 차원을 거부하는 것이다. 즉, 언어는 곧 의미에 해당하므로 의미와 관계있는 것들을 시에서 하나씩 제거해나간다는 뜻이다. 김춘수에게는 대상을 명명하

---

23) 언어의 기능에 따라 문학을 이분법으로 분류한 것은 사르트르와 같다. 그러나 사르트르는 참여문학을 강조한 반면, 김춘수는 의미와 참여를 거부한다. 김춘수는 비참여를 무의미로, 참여를 의미로 치환시켜 말하고 있다.

24) 김춘수, 「나의 주제, 나의 세계」(『국제신보』, 1979, 11, 4), 김준오, 『한국 현대 장르 비평론』, 문학과지성사, 1990, 33쪽에서 재인용

는 행위뿐만 아니라 언어로 그리는 이미지마저도 의미의 영역에 속하게 된다. 언어 자체가 늘 의미의 그림자를 거느리고 있으므로, 이미지를 아무리 순수하게 쓴다고 해도 의미의 그림자가 깃들기 때문이다.

시인이 자신이 속해 있는 세계의 재현이라는 언어의 가치를 배제하고자 하는 것은 세계로부터 고립된 자아를 지니고 있음을 의미한다.[25] 김춘수는『의미와 무의미』에서 "현실에 대한 역사에 대한 문명에 대한 관심이 한 쪽에 있으면서 그것들을 초월하려는 도피적 자세가 또 한 쪽에 있다."고 하면서, 자신이 속해 있는 세계와 화해를 거부하는 것은 그의 자아가 도피적 자세로 기울어 있는 것이다. 김춘수가 '도피적인 자아'로서 무의미시를 생성한 것은 불화에 대응하는 시작 방법의 하나이다. 서정 시인에게 언어란 사회적 약속으로서 주관에 맞서는 낯선 어떤 것이 아니라 자신의 주관적 감동을 표현하는, 개성 확립을 가능하게 하는 동시에 보편적인 것과 사회와의 관계를 드러내는 개념의 매개수단이다.[26] 즉 자아와 세계가 동일화를 이루었을 때에 서정시가 된다는 것이다.

그런데 김춘수가 일반적인 서정시의 본류에서 벗어나 의미가 배제된 언어를 매개로 무의미시를 생성하여 자신만의 세계를 확립한 것은, 그가 겪은 개인적인 경험과 삶의 태도와 무관하지 않다. 체험으로부터 그가 인식한 것은, 역사란 이데올로기이고 이데올로기는 허구이며 따라서 역사는 폭력이라는 사실이다. 관념을 강요하는 시도 폭력으로 보

---

25) 이러한 김춘수의 자아를 김준오는 '도피적인 자아'로 설명하고 있다. "도피적인 자아는 서정적인 자아로써 무의미를 구현하고, 삶을 타인과 공유하지 않겠다는 고립주의의 자아이다. 이 자아는 타인을 의식하지도 않고 또 의식할 필요성을 느끼지 않는다." 김준오,『한국 현대쟝르 비평론』, 문학과지성사, 1990, 33쪽

26) 폴 헤르나디, 김준오 옮김,『장르론』, 문장, 1983, 109쪽 참조

기 때문에 그는 시에서 관념을 배제하고 사물을 있는 그대로 나타내고
자 하는데, 그것이 바로 서술적 이미지다.

비유적 이미지란 관념의 수단, 즉 도구가 되는 이미지를 뜻하고, 서
술적 이미지란 그런 수단성을 초월하는 이미지를 위한 이미지다. 서
술적 이미지는 허구인 이데올로기를 거부하고 대상을 있는 그대로 보
고자 하는 리얼리티 의식의 산물이며, '현상학적 환원'과 같은 것이다.
'현상학적 환원'이란 대상에 대한 일체의 판단을 중지하는 것으로, 김
춘수의 경우 판단에 의해 이미지가 어떤 의미로 구속되기 이전의 상태
로 돌아간다는 뜻이다. 그는 시작(詩作)은 구속이 아니라 해방이라고
말한다. 관념이 있는 시는 구속하는 시로써 독자를 구속하고 내려진
어떤 결론 쪽으로 끌고 가려는 것이라고 본다. 그러니까 판단을 중지
한다는 것은 구속을 풀어 해방시켜주는 것이다. 이런 현상학적 환원이
김춘수 시의 창작방법이며, 그것은 대상을 '서술적 이미지'로 나타내는
것이다.

한 아이가 나비를 쫓는다.
나비는 잡히지 않고
나비를 쫓는 그 아이의 손이
하늘의 저 투명한 깊이를 헤집고 있다.
아침햇살이 라일락 꽃잎을
흥건히 적시고 있다.

—「라일락 꽃잎」 전문

이 시에 나타나는 이미지에서는 어떠한 관념도 없으며, "나비를 쫓는

아이"와 "아침 햇살 속에 피어 있는 라일락 꽃잎"이 콜라주 기법에 의해 감각적으로 배치되어 있다. 서술적 이미지가 선명하고 신선해야 한다는 김춘수의 주장대로, 위의 시는 아침의 정경이 마치 한 폭의 그림처럼 선명하게 그려지고 있다. 언어 자체가 인간의 욕망과 세계의 관계에서 생성되며, 언어로 무언가를 쓴다는 행위에는 자동적으로 인간의 욕망이 개입되기 마련이다. 하지만 이러한 것들이 위의 시에는 나타나지 않으며, "아이"와 "나비"와 "라일락 꽃잎"은 서로 구속하지 않는 상태로 묘사되어 있다. 김춘수가 말하는 서술적 이미지가 성공적으로 그려진 것이다.

이처럼 김춘수가 의식적으로 관념을 배제하고 논리적인 연결이나 설명 없이 서술적으로 시를 쓰고자 하는 것은, 관념을 개인의 존재성을 무시하고 규제할 뿐만 아니라 자연적인 질서를 해체하여 개인을 소외시키는 강제적인 기제로 보기 때문이다. 언어는 그의 표현대로 대상을 있는 그대로 드러내기도 하지만, 대상을 관념화하기도 한다. 언어가 지닌 양면성을 알게 되자 김춘수는 서술적인 이미지도 없애야 한다는 생각을 하게 된다. 이는 묘사와 자유연상의 관계에 대해 천착하게 하는 동기로 작용한다.

따라서 논리적 사고와 자유연상은 시작(詩作)에 있어 동시에 작동한다. 논리와 자유연상에 의해 대상은 재구성되고, 그 과정에서 대상의 형태는 부서지고 소멸하게 된다. 이는 대상을 의미 차원에서 있는 그대로 보자는 것이다.[27] 이러한 논리는 언어가 지닌 의미를 이데올로기적으로 해석한 것으로, 언어에 의해 대상의 의미가 작위적으로 주어

---

27) 김춘수, 『김춘수 전집 Ⅰ』, 문장, 1983, 533-537쪽 참조

지고 존재의 본질을 구속하게 되므로 언어에서 의미를 지워야 한다는 것이다.

그는 시 「눈물」을 자신의 의도대로 창작된 시의 예로 든다.

　A남자와 여자의 아랫도리가
　　젖어 있다.
　B밤에 보는 오갈피나무
　　오갈피나무의
　　아랫도리가 젖어있다.
　C맨발로 바다를 밟고 간 사람은
　　새가 되었다고 한다.
　　발바닥만 젖어 있었다고 한다.

— 「눈물」 전문

위의 시는 일반적인 서정시의 통념을 깨고, 하나의 공간에 시간성을 달리하는 여러 개의 이야기를 병치하는 영화기법인 몽타주를 사용함으로써, 실재와 비실재, 의미와 무의미의 경계를 넘나들고 있다. 기존의 시적 질서를 위반하고 관념을 배제함으로써 실재하는 대상이 사라진 것처럼 보일 수 있다. 그러나 "남자와 여자의 아랫도리"와 "밤에 보는 오갈피나무"와 "맨발로 바다를 밟고 간 사람", 그리고 제목인 "눈물"은 의미 없는 기표로 보이지만, 실제적으로는 "젖어 있다"라는 서술어에 의해 '슬픔'과 같은 계열체에 속하게 된다. 이 시는 김춘수의 말대로 세 개의 장면이 병치되고 있지만, 통일된 이미지를 찾을 수 없다는 그의 작시의도[28]와는 다른 것이다.

　시를 살펴보면, "젖어 있다"에 의해 'A=B'가 된다. C 또한 '젖다'와 같은 계열체를 이루지만 C는 "새"가 된다. "남자"와 "여자"는 "나무"와 동일시되고 "맨발로 바다를 밟고 간 사람"은 "새"와 동일시된다. "나무"와 "새"의 공통적인 이미지는 상승지향적이다. 그러나 그 나무와 새가 젖어 있다는 것은 고유의 상승지향성을 상실했음을 의미한다. 이것은 "눈물"의 하강지향성과 통한다. 그래서 시의 제목인 "눈물"이 가리키는 것은 '슬픔'이라는 한계 상황이다. 김춘수의 주장대로 관념이 배제된 것이 아니라, 몽타주 기법에 의해 숨어 있는 것이다.

　「라일락 꽃잎」과 「눈물」에서 보이는 서술적 이미지와 몽타주 방식은 대상이 가진 고유한 가치를 부정함으로써 전통적인 시의 질서를 전복하는 기법이기도 하다. 김춘수는 묘사로만 이루어진 시에서 더 나아가 관념을 완전히 배제한 상태에서 시를 쓰기 위해 다음의 시처럼 토운만의 시, 리듬만의 시를 추구한다.

　　불러다오.
　　멕시코는 어디 있는가,
　　사바다는 사바다, 멕시코는 어디 있는가,
　　사바다의 누이는 어디 있는가,
　　말더듬이 一字無識 사바다는 사바다,
　　멕시코는 어디 있는가,

---

28) "어떤 상태의 묘사일 뿐이다. 관념이 배제되고 있다. 그 점으로는 일단 성공한 시다. 그런데 하나의 통일된 이미지를 찾아내기란 퍽 힘이 들는지도 모른다." 김춘수, 앞의 책, 550쪽

사바다의 누이는 어디 있는가,
불러다오,
멕시코 옥수수는 어디 있는가,

— 「처용단장 제2부 5」 전문

나이지리아 나이지리아,
바람이 불면 승냥이가 울고
바다가 거멓게 살아서
어머님 곁으로 가고 있었다.
승냥이가 울면 바람이 불고
바람이 불 때마다
빛나던 이빨,
이빨은 부러지고 승냥이도 죽고
지금 또 듣는 바람 소리
나이지리아 나이지리아

— 「나이지리아」 전문

이 시행들에서 읽게 되는 것은 의미 있는 언어가 아니라 반복되는 리듬과 주문 같은 것이다. 여기에서 더 나아가 김춘수는 약간의 의미가 있는 "사바다"나 "一字無識"마저도 반복음 속에 해체해버리려는 시도를 한다. 다만 여러 번 반복된 "어디 있는가"를 통해 사라져버린 "사바다"를 안타까워하는 감정이 드러나 있을 뿐이다. "나이지리아"는 아프리카에 있는 한 나라의 이름이다. 이 시에서는 바람 소리에 의해 환기된 아프리카의 원시적 자연을 보여주면서, "나이지리아"라는 현실적 나라를 넘어 순수한 음악적 리듬을 지향하는 "나이지리아"를 환기한다.

위의 시들은 언어가 가진 의미가 배제된 채, 언어의 반복에서 나타나는 리듬만으로 울림을 준다. 이것은 하나의 기호를 이루는 기표와 기의가 서로 미끄러져 기호의 기능을 상실함으로써 언어가 지니는 소통성을 배격하는 것이다. 그러므로 위의 시들에서 시도된 리듬은 어떤 목적을 지닌 수단의 언어가 아니라, 리듬만으로 관념이 배제된 상태의 순수성을 드러내는 이미지 그 자체이다. 언어에서 관념이나 이미지를 없애면 남는 것은 고유의 리듬이다. 이 언어의 리듬이 곧 이미지가 되는 것이다. "사바다"나 "나이지리아"처럼 관념이 배제되고 언어에서 의미를 제거하여 소리만 남은 시는 주술적인 것으로, 리듬을 통하여 절대해방의 경지에 들어 구원을 얻고자 하는 것으로 볼 수 있다.

염불을 외우는 것은 하나의 리듬을 탄다는 것이다. 이미지로부터 해방된다는 것이다. 탈이미지고 초이미지다. 그것이 구원이다. 이미지는 뜻이 그리는 상이지만 리듬은 뜻을 가지고 있지 않다. 뜻으로부터 우리를 해방시켜준다. 이미지만으로는 시가 되지만 리듬만으로는 주문이 될 뿐이다. 시가 이미지로 머무는 동안은 시는 구원이 아닐른지도 모른다.[29]

여기에서 김춘수가 시를 통하여 얻고자 한 것이 자유와 구원임을 알 수 있다. 그는 이미지가 관념에 의해 의미화되면 구속과 같은 것이라

29) 김춘수, 『시론 전집 Ⅰ』, 현대문학, 2004, 546쪽

고 보았기에, 시에서 구원을 찾기 위하여 의미를 배제한 서술적 이미지를 거쳐 리듬 주도의 시작(詩作)에까지 이른 것이다. 리듬은 관념 이전의 세계를 나타내는 것으로, 이성적인 언어가 아니라 영감에 의한 언어이다. 시에서 반복되는 리듬은 특정한 대상이 없으며 작가의 무의식에 의하여 조합된 것으로, 대상을 상실한 언어적 관습이 주문행위로 나타난 것이다.

그러나 위의 시들에서 특정한 언어가 본래의 의미를 상실하고 주문과 같은 리듬을 형성한다고 하더라도 전체적인 문맥 안에서마저 이미지가 사라진 것은 아니다. 「처용단장 제2부 5」의 시가 주는 전체적인 이미지는 무언가를 간절히 찾는 내면세계를 그리고 있다. 또한 「나이지리아」의 "바람", "승냥이", "거멓게 산 바다", "이빨"과 같은 이미지들의 공통적인 의미는 '죽음'이다. 즉 언어가 주는 이미지에서 의미의 그림자를 완전히 지우지 못한 것이다. 그래서 김춘수는 언어가 가지는 이미지마저 지우기 위하여 언어를 구성하는 낱말을 해체하게 된다.

> 뉘더라
> 한번 지워진 얼굴은 복원이
> 쉽지 않다.
> 한번 지워진 얼굴은
> ㅎㅏㄴㅂㅓㄴㅈㅣㅝㅈㅣㄴㅓㄹㄱㅜㄹㄷ
> , 복상腹上의
> 무덤도 밀쳐낸다는데
> 글쎄,
>
> ─「처용단장 제3부 37」 전문

ㅕㄱㅅㅏㄴㅡㄴ

눈썹이없는아이가눈썹이없는아이를울린다.

역사를

심판해야 한다ㅣㄴㄱㅏㄴㅣ

심판해야한다고 니콜라이 베르쟈예프는

이데올로기의솜사탕이다

바보야

하늘수박은올리브빛이다바보야

,

역사는

바람이 자는가 자는가 하더니

눈이 내린다 바보야

우찌살꼬ㅂㅏㅂㅗㅑ

,

ㅎㅏㄴㅡㄹㅅㅜㅂㅏㄱ�은 한여름이다 ㅂㅏㅂㅗㅑ

,

올리브 열매는 내년 ㄱㅏㄹㅣㄷㅏㅂㅏㅂㅗㅑ

,

ㅜㅉㅣㅅㅏㄹㄲㅗㅂㅏㅂㅗㅑ

ㅣ 바보야,

역사가 ㅕㄱㅅㅏㄱㅏ 하면서

ㅣㅂㅏㅂㅗㅑ

,

어쩌나,

후박나무잎하나다적시지못하는

사이를두고동안을두고

내리는

떠나가고난뒤에내리는

천둥과함께맑은날을여우비처럼역사의만하晚夏의

늦게오는비

.

어쩌나,

—「처용단장 제3부 39」 전문

　낱말이 해체된 위의 시들은 일반적인 시 형태와 다르다. 그럼에도 불구하고 이 시에서 의미를 찾는 것은 그렇게 어렵지 않다. 해체되지 않은 낱말과 해체된 낱말이 병치되어 나타나는 것은 김춘수의 심리가 묘사된 것이다. 기억에서 사라진다는 것은("ㅎㅏㄴㅂㅕㄴㅈㅣㅝㅈㅣㄴㅓㄹㄱㅜㄹ든") 죽음("복상 腹上의 무덤")마저 밀쳐낼 정도로 강한 힘을 지니고 있다고 하지만, 시인은 회의("글쎄")한다. 시인의 내면은 역사를 잊고 싶어 하지만, 지워진 역사는 다시 기억의 층위로 떠오르기("역사가 ㅕㄱㅅㅏㄱㅏ 하면서") 때문이다.

　시인의 의식은 이제 자신의 삶에서 역사를 배제하고 싶어 하지만, 무의식의 층위에서 역사는 계속 떠오르기 때문에 스스로를 "ㅣ ㅂ ㅏ ㅂ ㅗ ㅇ ㅑ"라 하며 자신의 한계를 한탄한다.(" ㅜㅉㅣㅅㅏㄹㄲㅗㅂㅏㅂㅗㅑ") 이것은 역사, 즉 이데올로기에서 벗어나지 못하는 자신을 보며("역사가 ㅕㄱㅅㅏㄱㅏ하면서/ㅣㅂㅏㅂㅗㅑ") 스스로 자기 존재 가능성을 탐색하는 것이다. 그러나 인식의 한계를 알고 그 한계를 초월할 수 있는 객관적인 실재를 찾지만, 자아가 인식한 것은 역사라는 이데올로기에서 탈피하지 못하는 자신에 대한 회의이다. 그래서 시인은 역사로부터 벗어나는 것이 아니라 역사를 지워버리고자 한다. 이 또한 여의치 않음을 알고 있기에("글쎄") "역사가 ㅕ ㄱ ㅅ ㅏ ㄱ ㅏ 하면서" 어찌 살 것인지를 한탄하는 자신의 존재마저 지워버리고자 한다.("ㅜㅉㅣㅅㅏㄹㄲㅗㅂㅏㅂㅗㅑ/(…)/ㅣㅂㅏㅂㅗㅑ")

김춘수가 의식적으로 역사를 기억에서 배제하고자 하는 것은 현실에 대한 그의 의식이 바뀌었음을 말해준다. 역사는 "눈썹이 없는 아이가 눈썹이 없는 아이를 울"리는 것처럼 모순적이고, 인간이 역사를 심판한다는 사실은 마치 "솜사탕"처럼 달콤한 것이지만, 결국 역사 자체가 가을에 열리는 "올리브 열매"와 같은 빛깔을 지닌 "하늘 수박"처럼 현실이라는 사실을 인식하게 된 것이다. 이런 사실을 인식하고 난 후에도 그의 내면 세계는 역사라는 이데올로기에서 벗어나지 못하기 때문에 띄어쓰기가 생략된 문장과 "어쩌나"라는 묘사로 표상되어 나타난다.

이상 살펴본 바, 김춘수의 시에 표상된 삶의 양식은 비극적인 세계관이며, 세계와의 동일화를 거부하는 것은 현실을 부정하고 유토피아를 지향하는 그의 삶의 태도와 관계가 있다. 이것은 그가 속해 있던 세계와 그 세계의 경험으로 형성된 세계관이 기존의 서정적인 세계관과는 확연히 달랐다는 의미이다. 김춘수에게 정형화되고 일반화되다시피 한 고전적인 시작법은, 최소한 자신의 세계관을 드러내는 데에는 의미론적 가치가 없다. 그러나 본질적으로 그의 시가 기존의 서정시와 달리 자아와 세계 사이의 동일화를 이루지 못하지만, 시작(詩作) 자체가 존재 차원을 지향한다는 것, 다시 말하면 뜻으로부터 해방된 자유와 구원을 지향하는 기능을 지니고 있다는 것이 시의 특징이라 할 수 있다. 또한 일반적인 시 형태와 달리 낱말의 해체를 통해서 탈이데올로기를 시도한다는 것도 알 수 있다.

2) 역사 초월과 피안 의식

시는 김춘수에게 폭력적인 역사에 대한 비판적 대안으로, 지배질서에 저항할 수 있는 이데올로기적 기능을 가진 글쓰기이다. 김춘수에게 세계는 부조리하고 개인으로서의 주체를 인정하지 않는 공간이다. 앞의 시「잠자는 처용」에서 귀뚜라미가 가는 곳이 '어디'로 표현된 것은 그에게 있어 삶과 세계의 그 본질은 알 수 없는 것이기 때문이다. 그가 불가지론(不可知論)을 가지게 된 것은 당연하지만, 그와 동시에 존재의 본질을 추구하는 것은 불가지론이 객관적 실재를 가정하고 있기 때문이다. 그래서 그의 시에는 존재의 본질을 알 수 없다는 인간 인식의 한계와 함께, 존재의 본질을 찾고자 하는 인간의 불가능한 꿈이 동시에 담겨 있다.

나는 시방 위험한 짐승이다.
나의 손이 닿으면 너는

미지의 까마득한 어둠이 된다.

존재의 흔들리는 가지 끝에서

너는 이름도 없이

피었다 진다.

눈시울에 젖어드는 이 무명의 어둠에

추억의 한 접시 불을 밝히고

나는 한밤내 운다.

나의 울음은 차츰

아닌밤 돌개바람이 되어 탑을 흔들다가

돌에까지 스미면 금이 될 것이다.

…… 얼굴을 가리운 나의 신부여,

— 「꽃을 위한 서시」 전문

이 시의 화자는 "나"이며 "위험한 짐승"이다. 내가 관념을 지닌 "위험한 짐승"인 까닭에 나의 신부는 알 수 없는("얼굴을 가리운") 존재로 다가온다. '현실 너머에 있는 것'을 알고 싶지만 그것은 베일을 쓰고 나타나며, 나는 진실을 알 수 없으나, 나의 노력("울음")은 마침내 결실("금")을 맺을 것이다.[30] 얼굴을 가리고 있음에도 불구하고 나의 신부

---

30) '불가지론(不可知論)'은 실재에 관해서 확실하게 알 수 없다는 것이지만, 철학적인 관점에서는 인식의 한계를 알고 그 한계를 초월하려는 객관적인 실재를 추구하고자 하는 면도 지니고 있다. 『哲學 辭典』, 임석진 감수, 이삭, 1983, 164-165쪽 참조. 김춘수가 지닌 세계관은 앞에서 밝힌 바 있듯이 실재를 알 수 없다는 회의적인 면과 함께 시를 통하여 그 한계를 벗어나고자 하는 욕망도 함께한다고 볼 수 있다.

는 거기에 있기 때문이다.

　불가지론(不可知論)적 세계관에 의해 자신이 속한 세계의 실체를 포착할 수 없을 때 시적 자아는 불안해지지만, 대상을 잃어버린 상태에서 탄생한 시는 구속이나 억압이 없는 해방과 자유를 지향하며, 그것은 베일 너머의 신부와 같은 것이다.

　　　사랑하는 나의 하나님, 당신은
　　　늙은 비애(悲哀)다.
　　　푸줏간에 걸린 커다란 살점이다.
　　　시인(詩人) 릴케가 만난
　　　슬라브 여자(女子)의 마음 속에 갈앉은
　　　놋쇠 항아리다.
　　　손바닥에 못을 박아 죽일 수도 없고 죽지도 않는
　　　사랑하는 나의 하나님, 당신은 또
　　　대낮에도 옷을 벗는 여리디 여린
　　　순결(純潔)이다.
　　　삼월(三月)에
　　　젊은 느릅나무 잎새에서 이는
　　　연둣빛 바람이다.

　　　　　　　　　　　　　　　　　—「나의 하느님」전문

　　　계수나무 한 나무
　　　토끼 한 마리

돛단배에 실려 인도양을 가고 있다.
석류꽃이 만발하고, 마주 보면 슬픔도
금은(金銀)의 소리를 낸다.
멀리 덧없이 멀리
명왕성까지 갔다가 오는
금은의 소리를 낸다.

―「보름달」 전문

「나의 하나님」에서 볼 수 있는 것은 허무와 허무 이후의 충만이다. 이 시에는 생명을 부정하는 현실('십자가에 못박힌 예수', "푸줏간 살점")과 그런 현실을 부정하는 시인의 유토피아 의식이 동시에 나타나 있다. 이 시에 "늙은 비애"나 "놋쇠 항아리"라는 슬프고 비참하고 무거운 이미지와 "순결", "연둣빛 바람"이라는 밝은 이미지가 대립하면서 공존하는 것은 이 때문이다.

이러한 이질적인 결합은 고전적인 서정시로서의 은유구조에 위반된 것처럼 보이지만, 이미지끼리의 충돌에 의해 역동성을 보여준다. 시 전체에 드러난 의미와 숨어 있는 의미 사이에 괴리가 생기고, 이 괴리는 의미를 자유롭게 생성한다. 상실감과 희망이라는 대립적인 의미가 오히려 역동적인 이미지를 살려내는 것이다. 그러므로 "나의 하나님"이 지닌 개인적인 상징은 허무를 벗어나는 출구가 된다. 전반부에서 하느님은 생명이 사라진 "살점"과 같고 "놋쇠 항아리" 같은 "늙은 비애"였지만, 죽일 수도 없고 죽지도 않는 관계로 후반부에서는 "순결"과 "연둣빛 바람"으로 치환된다.

이 시는 전반부를 이루는 소멸과 죽음의 이미지를 순수와 희망의 이미지로 치환함으로써 현실의 질서를 초월하여 피안의 세계를 나타낸다. 서로 대립되는 이미지를 배치하여 현실의 질서가 지닌 실존적 한계를 극복하고자 하는 것이다. 대립된 이미지를 병치하는 시작법(詩作法)은 상식적인 선에서 벗어나 일탈을 시도함으로써 현상 너머의 세계를 보고자 하는 시적 자아의 욕구가 나타난 것이다. 이것은 시적 자아가 현실을 넘어 끊임없이 무언가를 지향하고 있다는 것을 말해준다.

　이와 달리 「보름달」은 허무 이후의 세계를 노래한다. "한 나무", "한 마리"에서 "한"이 지니고 있는 고독과 "가고 있다"는 현실적 시간 의식이 "만발한 석류꽃"이나 '가고 오는' 환원적 시간에 의해 극복되며, 그것은 달과 인간이 마주보면서 이루어지고 있다. 시적 자아가 달을 마주보고 서서 느끼는 슬픔도 자연이 지닌 초월적인 힘에 의해 인간과 자연이 조화롭게 조응하는 단계로 승화되는 것이다.

　자연과의 조응을 경험한 시적 자아는 자연에서 유토피아를 지향한다.

　　바다가 왼종일
　　새앙쥐 같은 눈을 뜨고 있었다.
　　이따금
　　바람은 한려수도에서 불어오고
　　느릅나무 어린 잎들이
　　가늘게 몸을 흔들곤 하였다.
　　　　　　　　　　　　　　　—「처용단장 제1부 1」 부분

　　모발을 날리며 오랜만에
　　바다를 바라고 섰다.

눈보라도 걷히고
저 멀리 물거품 속에서
제일 아름다운 인간의 여자가
탄생하는 것을 본다.

—「봄 바다」 전문

하늘 가득히
자작나무꽃이 피고 있다.
바다는 남태평양에서 오고 있다.

—「리듬·I」 부분

비 개인 다음의
하늘을 보라.
비 개인 다음의
꾀꼬리새 무릎을 보라. 발톱을 보라.
비 개인 다음의
네 입술
네 목젖의 얼룩을 보라.
면경面鏡알에 비치는
산과 내
비 개인 다음의 봄바다는
언제나 어디로 떠나고 있다.

—「거리에 비 내리듯」 전문

샤갈의 마을에는 3월에 눈이 온다.

봄을 바라고 섰는 사나이의 관자놀이에

새로 돋은 정맥이

바르르 떤다.

바르르 떠는 사나이의 관자놀이에

새로 돋은 정맥을 어루만지며

눈은 수천 수만의 날개를 달고

하늘에서 내려와 샤갈의 마을의

지붕과 굴뚝을 덮는다.

3월에 눈이 오면

샤갈의 마을의 쥐똥만한 겨울열매들은

다시 올리브빛으로 물이 들고

밤에 아낙들은

그 해의 제일 아름다운 불을 아궁이에 지핀다.

　　　　　　　　　　　—「샤갈의 마을에 내리는 눈」 전문

　자연은 사회를 지배하는 인습적인 이데올로기가 존재하지 않으며, 대상이 온전하게 자신의 본래성을 지니고 있는 곳이다. "바다"와 "바람"은 반짝이는 생명성을 내포하고 있으며, "새앙쥐"와 "느릅나무 어린 잎"은 관념이 들어오기 이전의 여리고 순결한 모습을 띠고 있다. "바다"가 "새앙쥐 같은 눈을 뜨고"있기에 "바람"이 "느릅나무 어린 잎"의 가는 움직임으로 자신을 드러내는 것을 볼 수 있다. 그러나 "눈보라"로 표상되는 바람은 "느릅나무 어린 잎"과 대립하는 기제가 된다. 이것은 폭력적인 것에는 어떤 생명성도 깃들 수 없다는 시인의 비판적인 인식이 드러나는 것이다.

그래서 "눈보라"가 걷히고 난 후의 바다의 "물거품"에서 생명의 탄생을 본다. 시적 자아는 인습의 굴레("목젖의 얼룩")를 인간에게서 보지만, "비 개인 다음의" 하늘과 바다로 표상되는 자연에서는 굴레의 흔적을 볼 수 없다. 그래서 "비 개인 다음의" 바다는 봄바다로서, 언제나 어디로든지 떠날 수 있는 운동성을 지니고 있다. "하늘"도 바다처럼 "자작나무꽃을 가득히 피우"며 멀리 있는 바다를 불러오는 역동적인 공간이 된다.

시인이 경험한 자연은 어떤 폭력성도 인위적인 관습도 없는 피안의 세계이다. 그곳은 외부로부터의 구속이나 억압이 없으며 대상이 지닌 고유의 본래성이 생명을 탄생시키는 공간이다. 개인의 존재성을 억압하는 현실적인 모순이 자연이라는 모티프를 통하여 역설적으로 드러나고 있는 것이다. 자연을 표상하는 "바다", "하늘", "바람"은 '생명성'이라는 공통적인 모티프를 지녀, 죽음과 대립되는 기제가 된다. 이로써 자연은 현실이나 실존적 한계 상황을 초월하는 유토피아적 공간이 된다.

시인은 자연을 자신의 관점에서 해석하여 개인적인 상징을 내포한 자연, 즉 유토피아적 공간으로 형상화한다. 일반적으로 3월에 오는 눈은 봄을 늦추고 겨울을 연장하지만, "샤갈의 마을"에서는 봄의 생명력을 전달하는 역할을 한다. 이 시에서 "눈"은 겨울이라는 일반직인 상징에서 벗어나 봄과 연관된 김춘수 고유의 개인 상징이 된다. '3월에 내리는 눈'은 나무의 내부에 수분을 공급하여 겨울 동안 잠자고 있던 순을 틔우고("봄을 바라고 섰는 사나이의 관자놀이에/새로 돋은 정맥이/바르르 떤다.") "쥐똥만한 겨울 열매들"을 "올리브빛으로 물" 들게 한다. 그리고 "수천 수만의 날개를 달고" 내려와 "샤갈의 마을"을 덮으면, "밤에 아낙들은/그 해의 제일 아름다운 불을 아궁이에 지핀다." "샤갈의 마을"에 내리는 "3월"의 "눈"은 자연과 인간에게 생명력과 희망을 동시에 주며, "샤갈의 마을"을 환상적인 유토피아로 변모시킨다.

김춘수의 시에서 개인 상징에 의한 유토피아는 사투리에서도 찾을 수 있다.

오마 오마
울옴마야
니 케가 멧자덩가
이 폴이 멧자덩가
니 당군 소풀짐치 눈이 하나
뽈락젓에
또 하나
세미물에 발 씻고
오마 오마
울옴마야
신 신고 가랏
박석고개 해 따갑다앗

호야
西紀 1930년이던가 31년에도
네가 부른 노래,

—「처용단장 제3부 21」 전문

우리 고향 통영에서는
잠자리를 앵오리라고 한다.
부채를 부치라고 하고 고추를
고치라고 한다.
우리 고향 통영에서는
통영을 토영이라고 한다.
팔을 폴이라고 하고 팥을
퐅이라고 한다.
코를 케라고 한다.
우리 고향 통영에서는
멍게를 우렁싱이라고 하고 똥구멍을
미자발이라고 한다.
우리 외할머니께서는
통영을 퇴영이라고 하셨고 동경을
딩경이라고 하셨다. 그러나 까치는
깩 깩 운다고 하셨다. 그러나
남망산은
난방산이라고 하셨다.
우리 외할머니께서 돌아가셨을 때
내 또래 외삼촌이
오매 오매 하고 우는 것을 나는 보았다.

— 「앵오리」 전문

위의 시 「처용단장 제3부 21」은 일반적인 음보율로 읽으면 시가 지
닌 리듬에 의한 효과를 찾기가 어렵다. 숨의 길이에 따라 하나의 숨마
디로 읽으면,[31] "오마오마울옴마야"라는 탄식조의 리듬이 나온다. 어
머니를 탄식조로 부르는 것은 어린 시절의 어머니에 대한 기억과 연관
이 있다.[32] 이 시에서는 「앵오리」와 달리 사투리가 모두 어머니와 연관
되어 있다. 어머니의 삶은 어려움과 고난의 연속이라고 할 수 있다. "니
케가 멧자덩가/니 폴이 멧자덩가"는 '네 코가 몇자이냐 네 팔이 몇자이
냐'의 통영지방 사투리로, 헤쳐나가야 할 일들이 너무나 많아서 '이 일
을 네가 어찌 다 할 것이냐'라는 의미로 쓰인다.

어머니가 담근 부추 김치("니 당군 소풀짐치")와 볼락 젓("뽈락젓")
에 생기는 구더기("눈")는 어머니의 노동을 무력화시키는 폭력적인 존
재이다. 시원한 우물물에 발 씻을 틈도 없이 살아온 삶을 이어온 시 속
의 어머니는, 5~7행에 의해 김춘수 개인의 어머니에서 1930년대의 폭
력적인 시간을 살아온 어머니들로 지평이 확장된다. "박석고개"는 무
덤으로 가는 길목이기도 하다. 어머니가 삶의 무게를 내려놓고("세미
물에 발 씻고", "신 신고 가랏") 쉴 수 있는 곳이 고향에서 흔히 말하던
박석고개라는 것은 김춘수의 내면에 어린 시절의 어머니에 대한 기억
이 폭력적인 시간과 함께 지속되고 있음을 말해준다.

시 「앵오리」는 외할머니와 연관된 기억이다. 그 기억이 통영의 사투
리로 시 속에서 이미지화되어 있다. 까치의 울음소리마저 일반적으로

---

31) 시의 리듬을 숨마디로 읽는 방법에 대해서는 엄국현의 논문 「한국시의 리듬을 어떻
    게 읽을 것인가-한국시의 작시법을 찾아서」, 『문창어문논집 제37집』, 문창어문학회,
    2000을 참고
32) 여기에 대해서는 본서 4장의 '실존적 고통과 치유'편을 참조

표현되는 '깍 깍'이 아니라 "꺅 꺅"이라는 바닷가 지역의 거센 발음이다. 까치의 울음소리는 "오매 오매" 하는 어린 외삼촌의 울음과 닿아 있다. 사투리는 시 「처용단장 제3부 21」의 어머니처럼 김춘수에게만 특별하게 있는 경험이 아니다. 통영 지방의 사람들에게는 매우 익숙하다고 할 수 있는 사투리가 그의 시에서 어머니와 외할머니의 기억과 연관 구조를 이루고 있는 것이다. 이는 김춘수에게 있어 사투리가 자연과 함께 이데올로기와 폭력이 개입되기 이전의 순수한 기억의 공간으로 체화되어 있음을 의미한다.

그러나 김춘수 시에 나타나는 자연 모티프가 모두 긍정적으로 묘사되는 것은 아니다.

낙엽은 지고
그늘이 낙엽을 덮는다.
저무는 하늘,
머리를 들면 멀리
바다가 모래톱을 적시고 있을까,
세상은 하얗게 얼룩이 지고
무릎이 시다.
발 아래 올해의 분꽃은 지고
소리도 없다.

—「얼룩」 전문

서재에서 보면
하늘 한쪽이 흔들리고 있다.

하늘 한쪽이 흔들리며 기울어지고 있다.
그런가 하면
짐승 한 마리 숲을 나와
바다로 가고 있다.
바다는 진눈깨비 내리고 있다.
지금은 꽃샘바람도 자고 있는데
꿈에서는 봄이 와서
탱자나무 사이사이
샛노란 죽도화가 피어 있다.

　　　　　　　　　　　—「당초문唐草紋-혹은 폴 사르트르」 전문

　위의 시들에서 자연 공간은 소멸과 죽음의 모티프를 지니고 있다. 시 「얼룩」에서 느껴지는 이미지는 '죽음' 그 자체이다. 생명이 다하여 떨어지는 나뭇잎들은 새로운 생명을 내포한 기다림이 아니라 '그늘 지고 저무는 하늘 아래에서 소리도 없이 소멸하는 분꽃'과 같다. 태양의 빛이 사라졌으므로 세상은 얼룩마저 하얗게 지고 재기의 희망마저 사라진다.("무릎이 시다.") "흔들리며 기울어지"는 "하늘"은 자연이 지닌 본래성을 훼손하여 "짐승 한 마리가 숲에서 나와/바다로 가"게 한다. 자신이 살아가야 할 공간인 숲에서 나와 짐승 한 마리가 떠난 곳은 "바다"이다. "진눈깨비 내리고 있"는 "바다"는 숲의 짐승이 가야 할 곳도 아니며 살아갈 수 있는 곳도 아니기 때문에 짐승의 이미지는 죽음과 같다.
　짐승이 숲을 나와 바다로 간 것은 하늘이 흔들렸기 때문인데, 그 하늘은 앞서 살펴보았던 유토피아적인 하늘이 아니라 "진눈깨비"를 바다에 내리게 하는 하늘이다. 그래서 "꽃샘 바람"이 자고 있지만, 봄은 현실에서 오지 않고 "꿈"속에서 온다. 꿈속에서 봄은 "샛노란 죽도화"로 표상된다. "샛노란 죽도화"는 시인의 유년기 기억을 차지하는 자연 속 사물 중의 하나이다. 죽음과 소멸의 현실을 벗어나 지향하는 유토피아가 유년의 기억과 맞닿아 있는 것이다.

김춘수의 시들에서 생명과 죽음이라는 양가성이 존재하는 것은 자아와 세계와의 갈등으로 인해 자아가 분열되어 있는 것과 연관 있다. 특히 '새앙쥐', '느릅나무 어린 잎', '꼬꼬리 새', '쥐똥만한 열매'들이 '눈'으로 매개되는 생명의 이미지라면, '낙엽', '짐승'은 '비'에 의해 매개되는 죽음의 이미지이다. '어머니와 외할머니'라는 순수한 기억의 이미지도 죽음과 함께 표상된다. 김춘수의 시에 죽음의 의미가 나타나는 것은, 그가 초기시에서부터 가지고 있던 존재의 진리에 대한 물음을 계속하고 있기 때문이다.

김춘수 시에 나타나는 이데올로기 비판적 기능은 대상의 본래성을 있는 그대로 보고자 하는 노력의 소산이다. 이러한 시도는 개인적인 체험에 의해 형성된 부정적인 현실인식으로, 현실 세계 너머에서 피안을 찾고자 하는 시적 자아의 지향이기도 하다. 그러나 감옥경험으로 사물의 본질을 파악하기 어렵다는 인식의 한계를 갖게 되고, 이것은 불가지론(不可知論)의 세계관을 형성하는 근원이 된다. 그 결과 시적 사아가 노달한 것은 규제와 인위적인 힘이 작용하지 않는 유년의 기억이다. 근원적인 상태인 유년의 기억은 있으나 잡을 수 없고, 말하고 싶으나 실제적인 대상이 없으므로 허무로 남게 된다. 언어를 통해서 허무를 경험한 시적 자아는 자연에서 허무 너머의 유토피아를 지향하지만, 유토피아적인 공간에서 죽음을 통하여 존재의 유한성을 자각하기도 한다.

그의 시에서 시작 기법과 존재 탐구가 실제로 나선형의 구조를 이루고 있지만, 무질서하게 얽혀 있는 것처럼 보여 서로를 은폐하는 것도 현실 너머에서 피안을 찾고자 하는 것과 무관하지 않다. 여기에서 존재의 진리를 탐구하는 그의 시가 얼마나 치열한 것인가를 잘 알 수 있다.

3. 불가지론적 세계관과 심리적 진실

　김춘수의 시와 산문을 살펴보면 세 가지의 화두가 있다. 가장 먼저 나타나는 것이 "나는 왜 여기서 이러고 있는가"[33]라는, 존재에 대한 물음이다. 이 물음은 김춘수가 평생의 화두라고 밝히고 있는 것처럼, 그의 삶과 문학에 연결되어 있다. 이후의 화두는 일본 유학 시절에 접한 러시아 문학에서 비롯되었는데 레온 셰스토프(Leon Shestov)의 "천사는 전신이 눈으로 되어 있다"라는 말과 베르쟈예프의 『현대에 있어서의 인간의 운명』이라는 책에서 만난 "여태까지는 역사가 인간을 심판했지만 이제부터는 인간이 역사를 심판해야 한다"라는 말이다. 김춘수는 이러한 화두 끝에 "내 속에도 천사가 있다"라는 고백을 한다.

　"내 속에도 천사가 있다"라는 말은 '천사'가 그의 내면세계를 형성하는 중요한 체험이었다는 의미를 내포한다. 김춘수는 시집 『거울 속의 천사』 후기에 천사가 유치원에 다니면서 만난 천사, 릴케의 천사 그리고 아내로 세 번 변용한다고 밝힌 바 있다. 이 외에도 그의 시에서 소나가 '전신이 눈으로 되어 있는 천사'와 동일시된다. 그는 도스토예프

---

33) 김춘수, 『꽃과 여우』, 민음사, 1997, 13-15쪽 참조

스키의 작품 속 인물인 소냐에게서 인간이면서 천사적인 면모를 발견하고, '천사'를 기독교적인 대상만이 아니라 천사적인 인간으로도 본 것이다.[34]

　소냐가 천사화되어 표현되는 시집 『들림, 도스토예프스키』는 김춘수가 도스토예프스키 작품 속의 인물들을 불러와 자신의 정신세계를 드러냄으로써 도스토예프스키에게 '들렸음'을 고백하는 장이기도 하다.[35] 그리고 그의 시에서 보이던 불가지론적인 세계인식이 선과 악의 이중성, 인간의 자유를 규제하는 이성적인 질서에 대한 부정을 거쳐 인간 구원의 문제로 나아가는 것을 보여준다.

1) 앤티노미적 세계와 불가지(不可知)론

　김춘수가 '천사'라는 존재를 처음 알게 된 것은 호주 선교사가 운영하던 미션 계통의 유치원에 다닐 때였다. 그림 속의 천사는 어린 김춘수에게 신비감과 즐거움을 주었지만, 천사로 생각했던 선교사의 아이들을 실제 생활 속에서 만나게 되자 실망감과 함께 자신과는 아득히 먼 곳에 있다는 서글픔을 느끼게 된다. 이후 새롭게 다가온 천사는 릴케의 작품 「사랑하는 하느님의 이야기」에 나오는 천사이다. 작품 속에

---

34) 고바야시 야스오 · 후나비키 다케오 엮음, 『知의 윤리』, 경당, 1997, 51쪽, 185-186쪽 참조. 천사는 단순히 기독교 전통 속의 도상학이나 교리학의 대상이 아니라, 천사적일 수 있는 인간을 일컫는 말이기도 하다.

35) "도스토예프스키를 읽으면 들리게 된다. 도스토예프스키는 인간의 존재 양식이 비극적(신학적 용어를 쓰면 앤티노미의 상태)이라는 것을 여실히 그려 보인다. 여기서 우리는 하나의 계시를 받게 된다. 인간 존재의 이 비극성은 역사의 대상이 될 수 없다는 그 계시 말이다." 김춘수, 『김춘수 시전집』, 현대문학, 2004, 886-887쪽

서 천사는 거짓말을 했기 때문에 목소리를 잃었지만, 신의 주위를 돌며 들리지 않는 찬가를 부르거나 새들에게 날개를 달아달라고 신에게 청원함으로써 신의 분노를 산다. 신은 감정의 균형을 유지하기 위해 천사의 눈을 거울처럼 앞에 놓고 자신의 표정을 모델로 하여 최초의 인간을 만든다.[36] 어린 시절의 김춘수에게 모호한 이미지를 주었던 천사는 릴케의 작품 속에서 신을 찬양하는 천사이자 신이 인간을 창조할 때 거울로 삼았던 눈으로 나타난 것이다.

도스토예프스키의 작품 속 인물들은 인간 성격의 이중성과 모순성을 드러내며 선과 악이 대립하면서 공존하는 특성이 있다. 김춘수가 도스토예프스키의 작품 중에서도 『죄와 벌』, 『악령』, 『카라마조프가의 형제들』을 몇 번씩 되풀이하여 읽으며 벅찬 감동을 느꼈을 뿐만 아니라, 소설이라기보다 하나의 계시로 받아들였다는 사실은, 김춘수가 종교적인 선과 악의 대립을 넘어서 죄와 벌, 인간과 신의 관계 등과 같은 인간 존재의 본질적인 문제에 관심을 가지고 있었음을 뜻한다. 인간의 본질에 대한 추구는 자연적으로 비루한 육체와는 다른 영혼을 지닌 '소냐'에게 관심을 가지게 되었으며, '소냐'에게서 죄를 투명하게 비춰주는 거울, 그 거울과도 같은 천사의 눈["천사는 온몸이 눈인데/온몸으로 나를 바라보는/네가 바로 천사라고"(「소냐에게」)]을 읽어낸다.

---

36) "신은 그 천사의 부탁으로 새들이 천사처럼 날아다닐 수 있도록 날개를 달아주었던 일이 떠올랐습니다. 그 상황이 신을 더욱 더 불쾌하게 만들었습니다. 이러한 감정 상태를 치료하는 데 일만큼 효과적인 것은 없습니다. 사람을 만드는 일에 몰두하면서 신은 곧 즐거움을 되찾게 되었습니다. 그는 천사의 눈을 거울처럼 앞에 놓고, 그 속에서 자신의 표정을 요모조모 뜯어본 다음, 무릎 위에 올려놓은 공으로 천천히 그리고 조심스럽게 최초의 얼굴을 만들었습니다." 라이너 마리아 릴케, 권세훈 옮김, 「사랑하는 신 이야기-신의 두 손에 관한 동화」, 『삶의 저편으로, 두 편의 프라하 이야기, 마지막 사람들, 사랑하는 신 이야기』, 책세상, 2000, 315-317쪽.

김춘수가 인간 존재의 본질적인 문제에 관심을 가지게 된 것은 결코 우연이 아니다. 도스토예프스키를 만나기 이전부터 김춘수는 인간 존재의 본질적인 문제, 즉 '나는 누구인가'라는 데에 관심을 가지고 있었다. 하지만 그의 산문을 잘 살펴보면 '나는 누구인가'라는 의문에 앞서 '~는 누구일까?'라는 존재론적인 의문이 어린 시절부터 있었다. 호주 선교사를 통해 알게 된 천사를 신비한 존재로만 지나치지 않고 호주 선교사의 아이들과 연관시켜서 보는 것이라든가, 그 아이들이 개구리 참외를 먹는 것을 보고 "행주치마를 두른 천사(「유년시詩 1」)"라는 상상을 통해 '~는 누구일까?'라는 의문에 대한 답을 나름 찾고 있다. 따라서, 보이지 않는 것으로부터 무엇인가를 보고자 하는 성향은 김춘수가 릴케와 도스토예프스키를 만나기 이전부터 그의 내면에 내재되어 있던 것이라 할 수 있다.

  너도 아니고 그도 아니고, 아무것도 아니고 아무것도 아니라는
  데……꽃인 듯 눈물인 듯 어쩌면 이야기인 듯 누가 그런 얼굴을 하
  고,
  간다 지나간다. 환한 햇빛 속을 손을 흔들며……
  아무것도 아니고 아무것도 아니고 아무것도 아니라는데, 온통
  풀냄새를 널어놓고 복사꽃을 울려만 놓고,
  환한 햇빛 속을 꽃인 듯 눈물인 듯 어쩌면 이야기인 듯 누가 그
  런 얼굴을 하고……
                                      —「서풍부」 전문

이것이 무엇인가? 할아버지의 할아버지의 그 또 할아버지의 천

년 아니 만년, 눈시울에 눈시울에 실낱같이 돌던 것. 지금은 무덤
가에 다소곳이 돋아나는 이것은 무엇인가?

　　내가 잠든 머리맡에 실낱 같은 실낱 같은 것. 바람 속에 구름 속
에 실낱 같은 것. 천년 아니 만년, 아버지의 아저씨의 눈시울에 눈
시울에 어느 아침 스며든 실낱 같은 것. 네가 커서 바라보면, 내가
누운 무덤가에 실낱 같은 것. 죽어서는 무덤가에 다소곳이 돋아나
는 몇 포기 들꽃……

　　이것이 무엇인가? 이것이 무엇인가?

—「눈물」 전문

　시 「서풍부」는 어린 시절의 김춘수가 천사라는 말에서 느꼈던 신비
감이 그대로 묘사되어 있다. "너도 아니고 그도 아니고 아무것도 아"
닌 것은 존재하지도 않으면서 부재하지도 않는 것이다. 그래서 "꽃인
듯도 하고 눈물인 듯"도 하고 그것도 아니라면 어쩌면 실체 없는 허구
인 "이야기"일 수도 있는데, "환한 햇빛 속을 손을 흔들며" 간다. "환한
햇빛 속"을 간다는 것은 그것의 실체가 확연하게 보이는 것("손을 흔
들며")을 의미한다. 이것은 보이지 않으면서도 존재하는 어떤 것을 추
구하는 김춘수의 수수께끼적 시작 기법으로서, 가시적인 대상과 비가
시적인 대상이 결국은 하나일 수 있다는 허무를 나타낸다. 그것은 아
무것도 아니라고 하면서 "풀냄새"와 "복사꽃" 속에서 자신을 변용하기
때문에 실체를 확인할 수 없다.

　시 「눈물」 속에서 김춘수가 그 실체를 알고자 하는 것은 "실낱 같은
것"이다. 그것은 시간과 공간을 초월하여 "무덤가"에, 시적 화자가 "잠
든 머리맡"에, "바람 속"에, "구름 속"에 있다. "무덤"은 할아버지의 무덤

이자 아버지의 무덤이며 시적 화자의 무덤이다. "실낱 같은 것"이 죽어서는 무덤가에 몇 포기 들꽃으로 돋아나므로 시간과 공간을 초월하여 존재한다. 그렇다면 "실낱 같은 것"은 어디에나 있으면서 어디에도 없는 것이 된다. 이러한 허무감은 김춘수가 어린 시절 천사로부터 받았던 느낌과 같다고 할 수 있다. 천사라는 존재 양식의 모호성에서 가진 막연한 느낌은 위의 시에서 "~인 듯"하기도 하고 "실낱 같은 것"으로 표상되는데, 이러한 느낌은 앤티노미적이다.

어린 시절의 기독교적인 천사에서 릴케의 천사, 그리고 도스토예프스키의 작품 속에서 발견하는 천사에 이르기까지 일관적으로 공통된 요소는 앤티노미[37]이다. 앤티노미는 모순적이며 이율배반적이어서 비극성을 지님과 동시에 서로 다른 것이 공존하므로 창조성도 지니고 있다. 김춘수는 도스토예프스키의 작품을 읽으면서 인간 존재의 양식이 비극적이라는 것, 다른 말로 앤티노미 상태라는 것을 알고 도스토예프스키의 작품에서 계시를 받았다고 말한 바 있다. 시인은 현상을 통해 사물을 알 수 있고, 언어로 사물을 명료화하지만 그 본질은 알 수 없

---

37) 칸트에 따르면 이율배반(Antinomy)이란 이성이 현상을 넘어서 절대에 접근하려고 할 때 부딪치는 모순을 의미한다.(엘리자베스 클레망 외, 이정우 옮김, 『철학사전-인물들과 개념들』, 동녘, 1996, 238쪽) 칸트는 서로 용납될 수 없는 것이 일치하는 특이한 경우를 이율배반(Antinomy)이라고 말한다. 칸트는 『순수이성비판』에서 세계의 시간과 공간, 물질, 인과법칙, 필연적 원인이라는 네 개의 테마로 이율배반론을 펼친다. 칸트는 이를 통해 이성의 실천적 관심을 위해서는 현상과 자연세계를 넘어서야 할 필요가 있다고 밝혔다. 이율배반의 모순이라고 표현되었던 것은 사실은 모순이 아니라 한 쪽을 위해 다른 한 쪽을 무시할 수 없는 상황을 말하는 것이다.(진은영, 『순수이성비판, 이성을 법정에 세우다』, 그린비, 2004, 179-186쪽 참조) 김춘수의 시에 나타나는 천사는 기독교적인 천사에서 시작하여 릴케의 인간적인 천사, 그리고 천사적인 아내로 변용하며 그의 시세계에서 지향적 체험으로 작용한다. 이러한 변용을 단순하게 이율배반적이라거나 모순이라는 용어로 단정할 수 없으며, 김춘수가 역사를 초월한 인간존재의 양식을 '앤티노미'라고 표현하므로 그대로 차용한다.

다. 어떤 사물의 존재성을 느낌에도 불구하고 언어로 명료화할 수 없을 때("~인 듯", "실낱 같은 것") 그 사물의 존재양식은 앤티노미적인 비극성을 띠고, 불가지(不可知)의 대상["얼굴을 가리운 나의 신부여"(「꽃을 위한 서시」)]이 된다.

세계관은 인간이 세계 속에서 경험하고 느끼는 것에 의해 형성되며, 반대로 시인은 그 세계관을 통해 세계를 보고 창조한다. 세계관은 세계 속에서 자신의 삶이 어떤 방향으로 나아가야 할지, 또 어떻게 살아야 하는지를 반성하게 한다. 따라서 세계관은 근본적으로 인생관과 관련되어 있으며 사고와 행동의 근본 전제이자 삶의 방향을 제시한다. 김춘수가 지닌 내면적 특성으로 천사는 세계 속에서 그가 처음으로 구체적인 의문을 가진 대상이었으며, 이 첫 경험이 그가 불가지(不可知)의 세계관을 지니게 되는 계기로 작용한다. 실제로 보고자 하는 사물의 진리는 숨어 있으며, 구체적으로 아무것도 드러나지 않는 현실의 허무를 느낀 것이다.

김춘수의 불가지론(不可知論)적 세계관을 형성하는 허무는 텅 빈 것이 아니라, 예술을 개념의 지배 아래 복속시킬 수 없음을 의미한다. 개념의 지배 아래에 있지 않는 예술은 자율성을 가지며 비개념적이므로 인식판단의 대상이 될 수 없다. 이때의 예술 작품은 미적 규범이나 그 밖의 규범에 반응하며 자기의 세계를 형성해나간다. 김춘수는, 허무란 자기가 말하고 싶은 대상을 잃게 되는 것이지만 그 대신 보다 넓은 시야가 펼쳐진다고 말한 바 있다. 그리하여 의미가 새로 소생하고 대상이 새로 소생한다는 것이다. 불가지론적 세계관이 김춘수의 시세계 전체를 가로지르는 일관성을 지니고 창조의 요인이 될 수 있는 것은 기억이 지닌 순수지속의 힘 때문이다.

지속은 변화함에도 불구하고 자기 동일성을 잃지 않는 것이다. 자기 동일성을 잃지 않는다는 것은 불변한다는 것을 의미하므로, 이 명제 자체가 모순임에도 불구하고 변화 속에서 자기 동일성을 유지할 수 있는 것이 바로 기억이다. 기억은 타자화하는 운동을 거슬러 올라가 자기 동일성을 확보하려는 본성을 지니고 있다. 타자화하는 과정에서도 변하지 않는 어떤 지점, 즉 주변의 사물과 혼합되지 않은 그 지점이 순수지속인데 기억은 생명이 지닌 역동성과 창조성에 의해 순수지속을 현재 속으로 끌고 오는 것이다. 그러므로 현재는 기억에 의해 과거와 미래를 동시에 잠식할 수 있다. 김춘수에게 천사에 대한 기억은 순수지속의 한 점으로서 무의식 속에 내재되어 있다가, 릴케와 도스토예프스키의 천사를 만났을 때 기억의 지평을 넓히면서 앤티노미적인 존재로 다가온다.

> 릴케의 천사는 풀잎이고
> 바람이다.
> 언젠가 그때
> 밥상다리를 타고 어디론가 가버린 그
> 바퀴벌레다
> 겨울에는 봄이고
> 봄에는 여름이다.
> 서기 1959년
> 세모,
> 릴케의 그 천사가
> 자음과 모음

서너 개의 음절로 왠지 느닷없이
분해하는 것을 나는 보았다.

　　　　　　　　　　　　　　—「처용단장 제3부 42」전문

H_2O는 화학용어,
수소와 산소로 분해된다.
다섯 살 나던 해
주님 생일날 아침 나는
교회의 첨탑을 보았다. 첨탑에 꽂힌
은빛 커다란 십자가를 보았다.
거꾸로 매달린
종이 천사를 보았다.
천사의 날개를 보고
천사의 오동통한 허벅지를 보았다.

　　　　　　　　　　　　　　—「제 6번 悲歌」부분

　위의 시에서 천사는 객관적으로 파악되는 대상이 아니다. 시 「처용
단장 제3부 42」에서 릴케의 천사는 "바람"이나 "풀잎"처럼 어디에서나
볼 수 있는 존재이지만, 어디론가 가버린 "바퀴벌레" 같기도 하고 "자
음과 모음"으로 분해되어 사라져 어디에서도 볼 수 없으므로 앤티노미
적이다. 이 시에서 "천사"는 현존하면서 보이지 않는 어떤 대상을 상징
하는 것이기도 하다. "종이 천사"는 오동통한 허벅지를 드러낸 채 "거
꾸로 매달"려 있지만 "날개"를 가진 "천사"인 것처럼, "H_2O"는 순수한
"화학 용어"로 되어 있지만 현실에서는 물을 의미한다. "H_2O"가 "수소

와 산소로 분해"되는 것은 "화학용어"이지, 현실에서의 물은 그대로 물인 것이다.

앤티노미적인 천사는 시「천사」에서 "처음에는 한 줄기의 빛과 같았으나 수만 수천만의 빛줄기로 흩어져 바다를 덮고 내 눈에 아지랭이를 끼게 하지만 내 귀는 봄바다가 기슭을 치는 소리를 자주 듣게" 하는 존재로 표상된다. 이후 김춘수가 만난 천사는 도스토예프스키의 작품 속 '소냐'이다.

> 가도 가도 2월은
> 2월이다.
> 제철인가 하여
> 풀꽃 하나 봉오리를 맺다가
> 움찔한다.
> 한번 꿈틀하다가도
> 제물에 까무러치는
> 옴스크는 그런 도시다.
> 지난해가을에는 낙엽 한 잎
> 내 발등에 떨어져
> 내 발을 절게 했다.
> 누가 제 몸을 가볍다 하는가,
> 내 친구 셰스토프가 말하더라.
> 천사는 온몸이 눈인데
> 온몸으로 나를 바라보는
> 네가 바로 천사라고,

오늘 낮에는 멧송장개구리 한 마리가
눈을 떴다.
무릎 꿇고
리자 할머니처럼 나도 또 한 번
입맞췄다.
소태 같은 땅, 쓰디쓰다.
시방도 어디서 온몸으로 나를 보는
내 눈인 너,
달이 진다.
그럼,
1871년 2월
아직도 간간이 눈보라치는 옴스크에서
라스코리니코프.

　　　　　　　　　　　　　　　　—「소냐에게」 전문

　시 「소냐에게」에서 소냐는 "온몸이 눈"으로 된 "천사"와 동일시된다. 천사의 온몸이 눈으로 되어 있다는 것은 천사가 양심이자 빛이라는 것을 의미하는데, 이는 라스코리니코프의 양심을 비추는 거울이 소냐라는 뜻이다. "옴스크"는 가도 가도 봄은 오지 않고 "2월"만 있는 도시이지만 그 도시에 사는 그 어느 누구도 가벼운 존재는 아니다. 인간은 "낙엽 한 잎"에도 발을 절룩거릴 정도로 우주 안에서 미약하지만, 영혼은 결코 가볍지 않다. "소태 같은 땅"에 입 맞추고, "풀꽃 하나 봉오리 맺"지 못하던 옴스크에 봄이("오늘 낮에는 멧송장개구리 한 마리가/눈을 떴다.") 오게 하는 생명력을 지니고 있기 때문이다. 이러한 힘은 언제나 어느 곳에서나 온몸으로 "라스코리니코프"를 보는 소녀가 있기에 가능하다. 김춘수는 소녀에게서 새로운 영혼의 생명을 탄생시키는 창조성을 본 것이다.

김춘수에게 천사는 비가시적인 존재이면서 가시적이기도 하고, 서로 융합될 수 없는 것들이 일치하는 특이한 앤티노미적 대상이었다. 천사가 지닌 모호성은 김춘수의 존재론적인 물음과 만나, 사물의 진리는 숨어 있으며 보이는 현상이 전부가 아니라는 불가지(不可知)의 세계관을 형성하는 근원이 된다. 이 세계관이 초기에는 이데아를 추구하는 관념적인 면을 보인다. 하지만 천상의 존재이면서 인성을 지닌 릴케의 천사와 도스토예프스키 작품 속의 소녀, 그리고 어린 시절 느꼈던 천사에 대한 기억이 융합되어 천사는 지향적 체험으로 작용한다. 그리고 도스토예프스키의 작품에서 등장인물들이 지니고 있는 앤티노미적 성격을 접하면서 인간 존재 양식의 비극성에 관심을 가지게 된다. 그렇다면 김춘수의 시와 도스토예프스키 작품의 연관성은 무엇이며, 이 만남이 그의 시와 세계관에 어떻게 작용했을까?

2) 도스토예프스키와 심리적 진실

어떤 상황이나 대상은 나의 삶과 어떻게 관계 맺는가에 따라 독특한 힘과 빛깔을 가지게 된다. 김춘수가 도스토예프스키의 작품에서 인간 존재 양식에 관심을 가지게 되는 것은 어린 시절의 천사 기억과 청년기의 감옥경험, 그리고 언제나 존재의 본질을 추구하는 그의 내면적인 특성이 결합되었기 때문이다. 김춘수는 개인의 의지와 관계없이 진행되는 자신의 삶에 의문을 제기하면서 역사와 개인의 관계에 천착하게 된다. 이때 문제가 되는 것은 역사가 지닌 폭력성에 의해 겪게 되는 개인의 고통이며, 그 고통을 견디는 인간의 한계가 어디까지인가 하는 것이다.

　김춘수는 청년기에 겪은 일본의 감옥경험에서 고문에 대한 상상만으로 정신적 한계를 드러낸 상황을 수치로 기억한다. 그런데도 김춘수가 어떤 폭력에 예민하게 반응하고 그 한계를 넘고자 하는 대상에 관심을 기울이고 있다는 것을 그의 시에서 찾을 수 있다. 이것은 그의 내면세계에서 있었던 갈등과 고뇌로부터 작품의 모티프들이 나왔음을 말해준다.

　　불에 달군 인두로
　　옆구리를 지져 봅니다.
　　칼로 손톱을 따고
　　발톱을 따봅니다.
　　얼마나 견딜까,
　　저는 저의 상상력의 키를 재봅니다.
　　말도 많고 탈도 많은 그것은
　　바벨탑의 형이상학,
　　저는 흔들립니다.
　　무너져라 무너져라 하고
　　무너질 때까지,
　　그러나 어느 한 시인에게 했듯이
　　늦봄의 퍼런 가시 하나가
　　저를 찌릅니다. 마침내 저를 죽입니다.

그게 현실입니다.
7할이 물로 된 형이하의 몸뚱어리
이 창피를 어이하오리까
스승님,

자살 직전에
미욱한 제자 키리로프 올림.
—「존경하는 스타브로긴 스승님께」 전문

죽음은 형이상학입니다.
형이상학은 형이상학으로 흔듭니다만
죽음을 단 1분도 더 견디지 못합니다.
심장이 터집니다.
저의 심장은 생화학입니다.
억울합니다.

키리로프 다시 올림, 이제
죽음이 주검으로 보입니다.
—「추신, 스승님께」 전문

위의 시에서 키리로프는 육체의 고통과 영혼의 극단을 오가며 고뇌한다. 도스토예프스키의 소설 『악령』에서 키리로프는 자신의 의지로 권총을 머리에 대고 자살한다. 선택의 길목에서 "행동하는 인간은 자신의 의지를 최후적으로 긍정하려고 노력한다. 그러나 절대적으로 인종하는 인간은 궁극적 단계를 초월한 곳에서 자신의 의지를 주장한다."[38] 만일 인간에게 바벨탑을 쌓도록 강요한 신이 없다면, 또 인간의 한계인 죽음을 이길 수 있다면, 형이상학으로 대변되는 신과 형이하의 육체를 지닌 인간의 경계를 초월하여 자신이 신이 될 수 있다. 죽음을 이길 수 있다는 것은 인간이 지닌 육체의 고통과 "늦봄의 퍼런 가시" 같은 죽음의 공포를 정복하는 것이기 때문이다.

김춘수와 도스토예프스키는 역사의 시간 속에서 내던져진 자신의 운명에 복종할 수밖에 없었던 경험이 있다. 이 경험에 의해 "도스토예프스키는 자신의 창작력 전체를 인간과 그 운명에 바쳤다."[39] 여기에 김춘수가 도스토예프스키의 인물에게 '들림'을 경험하는 이유가 있다.

"나는 눈부신 태양에 반사되어 반짝이는 금빛 도금을 한 돔이 있는 교회를 바라다보고 있었다. 그러자 나는 갑자기 그 영롱한 빛들이 내 자신이 오 분 후면 가게 될 그곳으로부터 나온 것처럼 느껴졌다."

갑자기 한 관리가 손수건을 흔들며 광장을 가로질러 급히 말을 타고 와서 니콜라스 Ⅰ황제의 「황공한 자비」를 발표했다. 그리하여 사형수들은 사형에서 시베리아 유형으로 감형되었다. 이 몸서리치는 사형집행에 대한 기억은 「결코 잊어버릴 수 없는 하나의 교훈」으로 간주되어진다. 그것은 사실 도스토예프스키에게 있어서는 지

38) J. M. 마리, 이경식 옮김, 『도스토예프스키의 문학과 사상』, 서문당, 1980, 145쪽
39) N. 베르쟈예프, 이경식 역, 『도스토예프스키의 세계관』, 현대사상사, 1979, 39쪽

울 수 없는 영향을 미쳤다.[40]

　　나는 아주 초보의 고문에도 견뎌내지 못했다. (…) 사람에 따라
　그 한계의 넓이에 차이가 있겠지만 그 한계를 끝내 뛰어넘을 수는
　없을 듯하다. 한계에 다다르면 육체는 내가 했듯이 손을 번쩍 들어
　버리거나(실은 내 경우에는 민감한 상상력 때문에 지레 겁을 먹고
　말았지만)까무러치고 만다.[41]

　김춘수와 도스토예프스키는 역사가 지닌 시간의 두께 속에서 인간
이란 얼마나 나약한 존재인가를 인식하는 공통의 경험을 지니고 있지
만, 그것을 체화한 문학작품은 다르게 나타난다. 죽음을 눈앞에 둔 도
스토예프스키는 영원의 시간에서 나오는 영롱한 구원의 빛을 보았다.
이 순간의 경험은 도스토예프스키가 시베리아 옴스크 감옥에서 4년의
유배생활 동안 경험한 절망과 고통과 죽음의 공포에서 그리스도에 대
한 믿음을 재발견하는 계기가 된다. 그리고 그 믿음은 『죄와 벌』, 『악
령』, 『카라마조프가의 형제들』 등의 작품에서 '신이 없다면 모든 것이
올바르다'라는 논리를 증명하고자 애쓰는 인물들을 창조하는 원동력
이 된다. 신을 부정하기 때문에 인간적인 고통에서 헤어나지 못하는
인물들과 그들의 운명을 통하여 역으로 신의 존재를 드러내고자 한 것
이다.
　김춘수는 감옥경험을 통해 인간의 나약함과 역사를 초월한 인간 존

---

40) 윌리암 후벤, 장종홍 옮김, 『자유로운 영혼을 위하여-우리 시대의 네 예언자 도스토
　　예프스키, 니이체, 카프카, 키에르케고르』, 영학, 1983, 10쪽
41) 김춘수, 『꽃과 여우』, 민음사, 1997, 189쪽

재의 비극성을 인식한다. 눈앞에서 벌어지는 현실과 그 현실을 받아들일 수 없는 내적 갈등은 분명 비극이다. 비극적인 시간 속에서 이미 정해진 인간의 한계를 수용할 수 없을 때 끝없는 회의가 밀려오며 갈등이 극대화된다. 이 지점에서 김춘수는 인간의 한계를 벗어날 수 없음을 고백하는 키리로프에게서 상징적인 짐을 지고 있는 인간의 모습을 본다. 소설 『악령』에서 키리로프는, 신이 있다면 모든 것은 신의 의지이지 결코 인간의 자유의지가 될 수 없다고 생각하는 인물이다. 신은 죽음에 대한 공포 때문에 인간이 만들어낸 것이므로 스스로 죽음을 택하는 자유의지를 실행한다. 이러한 키리로프에게서 김춘수는 인간과 신의 경계 자체가 무의미함을 알게 된다.

김춘수가 관심을 가진 또 다른 인물은 스타브로긴이다. 소설 속에서 스타브로긴은 베르호벤스키로 하여금 샤토프를 죽이게 하고 키리로프를 자살로 이끄는 인물이다. 샤토프에게는 종교적이며 민족적인 성격의 메시아 사상을 전파하고, 키리로프에게는 반종교적이며 개인주의 사상의 극점인 '인신사상(人神思想)'을 심어준다. 신이 없음을 증명하기 위하여 자살한 키리로프와 달리 스타브로긴은 인간의 한계를 알기 위하여 자신에게도 무차별적인 실험을 한다. 김춘수는 이러한 스타브로긴에게서 자신의 내면에 잠재해 있는 선을 부정하고 완벽한 악을 구현하고자 하는 위악성을 본다.

샤토프는 네가 죽이지 않았다.
죽일 수도 없었다.
샤토프는 너로부터
너무 멀리 가 있었다.

샤토프는 말하자면 공자 다음가는

아성亞聖이다.

너는 겨우 네 발등에다

불을 놨을 뿐이다.

너는 개똥을 수집, 약을 쓴다 했지만

개똥은 개똥이다. 온 거리에

구린내만 분분하다.

너는 타고난 넙치눈이,

나를 보지 못한다.

말해 줄까,

날개에 산홋빛 발톱을 단

archaeopteryx라고 하는

나는 쥐라기의 새, 유라시안들은 나를 악령이라고도 한다.

내가 누군지 알고 싶어

거웃 한 올 채 나지 않은

나는

내 누이를 범했다. 그

산홋빛 발톱으로,

흑해 바닷가 별장에서

스타브로긴 백작.

—「소치小癡 베르호벤스키에게」 전문

베르호벤스키가 샤토프를 죽이지만 그건 육체의 죽음일 뿐이다. 샤토프의 정신은 이미 "공자 다음 가는/아성(亞聖)"이기 때문에 "넘치눈이" 베르호벤스키가 샤토프를 죽여도 변하는 것은 아무것도 없다. 정신을 움직이지 못하는 변화는 오히려 삶을 구차하게 만들 뿐이다.("너는 겨우 네 발등에다/불을 놓을 뿐이다.") 이러한 사실을 스타브로긴은 알고 있었지만, 베르호벤스키는 몰랐다. 왜냐하면 김춘수가 보는 베르호벤스키는 이상과 현실을 정확하게 볼 수 없는, 타고난 "넘치눈이"기 때문이다. 베르호벤스키가 꿈꾸었던 혁명은 "세상은 하얗게 얼룩이 지고/무릎이 시"(「혁명」)리게 하는 것이므로 현실을 바꿀 수 없는데도 개똥을 수집하여 약으로 쓰겠다는 이상만을 쫓는다.["너는 너 혼자 너무 멀리 달아났구나,/베르호벤스키, 너/넘치눈이"(「혁명」)]

김춘수는 시에서 스타브로긴을 선과 악의 경계가 모호한 양가성을 지닌 인물로 묘사한다. 왜냐하면 단지 자신이 누군지 알고 싶어 산홋빛 발톱으로 누이를 범하는 스타브로긴은 선이 상실된 악의 근원이지만, "나는 번데기일까, 키리로프/그는/나를 잘못 보았다." (「악령」)라며 자기의 정체성에 스스로 의문을 가지기 때문이다. "Besy,/유라시안인들은 나를 그렇게 부른다./얼마나 사랑스러운가,/물오리 이름 같다." (「악령」)라며 자기애를 드러내기도 하고 자신이 누구인지 알 수 없어 ["나는 지금 후설의 그/귀가 쭈뼛한 괄호 안에 있다./지금은 눈앞이 훤한 어둠이다."(「악령」)] 고뇌하기도 한다. 스타브로긴의 고뇌는 그의 내면에 아직도 인간의 선함이 남아 있음을 증명하는 것이기도 하다. 고뇌한다는 것은 윤리적인 문제이며, 그것은 곧 선과 악의 갈등으로 직결되기 때문이다.

비슷한 경험을 한 사람들 중에서 유독 김춘수가 역사의 폭력성에 관심을 가지는 것은 그 폭력 앞에 굴복할 수밖에 없는 인간 정신의 나약함을 경험했기 때문이다. 특히 배고픔 앞에서 무너지는 자존심은 존재 본능의 내밀한 곳을 건드리므로 비열하고 비굴한 기억으로 남는다. 이러한 과거 경험을 기억하고 있는 한, 그 경험은 여전히 자신 스스로에게 대항하여 나타난다. 왜냐하면 일생 동안 잊히지 않는 기억은 그 자체가 어떤 지향을 지니고 있는 것이며, 그 지향은 의식을 지배하기 때문이다.

나는 아주 간단한 초보적인 고문에도 견뎌내지 못했다. 나의 상상력 때문이다. 지레 겁을 먹곤 했다. 결국은 하지 않은 일도 한 것처럼 불고 말았다. 나는 거의 절망적인 굴욕감을 안게 됐다. 내가 가지고 있는 내 머리 속의 어줍잖은 생각 같은 것은 아무 것도 아니구나 하는 생각이 절실해졌고 이념이 어떤 절박한 현실을 감당해 낼 수 없다는 것을 뼈저리게 느끼게 됐다. 아니 실지로 체험하게 됐다.[42]

내 담당 형사는 나와 노인을 거기 둔 채로 한동안 자리를 비워 줬다. 무슨 뜻인지 나는 헤아리지 못했으나 무슨 뜻이 있지 않았나 싶었다. 나는 이쪽에서 저만치 앉은 노인을 정면으로 마주 쏘아보게 됐다. 눈이 그쪽으로 갈 수밖에 없었다. 굶주린 내 창자는 내 후각과 함께 자동적으로 그쪽으로 쏠리고 있었다. 나는 뚫어져라 노인을 쏘아보고 있었으리라. 그러나 그는 나로부터 의식적으로 시선을 피하면서 빵 두 개를 다 먹어치웠다. 끝내 나를 바로 보지 않

---

42) 김춘수, 『김춘수 시 전집』, 현대문학, 2004, 1100쪽

았다.[43)

　도스토예프스키는 프로이트의 몰가치의 세계, 즉 과학적 허무의
세계와는 전연 다른 위치에 있다. 그는 선과 악을 가치관의 차원에
서 보고 있다. 선과 악은 갈등하고 있는 것이 사실이지만 이 악을
압도해야 한다고 그는 가치관, 즉 이념의 차원에서 말하려고 한다.
(⋯) 도스토예프스키에게는 고뇌하는 자의 복잡 미묘한 정서적 뉘
앙스가 도처에 배어 있다.[44)

　김춘수가 절망하는 이유는, 현실 앞에서의 인간이 너무나도 나약한
존재라는 데에 있다. 인간이 나약할 수밖에 없는 이유는 이념이 현실
(역사)을 견뎌내지 못하기 때문이다. 김춘수는 자신의 경험을 통해 현
실에 반응하여 인간을 움직이는 것은 이념이 아니라 감성이라는 사실
을 절실하게 느낀다. 감성은 나의 이성적인 의지와는 관계없이 현재의
고통스러운 상황에서 벗어나고자 한다. 이러한 굴욕적이고 부끄러운
경험에 의해, 자신의 의지와는 무관하게 자신의 육체를 속박하고 정신
을 억압하는 근원이 곧 역사이며 악이라는 사상은 그의 문학으로 드
러나게 된다. 이때 문학의 대상은 인식의 대상으로 있는 현실이 아니
고, 삶에서 어떤 관계를 맺고 성립되는 나 자신과 사물들의 존재이다.
　전혀 예상하시 못했넌 자신의 심리변화, 자신의 의지로는 할 수 있
는 게 아무것도 없던 상황, 위선적인 일본인 교수, 자신의 자존심을 굴
복시켰던 왜떡 한 조각 같은 경험들과 도스토예프스키 작품 속 인물

---

43) 김춘수, 『꽃과 여우』, 현대문학, 2004, 191쪽
44) 김춘수, 『김춘수 시 전집』, 민음사, 1997, 886쪽

들에 의한 '들림'으로 김춘수는 삶의 가치를 새롭게 정립하게 된다. 즉, 실제 현실과 김춘수가 심리적으로 느끼는 상태가 달랐기 때문에 '심리적 진실'[45]을 추구하게 된 것이다. 그렇다면 김춘수가 생각하는 '역사'는 구체적으로 어떤 것이며 무엇을 의미할까. '인간이 역사를 심판해야 한다'라는 말을 어떻게 해석해야 할까.

> 즈메르자코프는
> 네 속에도 있었다.
> 아버지는 내가 죽였다고
> 너는 외쳐댔다.
> 얼마나 후련했나,
> 그것이 역사다.
> 소냐와 같은 천사를 누가 낳았나,
> 구르센카, 그 화냥년은 또 누가 낳았나,
> 아료샤는 밤을 모른다.
> 해만 쫓는 삼사월 꽃밭이다.
> 저만치
> 얼룩암소가 새끼를 낳는다.
> 올해 겨울은 그 언저리에만
> 눈이 온다.

---

45) 실제 현실에서 일어나는 여러 사건이나 현상은 김춘수가 느끼는 내면적인 상황과 일치되지 않았다. 즉 말로 표현할 수 없지만 현실의 상황과는 다르게 느껴지는 정신적인 체험은 절대 자유를 누리려고 하는 시인에게 이성과 감성의 틈을 절감하게 한다. 이러한 틈을 메우기 위하여 김춘수는 새봄에는 새로운 힘을 찾듯이 현실에 가려져 은폐된 진실을 시를 통하여 추구했는데, 필자는 이것을 '심리적 진실'로 표현한다.

그것이 역사다.
너는 드미트리가 아닌가, 아직도
이리 흔들리고 저리 흔들리는
네 나날은 신명나는
배뱅이굿이다. 그리고
즈메르자코프,
그는 이제 네 속에서 죽고 멀지 않아
너는 구원된다.

변두리 작은 승원에서
조시마 장로.

—「드미트리에게」 전문

구름은 딸기밭에 가서 딸기를 몇 따 먹고
흰 보자기를 펴더니
양털 같기도 하고 무슨 헝겊쪽 같기도 한
그런 것들을 풀어놓고
히죽이 웃어보기도 하고 혼자서 깔깔깔 웃어보기도 하고
목욕이나 할까 화장이나 할까 하며
제가 진짜 구름이나 될 듯이
멀리 우스리 강으로 내려간다.

무릎 꿇고 요즘도
땅에 입맞추는 리자 할머니는

올해 나이 몇 살이나 됐을까.

―「역사」 전문

　역사는 인간의 삶의 방식에 관심이 없다. 드미트리가 스메르자코프의 죄를 대신하여 감옥으로 가는 것도 역사이며, 천사 같은 소녀가 있는가 하면, 아버지와 아들 사이에서 친부살해 의식을 부추기는 구르센카 같은 화냥년도 있는 게 역사이다. 인간사의 이면을 알지 못하고 신의 말씀만 쫓는 아료사도 있으며, 인간과 더불어 얼룩 암소가 생명을 이어가는 것도 역사이다. 이 모든 것이 시간(역사)의 테두리 안에서 이루어지지만, "올해 겨울은 그 언저리에만 눈이 오"듯이 "저만치 한데서 비가 비에 젖"(「변두리 작은 승원僧院」)듯이 역사는 인간사 가운데에 결코 들어오지 않는다. 역사는 인간사에 관심이 없으면서도 여기저기 기웃거리며 인간사를 헝클어놓기도 하고 헤집기도 하면서 인간들의 삶의 터전 위에서 놀고 있다. 그리고 실제로는 존재하지 아니하면서 마치 존재하고 있는 것처럼 위선적인 행동을 한다.

　김춘수가 보는 "역사란 극단적으로 말하면 아무 데도 없다. 그러나 있는 것처럼 대접해야 현실이 유지된다. 랑케는 역사를 사실이라고 했지만 사실의 온전한 모습은 인간의 능력으로는 파악이 안 된다."[46] 아무 데도 없지만 있는 것처럼 대접해야 한다는 것은 반드시 그러한 것이 있음을 의미한다. 이를 존재론적인 차원에서 본다면 필연이라고 말할 수 있다. 김춘수는 시 「드미트리」와 「역사」에서 역사를 부정할 수 없는 사실로 받아들이지만, 인간의 능력으로는 증명할 수 없기에

---

46) 김춘수, 『김춘수 시 전집』, 현대문학, 2004, 1101쪽

역사 속의 인간은 이리 흔들리고 저리 흔들리며 배뱅이굿판 같은 삶을 산다고 말한다. 역사의 필연 속에서 이리저리 흔들리며 살아야 하는 개별적인 인간의 삶은 역사와 융화될 수 없는 우연의 연속이기 때문이다. 따라서 인간의 입장에서 역사는 불가지(不可知)한 차원에 속하는데, 개인에게 동일(同一)할 것을 요구하므로 역사는 폭력이며 위선이다.

김춘수는 시 「드미트리에게」와 「역사」에서 역사의 위선을 비틀고 나서 "우연은 아직 한 번도 없었다."(「티모파이 노인이 노래하며 이승을 떠났다」)고 말하면서 인간의 세계에서 신의 세계로 나아갔던 예수에게 "왜 또 오셨소?/이미 당신은/역사에 말뚝을 박지 않았소?"(「대심문관」)라는 질문을 던진다. 김춘수는 "이승에는/이승의 저울이 있소"(「대심문관」)라는 대심문관의 말을 통하여 이제 역사가 더 이상 인간을 심판할 수 없음을 강조한다. "엘리엘리라마사막다니,/그건/당신이 하느님을 찬미한 이승에서의/당신의 마지막 소리였소./내 울대에서는 그런 소리가 나오지 않아요."(「대심문관」)라는 대심문관의 마지막 말에 예수는 사동의 꿈에서 '산홋빛 나는 애벌레 한 마리가 되어 날개도 없이 하늘로 날아오른다.' 이 부분을 김춘수는 "사동의 이 부분은 슬라이드로 보여주면 되리라."(「대심문관」)라는 지문으로 자세하게 설명한다.

이러한 설명은 인간의 "죄는/피와 살을 소금에 절인/그 어떤 젓갈"(「나타샤에게」)처럼 오랜 시간 동안 인간의 내면에서 곰삭으며 형성되지만, 그것은 인간의 문제일 뿐 "역사는 처음부터 있지도 않았다고/한 번 더 알려주려고"(「대심문관」) 예수가 왔음을 강조하기 위함이다. 즉, 인간이 역사를 심판해야 한다는 김춘수의 사상은 인간은 역사가 지닌 필연적인 규범으로부터 자유롭다는 것을 의미한다. 김춘수는 시간과 공간을 초월하여 인간 정신의 완전한 자유를 꿈꾸고 영원을 꿈꾸었던 것이다. 김춘수가 절대 자유, 완전한 자유를 추구하는 것은 그가 시인이기 때문이다. "시인이란 절대 자유를 누리려고 하는 존재다. 그리고 그런 자유는 현실에는 없다고 깨닫고 있으면서도 심리적으로 추구한다. 그런 상태를 깊이깊이 의식으로 간직하고"[47] 있기 때문에 시를 통하여 절대 자유를 표상하는데, 그것이 심리적 진실이다.

작가의 세계관이란 세계의 깊은 본질에 대한 직관적인 통찰, 생(生)과 우주 속에서 독창적으로 발견한 그 어떤 것이므로 심적 대상과 연관된다. "심적 대상에 대한 모든 앎은 체험에 기초하고 있다. 일단 체험은 '태도방식'과 '내용'들의 구조적 통일체다."[48] 감옥경험에서 얻게 된 김춘수의 내면 갈등은 하나의 체험으로 작용하여 천사의 모호성에서 비롯된 불가지론적 세계관을 시를 통하여 극복하고자 하는 계기가 된다. 김춘수가 도스토예프스키의 작품에서 '들림'을 경험하는 것은 역사의 폭력을 공유했기 때문이다. 이때 중요하게 작용한 것은 주체인 김춘수의 내밀한 정신세계이다. 즉, 같은 경험을 공유하더라도 도스토예프스키와 달리 김춘수는 역사의 폭력을 신의 뜻으로 받아들일 수 없었던 것이다.

김춘수는 역사와 인간의 문제를 전체 삶의 연관이라는 측면에서 보고자 했다. 어떤 시각, 어떤 지점에 있었던 개별적인 존재가 우연히 경

---

47) 김춘수, 「왜 나는 시인인가」, 『왜 나는 시인인가』(남진우 편), 현대문학, 2005, 418쪽
48) 빌헬름 딜타이, 김창래 옮김, 『정신과학에서의 역사적 세계의 건립』, 아카넷, 2009, 81쪽

험하게 되는 사건이 전체 삶에 어떻게 작용하는지를 경험했기 때문에, 심리적 진실을 추구하면서 자신의 현존재성을 탐색했다. 이러한 현존재 탐색은 끊임없는 자아의 반성을 통해 가능하며, 치유로 가는 길이기도 하다.

4장

김춘수 시와 치유시학

자아는 인격적 주체로서 '나'의 문제를 인식하게 하는데, 나의 문제는 자아가 타자를 대면하면서 부끄러움을 유발하게 되고 주체를 파생시킨다. 타자에 의하여 주체가 생성되는 것에는 주체의 능동적 행위가 있어야 한다. 주체의 능동적 행위를 유발하는 것은 고통이다. 이때 고통은 '나'를 인식하게 하는 중요한 계기가 된다. 특히 주체가 말로는 표현할 수 없는 고통을 경험했을 때 주체는 사유를 시작한다.

김춘수의 감옥경험은 '언어가 한계에 이르는' 고통이라고 할 수 있다. 육체적인 고통 외에 자신의 관념으로 통제할 수 없는 고통을 겪었기 때문이다. 그는 이러한 고통에서 인간의 유한성을 느끼고, 그 유한성을 초월한 타자를 찾게 된다. 김춘수 시에 나타나는 예수, 처용, 이중섭, 아나키스트, 도스토예프스키의 작품 속 인물 등이 그들이다. 그러나 김춘수는 그들의 고통을 보면서 스스로 치유의 길을 찾는데, 그것이 시쓰기다.

1. 결핍된 세계

김춘수의 세계 부정성에서 비롯된 체험은 시적 자아로 하여금 같은 표상을 지닌 타자를 찾게 하는데, 그 타자는 수난과 승화의 이미지로 표상되어 나타난다. 김춘수에게 예수와 처용, 도스토예프스키 작품 속의 인물은 역사에 의해 수난당한 수난자로서의 얼굴, 즉 고통받는 타자이면서, 그 고통을 초월하여 구원의 표상을 지니게 되는 치유자이기도 하다.

1) 수난과 승화의 표상

일반적으로 타자는 자아 외부에 존재하지만, 김춘수는 감옥경험에서 부끄러움과 고통을 인식하고 자기 내부의 타자를 발견한다. 감옥경험에서 그가 느낀 것은 "조그마한 왜떡 한쪽에/혼을 팔"(「처용단장 제3부 14」) 수밖에 없는 배고픔에 의한 육체의 비루함이었다. 이러한 경험은 "누구도 용서해주고 싶지 않"(「처용단장 제3부 14」)은 분노를 불러오고, 낯선 자신의 모습을 보게 된다.["세상은/개도 나를 모른다고 했다."(「처용단장 제3부 10」)] 육체의 비루함과 낯선 자신의 모습은 그에게 고통 그 자체로 인식된다. 고통은 인간의 연약함과 유약함을 죽음보다 더 깊이 인식시키며, 자신이 유한한 존재로서 운명을 비켜갈 수 없다는 자각을 안겨준다. 이러한 한계상황에서 김춘수는, 자신과 달리 육체의 비루함을 고통을 통하여 구원으로 승화시키는 예수에게 관심을 가지게 된다.

>   - 예수가 십자가에 못 박힐 때, 그의 아픔을 덜어주기 위하여 백부장百夫長인 로마군인은 술에 마약을 풀어 그의 입에다 대어 주었다.
>
>   예수는 눈으로 조용히 물리쳤다.
>   - 하나님 나의 하나님,
>   유월절 속죄양의 죽음을 나에게 주소서.
>   낙타발에 밟힌
>   땅벌레의 죽음을 나에게 주소서
>   살을 찢고
>   뼈를 부수게 하소서.
>   애꾸눈이와 절름발이의 눈물을
>   눈과 코가 문드러진 여자의 눈물을
>   나에게 주소서.
>   하나님 나의 하나님,
>   내 피를 눈감기지 마시고, 잠재우지 마소서.
>   내 피를 그들 곁에 있게 하소서.
>   언제까지나 그렇게 하소서.
>
>   —「마약」 전문

예수는 자신이 "속죄양"이라는 사실을 자각하고 그 상황을 받아들인다. 자신의 죽음으로 억울하고("낙타발에 밟힌/땅벌레의 죽음") 박해받고 소외당하는 이들("애꾸눈이와 절름발이", "눈과 코가 문드러진 여자")의 영혼을 구제할 수 있기 때문이다. 이런 예수의 희생은 윤리성을 띠며 객관적인 고통으로 승화된다. 예수의 죽음은 그의 신성을 부정하고 인성을 극대화하는 대신 영원한 생명을 주는 이중적인 의미를 지닌다. "살을 찢고/뼈를 부수"는 고통으로 인성을 벗고 영원한 생명("내 피를 눈감기지 마시고, 잠재우지 마소서./내 피를 그들 곁에 있게 하소서.")을 지닌 존재로 거듭나는 것이다. 십자가는 초월의 세계로 가는 기둥으로, 예수가 십자가에 못 박혀 죽음으로써 육체의 죽음이라는 유한성을 벗어나 무한성의 세계로 들어올 수 있다.

예수의 모습에서 윤리적인 고통을 인식하는 것은 주체가 고통스러운 예수의 얼굴을 보면서 무의식 속에 내재된 트라우마가 그 모습을 드러내었기 때문이다. 김춘수는 그의 산문에서 "예수는 늘 내 밖에서 나를 보고 있다. 그것은 내가 일곱 살 때쯤 겪은 그 계집아이 체험과 같은 씻어 낼 수 없는, 나에게 던져지는 하나의 시선이다."라고 말한 바 있다. '예수가 늘 내 밖에서 나를 보는 시선'이라는 것은 예수와 그 계집아이가 김춘수에게 양심과 같은 것으로 의식 속에 자리 잡고 있다는 의미이다. 트라우마의 하나로 내재된 "그 계집아이"는 김춘수의 작은 폭력으로 인하여 그의 집을 떠날 수밖에 없던 나약한 존재이다.[1]

---

1) 김춘수는 자신의 수필에서 그 계집아이에 대한 기억을 다음과 같이 서술하고 있다. "어쩐지 걔가 있는 곳에는 늘 그늘이 지고 있었고 가엾고 어설픈 기운이 감돌고 있었다. (…) 다짜고짜로 나는 걔의 눈두덩에 힘껏 주먹을 날렸다. 걔는 거기 고랑창에 한쪽 발을 처들고 거꾸러져서는 한동안 일어나지를 못했다." 김춘수, 『나는 왜 시인인가』 (남진우 편), 현대문학, 2005, 50쪽.

김춘수는 이데올로기에 의해 고통을 받은 희생자인 동시에 "그 계집아이"에게 고통을 준 사람이 되고, 이 기억은 그에게 윤리적인 상처를 남긴다. 이러한 내면적 상처 때문에 그는 고통을 윤리적인 차원에서 인식하게 된다.

타자로서의 예수는, 고통을 회피하지 않음으로써 육체의 고통에 굴복할 수밖에 없었던 김춘수로 하여금 스스로의 나약함을 인식하게 만든다. 예수의 고통도 그 시대를 지배하던 사회적 역사적 이데올로기에 의해 비롯된 것이다. 시적 자아는 여기에서 예수와 자신이 이데올로기에 의해 희생되었다는 생각을 하게 되고 동일성을 느끼게 된다. 그러나 예수는 고통을 기꺼이 감내하면서["술에 마약을 풀어/어둠으로 흘리지 마라./아픔을 눈감기지 말고/피를 잠재우지 마라." (「못」)] 나약한 인간의 구원을 하나님께 간절히 바라고 있다. 예수 자신의 희생으로 그들의 삶의 고통("눈물")을 대신 짊어지고자 하는 것이다. 예수와 동일시를 추구하던 시적 자아는 자신에게 결핍된 것이 무엇인지를 인식하게 된다. 즉, 고통받는 타자를 통하여 '나의 고통'만을 생각하는 자아의 폐쇄성을 부수고 타자에 대한 '윤리적 주체'로 거듭나게 되는 것이다. 윤리적인 주체의 발생을 가능케 한 타자의 얼굴은 세계 내의 형상, 즉 고통으로 다가오지만 타자성은 무한자로 현현한다.("내 피를 그들 곁에 있게 하소서./언제까지나 그렇게 하소서.")

이러한 예수의 타자성은 주체로 하여금 자신에게 상실된 욕망이 무엇인지를 알고자 하는 욕구를 발생시킨다. 그것은 부끄러움으로부터 벗어나는 것이다. 시적 자아가 느끼는 부끄러움은 이중성을 지니고 있다. 하나는 자신이 나약한 존재였던 '계집아이'에게 폭력이라는 죄를 지어 느끼게 되는 부끄러움과 다른 하나는 육체의 아픔을 정신이 이겨내지 못했다는 부끄러움이다. 부끄러움을 자각한 순간, 주체는 그것으로부터 탈피하기 위해 자신의 내면을 들여다보게 된다. 그리고 예수의 죽음과 순결을 발견하게 된다.

예수는 죽는 순간에 유한자로서의 불안감을 "엘리엘리라마사박다니!"(「눈이 하나」)라는 외침으로 표현한다. 그러나 죽음으로 인해 그는 인성(人性)을 탈피하여 신성(神性)의 길을 갈 수 있게 된다. 자신의 내면을 투명하게 들여다볼 수 있는 신적인 눈인 "자기를 가만히 바라보는 하나의 눈"(「눈이 하나」)을 가지게 된 것이다. 반면, 김춘수는 여전히 고통 속에서 벗어나지 못하고 있다. 그 고통은 "십자가에 못 박힌 한 사람은/불면의 밤, 왜 모든 기억을 나에게 강요하는가"(「부다페스트에서의 소녀의 죽음」)라는 말로 나타나는데, 불안한 주체성을 보이는 것과 같다. 이는 주체가 내면적 담론이자 욕망으로서 개인의 인식과, 그 인식으로 인하여 파생되는 소외 사이에 드러나는 간격 때문에 타자와 연결될 수 없음을 의미한다.

시적 자아는 이러한 간격을 메우기 위하여 예수의 모습을 다시 찾는다. 그것은 '대심문관' 앞에 마주 앉은 '재림한 예수'이다. '재림한 예수'는 "좌측 벽에 붙은 변기 뚜껑을 열고는 소변을 보"고, "방안을 이리저리 바자"니다가 "한쪽 벽에 몸을 붙이"(「대심문관-극시를 위한 데생」)고 서서 생각에 잠기기도 한다. 예수가 지극히 인간적인 모습으로 돌아온 것은 "역사는 끝났다고/아니/역사는 처음부터 있지 않았다고/한 번 더 알려주려고"(「대심문관-극시를 위한 데생」) 하는 것이다. 예수가 역사를 부정할 수 있는 것은 극심한 고통 속에서도 타인에 대한 연민과 사랑을 지니고 있기 때문이다. 이러한 예수를 통하여 시적 자아는 부끄러움에서 벗어나 윤리적인 주체로 거듭날 수 있다.

　김춘수에게 다가온 또 다른 타자는 바로 처용이다. 처용은 설화에서
춤과 노래로 용서와 화해를 보여주고, 자신의 고통을 스스로 초월한
인물이다. 동해용왕의 아들이었던 처용은 인간의 세상에서 살아가며,
인간이 만든 역사에 의해 희생된 개인이기도 하다. 이러한 처용이 자신
에게 고통을 주었던 아내와 역신에게 한 행동이 춤과 노래이다. 이 지
점에서 김춘수는 악을 어떻게 대해야 할지 윤리적으로 고뇌했다고 밝
힌 바 있다.

　　인간들 속에서
　　인간들에 밟히며
　　잠을 깬다.
　　숲속에서 바다가 잠을 깨듯이
　　젊고 튼튼한 상수리나무가
　　서 있는 것을 본다.
　　남의 속도 모르는 새들이
　　금빛 깃을 치고 있다.

　　　　　　　　　　　　　　　　　　　　—「처용」 전문

　위의 시에서 처용이 자신이 속한 사회에 적응하는 과정은 억압에서
해탈로 나아가는 것이다. "인간들 속에서/인간들에 밟히며/잠을 깨"는
처용의 모습은 인간에 의해 고통받는 희생자의 이미지이다. '잠을 깬
다'는 것은 삶의 고통을 겪음으로써 무지로부터 벗어나는 것이다. 고
통에서 벗어난 처용은 "젊고 튼튼한 상수리나무"로 표상된다. 그러나

처용과 시적 자아는 동일시되지 않고 서로에게 있어 타자로 존재한다. 이는 '악'을 대처하는 처용의 방법에서 처용이 시인 자신과는 다르다는 것을 느꼈기 때문이다. 그것은 고통을 극복하고 역동적 생명성을 획득한 처용("금빛 깃을 치고 있다.")에게서 느끼는 시적 자아의 소외감("남의 속도 모르는")으로 나타난다.

차이에 의한 소외감은 주체가 타자를 보는 시선의 지평을 넓히는 계기가 된다.

1
그대는 발을 좀 뼈었지만
하이힐의 뒷굽이 비칠하는 순간
그대 순결은
형型이 좀 틀어지긴 하였지만
그러나 그래도
그대는 나의 노래 나의 춤이다.

2
유월에 실종한 그대
칠월에 산다화가 피고 눈이 내리고,
난로 위에서
주전자의 물이 끓고 있다.
서촌 마을의 바람받이 서북쪽 늙은 홰나무,
맨발로 달려간 그날로부터 그대는
내 발가락의 티눈이다.

172

3

바람이 인다. 나뭇잎이 흔들린다.

바람은 바다에서 온다.

생선 가게의 납새미 도다리도

시원한 눈을 뜬다.

그대는 나의 지느러미 나의 바다다.

바다에 물구나무 선 아침하늘,

아직은 나의 순결이다.

—「처용 三章」 전문

위의 시에서 시적 자아는 자신의 고통을 "나의 노래 나의 춤"이기도 하고, "발가락의 티눈"이자 "순결"로 인식한다. "삐었지만", "하였지만", "그러나 그래도"는 부정과 긍정의 이중성을 띤 표현이다. '발이 좀 삐었고 뒷굽이 비칠하여 본보기로서의 모양새가 좀 틀어진' 그대는 부정의 대상이다. 그러나 시적 자아는 그 부정의 대상을 "그러나 그래도"라는 단서를 붙여 다시 부정함으로써 긍정의 의미로 변화시킨다. "나의 노래 나의 춤"인 "그대"는 시적 자아가 욕망하는 이상적인 자아의 모습인 것이다.

대상을 상실한("유월에 실종한 그대") 시적 자아의 세계는 상실의 고통으로 인해 "칠월에 산다화가 피고 눈이 내리는" 비정상적인 상황으로 전도된다. 그러나 시적 자아는 자신이 처한 비현실적인 세계를 "바다"에서 불어오는 "바람"으로 다시 현실화시키고자 한다. "바다"에서 불어오는 "바람"은 나뭇잎을 흔들고 "납새미"(가자미의 경남 방언),

"도다리"의 눈을 뜨게 한다. 시적 자아는 그러한 바람에 의해서 상실감에서 오는 고통을 "그대는 아직은 나의 순결"이라는 긍정적인 사유로 극복하고자 한다. 이러한 사유방식은 고통을 회피하거나 거부하는 것이 아니라 긍정적으로 전환하는 것이다.

처용의 모습에서 차이를 인식한 자아는 타자에 의해 역동적인 변화를 추구하게 된다. 역동적인 변화는 시에서 대립되는 이미지로 표상된다. "서촌 마을"과 "아침 바다"는 서쪽과 동쪽의 표상으로 소멸과 생성을 의미한다. "늙은 홰나무"는 "젊고 튼튼한 상수리 나무"와 대립된다. "나의 지느러미, 나의 바다"는 '날개와 하늘'이라는 초월의 이미지로 상승지향적인 역동성을 표현한다. 특히 "그대는 나의 지느러미, 나의 바다"에서 지느러미는 고통을 헤쳐 나갈 수 있는 역동성을 지니고 있다.

이 역동적인 변화에 의해 "그대는 아직 나의 순결"이다. 여기에서 "순결"은 육체적인 깨끗함보다 이상적인 지향대상을 일컫는 것이다. 처용이 고통을 대하는 태도에서 시적 자아는 스스로에게 '나'는 누구인지, '나'에게 결핍된 것은 무엇인지를 사유할 수 있게 된다. 시적 자아는 타자를 통하여 문제 해결 방법을 찾게 되고, 타자는 지니고 있지만 자기에게는 없는 것을 인정하면서 시적 자아의 인격이 성숙하게 되는 것이다.

시적 자아가 지니고 있는 과거의 체험은 고통이라는 트라우마의 형태로 남아 있다. 이 고통에 의해 예수와 처용을 인식하게 되고, 상실된 욕망이 무엇인지를 알게 된다. 주체는 자신에게 상실된 욕망을 충족시키기 위하여 타자와의 동일시를 시도하지만, 타자성이라는 차이가 존재하기 때문에 그 차이를 인식함으로써 역동적인 변화를 추구하게 된다. 결과적으로 자아가 인식의 지평을 확대하는 계기가 되는 것이다. 무의식에서 발현되는 트라우마가 의식적인 지향 대상인 타자를 통하여 치유될 수 있다는 것은, 의식과 무의식이 대립되는 게 아니라 서로 보완하여 하나의 전체, 즉 개체를 이룬다는 말과 같다. 부끄럽지 않은 주체로 거듭나고자 하는 자아는 개인적 고통의 한계를 벗어나 서로 사랑하고 용서함으로써 고통을 초월하는 타자의 모습에서 상실된 욕망을 회복해간다.

2) 세계 부정과 구원의 표상

우리는 삶의 과정에서 인간과 세계의 관계에 대한 경험과 존재의 경험을 사유하게 된다. 이때 얻게 되는 "경험에 대한 관심을 언어로 표현한 것이 시"[2]인데, 시적 자아에 의해 포착되는 것은 '나'와는 절대적으로 다른 것이 '나'와 관계를 맺고 있다는 사실이며, 이것이 곧 타자성이다. 이 타자성을 지닌 존재는 향유를 통해 자아와 동화될 수 있는 그런 성질이 아니라 그것 자체의 존재성을 지니고 있는 타자이다.

이 타자는 분명 자아와 같은 향유의 과정에서 인식되는 것이긴 하지만 외재적인 존재이다. 즉, 주체 내의 존재가 아니라 주체가 지니지 못한 타자성을 지니고 있는 것이다. 그러므로 주체는 타자의 현존에 의해 발현된다. 타자의 현존은 '인간의 존재 양식이 비극적'임을 말해주는 사건을 통해서 주체 앞에 마주선다. 김춘수에게 그와 같은 사건은 도스토예프스키와 아나키스트, 그리고 천사와의 만남이다. 도스토예

---

2) 앤터니 이스톱, 박인기 옮김, 『시와 담론』, 지식산업사, 1994, 21쪽

프스키의 작품 속 인물들은 '인간 존재의 비극성은 역사의 대상이 될 수 없다'는 인식으로부터 출발하며, 아나키스트들은 역사에 대한 부정을 암묵적인 저항으로 대응하는데, 이 비극성은 천사에 의해 구원받음으로써 삶의 긍정성을 획득하게 된다.

도스토예프스키의 작품들은 김춘수에게 하나의 계시로 다가온다. 그것은 '우리가 얼마나 왜소한 삶을 살았는가를 절감하게' 하기 때문이다.

　　즈메르쟈코프는
　　네 속에도 있었다.
　　아버지는 내가 죽였다고
　　너는 외쳐 댔다.
　　얼마나 후련했나,
　　그것이 역사다.
　　소냐와 같은 천사를 누가 낳았나,
　　구르센카, 그 화냥년은 또 누가 낳았나,
　　아료사는 밤을 모른다.
　　해만 쫓는 삼사월 꽃밭이다.
　　저만치
　　얼룩임소가 새끼를 낳는다.
　　올해 겨울은 그 언저리에만
　　눈이 온다.
　　그것이 역사다.
　　너는 드미트리가 아닌가, 아직도

176

이리 흔들리고 저리 흔들리는

네 나날은 신명나는

배뱅이굿이다. 그리고

즈메르자코프,

그는 이제 네 속에서 죽고 멀지 않아

너는 구원된다.

변두리 작은 승원에서

조시마 장로.

— 「드미트리에게」 전문

위의 시는 조시마 장로가 사형을 앞둔 드미트리에게 보낸 편지이지
만, 여러 개의 목소리가 담겨 있다. 즈메르자코프, 소냐, 구르센카, 아
료사, 드미트리, 그리고 조시마의 서로 다른 목소리가 조시마의 입을
빌려 말하는 입체성을 띠고 있다. 이처럼 우리는 조시마의 서술에 의
해 타자들의 목소리를 듣고 타자들의 사유를 느낄 수 있다. 드미트리
에게는 선과 악이 공존하는 양면성이 있다. 즈메르자코프의 죄를 대
신 뒤집어쓰고 사형 집행을 기다리고 있으나, 그의 내면에는 '아버지'
를 죽이고 싶은 욕구가 숨어 있는 것이다.("즈메르자코프는/네 속에도
있었다.") 그래서 "아버지는 내가 죽였다고" 외치고, 실제로 자신이 죽
였을 거라는 생각을 하게 된다. 왜냐하면 욕망에 대한 채울 수 없는 갈
증은 "한 인간 속에서 다른 인간과 인생의 가능성이 드러나고, 그는 자
신의 완결성과 일의성을 상실하며 그는 자기 자신과 더 이상 일치하지

않기 때문이다."3)

　드미트리의 상실된 욕망의 대상은 구르센카이다. 무의식에 내재된
'친부살해' 욕구는 구르센카에 대한 욕망 때문이다. 아버지는 드미트
리가 사랑하는 창녀 구르센카를 넘보는데["드미트리 그녀석에게/그
계집을 줄 수 없소"(「조시마 장로 보시오」)] 그 아버지에 대한 증오는 환
각 속에서 이미지화되어 드미트리를 지배하고 있는 것이다. 드미트리
의 무의식은 이반에 의해 즈메르자코프에게 전이된다. 이반은 신이 만
든 세상을 부정하지만, 드미트리의 무죄를 즈메르자코프의 고백으로
알게 되었어도 신을 대신하여 선과 악을 분리해내지 못한다. 서술자는
타자들의 목소리를 통해 그런 부조리하고 불합리한 사건들이 곧 역사
이며, 따라서 '역사는 인간을 심판할 수 없다'고 말한다. ("그것이 역사
다.") 인간을 심판하는 것은 인간만이 할 수 있는 것이다.

　여러 사람이 어울려 각자의 삶을 살아가는 것 또한 역사라는 것을
드미트리가 이해했을 때("네 나날은 신명나는/배뱅이굿이다."), 드미트
리는 본래성을 되찾게 된다.("즈메르자코프,/그는 이제 네 속에서 죽고
멀지 않아/너는 구원된다.") 드미트리에게 선과 악은 무차별성을 띠고
있었지만("이리 흔들리고 저리 흔들리는"), 그가 비껴서서 역사를 "배
뱅이 굿"과 같은 것으로 보았을 때 선과 악은 구분되는 것이다.

　김춘수의 시에서 타자들이 자신의 목소리를 내는 방식은 선과 악의
대립적인 구조를 띤다. 즈메르자코프와 드미트리는 아료사와 대립되
어 있고, 구르센카는 소녀와 대립되어 있다. 즈메르자코프와 드미트리
는 '부친살해' 욕구를 지닌 공통점을 가졌으나, 아료사는 악을 모르고

---

3) M. 바흐찐, 앞의 책, 173쪽

("밤을 모른다") 신을 믿는 신앙적인 인간이다.("해만 쫓는 삼사월 꽃밭이다.") 소냐와 구르센카는 둘 다 창녀이지만, 서술자에게 소냐는 천사로, 구르센카는 악("화냥년")으로 인식된다. 소냐는 아버지에 의해 창녀로 팔린 수난자이지만 순결한 영혼을 지니고 있어서 라스콜리니코프를 회개시킨다. 소냐는 인간의 역사에 의해 고통받으면서도 인간을 구원하므로 천사인 것이다. 그러나 구르센카는 드미트리로 하여금 '친부살해' 욕구를 지니게 하는 타락한 여인이다. 구르센카는 드미트리와 그의 아버지 표트르 사이를 오가며, 돈과 육체를 탐하면서도 자신의 행위를 논리화한다.["어르신은 돈에 인색하고 나이도 많지만/(…)/말하자면 어르신껜 남자만 있고/그리움은 없지만/저에겐 그게 더 좋아요."(「표트르 어르신께」)]

이들과 달리 스타브로긴은 선함으로 가장했지만, 선과 악이 혼용되어 무차별성을 띠고 있다. 선과 악이 구분되지 않고 미성숙한("거웃 한 올 채 나지 않은 나는") 스타브로긴이 자신이 누군지 알고 싶어 어린 누이에게 저지른 폭력은[4] "날개에 산홋빛 발톱을 단/archaeopteryx라고 하는/나는 쥐라기의 새, 유라시안들은 나를 악령이라고도 한다."라는 독백으로 드러난다. 스타브로긴은 선함을 가장하고 있었지만("너는 타고난 넙치눈이/나를 보지 못한다") 누이동생을 범한 악의 모습은 산홋빛 발톱으로 드러난다.

위의 시에서 타자는 선과 악의 모습으로 나타나 서술자에게 역사란

---

4) "너는 타고난 넙치눈이,/나를 보지 못한다./말해 줄까,/날개에 산홋빛 발톱을 단/archaeopteryx라고 하는/나는 쥐라기의 새, 유라시안들은 나를 악령이라고도 한다./내가 누군지 알고 싶어/거웃 한 올 채 나지 않은/나는/내 누이를 범했다. 그/산홋빛 발톱으로."(「소치小癡 베르호벤스키에게」 부분)

어떤 것인지를 알게 해준다. 인물로 대변되는 대립항은 선과 악으로 구분되어 있으며, 이 선과 악이 혼용되어 있는 것이 역사이다. 이러한 인간의 역사에 대한 서술자의 거부감은 그 역사 속에 편입되어 들어가지 않고 "저만치" 떨어져서 바라본다.("저만치/얼룩암소가 새끼를 낳는다.") 그러나 그 시간은 "저만치" 있어 "그 언저리에만 눈이 내린다." 그러나 이것 또한 역사이다. 인간이 역사 속으로 들어가지도 못하지만, 역사 또한 인간의 실존과는 관계없이 가고 있는 것이다. 이것은 곧 인간존재가 지닌 비극이다. 역사 속에 살지만, 그 역사 속으로 들어가지 못하고 미끄러져 내리기 때문이다.

　이러한 역사관은 도스토예프스키의 목소리를 듣기 이전부터 시적 자아의 내부에 있었다. "기적을 울리며 기차는 산모롱이를 돌아서 갔다./어디쯤 가고 있을까/누군 땅콩을 까고/누군 오징어 다리를 씹고 있을라/자유는 그처럼 저 혼자 흐뭇하"(「자유」)기 때문이다. 인간의 존재와는 관계없이 역사는 제가 가야 할 길을 가고 있고 그런 역사와 상관없이 인간의 삶은 진행된다. 그것이 김춘수가 말하는 자유이다.

　　가만 가만히
　　어리디 어린 자유가
　　아무 데도 없는 어떤 악기 모양의
　　죽은 김종삼의 시에서 본
　　그런 악기 모양의
　　꿈과 같은, 꿈속의 꿈과 같은
　　어리디 어린

자유가 하나 눈뜰 때까지

가만 가만히 발소리도 죽이고,

　　　　　　　　—「도스토예프스키를 읽을 때」전문

　김춘수에게 자유는 "어리디 어린" 모습으로 다가오지만, 그 형상을
정확하게 알 수 없다. 그것은 마치 꿈에서 본 것처럼 아련하기만 하다.
그래서 살금살금 도스토예프스키에게 귀를 기울이고 그의 소리를 듣
게 된다. 그가 들은 소리는 선과 악의 혼융 속에서 갈등하고 고뇌하는
비극적인 인간 존재성이다. 그리고 고통은 타자 자신의 내면에 감추어
두었던 무의식을 드러내어 악은 선을 이길 수 없음을 고백하게 한다.
그 고통은 정신적인 고뇌뿐만 아니라 육체적인 고통도 포함된다. 『악
령』에서 키리로프는 자신이 존경하는 스승 스타브로긴에게 편지를 보
내 "불에 달군 인두로/옆구리를 지져 봅니다./칼로 손톱을 따고/발톱
을 따봅니다./얼마나 견딜까,/저는 저의 상상력의 키를 재봅니다."(「존
경하는 스타브로긴 스승님께」)라는 말로 육체적인 고통을 정신이 얼마나
견뎌낼 수 있는지 묻는다.
　자유를 지향하면서 고통을 논하는 것은 시인의 감옥 체험과 관련이
있는데, 이 체험은 트라우마의 형태로 나타난다. 폭력에 의한 트라우
마는 기억 속에 흔적을 남기는데, 그 흔적은 의식 속에 기억되지도 않
으면서 또 잊혀지지도 않는, 모순된 두 얼굴을 지니고 있다. 무의식 저
너머에 잠재되어 있던 기억의 흔적은 도스토예프스키의 작품 속에서
만난 타자의 목소리를 들으며 환기된 주체의 욕망을 표상화한다. 즉,
타자를 통하여 주체가 욕망한 것은 "인간의 육체적 고통을 견뎌낸 이

후에 태어난 고귀한 정신의 가치"[5]였다.

정신이 육체적인 고통을 이겨내지 못한 자신에 비해, 작품 속의 인물들은 비극적인 삶 속에서도 육체의 고통을 넘어서서 그들만의 자유를 추구한다. 예수가 육체의 고통을 넘어서서 신성에 다가갔듯이 키리로프는 육체의 고통을 통하여 정신의 힘을 알고자 한다. 특히 감방의 체험은 인간을 비루하게 만들며 재기 불능의 상처를 남기지만, 드미트리와 키리로프는 오히려 감방 안에서 자신들의 한계를 넘어서 선의 의지를 정신으로 나타낸다. 이러한 타자들의 목소리는 김춘수로 하여금 무정부주의자들에게 시선을 돌리게 한다.

영하 40도,
시릿셸 베르그의
요새要塞 감옥 돌바닥에 살을 묻고
뼈를 묻으려 했다.
스물일곱 살,
월경月經의
피도
두 주먹으로 틀어막았다.

―「동지 피그넬」 부분

무정부주의자가 되지 못한 나는
그날

5) 손진은, 『현대시의 미적 인식과 형상화 방식 연구』, 월인, 2003, 241쪽

오지 않는 저녁이 오지 않는 저녁의 그늘이 되어주고 있는 것을
보고 있었다.

—「처용단장 제3부 30」 부분

　베라 피그넬에 대한 내 관심은 그녀가 신봉한 이념 때문이 아니
다. 아나키스트로서의 그녀에게 내 관심이 쏠린 것이 아니다. 세상
에 어떤 이념을 신봉하는 이른바 사상가는 많다. (…) 그녀는 생애
에 몇 번쯤 흔들렸을까? 그럴 때마다 어떻게 감당해 냈을까? 그 과
정과 그 과정이 끝난 뒤의 그녀의 표정은 어떠했을까? (…) 자기와
같은 처지의 사람이 만약 그것을 못한다면 그 치욕 때문에 인간의
역사는 부끄러워 고개를 들지 못할 것으로 뼈저리게 느끼고 있었
는지도 모른다.6)

　　모택동이 평등을 말하고, 한참 뒤에
　　허유虛有 선생이 자유를 말할 때도
　　한 아이가 언제까지나 울고 있다.
　　엄마 배고파,

—「제18번 비가悲歌」 부분

　무정부주의자들 중에서도 베라 피그넬이 타자로 와 닿는 것은 그녀
의 감옥생활 때문이다. 김춘수는 감옥에 있으면서 '초보의 육체적 고
통'을 이겨내지 못한 것은 정신의 문제라고 생각한다. 그런데 베라 피

---

6) 김춘수, 『왜 나는 시인인가』(남진우 편), 현대문학, 2005, 337-339쪽

그녤은 요새 감옥에서 21년을 지내면서도 자신의 신념을 무너뜨리지 않는다. 오히려 요새 감옥에 자신의 생명을 내던지고 있다. 김춘수에게 치욕스런 흔적으로 남아 있는 '육체의 고통을 이기지 못한 정신의 문제'를 베라 피그넬은 이겨낸다. 그녀와 같은 "무정부주의자가 되지 못한 나는" 역사의 부조리를 또다시 보고 있는 것이다. 그것은 일상적인 행복을 자연스레 누릴 수 있는 젊은 여성이 스스로 선택한 길을 폭력적으로 억압하는 이데올로기이다. 그리고 김춘수는 베라 피그넬의 얼굴에서 온몸으로 '역사를 심판하는 인간'의 모습을 본다.

베라와 같은 무정부주의자가 신념의 자유를 지키기 위하여 요새 감옥에 있을 때에도 현실과 달리("한 아이는 언제까지나 울고 있다./엄마 배고파,") 정치적인 이데올로기는 거짓을 말한다.("모택동이 평등을 말하고") 결국 타자의 얼굴과 목소리에서 김춘수는 자기가 동경하고 갈망하는 것이 정치적인 자유가 아니라 신념의 자유임을 알게 된 것이다. 그 자유는 육체의 고통을 이겨낸 자들이 지니는 고결한 정신력이다. 그것은 인습적인 억압의 체제를 부정하고 자신의 신념을 지키는 정신으로, 김춘수에게는 결핍되어 흔적으로 남아 있는 암묵적인 저항이기도 하다.

세계와 부딪혀 절망하고 고통받을 때 김춘수에게 다가온 또 다른 타자는 천사이다. 김춘수에게 천사는 세 번에 걸쳐 모두 다른 모습으로 나타나는데, 최초의 천사는 기독교적 차원의 이미지를 지니고 있다.

나는 어릴 때 호주 선교사가 경영하는 유치원에 다니면서 천사란 말을 처음 들었다. 그 말은 낯설고 신선했다. 대학에 들어가서 나는 릴케의 천사를 읽게 됐다. 릴케의 천사는 겨울에도 꽃을 피우는 그런 천사였다. 역시 낯설고 신선했다. 나는 지금 세 번째의 천사를 맞고 있다. 아내는 내 곁을 떠나자 천사가 됐다. 아내는 지금 나에게는 낯설고 신선하다.[7]

세 번의 만남에서 공통점은 '낯설고 신선했다'는 것이다. 첫 번째 낯설었다는 말은 '뜻밖이다'라는 말로 대체될 수 있다. 이는 타성에 젖어 있던 시적 자아에게 새로운 세계를 알리는 매체가 천사였다는 의미이다. 릴케의 천사는 겨울에도 꽃을 피우므로 역시 낯설고 신선했다. 세 번째 만난 천사는 아내이다. 그런데 그 아내는 죽어서 천사가 되어, 역시 지금의 김춘수에게는 낯설고 신선하다.

김춘수에게 릴케는 경도의 대상이자 도달할 수 없는 현상 저 너머의 존재이다. 릴케를 알게 되면서 러시아 문학과 러시아 사상을 탐색하는 쪽으로 이끌렸으며, 개인의 실존에 눈을 뜨게 되었다. 그러나 김춘수가 인식한 천사는 릴케의 천사와 다르다. 릴케는 "보이는 것의 보이지 않는 것으로의 변용을 완벽하게 수행해낸 존재로서 천사라는 존재를 상정함으로써 이 세상에서의 자신의 위치를 파악하고 자신의 본분과 사명까지도 파악하게 하는 것이다."[8] 즉, 릴케의 천사는 기독교적

7) 김춘수, 「거울 속의 천사 후기」, 『김춘수 시 전집』, 현대문학, 2004, 1043쪽
8) 김재혁, 『릴케와 한국의 시인들』, 고려대학교출판부, 2006, 153쪽. 이 책에는 김춘수의 시에 나오는 천사와 릴케의 시에 나오는 천사에 대한 비교분석이 상세히 되어 있다. 김춘수와 릴케의 영향관계에 대한 분석은 이재선의 「한국현대시와 R. M. 릴케-그 영향을 중심으로」(『한국문학의 원근법』, 민음사, 1996)에도 자세하게 서술되어 있다. 이재선은 이 글에서 김춘수가 '천사'보다는 '꽃'의 시에서 릴케의 영향을 많이 받은 것으로 보고 있다. 필자는 김춘수 시에 나오는 천사가 릴케의 「두이노의 비가」가 아니라 「사랑하는 하느님의 이야기」에서 영향을 받은 것으로 본다. 김춘수는 자전적 소설인 『꽃과 여우』에서 「두이노의 비가」가 너무 난해했으며, 오히려 「말테의 수기」에 나오는 「사랑하는 하느님의 이야기」에 나오는 천사가 충격적이었다고 밝히고 있다. 또 그의 시에

인 천사에 바탕을 두고 있지만, 김춘수의 천사는 개인 상징으로 표상
된다.

> 호주 아이가
> 한국의 참외를 먹고 있다.
> 호주 선교사네 집에는
> 호주에서 가지고 온 뜰이 있고
> 뜰 위에는
> 그네들만의 여름하늘이 따로 또 있는데
>
> 길을 오면서
> 행주치마를 두른 천사를 본다.
>
> ―「유년시 1」 전문

> 어릴 때는 귀로 듣고
> 커서는 책으로도 읽은
> 천사,
> 그네는 끝내 제 살을 나에게
> 보여주지 않았다.
>
> ―「처용단장 제3부 12」 부분

> 은종이의 천사는

표상되는 천사가 극히 인간적인 면모를 지니고 있으며, 후기시에서 아내를 천사화하
고 있는 것이 이를 증명한다.

186

울고 있었다.

누가 코밑 수염을 달아주었기 때문이다.

제가 우는 눈물의 무게로

왼쪽 어깨가 조금 기울고 있었다.

—「처용단장 제1부 10」부분

위의 시에서 "행주치마를 두른 천사"는 "호주 아이"이다. 그 아이는
그네만의 세상이 있는 신비로운 존재이지만, "한국의 참외"를 먹고 "행
주치마"를 두른 모습은 뜻밖의 느낌을 준다. 그 천사는 '나'와는 다른
그네만의 "뜰"과 "하늘"을 지니고 있는 존재로서 '낯선 자'의 이미지로
다가온다. 그것은 천사가 나와 다른 자, 즉 "타자이기 때문에 숙명적으
로 비밀스러운 것이며, 이 타자성 때문에 결국 나로 환원될 수 없고"[9]
늘 비밀스럽고 낯선 자로 남게 된다. 천사는 어렸을 때는 귀로 듣고 커
서는 책으로도 읽었지만, 타자성으로 인하여 "끝내 제 살을 나에게 보
여주지" 않는다.

시적 자아와 동일화를 이루지 못한 천사는 누군가 달아준 코밑수염
때문에 울고 있다. 천사가 울고 있다는 것은 천사가 인간화되었다는
의미와 함께 상처받았음을 의미한다. "제가 우는 눈물의 무게로 왼쪽
어깨가 조금 기울고 있는" 모습은 천사의 고유성을 상실하고 인간이
지니는 것과 같은 고통을 지닌다는 의미이다. 은종이의 천사에게 달린
코밑수염은 또 다른 폭력이자 억압이 되어 천사의 고유성을 훼손한다.
귀로 듣고 눈으로 읽었던 신비하고 낯선 존재였던 천사가 이제 상처받

---

9) 서동욱, 『차이와 타자』, 문학과지성사, 2008, 118쪽

은 모습으로 자신을 드러내고 있다. 자신을 감추려고만 했던 행위로 '나'에게 상처를 주었던 천사는 인간화되어 시적 자아와 다름없이 생명의 유한성을 지니게 된 것이다.

생명의 유한성, 즉 죽음의 가능성이야말로 우리가 타자를 사랑하고 그를 염려해주는 이유가 된다. 왜냐하면 상처받은 타자는 주체의 또 다른 모습이기 때문이다. 시적 자아가 지닌 유년의 기억("봄바다가 모래톱을 적시는 소리")은 '기억의 정수(精髓)'로서 유토피아적인 기능을 하고 있음을 살펴본 바 있다. 시적 자아는 유년에 보았던 천사의 모습이 코밑수염이 달려 울고 있는 천사로 변모한 것에 대해 부조리한 억압으로 인한 결과로 인식하고 있는 것이다. 감옥 체험은 또 다른 유년의 기억을 떠올리고, 두 기억이 결합되었을 때 '제 살을 보여주지 않았던' 천사는 트라우마의 형태로 나타난 것이다. 주체와 타자 모두가 상처받을 수 있는 가능성을 지닌 존재로 나타나고, 주체는 타자의 상처를 보면서 타자를 염려하는 윤리적인 주체로 거듭나게 된다. 자기와 동일화가 될 수 없다고 믿었던 타자도 상처를 받을 수 있음을 발견했기 때문이다.

몸을 팔고도 왜 소냐는
천사가 됐는가,
불빛이 그리워 우리는 지금
밤을 기다린다.

—「나타샤에게」부분

저들은 실은

타락이 뭔지 모르고 있소.
구르센카는 몸을 팔고 창녀가 됐지만
소냐는 몸을 팔고 천사가 됐소.

—「대심문관」 부분

천사는 고통받는 타자의 모습으로 나타나 주체의 흔적을 상기시키지만, 오히려 그 고통으로 인하여 구원의 손길과 함께 치유의 능력을 지니게 된다. 이는 상처를 받은 자만이 자기 경험에 의해 고통을 말할 수 있는 상처의 특성 때문이다. 소냐는 자신이 받았던 상처로 인하여 다른 상처를 어루만질 수 있었던 것이다. 시적 자아는 소냐를 통하여 진짜 타락은 타인의 상처를 발견하지 못하는 것으로, 그것이 곧 어둠이라고 인식하게 된다. 어둠은 빛인 천사의 존재를 드러내므로 밤이 오기를 기다리는 것이다. 그러므로 소냐는 '온몸이 눈인 천사'이다. 온몸이 눈인 천사는 거울과 같은 것으로, 그 눈을 통하여 시적 자아는 자신의 내면을 들여다볼 수 있다.

거울 속에도 바람이 분다.
강풍이다.
나무가 뽑히고 지붕이 날아가고
방축이 무너진다.
거울 속 깊이
바람은 드세게 몰아붙인다.
거울은 왜 뿌리가 뽑히지 않는가,
거울은 왜 말짱한가,

거울은 모든 것을 그대로 다 비춘다 하면서도
거울은 이쪽을 빤히 보고 있다.
셰스토프가 말한
그것이 천사의 눈일까,

— 「거울」 전문

'나'는 거울을 통한 타자의 시선으로부터 벗어날 수가 없다. 셰스토프가 말한 '온몸이 눈인 천사'는 나의 내면을 비추는 거울이기 때문이다. 이때 "거울"은 양심과 같은 것이다. "거울은 모든 것을 다 비춘다 하면서도" "이쪽을 빤히 보고" 있듯이 자아 내부의 양심은 자아를 비추면서 자기를 빤히 보고 있다. "예수를 바라보던 하나의 눈"(「눈이 하나」)과 유년기의 김춘수를 바라보던 그 '계집아이'의 눈이 양심의 문제, 윤리의 문제를 의미하듯이 "거울"은 내부의 타자, 즉 양심인 것이다. 거울을 통해, 천사의 눈을 통해 자아는 보여지고 있으며, 이러한 의식 속에서 자아는 자신의 존재성을 느낀다. 김춘수의 천사는 기독교의 천사와 릴케의 천사를 거쳐 양심의 천사로 변용되어 자신의 내면을 바라볼 수 있게 하는 존재, 즉 타자의 모습이다.

고양이가 햇살을 깔고 눕듯이
취설吹雪이 지나가야
인동잎이 인동잎이 되듯이
천사란 말 대신 나에게는
여보란 말이 있었구나,
여보, 오늘부터

귀는 얼마나 홈이 파일까,

—「두 개의 정물 1」전문

여보, 하는 소리에는
서열이 없다.
서열보다 더 아련하고 더 그윽한
구배句配가 있다. 조심조심
나는 발을 디딘다. 아니
발을 놓는다.
(…)
사람들은 다 가고 그 소리 울려오는
여보, 하는 그 소리
그 소리 들으면 어디서
낯선 천사 한 분이 나에게로 오는 듯한

—「제 1번 비가悲歌」부분

　자신의 존재성을 인식하게 해주고 윤리적인 주체로 거듭나게 해준
천사는 이제 또 다른 모습으로 나타난다. 그것은 아내이다. 김춘수는
"내 곁을 떠나자 천사가 된 아내는 나를 흔들어 깨운다."고 말한 바 있
다. 아내는 김춘수의 천사가 되어 돌아온 것이다. 아내가 떠난 후, 아
내의 부재로 인하여 아내가 천사였다는 사실을 인식하게 된 것이다.
그것은 마치 "고양이가 햇살을 깔고 눕듯이/취설吹雪이 지나가야/인
동잎이 인동잎이 되듯이" 자연스럽게 다가왔다. 천사의 이미지가 아내
라는 모습으로 재탄생된 것이다.

'비가(悲歌)'란 고대의 시 형식으로, 지금 여기 없는 것을 그리워하는 마음을 표현한 것이다. 시의 제목에서 알 수 있듯이, 항상 존재했지만 지금은 없는 대상인 아내를 그리워하는 애달픈 마음을 노래하는 것을 의미한다. 이제 타자는 여러 개의 얼굴이 아니라 아내라는 얼굴로 나타난다. 시적 자아가 서열이라는 말 대신 구배라는 말을 쓴 것은, 아내의 '여보'라는 목소리에서 '서열'이라는 인위적이고 억압적인 거리보다 '더 아련하고 더 그윽한', '낯선 천사 한 분이 나에게로 오는 듯한' 따뜻함을 발견했기 때문이다. 세상을 떠나고 없는 아내, 그 아내에 대한 그리움에서 주체는 타자와의 만남이 우연이 아니라 언제나 지속되고 있음을 알게 된 것이다.

　　　지금 꼭 사랑하고 싶은데
　　　사랑하고 싶은데 너는
　　　내 곁에 없다.
　　　사랑은 동아줄을 타고 너를 찾아
　　　하늘로 간다.
　　　하늘 위에는 가도 가도 하늘이 있고
　　　억만 개의 별이 있고
　　　너는 없다. 네 그림자도 없고
　　　발자국도 없다.
　　　이제야 알겠구나
　　　그것이 사랑인 것을,

　　　　　　　　　　　　　　　　　─「제 22번 비가悲歌」 전문

내 살이 네 살에 닿고 싶어 한다.

나는 시방 그런 수렁에 빠져 있다.

수렁은 밑도 없고 끝도 없다.

가도 가도 나는 네가 그립기만 하다.

나는 네가 얼마만큼 그리운가,

이를테면 내 살이 네 살을 비집고 들어가

네 살을 비비고 문지르고 후벼파고 싶은

꼭 한 번 그러고 싶을

그만큼,

—「제28번 비가悲歌」 전문

내면의 성찰을 촉구하는 천사는 싸늘한 '눈'으로 상징되지만, 아내의 모습으로 나타난 천사는 사랑스런 존재이다. 아내는 김춘수에게 그동안 자기가 찾아 다녔던 것이 사랑이었음을 알게 해준다. 그 사랑은 하늘에도 없고 발자국도 남기지 않는다. "그것이 사랑"이다. 사랑은 '내' 안에 있어 항상 현전했지만, '나'는 그것을 알지 못했을 뿐이다. 그 사랑은 실재계, 즉 현실 속에 육화되지만, '나'는 그것을 찾아 오랜 시간 동안 하늘을 헤매고 다녔던 것이다. 그러나 이제 그 사랑을 현실 속에서 찾고자 한다. 아내가 떠나고 없는 빈자리에서 비로소 고통의 실체를 깨닫고, '살과 살이 서로 닿는' 현실 속에서 인간적인 사랑의 실체를 확인하고 싶은 것이다. 시적 자아가 욕망했던 대상이 결국은 인간의 길에 이르는 사랑이라면, 그것은 인간 구원의 문제와 직결된다.

김춘수가 무의식 속에 지니고 있던 기억의 흔적들은 사랑의 개념과는 상반되는 억압과 폭력에 의해 형성되어 있었다. 이러한 억압과 폭력의 경험은 욕망을 불러오고, 욕망이 분열의 과정을 거쳐 기표로 표상화될 때 타자의 얼굴로 나타난 것이다. 시에서 기표는 여러 개의 얼굴로 표상되지만, 하나의 의미를 담고 있었다. 아내의 부재로 인한 고통을 경험하기 전까지 김춘수는 운명적인 사건으로 인해 형성된 자신의 반역사주의에 의존하여 실재 없는 이미지들을 떠돌게 했다. 그러나 김춘수는 자신에게 상실된 욕망이 있음을 인식하고, 타자의 얼굴을 통하여 그 욕망을 충족시키고자 한다. 즉 타자는 주체의 욕망이 환유적 이미지로 표상된 것으로, 주체는 타자를 통하여 자신의 욕망을 보았던 것이다.

이때 타자는 주체의 가면으로서, 주체가 자기의 욕망을 "숨기기보다는 드러내기 위한 의도로, 가면이 덮어버리는 이상의 것을 확실히 드러내기 위한 의도로"[10] 생성된 것이다. 이 가면은 사회적 자아로서의 기능을 지니고, 주체가 인식하는 현재의 자기모습과 도달하고자 하는 미래의 모습 사이의 불일치에서 발생한다. 따라서 시적 자아는 아내의 모습으로 나타난 타자에게서 자신에게 결핍된 것이 생활 속의 사랑이었음을 깨닫게 되고, 이어서 현실을 바라보는 관조의 여유를 지니게 된다.

무슨 일이
있었나,
밑창 나간 구두 한 짝
입을 헤

---

10) 김준오, 『가면의 해석학』, 이우출판사, 1984, 273쪽

벌리고 있다.
낙엽 밟는 소리
들린다.
가까이에서, 아니
조금 그쪽에서,

아무 일도 없었나,
허리 굽은 그 거리
천천히 밤이 오고, 어디로
낙엽 밟는 소리 천천히 가버린다.

봄이 오나, 뒷짐지고 이젠 어슬렁어슬렁

— 「행간行間-무언극처럼」 전문

시적 자아는 이제 자신의 삶에서 생활 주변("밑창 나간 구두 한 짝")
에 눈을 돌리고, 마치 "아무 일도 없었"던 것처럼 세계를 둘러본다. 그
리고 자신을 감싸고 있던("가까이에서, 아니/조금 그쪽에서") 억압적
이고 폭력적인 기억들이 낙엽 밟는 소리처럼 현실 저 너머로("허리 굽
은 그 거리") "천천히 가버"리는 것을 보게 된다. 상실했던 현실 속으로
돌아온 시적 자아는 이제 여유 있게 자신을 돌아보게 된다.["봄이 오
나, 뒷짐지고 이젠 어슬렁어슬렁"(「행간-무언극처럼」)] 자기만의 세계에
서 벗어나 생활세계로 들어온 것이다.

　시를 통하여 김춘수가 지향했던 것은 인간 구원의 문제였다. 고통받
는 타자의 얼굴에서, 수난자로 나타나는 타자의 얼굴에서 인간 존재의

본질을 탐색하고는 아내가 천사였다는 자각을 통해 무의식 속에 내재된 과거의 흔적을 지우게 된다. 그것은 타자를 통한 구원의 길이며, 시 쓰기를 통한 치유의 길이었다.

2. 예술로 승화된 고통

　시에 나타나는 고통과 승화를 해석하려면 시인의 의도를 알아야 한다. 시인의 의도는 시의 창작기법과 그에 의해 표상되는 이미지로 해명할 수 있다. 김춘수는 회화에 관심이 깊었으며, 세잔이 사생(寫生)을 거쳐 추상(抽象)에 이르게 된 과정을 그대로 탐색하기도 하고, 잭슨 폴록(Jackson Pollock)의 그림에서처럼 가로세로 얽힌 궤적들이 보여주는 생생한 단면이 영원히 자신의 시에도 있어주기를 바란다고 말했다. 사생을 거쳐 추상에 이르게 된다는 것은 시 속의 이미지가 사물의 순수한 본질을 추구하거나 가시적인 사물에서 보이지 않는 의미를 추구한다는 것을 뜻한다.

　회화에 대한 관심은, 이중섭을 주제로 한 연작시에서 모더니즘적인 회화 기법을 차용하여 예술가의 삶과 고통을 형상화하기에 이른다. 김춘수는 역사와 이데올로기에 의해 고통받는 예술가라는 측면에서 이중섭과 자신을 동일시한 것으로 보인다. 여기에서는 예술가 이중섭과 그의 고통을 표현하는 회화적 이미지를 '치유'라는 측면에서 살펴볼 것이다.

1) 예술가의 삶의 형상화

예술이란 본질상 일정한 카테고리를 부정하는 자유로운 정신 활동에 의해 창조되는데, 김춘수가 추구하는 이미지 또한 사물을 규정하고 가두는 인위적인 틀, 곧 관념에서 벗어난 상태를 지향한다. 사물의 자유와 본질을 추구하는 모더니즘 예술은 자연스레 내면세계를 탐구하게 되는데, 내면의 주관적인 감정이 밖으로 투사될 때에는 추상적인 표현을 띠게 된다. 주관적인 감정이 투사되는 외부 세계의 대상은 있는 그대로 그려지지 않고, 실제 대상과는 달리 특이한 방식으로 나타난다. 즉, 이미지는 일정하게 규정되어 있는 것이 아니라 외부 조건이나 상황에 따라 달라지는데, 이때 자유연상에 의해 나타나는 것 중에 '환상' 기법과 '몽타주' 기법이 있다.

연작시 「이중섭」에는 실재가 사라진 곳을 허구가 대신하는데, 이때 나타나는 것이 '환상'이다. '환상'은 현실과 허구를 오가며 인간이 지니고 있는 관념의 벽을 해체한다. 관념의 벽이 허물어지고 논리와 이성이 힘을 잃을 때 비로소 인간의 가장 심오한 정서가 드러나게 되는데, 아래의 시는 이러한 무의식의 세계를 잘 보여준다.

아내는 두 번이나
마굿간에서 아이를 낳고
지금 아내의 모발은 구름 위에 있다.
봄은 가고
바람은 평양에서도 동경에서도
불어 오지 않는다.

바람은 울면서 지금

서귀포의 남쪽을 불고 있다.

서귀포의 남쪽

아내가 두고 간 바다,

게 한 마리 눈물 흘리며, 마굿간에서 난

두 아이를 달래고 있다.

—「이중섭 · 2」 전문

　위의 시에는 모두 여섯 개의 서술이 있다. ①아내는 두 번이나 마굿
간에서 아이를 낳았다. ②그 아내의 모발은 지금 구름 위에 있다. ③봄
은 가고 바람은 어디에서도 불어오지 않는다. ④바람은 울면서 서귀
포의 남쪽에서 불고 있다. ⑤서귀포의 남쪽에는 아내가 두고 간 바다
가 있다. ⑥게 한 마리가 눈물을 흘리며 마굿간에서 난 두 아이를 달래
고 있다. 여섯 개의 서술어는 '있다'와 '없다'로 대비되는데, 있는 것은
"아내의 모발"과 "바다", 그리고 "게 한마리"이다. 없는 것은 "아내"이며
"바람"은 있기도 하고 없기도 하다. "아내"와 "게"를 연결하는 것은 "마
굿간에서 난 두 아이"다.

　이 시에서 "아내"는 현실 속에 없으며 "구름 위"라는 환상 속의 공간
에 있다. 서귀포의 남쪽이라는 현실 공간 속에는 "게 한 마리"만 있을
뿐이다. 두 아이는 아내가 마굿간에서 낳았는데, 시에서 마굿간은 평
양과 동경에 연결되지만, 게는 바다와 서귀포에 연결된다. 이것은 아
내뿐만 아니라 두 아이도 현실 속에 존재하지 않는다는 것을 의미한
다. "아내"와 "두 아이"가 환상 속에 있으므로 현실 속의 봄은 가고 바
람도 불어오지 않는다. 이중섭의 고향인 북쪽을 지칭하는 평양과 아내

가 있는 동경에서도 불어오지 않는 바람이, 가족과 함께 지낸 기억의 공간인 서귀포에는 불고 있다. 바람이 울면서 서귀포 남쪽을 불 때, 게 한 마리도 눈물을 흘리며 두 아이를 달랜다는 것은 바람에 이중섭의 슬픔이 투사된 것이다.

위의 시는 시간을 달리하며 "게"의 슬픔을 묘사하고 있다. 시간적으로 보면 ①과 ⑥의 서술 사이에 나머지 서술이 있다. 아내가 두 번이나 마굿간에서 아이를 낳은 시간은 과거이지만, 게 한 마리가 눈물 흘리는 시간은 현재이다. 이 현재의 시간에 아내는 없고 모발만 구름 위에 있다. 그리고 바람이 가고 오는 시간은 현재이다. 현재 눈물 흘리는 게 한 마리의 회상 속에 아내는 존재하고, 아내의 부재는 게가 흘리는 눈물과 바람의 울음에 의해 '슬픔'으로 표상된다. 따라서 남겨진 "게"의 슬픔은 "한 마리"라는 묘사에 의해 극대화된다. 즉, 아내를 떠나보낸 이중섭의 슬픔과 외로움이 "게 한 마리"에 투사되고 있는 것이다.

"게"가 느끼는 '슬픔'의 정서는 다음의 시에서도 살펴볼 수 있다.

서귀포의 남쪽,
바람은 가고 오지 않는다.
구름도 그렇다.
낮에 본
네 가시 빛깔을 다 죽이고
바다는 밤에 혼자서 운다.
게 한 마리 눈이 멀어
달은 늦게 늦게 뜬다.
아내는 모발을 바다에 담그고

눈물은 아내의 가장 더운 곳을 적신다.

—「이중섭·8」 전문

「이중섭·2」의 시에서 "구름 위에 있던 아내의 모발"은 이제 "바다"에 있다. 이 "바다"는 "아내가 두고 간 바다"이다. 아내에 대한 그리움은 아내의 모발을 구름 위에서 바다로 하강시키고, 시간도 낮에서 밤으로 전이시킨다. 이중섭의 슬픔은 "게 한 마리"와 "바다", 그리고 "달"에게 투사되어 눈물 흘리던 "게 한 마리"는 이제 "눈이 멀어" 세상의 빛깔을 볼 수 없다. 바다는 "낮에 본/네 가지 빛깔을 다 죽이고" "밤에 혼자서" 울고, "달은 늦게 늦게 뜬다." 슬픔의 한계에 다다른 공간인 서귀포에는 바람과 구름마저 가서 돌아오지 않는데, 이러한 적막과 외로움의 이미지는 "다 죽이고", "혼자서 울고", "게 한 마리", "눈이 멀어", "늦게 늦게 뜬다"라는 서술에 의해 묘사된다.

「이중섭·8」에서 "바다"는 이중섭이 있는 서귀포와 아내가 있는 일본의 바다라는 이중적 의미를 지니고 있다. 아내도 서귀포를 바라보며 눈물을 흘리는데("아내는 모발을 바다에 담그고"), 그 눈물은 아내의 마음 깊은 곳에 내재한 그리움("아내의 가장 더운 곳")의 표상이다. 서로가 사랑하지만 어쩔 수 없는 이별의 상황에 부딪혀 한 사람이 다른 사람을 그리워할 때는 상대방도 함께 그리워하게 된다. 이때 그리움은 '환상' 속에서 맺어진다. 이 시에서 "바다"는 이중섭의 슬픔이 투사된 사물이자, 그 슬픔을 전달하여 이중섭과 아내를 만나게 하는 '환상'의 공간인 것이다.

두 시에서 공통된 모티프는 "눈물"이다. 「이중섭·2」에서는 "게 한 마리"가 "눈물"을 흘리고 "바람"이 울지만, 「이중섭·8」에서는 "바다"가

"눈물"을 흘린다. "눈물"에 의해 "게"와 "바다", 그리고 "바람"은 슬픔이라는 이미지를 공유한다. 밤에 혼자 우는 바다에 아내가 모발을 담금으로써 "눈물"은 아내와도 연결되는데, 이때 아내의 실체는 없고 '환상'으로만 묘사된다. 두 시에서 "바다"는 이별과 만남의 의미를 동시에 지니고 있는 공간이다. 「이중섭 · 2」에서는 "아내가 두고 간 바다"로 묘사되어 구름 위에 있는 "아내의 모발"과 만날 수 없지만, 「이중섭 · 8」에서는 눈물에 의해 아내와 하나가 되는 만남의 공간이다.("눈물은 아내의 가장 더운 곳을 적신다")

그러나 아내가 실체 없는 '환상' 속의 존재이므로, 만남도 '환상' 속에서만 이루어진다. 이때 환상은 또 다른 피안이 된다. 현실에서 마주 대할 수 없거나, 아니면 현실에서 이루어질 수 없는 것을 간절히 원할 때 우리는 환상의 공간으로 도피하게 되기 때문이다. 환상 속에서는 현실 속에서 사물을 규정하는 구속이나 속박의 기제가 작동하지 않는다. 이때 자동기술로 무의식의 메시지가 나타난다. 김춘수가 『의미와 무의미』에서 말하는 "무의미가 굽이치고 또 굽이치는" 상태가 되는 것이다. 그러나 위의 시에서 표상되는 이미지는 의미 없는 것이 아니라 결국 슬픔이라는 의미를 생성하게 된다.

"않는다", "죽이고", "운다", "멀어"(눈이), "담그고", "적신다" 등의 표현에서 현실과의 충돌에서 오는 시적 자아의 절망감을 엿볼 수 있다. 견딜 수 없는 절망과 그에 따른 격한 감정이 서술어에 그대로 반영되어 나타난 것이다. 내면적인 감정이 밖으로 표출될 때 사물은 사물 그대로 재현되는 것이 아니라 내면적인 감정이 투사되어 변형되거나 왜곡되어 나타난다. 시인은 사물을 있는 그대로 보는 것이 아니라 자신의 세계관을 반영하여 봄으로써 실재 세계에서 벗어나 상상의 세계,

허구의 세계를 생성한다. 따라서 이미지는 실제 사물과는 차이가 나고, 모사가 아닌 새로운 의미를 지니는 구조에 의해 재탄생된다. 서귀포에 아내가 없다는 현실을 받아들이지 못하는 시적 자아에게 아내는 "부러진 두 팔과 멍든 발톱"(「이중섭·3」)이라는 초현실적인 이미지로 표상된다.

위의 시에서 "바다"는 빛깔이 없는 무색의 이미지로 묘사된다. "네 가지 빛깔을 다 죽이고"(「이중섭·8」) 우는 바다는 자신의 색을 다 없애고 밤의 시간 속에 있는 바다이다. 자신의 색을 없앤 바다에 의해 "달"과 "게"는 이중섭의 슬픔을 중심으로 서로 소통할 수 있게 된다. 이렇게 서로 다른 사물의 소통으로 "바다"는 이중섭과 아내가 만나는 피안의 공간이 될 수 있다. 바다가 자신의 고유성을 없앰으로써 사물은 서로의 경계를 허물고 거리를 소멸하여 이중섭의 슬픔을 공유한 것이다.

이러한 바다 이미지는 "저무는 하늘/저승으로 가는 까마귀/(…)/저무는 바다"(「이중섭·4」), "꽃가게도 문을 닫고"(「이중섭·7」), "진한 어둠이 깔린 바다"(「내가 만난 이중섭」) 등에서도 찾을 수 있다. 연작시 「이중섭」에 나타나는 색채 이미지는 하강 이미지로서 시적 자아가 느끼는 이중섭의 슬픔을 묘사한 것으로 볼 수 있다. 자신의 빛깔을 없앤 바다는 사물이 스스로 자신의 모습을 드러내게 하고, 시적 자아의 슬픔을 투사함으로써 슬픔이 가시화될 수 있도록 한다.

연작시 「이중섭」에 나타나는 환상은 시인의 내면세계가 현실과 충돌했을 때 피안의 공간으로 나타난다. 환상 속에서 사물은 무색의 색채 이미지에 의해 실제 자신의 모습이 아니라 주변 사물의 관계를 통해서 새로운 의미를 생성한다. 이것은 사물과 사물의 거리가 소멸되면서 사물을 규정하는 관념에서 벗어나게 되고, 부분과 부분이 서로를 비추어 반영하고 형상화하는 과정에서 하나의 사물이 주위의 사물에 의해 의미를 획득해나가는 것이다.[11] 이러한 과정은 개개의 사물이 주변의 사물과 소통함으로써 나름대로 고유성을 상실하지 않으면서도 전체를 형성하고, 동시에 숨어 있는 사물들의 모습을 드러내고자 했던 세잔느의 풍경 묘사에서 볼 수 있는 이미지의 세계이다.

환상과 함께 연작시 「이중섭」에는 서로 결합될 수 없는 공간과 시간이 결합되는 양상을 볼 수 있다. 사물이나 사건이 '시간의 불연속성'과 '공간의 인접성'의 결여에도 불구하고, 서로 조합되어 하나의 시를 이루고 있는 것은 서로 소통할 수 없는 사물들이 소통한다는 것과 같다. 이는 연작시 「이중섭」을 외재적인 형태뿐만 아니라 내재적인 속성에서도 살펴보아야 한다는 것을 의미한다. 이것을 위해 사물과 사물 사이에 누적되어 있는 시간의 두께와 이질적인 공간이 어떻게 결합되는지를 살펴보아야 한다.

저무는 하늘
동짓달 서리 묻은 하늘을
아내의 신발 신고
저승으로 가는 까마귀,
까마귀는

---

11) 사물이 지닌 거울의 성질에 대해 메를로 퐁티는 다음과 같이 말한다. "거울의 유령은/내 살 밖을 배회하며,/내 몸의 모든 안 보이는 곳은/내가 보는 다른 몸들을 에워쌀 수 있다./그때부터 내 몸은/다른 몸들에서 끌어낸 일부를/자기 것으로 삼을 수 있다./이는 마치/내 실체가 남의 몸의 일부가 되는 것과 같고,/인간이 인간에게 거울인 것과 같다.(…)" 모리스 메를로-퐁티, 김정아 옮김, 『눈과 마음』, 마음산책, 2008, 65쪽

남포동 어디선가 그만
까욱 하고 한 번만 울어 버린다.
오륙도를 바라고 아이들은
돌팔매질을 한다.
저무는 바다,
돌 하나 멀리멀리
아내의 머리 위 떨어지거라.

　　　　　　　　　　　—「이중섭·4」 전문

　「이중섭·4」에는 "하늘", "남포동", "바다", "아내의 머리 위"라는, 인접
성이 없는 공간이 병치되어 묘사되고 있다. 공간 자체는 인접성이 없
지만, 하늘과 남포동은 "까마귀"에 의해 연결된다. 또한, "바다"와 "아
내의 머리 위"는 아이들이 던지는 "돌"에 의해 연결된다. "까마귀"와
"돌"에 의해 공간과 공간의 경계가 해체되고 공간 속에 존재하던 사물
들은 규정을 벗어나 자유롭게 부유할 수 있다. 따라서, 저승으로 가던
"까마귀"가 "남포동"에서 울음을 우는 것이 문제가 되지 않는다. 시에
서의 공간 해체를 그림에서 본다면, 그림이 지닌 고유의 성질인 평면
성과 같다. 경계가 해체됨으로써 공간은 고유의 높이, 즉 입체성을 상
실하게 되는데 이는 화가 잭슨 폴록이 추구했던 추상의 세계이다.
　"까마귀"와 "돌"에 의해 하늘과 땅, 땅과 바다의 경계가 해체됨으로
써 시선의 이동이 자유롭게 되고, 몇 개의 사건과 공간이 하나의 시
에 나타난다. 「이중섭·4」에는 몇 개의 사건이 있다. ①까마귀가 아
내의 신발을 신고 저승으로 가고 있다. ②까마귀가 남포동에서 한 번
운다. ③아이들이 바다로 돌팔매질을 한다. 이 세 개의 사건이 하나

의 지향점을 향해 가고 있는 것이다. "까마귀"에 의해 공간은 하늘에서 땅으로 이동하고, 땅은 "돌"에 의해 바다에 이른다. 그 "돌"이 최종적으로 지향하는 곳은 "아내의 머리 위"이다. 시적 자아의 지향에 따라 "하늘 → 남포동 → 바다 → 아내의 머리 위"라는, 하강하는 공간의 층이 형성된다.

「이중섭·4」에서 시간의 흐름을 알 수 있는 것은 "저무는"이라는 어휘이다. 그러나 "저무는 하늘"과 "저무는 바다"에 나타나는 시간의 두께는 다르다. "저무는 하늘"은 "저승"이라는 초월적 시공의 두께를 내포하고 있지만, "저무는 바다"는 현재의 지점에서 "아내의 머리 위"에 닿기를 지향하는 시간의 두께를 내포하고 있다. "저무는"이라는, 시간을 나타내는 단어가 각각 다른 시간의 두께를 내포하고 있는 것은 동일한 어휘라 하더라도 결합하는 대상에 따라 그 의미를 달리하기 때문이다.

위의 시에는 공간의 층이 다르고 시간의 두께가 다른 사건들이 몽타주에 의해 통합된다. 몽타주는 각각의 서로 다른 장면을 조화 또는 병치시킴으로써 새로운 이미지를 생성한다. 절망의 이미지("동짓달 서리 묻은 하늘을/아내의 신발 신고/저승으로 가는 까마귀")와 희망의 이미지("돌 하나 멀리멀리/아내의 머리 위 떨어지거라.")가 병치되어 있지만, "까욱 하고 한 번만" "남포동 어디선가" "울어 버린" 까마귀에 의해, 절망의 이미지는 힘을 잃고 가족과 헤어진 이후에 이어지는 이중섭의 삶을 환기하는 새로운 이미지로 귀속된다. 김춘수가 말한 대로 이 시에는 두 개의 이미지(절망, 희망)에 세 개의 국면이 있는 것이다. 「이중섭·4」에는 이질적인 공간이 불편하게 공존함으로써 시선이 분산되지만, 절망 속의 그리움("돌 하나 멀리 멀리/아내의 머리 위 떨어지거라")이라는 다른 이미지를 생성한다.

　몽타주는 다음의 시에서도 나타난다.

　　①충무시 동호동
　　　눈이 내린다.
　　②옛날에 옛날에 하고 아내는 마냥
　　　입술이 젖는다.
　　③키 작은 아내의 넋은
　　　키 작은 사철나무 어깨 위에 내린다.
　　④밤에도 운다.
　　　한려수도 남망산,
　　⑤소리 내어 아침마다 아내는 가고
　　　충무시 동호동
　　　눈이 내린다.

　　　　　　　　　　　　　　　　　　—「이중섭·5」 전문

　위의 시에서도 몇 개의 다른 장면이 병치되어 나타난다. "눈이 내리는 동호동", "입술이 젖는 아내", "키 작은 사철나무", "남망산" 등이 인접성을 지니지 못하고 각각의 자리에서 불편하게 자리잡고 있는 것처럼 보인다. 그러나 "내린다"라는 서술어에 의해 "눈"과 "아내의 넋"은 연결되고, "키 작은 사철나무 위"로 통합된다. 따라서 "눈"은 "아내의 넋"과 같은 지향을 지니게 된다. 또, "아내의 입술"은 "젖는다"라는 서술어에 의해 "눈"과 인접성을 지니게 된다. "한려수도 남망산"은 '울다'에 의해, 물의 이미지를 나타내는 "눈"과 함께 "아내의 입술"과 연결된다. 정리하자면, "눈이 내린다", "입술이 젖다", "밤에도 운다"라는 서술에 의해 "눈"과 "아내의 넋"과 "남망산"은 가로축의 인접성을 지니게 되는 것이다.

가로축의 인접성을 지니는 공간과 달리, 시간은 "밤"에서 "아침"이라는 세로축을 형성한다. 충무시 동호동에 눈이 내리는 지금의 시간에서 밤의 시간, 그리고 다시 눈이 내리는 지금이라는 시간의 흐름을 나타내고 있다. 특히 "옛날에 옛날에"는 기억 속의 시간을 말하는 것으로, 이 시에 나타나는 시간성을 확연하게 보여준다. 지금에서 옛날과 밤으로, 그리고 다시 지금으로 시간이 이동하면서 통합되는 것은 시간이 지니는 물리적인 규정성을 인정하지 않는 무시간성을 의미한다. 무시간성에 의해 알 수 있는 것은 지금이 지나가고 있지만, 지나간 그 시간이 흔적도 없이 사라지는 것이 아니라 변용된 채 '무의식' 속에 침전되어 여전히 지향성을 지니고 있다는 것이다.

또한 다섯 개의 다른 장면은 서술어에 의해 연결된다. ①과 ③, 그리고 ⑤의 장면은 "내린다"라는 서술어에 의해 하강의 이미지를 보여준다. ②와 ④의 장면은 "물"의 의미를 지닌 "젖다", "운다"에 의해 역시 하강의 이미지를 나타낸다. 다섯 개의 다른 장면은 서로서로 결합하여 하강의 이미지로 통합되고, 이 하강의 이미지에 의해 슬픔이라는 또 다른 이미지가 생성된다. 하나의 이미지가 분산되고 분산된 이미지는 특정한 서술어에 의해 다시 통합되는 이러한 기법은 동시성을 나타내는 것이기도 하지만, 모더니즘 예술의 특징인 무규정성과 같은 맥락에서 이해할 수 있다. 서로 다른 국면과 장면에서 하나의 의미가 생성되는 것은, 시 속에 내재된 불변의 본질이 존재하기 때문이다.

서로 다른 시공간 속에서 의미가 생성되는 것은 사물과 사물, 또는 장면과 장면이 시의 관계 속에서 그 나름의 가치와 의의를 지니고 있는 것으로 이해할 수 있다. 불연속성을 지닌 시간은 공간에 의해 결합되고 지향의 흐름을 나타낸다. 「이중섭 · 4」와 「이중섭 · 5」의 시에 나타나는 지향은 그저 불특정한 형태로 흘러가는 것이 아니라, 공간과 시간의 연결이 가로 세로 축을 형성하여 씨줄과 날줄처럼 얽혀서 무정형의 통일성을 보이고 있다. 그것은 중요한 모티프가 되는 명사들을 수식하는 서술어의 작용에 의해 명사들이 지닌 원래의 의미가 아닌, 새로운 의미를 추구하는 구성 원리이다.[12] 이것은 명사가 가리키는 사물들의 속성이 주변의 다른 사물과 결합하여 다른 속성을 생성하는 것이며, 서술어를 중심으로 심리변화를 이해할 수 있음을 보여준다.

위의 두 시에 나타나는 몽타주는 서로 다른 공간을 병치시킴으로써 사건의 연속성을 중단시키지만, 그림에서 평면성을 탈피하고 입체감을 주는 것과 같은 효과를 시에서 보이고 있다. 특히 「이중섭 · 5」에서 보여주는 시선의 궤적은 서로 교차하고 얽힘으로써 시적 자아의 내적 분열을 가시화한다. 이 시에서 서술어는 '내린다-젖는다-내린다-운다-가다-내린다'라는 순환적인 궤적을 보이고 있다. 이것은 선상에서만 이동이 가능한 평면성을 탈피하여 시선의 교차에 의해 입체적인 공간 이미지를 생성한다. 시에 나타나는 이러한 입체적인 이미지, 즉 회화적인 이미지는 "눈", 아내의 "입술", "아내의 넋"이라는 시선의 다중화

---

12) 이러한 의식의 근본구조를 '후설의 삼각구도'라 하고, '질료-노에시스-노에마'로 구조화한다. 후설은 모든 의식 활동에 이 삼각구도가 작동하는 것으로 보았다. 요컨대 가장 바탕이 되는 층이 질료의 층이고, 그 위에 노에시스의 층이 있어 질료적인 층을 소재로 삼아 의미를 부여함으로써 노에마의 층이 성립한다는 것이다. 조광제, 『미술 속, 발기하는 사물들』, 안티쿠스, 2007, 86쪽 및 조광제, 『의식의 85가지 얼굴』, 글항아리, 2008, 104쪽. 즉, 질료를 중심으로 하는 의식의 지향활동(노에시스)에 의해 의미적인 존재(노에마)가 형성되는 것이다.

를 불러 온다. 이러한 다중 시선은 아내를 그리워하는 이중섭의 슬픔
을 구체화한다.

연작시 「이중섭」에는 자유연상에 의해 환상과 몽타주라는 수사적
기법에 의해 새로운 이미지가 생성되고 있음을 살펴보았다. 환상과 몽
타주에 의해 생성되는 것은 슬픔의 이미지로, 이것은 시적 자아가 현
실과 충돌하고 있다는 것을 의미하지만, 한편으로는 의식의 흐름이 하
나의 지향점을 추구하고 있음을 의미한다. 그 지향점은 아내이다. 아
내의 부재로 인한 시적 자아의 슬픔이 세잔의 풍경과 교차되어 얽히면
서 묘사되고, 부분이 조합되어 전체가 저절로 구성되는 모더니즘적 화
법으로 구체화되는 것을 알 수 있다. 김춘수는 예술가를 수난자로 인
식하고 있었기 때문에, 세상의 관념에 의해 생긴 이중섭의 고통을 회
화적인 이미지로 형상화한 것이다.

2) 고통의 예술적 치유

김춘수는 현실과 예술의 경계에서 고뇌하고 절망하는 이중섭을 '덧
없음과 슬픔'으로 표현한 바 있다. 슬픔은 '슬픈-의식에-의해-인도되
는-나의 육체'이며, 내 삶과 내 육체적·정신적 세계의 가치가 세계에
의해 상처를 받고 가치가 하락된 데서 오는 것이다.[13] 김춘수는 "퇴화
된 그대로 문명의 생리를 따라가지 못하고 있"[14]는 이중섭을 "지질학
적 감각 및 구조를 화면에 보여준 唯一人者"[15]라는 말로 표현한다. 이

---

13) 장 메종뇌브, 김용민 옮김, 『감정』, 한길사, 1999, 78-80쪽 참조
14) 문학과비평 편집부, 『시집 이중섭』, 탑출판사, 1987, 138쪽
15) 김춘수, 『의미와 무의미』, 문학과지성사, 1976, 204쪽

말은 다시 '퇴화된', '화석' 등으로 대체되어 나타난다. 김춘수에게 이중섭은 문명의 생리를 따라가지 못하고 퇴화된 삶을 사는 것으로 인식되는데, 이러한 이중섭의 삶에 대한 인식은 김춘수가 자신의 시에서 지향하는 예술의 순수성과 상통한다. 이중섭이 지닌 삶의 비극성은 '아내와의 이별'이라는 현실을 받아들일 수 없는 예술가의 비현실적이고 순수한 혼과 관련되어 있기 때문이다.

> 바람아 불어라,
> 서귀포에는 바다가 없다.
> 남쪽으로 쏠리는
> 끝없는 갈대밭과 강아지풀과
> 바람아 네가 있을 뿐
> 서귀포에는 바다가 없다.
> 아내가 두고 간
> 부러진 두 팔과 멍든 발톱과
> 바람아 네가 있을 뿐
> 가도 가도 서귀포에는
> 바다가 없다.
> 바람아 불어라,
>
> —「이중섭·3」 전문

위의 시에는 "바다가 없다"라는 표현이 세 번 반복된다. 세 번의 반복은 자신의 현실을 인정할 수 없어 계속 되뇌고 있는 것과 같다. 이 시에서 "없다"는 "있다"와 대립된다. 없는 것은 "바다"와 "아내"이고, 있는 것은 "바람", "갈대밭", "강아지풀"이다. 있어야 할 바다가 없는 "서귀포"에는 바람과 갈대밭과 강아지풀만 남아 있다. "있다"와 "없다"의 대립은 일상적인 현실("갈대밭", "강아지풀")이 비정상적인 것처럼 보이게 한다. 타인의 일상이 시적 자아에게는 괴로움으로 인식되고, 자신의 현실을 받아들일 수 없는 심리적 불편함은 아내의 "부러진 두 팔"과 "멍든 발톱"으로 묘사된다.

여기에서 시는 두 개의 풍경을 묘사하고 있다. 1행에서 6행에 이르는 전반부와 7행에서 마지막 행에 이르는 후반부의 풍경이 다르다. 전반부의 풍경은 "갈대밭과 강아지풀"이 바람에 의해 남쪽으로 쏠리고 있다. 후반부의 풍경은 "아내가 두고 간" "부러진 두 팔과 멍든 발톱"과 "바람"이 있다. 시적 자아의 내면 심리 변화를 두 개의 풍경을 통해서 보여주는 것이다. 쓸쓸하지만 일상적인 현실의 풍경과 고통으로 점철된 내면의 풍경 대비에서 시적 자아의 고통과 현실부정의식을 엿볼 수 있다.

두 개의 풍경이 "바다가 없는 서귀포"라는 비현실적인 공간을 배경으로 함으로써 시의 이미지는 전체적으로 환상적인 느낌을 준다. 이러한 풍경 묘사 기법은 김춘수가 그의 시 「나르시스의 노래」에서 패러디한 초현실주의 화가 살바도르 달리(Salvador Dali)의 그림 「나르시스의 변신」에서도 볼 수 있다. 「나르시스의 변신」은 하나의 모티프가 다른 모티프로 변신히는 것을 환상적으로 표현한 그림이다. 동일한 대상에 대해 시간을 달리하여 찍은 두 장의 사진을 펼쳐놓듯이 그린 이 그림은 물을 경계로 하여 서로를 반영하고 있다. 글자 배열이 지니고 있는 입체성을 떠나 그림의 평면성만을 고려한다면, 위의 시는 달리의 내면 심리 묘사기법과 흡사하다.

위의 시에서도 "바람"은 시간과 공간의 경계를 해체하고 심리의 변화를 눈앞에 그리듯 보여주는 역할을 한다. "바람"에 의해 경계가 해체되고, 고통스러운 시간의 흐름은 "가도 가도 서귀포에는 바다가 없다"로 묘사된다. "갈대밭"과 "강아지풀"은 일상의 유한성에 의해 시간의 고착화를 보여준다. 그러나 내면 심리 속에 펼쳐지는 후반부에서는 "아내"의 실체를 찾아 헤매는 시적 자아가 느끼는 시간성을 알 수 있다. 그것은 "가도 가도" 아내를 만날 수 없다는 절망과 맞닿아 있다. 그런데 이 절망은 반복에 의해 은폐되어 있다.

위의 시에서 대비되는 풍경은 "끝없는 갈대밭과 강아지풀"과 "부러진 두 팔과 멍든 발톱"이다. 반복되는 "바람아 불어라", "서귀포에는 바다가 없다", "바람아 네가 있을 뿐"이라는 묘사는 두 개의 풍경이 지닌 이질감이 은폐되는 효과를 내고 있다. 서로 어울릴 수 없는 두 풍경을 나란히 놓아 그 이질감을 은폐하는 것은 일종의 유희로 볼 수 있다. 이 시에서 유희의 장치는 '우연'의 반복이다. '우연'은 무의식적인 것이지만 우연의 형태를 나타내기 위해선 의식이 필요하다. 그 형태가 반복이다. 이 시에서 우연의 반복이라는 유희에 의해 아내를 향한 간절한 그리움이 이미지화된다.

우연이라는 놀이를 통하여 이미지를 형상화하는 것은 후기 모더니즘 화가들의 창작 기법 중 하나이다. 물감을 흩뿌리는 반복적 행위로 창작 과정을 우연에 맡겨 카오스를 형상화하는 것이 잭슨 폴록의 회화 기법이지만, 김춘수는 여기에 의도적으로 다른 풍경을 배치하는 기법을 추가하여 하나의 이미지를 형성한다. 우연과 필연이 결합되는 카오스모스(Chaosmos)를 시의 이미지 형성에 도입한 것이다. 여기에서 우리가 사는 세계가 우연만도 아니고 필연만도 아니라는 김춘수 세계관의 일면을 엿볼 수 있다. 결국 우리가 알 수 있는 것은 제한적인 것이거나 결국은 알 수 있는 것이 없다는 사실이다.

아내를 향한 그리움은 아내의 모습을, 우연을 가장하여 파편적으로 묘사하는 단계에까지 이른다. 현실을 받아들일 수 없기 때문에 시적 자아가 보는 세계는 부조리하고 권태롭다. 세계의 부조리와 권태로움은 "씨암탉은 씨암탉,/울지 않는다./네잎 토끼풀 없고/바람만 분다."(「이중섭·1」)로 묘사된다. "씨암탉은 씨암탉" 바로 뒤에 오는 반점(,)은 "울지 않는다"와 "없고"를 강조하는 효과가 있다. 씨암탉은 울지 않으며, 네잎 토끼풀이 쉽게 보이지 않는 것은 일상적이며 보편적인 사실이지만, 반점(,)에 의한 효과는 "바람만 분다"는 현상이 부조리한 것처럼 보이게 한다. 이것은 "씨암탉", "토끼풀", "바람"과 같은 일상적인 외부 정경이 "울지 않고", "없고", "~만 분다"라는 어법에 의해, 마치 잘못된 현실인 것처럼 부정되고 있는 것이다.

현실을 부정해 보지만, '아내의 부재'가 주는 고통은 죽음과 같은 절망에 닿아 있다. 혼자 남겨진 외로움과 절망은 "아내의 신발 신고 저승으로 가는 까마귀"(「이중섭·1」)나 "아내의 손바닥의 아득한 하늘을 가는 새 한 마리"(「이중섭·7」)로 묘사된다. 이것은 "아내의 모발은 구름 위에 있"거나 "모발을 바다에 담그"(「이중섭·8」)는 것과 같은 환상의 피안에서 벗어나 아내가 없다는 현실을 인정하는 것이다. 시적 자아가 느끼는 절망감은 죽음과 같지만, 아내가 "까마귀"와 "새"에 의해 묘사됨으로써 아내라는 존재는 현실 세계에서 배제된다. 이러한 현실 인식은 '저무는 하늘과 바다', '낮에 본 네 가지 빛깔을 다 죽이고 밤에 혼자 우는 바다'로 묘사되는, 절망에 가까운 슬픔의 이미지를 생성한다.

김춘수는 우연을 가장하여 고통을 은폐함으로써 고통을 극대화한다. 고통을 은폐하는 방법인 우연은 후기 모더니즘 회화의 기법으로서 회화에서의 카오스를 생성한다. 그러나 김춘수는 이 기법 외에 자신만의 어휘 반복을 우연적으로 가장함으로써 하나의 질서를 만드는데, 그것은 이질적인 풍경을 대비시켜 이미지를 형상화한다. 시적 자아가 부정하고자 하는 것은 아내와의 이별이라는 현실이지만, 이 현실 인식에 의해 슬픔의 이미지가 생성된 것이다.

어떤 관념의 결과에 의한 이별의 경험은 모든 경험자들에게 고통을 주지만, 고통은 개인적인 경험이라는 특징을 지니기에 괴로운 경험인 고통 그 자체는 그대로 표현될 수 없으며 다른 것을 통해 표현할 수밖에 없다. 고통은 인간에게 자신의 한계와 나약함을 깨닫게 하고 외로움을 생성한다. 따라서 고통 그 자체는 지향적 내용이 될 수 없고, 고통을 유발하는 계기에 따라 의식이 지향성을 지닐 수는 있다. 김춘수는 현실과 타협하지 못하는 이중섭의 예술가적 순수와 인간적인 슬픔을 "역사적으로는 효용가치가 없지만, 지질학적인 감각을 지니고 地殼을 선연히 드러내고"[16] 있는 것으로 본다. 이것은 현실의 고통이 창작의 모태로 작용하고 있다는 의미로 받아들일 수 있다.

> 바람아 불어라, 서귀포의 바람아
> 봄 서귀포에서 이 세상의
> 제일 큰 쇠불알을 흔들어라
> 바람아,
>
> ─「이중섭·1」부분

---

16) 문학과비평 편집부, 앞의 책, 137쪽

①다리가 짧은 아이는

　울고 있다.

　아니면 웃고 있다.

②달 달 무슨 달,

　별 별 무슨 별,

③쇠불알은 너무 커서

　바람받이 서북쪽

　비딱하게 매달린다.

④한밤에 꿈이 하나 눈 뜨고 있다.

　눈 뜨고 있다.

—「이중섭 · 6」 전문

　이 시에는 "바람"과 "쇠불알"이 대비되어 있다. 바람은 세상에서 제일 큰 쇠불알을 흔들고, 쇠불알은 서북쪽에 비딱하게 매달려 바람을 받고 있다. "바람"은 시적 자아가 지닌 현실극복의 의지를 환기하는 상징이다. 시적 자아가 느끼는 현실의 고통 속에서 시적 자아는 그것과 대립되는 사물을 본다. 그것은 "쇠불알"이다. "쇠불알"은 현실을 이겨내고자 하는 의지, 또는 힘이라고 볼 수 있다. 이 시에서 "쇠불알"은 고통("한밤") 속에서도 눈을 뜨고 있는 "꿈"과 같은 의미를 지닌다. 따라서 현실의 고통이 크더라도 눈을 뜨고 있으므로 "꿈"을 잃지 않는데, 그 꿈은 예술을 말한다. 즉 "꿈"은 이중섭이 현실의 고통을 이겨내는 그림이며, "쇠불알"은 이중섭의 그림이 지니고 있는 힘인 것이다.

　그러나 현실의 고통은 "다리가 짧은 아이"를 절망하게도 하고("울고 있다") 다시 일어서게 하기도("웃고 있다") 한다. "다리가 짧은 아이"는 고통받는 이중섭에 대한 환유적인 표현이다. 아도르노(Theodor Adorno)는, 고통에 대한 표현은 예술을 통해 가능하다고 말한다. 고통은 예술이 지닌 현실 부정성과 고통스런 현실이 동일시될 때 구체적이고 체험적으로 표현될 수 있다는 것이다. 수잔 손탁(Susan Sontag)은 예술가를 수난자의 본보기이며, 말의 직업에 종사하는 작가가 고난을 가장 잘 표현할 것이라고 말한다. 예술에 의해서 파악되고 재현되는 현실의 고통은 사실정보가 아닌 마음에 의해 전이되기 때문이다. 「이중섭」 연작시에서 고통받는 개인이 "게 한 마리", "다리가 짧은 아이", "게 한 마리 눈이 멀어" 등으로 묘사되어 슬픔과 고통의 이미지를 생성하는 이유가 여기에 있다.

의식은 언제나 어딘가로 향하는 지향성을 지니고 있어 고통의 근원인 현실 세계로 눈을 돌리게 된다. 의식의 지향성으로 인해 시적 자아는 자신이 '세계-내-존재'임을 자각하게 되므로 "한밤에 꿈이 눈을 뜨"게 된다. 현실의 고통이 크면 클수록("바람받이 서북쪽") 예술에 대한 열망은 더욱 강해진다.("세상에서 제일 큰 쇠불알") 현실과 예술의 경계에서 갈등하는 시적 자아의 내면심리는 "비딱하게 매달"리는 것으로 묘사된다. "비딱하게 매달린" 채 "꿈이 하나 눈뜨고 있"는 것은 존재의 의미에 대한 물음이며, 현실의 고통을 예술적으로 승화시키고자 하는 열망이다.

「이중섭 · 6」에서 현실의 고통을 예술적으로 승화시키고자 하는 열망은 "있다"라는 서술어에서 찾을 수 있다. "있다"는 현재라는 시간이 전제되어야 가능하다. 현재라는 시간은 사물과 나의 관계에서 탄생한 것으로, 그 자체는 연속되지 않는다. 그럼에도 「이중섭 · 6」에서는 시간의 변화를 읽을 수 있다. 그것은 사물과 사물, 사건과 사건이 관계를 맺는 형식에서 알 수 있다. 이 시에는 "다리가 짧은 아이", "쇠불알", "꿈"이 각각 '울거나 웃고 있다 → 매달린다 → 눈뜨고 있다'라는 서술어에 의해 사건화된다. 이것은 다시 '내면적인 갈등 → 고난 → 열망'으로 표상된다. 물리적인 시간은 없지만, 내면적인 시간의 흐름이 "있다"라는 현재적 시간에 의해 드러나는 것이다.

내면적인 시간의 묘사는 여러 시간과 여러 사건을 하나의 장소에 끌어들이는 '몽타주'에 의해 가능하다. 예술작품에 나타나는 허구적인 존재는 과학적인 인식보다 정신적인 인식에 의해 그 실체를 이해할 수 있다. 김춘수는 이러한 정신 활동에 힘입어 사물의 본모습이 쉽게 그 모습을 드러내지 않는다는 것을 인식하고, '몽타주'에 의해 사물과 사물의 경계, 시간과 시간의 경계를 해체함으로써 보이지 않는 사물이 사물과의 관계에 의해 드러나도록 했다. 따라서, 눈에 보이는 현상은 실제로는 보이지 않는 현상에 힘입어 우리의 시선에 가시화되어 나타난 것이다.

이와 같은 관점에서 이 시를 다시 보면, ①에서 ④까지의 사건은 서로 관련성이 없다. ①의 사건은 ②의 사건과 같은 현상적인 사실을 묘사한 것뿐이다. 그러나 ②의 현상을 배제했을 때 ①의 "다리가 짧은 아이"와 ③의 "비딱하게 매달린" "쇠불알"은 정상적인 세계에서는 핍박받는 불구와 같은 것으로, 수난당하는 예술가를 상징한다. 그러나, 고통을 승화시키고자 하는 열망에 의해 ④의 "한밤"에 눈뜨는 "꿈"으로 의미가 연결된다. 배제된 ②는 숨어 있는 의미를 찾아보라는 놀이, 즉 수수께끼적 장치가 된다. 그 수수께끼적 장치가 "달 달 무슨 달,/별 별 무슨 별,"로 묘사된 것이다. 이러한 수수께끼 놀이는 하나의 예술 작품을 볼 때, 현상을 넘어 머리와 마음이 동시에 움직이는 독특함을 추구하는 모더니즘 회화에서도 엿볼 수 있다.

김춘수는 '몽타주'에 의해 서로 다른 시간과 사건을 하나의 공간으로 끌어들임으로써 내면적 시간의 흐름을 가시화한다. 시간의 흐름이 가시화되면서 이중섭이 지닌 현실의 고통이 예술로 승화되는 과정을 볼 수 있다. 이러한 수사 기법에서 현상을 넘어 드러나지 않는 사물의 의미를 알기 위해서는 머리와 마음이 동시에 움직인다는, 정신 현상학적인 김춘수의 사유를 엿볼 수 있다. 특히 연작시 「이중섭」에 도입된 몽타주는 모더니즘 회화가 정신의 자유를 추구하는 하나의 방법이기도 하다. 따라서 김춘수가 연작시 「이중섭」에서 이중섭의 삶을 형상화하는 시작(詩作) 기법은 모더니즘 회화 기법과 유사하며, 그 의미는 정신의 자유이자 고통의 치유, 곧 현실의 고통을 예술로 승화하고자 하는 데에서 찾을 수 있다.

3. 실존적 고통과 치유

'세계-내-존재'로서 인간은 언제나 어떤 상황에 노출되어 있으며, 이 상황에 의해 인간은 세계와 갈등하고 불안을 생성한다. 내면의 갈등과 불안은 삶을 억압하지만 이에 대한 방어기제로 인간은 자기의식을 지니고 문제를 해결하고자 한다. 상황이 문제가 되는 이유는, 누구에게나 어디에서나 있을 수 있는 우연들이 나에게 일어나게 되면 그것이 마음의 괴로움을 불러일으키고, 세계와의 갈등을 만들며, 삶의 문제로까지 확장되기 때문이다. 이러한 관점에서 김춘수의 시에 나타나는 세계인식을 분석하여 그가 삶에서 마주친 문제, 즉 고통의 실체와 극복 과정을 살펴볼 것이다.

1) 실존적 차원의 고통

김춘수는 세계를 알 수 없는 것으로 인식하고 있음을 앞서 살펴보았다. 불가지론적인 세계관에 의해 자연적인 현상에도 의문을 지니고 존재의 근원에 대해 계속해서 '왜?'라는 질문을 던진다. 이처럼 현상적 세계에 대해서 가지는 의문들은 그의 초기시에서부터 나타난다.

이 한밤에
푸른 달빛을 이고
어찌하여 저 들판이
저리도 울고 있는가

낮 동안 그렇게도 쏘대던 바람이
어찌하여
저 들판에 와서는
또 저렇게도 슬피 우는가

알 수 없는 일이다
바다보다 고요하던 저 들판이
어찌하여 이 한밤에
서러운 짐승처럼 울고 있는가

—「풍경」 전문

    위의 시에서 "들판"과 "바람"은 이유를 알 수 없는 울음을 울고 있다. 현상을 있는 그대로 본다면, 한밤에 달빛을 받는 "들판"은 낮의 노동이 끝나고 쉬는 시간이므로 지극히 고요한 공간이다. 아무것도 없는 들판에 바람이 부는 것도 자연적인 현상이다. 그러나 김춘수가 보는 "들판"은 "푸른 달빛"을 이고 울고 있으며, "바람"도 "들판"에 와서 울고 있다. 바람이 우는 들판의 울음은 "서러운 짐승"의 울음이 된다. 3연에 이르면 바람이 울고 있는 들판에 왔기 때문에 울게 된 것인지, 아니면 바람

의 울음이 들판의 울음에 보태어져 "바다보다 고요하"던 "들판"이 "짐
승"의 울음을 우는 것인지 명확하지 않다.

자연적인 현상을 "어찌하여", "저렇게도"라는 표현으로, 알 수 없는
그 어떤 것으로 바꾸어 놓고 있는 것이다. 이 의문은 '울음'에 의해 실
존성을 지니고 기존의 세계를 부정함과 동시에, 사물들의 현상을 창조
적으로 보게 한다. 하이데거는 창조적인 물음과 사색을 통해서 존재에
대해 알게 되며, 이러한 과정을 통해 자기가 존재에 귀속하면서도 존
재자들 속에서는 낯선 자로 머물게 된다고 한다. 김춘수가 자연적인
현상 속에 낯선 자로서 '사이'에 머물게 되는 것은 그의 유년 체험에서
비롯된 것으로 보인다.

우리가 유년기를 보내는 집은 살아가면서 만나는 최초의 세계이자
우주이다. 그리고 기억을 생생하게 보존하거나 파편화된 기억들을 연
관지어 구조화시켜주는 것도 공간으로서의 집이다. 유년기의 집과 연
관된 기억과 이미지는 분리되지 않고 하나의 체험으로 무의식 속에
고착된다. 그러므로 집이라는 공간에서 즐거움과 안락함을 추구할
수도 있으나, 집을 중심으로 고통과 슬픔이라는 감정 또한 찾아낼 수
있다.

1

무엇으로도 다스릴 수 없는 아버지는 나이들수록 더욱 소나무처
럼 정정히 혼자서만 무성해가고,

그 절대한 그늘 밑에서 어머니의 야윈 가슴은 더욱 곤충의 날개
처럼 엷어만 갔다.

222

2

모란이 지고 나면 작약이 피고, 작약 이울 무렵이면 낮에는 아니 핀다던 파아란 처녀꽃을 볼 수 있었다.

그 신록이 푸른 잎을 펴어 놓은 마당가에서 나는 어머니를 닮아 가슴이 엷은 소년이 되어 갔다.

3

아버지는 장가 간 지 다섯해 만에 나를 낳았다.

나는 할머니의 귀여운 첫손주였다.

스물 난 새파란 소년과수로 춘향이의 정절을 고시란이 지켜온 할머니는 나의 마음까지도 약하고 가늘게만 기루워 주셨다.

4

그 집에는 우물이 있었다.

우물 속에는 언제 보아도 곱게 개인 계절의 하늘이 떨어져 있었다.

언덕에 탱자꽃이 하아얗게 피어 있던 어느 날 나는 거기서 처음으로 그리움을 배웠다.

나에게는 왜 누님이 없는가? 그것은 누구에게도 물어볼 수 없는 내가 다 크도록까지 내 혼자의 속에서만 간직해온 나의 단 하나의 아쉬움이었다.

5

무엇이 귀한 것인가도 모르고, 나를 사랑하는 사람들 곁에서 한
사코 어딘지 달아나고 싶은 반역에로 시뻘겋게 충혈한 곱지 못한
눈매를 가진, 나는 차차 청년이 되어 갔다.

—「집·1」 전문

김춘수가 시를 통해 고백한 성장기는 가족 내에서 형성된 모순적 상
황에 대하여 스스로 성찰한 기록이다. 약하기만 한 어머니의 모습에서
순수하고 여린 곤충의 시선을 인지한 것과, 시간의 흐름이 정지된 우
물을 통해 처음으로 결핍의 감정을 느끼고, 가족들의 사랑에도 불구하
고 반역에 눈을 뜨는 것은 김춘수의 내면세계에 어떠한 갈등이 있었음
을 의미한다.

특히, 위의 시에서 유의할 것은 '있음'에 연관되는 사물이다. 김춘수
가 '있음'과 연관되어 인지한 사물은 "낮에는 아니 핀다던 파아란 처녀
꽃"과 "곱게 개인 하늘이 떨어져 있는 우물"이다. 시간의 흐름 속("모
란이 지고 나면 작약이 피고, 작약 이울 무렵이면")에서 처녀꽃은 모습
을 드러내고("낮에는 아니 핀다던"), "그 집"에 있는 우물 속에는 시간
이("계절의 하늘") 모습을 드러내고 있다. 은폐되어 있던 "처녀꽃"은 시
간의 흐름 속에서 "파아란" '밝힘'에 의해 존재자로 발현한 것이다. 스
스로 모습을 드러낸 처녀꽃을 보면서 김춘수는 자신의 존재에 의문을
품고 "우물"에 비친 자신이 누구인지를 생각한다. 그리고 지금까지와
는 다른 존재로서 새롭고 낯선 감정인 그리움("나에게는 왜 누님이 없
는가")을 알게 되고, 자신이 속한 세계를 거부하는 반역으로 존재성을
회복하고자 한다.

김춘수에게 세계로서의 집은 소외와 거부의 공간이다. 세계와 융화

되지 못하는 관계는 근원적이며 본래적인 불안감을 형성하고 이 불안감은 실존적인 의문을 불러온다. 이러한 의문에 의해 가시적인 시간의 흐름 속에서 시간이 지닌 유한성을 초월하여, 불가시적인 "파아란 처녀꽃"을 보게 된다. 아버지의 그늘에 속하고 싶지 않았던 유약한 김춘수는 "우물"을 들여다보는 행위를 통하여 아버지를 거부함으로써 존재성을 회복한다. "처녀꽃"과 "우물" 그리고 "하늘"은, 고착된 대상인 "그 집"에서 김춘수가 경험한 개인의 시공간적 체험으로서, 그리고 실존적인 자아를 획득하는 도구로서의 사물이었다.

　　김춘수가 기존의 세계를 거부하는 행위를 통하여 실존적 자아를 획득하는 것은 아래의 시에서도 볼 수 있다.

　　　사과나무의 천(阡)의 사과알이
　　　하늘로 깊숙이 떨어지고 있고
　　　뚝 뚝 뚝 떨어지고 있고
　　　금붕어의 지느러미를 움직이게 하는
　　　어항에는 크나큰 바다가 있고
　　　바다가 너울거리는 녹음(綠陰)이 있다.
　　　그런가 하면
　　　비에 젖는 섣달의 산다화가 있고
　　　부러진 못이 되어
　　　길바닥을 뒹구는 사랑도 있다.

　　　　　　　　　　　　　　　　—「시·Ⅲ」전문

위의 시에서 공간은 일상생활의 현상에서 이탈하는 양상을 보인다.

1~6행까지의 공간은 현실성을 상실하면서 추상적인 공간으로 변화한다. 이러한 공간의 표현은, 세계는 미리 그 자체의 존재와 의미를 지니지 않는다는 것을 말하는 것과 같다. 세계의 여러 모습은 의식에 의해서 본질직관(Wesenserschauung)을 통하여 그 존재와 의미를 부여받는다. 본질직관적으로 보는 데는 세계를 이성적·논리적으로 보기 이전에 무의식이 작용한다. 처음 접한 세계이자 고착된 대상이었던 "그 집"에서의 유년기 체험은 김춘수에게 세계를 기존의 시각과 같은 방법으로 보는 것으로부터 탈피하는 계기가 되었던 것이다.

위의 시에서 수직적인 공간은 뒤집어져 있다. 사과알이 떨어지는 곳은 하늘이다. 그것도 하늘로 깊숙이 떨어지고 있다. 사과알이 수없이 많이 달린 사과나무를 하늘에서 보면 땅으로 사과알이 떨어져야 하지만, 뒤집어 본다면 사과알은 하늘로 떨어지는 것처럼도 보인다. 나무는 지하와 지상, 땅과 하늘을 이어주는 신화성을 지니고 있는데, 김춘수의 시에서 사과나무는 뒤집어진 상황에서 하늘과 땅을 이어주는 사물이 되는 셈이다. 수평적인 공간에서는 어항 속에 바다가 있다. 또 다른 수평의 공간인 땅에서는 비에 젖는 산다화와 길바닥을 뒹구는 사랑이 있다. 하늘과 땅 사이에 바다가 너울거리는 녹음이 있는 구조로 이 시를 읽을 수 있다.

서로 관련이 없어 보이는 "사과알", "바다", "녹음", "산다화", "사랑"을 이어주는 것은 "있다"라는 서술어이다. 주어와 서술어만 놓고 보면, 이 시에는 다섯 개의 상황이 있다. 1.떨어지는 사과알이 있다. 2.크나큰 바다가 있다. 3.너울거리는 녹음이 있다. 4.섣달의 산다화가 있다. 5.길바닥을 뒹구는 사랑이 있다. 이 다섯 개의 상황을 전체적인 맥락에서 본다면 그 어떤 연관성도 찾을 수 없지만, 개별적으로 놓고 볼 때는 모순적이거나 비논리적인 요소는 찾기 어렵다. 여기에 공간을 비논리적으로 부여하면 의미를 알 수 없는 시가 된다. 이러한 기법은 자기가 속한 세계를 거부하고 실존적 자아를 찾아가는 김춘수의 반역적인 시쓰기이다.

김춘수가 보는 세계는 진실이 가려져 있으므로 "교외별전(敎外別傳)의 상태"에서 숨어 있는 진실을 나타내고자 한다. 나는 있다고 생각하지만, 현실에서 그 '있음'이 보이지 않을 때 내면은 알 수 없는 것으로 가득차고, 자아는 상처받는다. 붓다는 이 자아를 허구의 자아로 보고, 사람들이 허구의 자아로 인한 미혹에 빠지면 고통에서 벗어날 수 없다고 하였다. 가려진 진실을 추구하는 그의 내면은 실존에 대한 회의에서 벗어나기 위해 낡고 전통적인 질서를 부정하고 언어적 실험을 추구하는 열망으로 가득차 있었다. 이것이 김춘수의 시가 기존의 세계를 부정하는 의미이다.

2) 치유적 차원의 시쓰기

현실 세계에서 진실을 상실하면 삶의 지반은 무너지고 무질서의 세계만 남는다. 시인은 이러한 세계에 대한 관심을 언어로 전달하고자 하는 사람이며, 무질서의 세계를 벗어나 질서의 세계로 진입하는 것이 아니라 오히려 더 깊이 세계의 내면을 알고자 한다. 시인에게 있어 진실은 객관적인 세계 내 현상이 아니라 주관적 진리이며, 자기의 존재 본질을 정립하는 하나의 기준이 되기 때문이다.

의식의 지향성에 의해 선택되는 언어는 자연적으로 지향을 지니게 되고, 지향은 시인의 경험과 깊은 연관을 지닌다. 김춘수는 자신이 속한 세계에서 진실은 은폐되어 있으며, 시인은 진실의 발현을 위하여 부정하고 저항해야 한다는 인식을 가지고 있었다. 하이데거에 의하면 시인의 언어는 '존재함'을 말한다. '존재함'이란 살아 있음을 뜻하는 것으로, 시인은 시를 통하여 자기의 존재 가능성을 모색한다.

김춘수는 시와 산문에서 어린 시절의 일화를 창작의 소재로 자주 차용한다. 산문에서 서술한 일화가 시의 모티프가 되는 경우도 많다. 자신의 시 창작 과정이 어떠했으며 의도가 무엇인지에 대해 밝힌 글도 많다. 자신의 작품에 대한 일련의 행위들은 그만큼 시인이 자신의 시에 대해 지니는 엄밀함이라고 볼 수 있다. 세계 속의 주체로서 본다면, 세계는 언제 어디서나 우리를 압박하며 곤경에 처하게 할 수 있다. 세계는 언제나 미리 주어져 있기 때문이다. 김춘수가 삶의 과정에서 지녔던 고통의 근원은 미리 주어진 세계가 진실을 은폐한다고 믿은 데 있다.

진실이 은폐된 세계는 불가지적인 대상이므로 인위적인 해석을 하거나 의미를 부여할 수 없다. 김춘수는 사물을 규정하는 언어 자체를 사물에 대한 폭력이라고 생각했다. 사물은 언어로 표현되기 이전부터 존재했기 때문에, 사물을 있는 그대로 봄으로써 사물이 지닌 본질 자체를 나타내고자 했다. 그래서 언어에 의해 만들어지는 이미지 대신 사물 자체가 만들어내는 이미지를 시에 나타내고자 했다. 언어와 사물에 대한 김춘수의 인식은 어린 시절, '집'이라는 공간에서 경험했던 아버지의 절대적 힘과 어머니에 대한 할머니의 월권, 그 기억에 의한 실존의 문제와 연관 있다. 아버지와 할머니의 기억은 사물의 본질을 인위적으로 규정하는 언어와 다를 바 없으므로, 자신이 속해 있는 세계의 기존 질서를 넘어 사물을 있는 그대로 봄으로써 해결방법을 찾고자 했다. 앞서 살펴본 「시詩와 사람」을 다시 읽어보자.

> 하늘은 없지만 하늘은 있다.
> 밑 빠진 독이
> 허리 추스르며 바라보는 하늘,
> 문지방 너머 그쪽에서
> 떼꾼한 눈알 굴리며 늙은 실솔이 바라보는
> 아득한 하늘,
> 그런 모양으로 시와 사람도
> 땅 위에 있다.
>
> ─「시詩와 사람」 전문

위의 시에서 "시와 사람"은 땅 위에 있다. "시와 사람"이 땅 위에 있는 형상은 없지만 있는 "하늘" 모양이다. 그 하늘은 누가 보는가에 따라 그 모습을 달리한다. 시와 사람도 이와 같이 내가 어떻게 보느냐에 따라 있을 수도 있고, 없을 수도 있다. 그렇다면 하늘은 우리가 '있다, 없다'로 인식하기 이전부터 존재해왔던 것이다. 김춘수는 산문 「존재를 길어 올리는 두레박」에서 "하나의 사물도 말 속에서는 가지지 못하며, 그런 안타까운 표정이 말이 되고 시는 그런 표정의 정수일는지도 모른다"고 서술한다. 시는 진실을 드러내는 하나의 기표인 셈이다.

노자는 도를 "눈에도 안 보이고, 귀로도 들을 수 없고, 감각으로도 만질 수 없는 것이다. 그래서 인간의 말로 '무'라고 한다."[17]고 말했다.

---

17) 「노자」 상편 제1장 體道에는 다음과 같이 기술하고 있다. "無, 名天地之始; 有, 名萬物之母" 老子・莊子, 장기근・이석호 옮김, 『노자・장자』, 삼성출판사, 1979, 39쪽

김춘수가 생각하는 시도 이와 같다. '무'는 아무것도 없음이 아니라 '드러나다'에 대응하는 것이다. 하늘은 보지 않는 사람에게는 없는 것이지만, 보는 사람에게는 있다. 그 하늘은 사람만 보는 것이 아니라 이름 없는 사물("밑 빠진 독")도 본다. 하늘 아래에서 모든 사물은 똑같다. 그렇다면 언어에 인위적인 의미를 부여하는 것은 시가 아니라고 할 수 있다. 만물은 없었던 것이 아니라 드러나는 것이므로 "도덕이 돌을 보며 의심하지 않을 때, 시는 왜 그것이 돌이라야 할까 하고 현상학적 망설임을 보여야 한다."고 김춘수는 말한다.

모란이 피어 있고
병아리가 두 마리
모이를 줍고 있다.

별은 아스름하고
내 손바닥은
몹시도 가까이에 있다.

별은 어둠으로 빛나고
정오에 내 손바닥은
무수한 금으로 갈라질 뿐이다.
육안으로도 보인다.

주어를 있게 할 한 개의 동사는
내 밖에 있다.

어간은 아스름하고

어미만이 몹시도 가까이에 있다.

—「시법(詩法)」 전문

시인이 보는 시는 천지만물 그 자체이다. 모든 사물은 자연 그대로이기 때문에 자연 현상을 그대로 나타낼 언어('주어')는 멀리 있거나, 있다 하더라도 그 의미가 완전하게 전달되는 것은 아니다. 모란, 병아리, 별, 손바닥은 우리가 인위적으로 사물에 붙인 이름이다. 모란은 피어 있고 병아리는 모이를 먹으며 별은 멀리 있다. 즉, 우리가 인위적으로 이름 붙인 사물 가운데 모란이나 병아리, 그리고 손바닥은 몹시도 가까이에 있지만, 별은 이름 짓기 이전의 무명("어둠")에 의해 빛난다. 이처럼 사물자체는 그대로 존재하므로 있고 없음의 경계가 없다.

시인이 언어로 나타내고자 하는 현상은 언어로 나타낼 수 없는 무형의 실체다. "시간과 공간을 초월한 절대다. 따라서 시간과 공간의 제약을 받는 현상계의 만물의 하나인 사람은 실체를 알 수 없다."[18]("정오에 내 손바닥은/무수한 금으로 갈라질 뿐이다.") 실체가 있는 것처럼 느껴지는 것은 마치 내 손바닥을 내가 보듯이 그 사물에 이름을 붙이고 실재한다고 믿기 때문에 가능한 것이다. 이러한 사물은 육안으로도 선명하게 볼 수 있지만, 그것을 나타낼 수 있는 언어는 주어, 동사, 어간, 어미로 '무수하게 갈라'지기 때문에 몹시도 멀리 있다. 우리가 쓰는 언어로는 사물의 실체를 그대로 재현할 수 없는 것이다. 그래서 김춘수는 시 속에서 '나는 시를 쉽게 쓸 수가 없다'고 고백한다.

---

18) 老子·莊子, 앞의 책, 16쪽

김춘수는 사물이 스스로 발현되어 나타나는 것을 언어로 고정화할 수 없듯이 은폐된 진실을 구체화할 수 없음을 알게 된다. 진실은 '드러남'과 '드러나지 않음'의 차이일 뿐, 언제나 존재한다는 사실을 알았기 때문이다. "시와 사람"도 생활세계 속에서 하늘을 바라보는 밑 빠진 독처럼, 떼꾼한 눈알로 하늘을 바라보는 실솔처럼 땅 위에 있다. 어린 시절 고착의 공간이었던 "집"에서 우물을 통해 내려다보았던 하늘을, 시인은 이제 "땅"이라는 열린 공간에서 바라보고 있다. 이때 "땅"은 '무'의 공간으로 모든 것을 품을 수 있다. 김춘수는 '무'를 통과해 가면서 세계를 새롭게 볼 수 있었다. 그것은 좀 더 성숙한 자아를 위해 지속적으로 나아가는 자기 자신으로부터 가능하다.

그 방법은 "뻔한 소리"와 "뭉개고 으깨고 짓이기는" 언어의 허세를 벗어나 "폼을 줄이"는 것이다. 때가 되면 드러났다 사라지는 "한여름 대낮의 산그늘처럼/폼을 줄이"면 남는 것은 소리가 사라진 언어의 세계이다. 비로소 시는 언어에 의한 분별 이전의 세계인 "침묵으로 가는 울림이요/그 자국이"(「폼을 줄이게」)이 된다. 김춘수는 시쓰기를 통하여 "우리가 믿고 있는 존재, 알고 있다고 생각하는 존재는 언어라고 하는 우리들의 이지적 창문을 통해서 색안경으로 본 것에 불과하다"[19]는 것을 깨달았다. 그에게 시는 해탈이었다.

붓다는, 진리는 절대 알 수 없는 것이므로 올바른 회의라면 모든 것을 의심하기 때문에 어떠한 판단도 내릴 수 없고, 판단중지가 되지 않을 수 없다고도 한다. 그래서 붓다는, 앎이란 오직 스스로 아는 것이라고 했다. 언어를 통한 자기성찰과 시쓰기에 있어서의 엄밀함으로 이미

---

19) 박이문, 『노장사상』, 문학과지성사, 2006, 54쪽 참조

있는 사실을 새로운 각도로 보고 깨달음에 도달한다면 그것은 앎이 된다. 앎은 해탈이고 해탈은 문제가 해결된 상태이므로 이것은 치유이다. 삶의 치유, 이것은 김춘수의 반역적 시쓰기가 지닌 또 다른 의미이기도 하다.

5장

역사를 넘어 시로

김춘수가 역사라는 실체를 정면으로 주시한 것은 『처용단장』 이후로 보인다. 그 이전에는 역사 자체보다 그 역사의 목적을 수행했던 개인에게서 위악성("식민지반도출신고학생헌병 보補야스다ヤス夕모의 뒤통수에박힌눈개라고부르는인간의두개의눈"(「처용단장 제3부 5」)을 찾고자 했다. 이후 자신의 삶을 반추하며 그 삶을 시로 나타내고자 했던 김춘수가 불가지의 실체를 역사로 보게 된 것은, 개인적인 체험에 의해 진실이 은폐되어 있다고 생각했기 때문이다. 김춘수가 어린 시절이나 감옥경험에 대하여 많은 산문을 남기고 있으며, 그 산문의 내용들이 시의 모티프가 되고 있다는 것이 이를 말해준다.

현실에서는 논리적으로 안 되는 것을 되는 것처럼 처신해야 할 때가 있다. 그래야 사회가 유지된다. 이를테면 역사가 그런 것이다. 나의 논리와 나의 내면은 오랫동안 갈등 상태에 있었다. 이 상태를 나는 인간 존재의 비극성이라고 인식하게 됐다. 그러나 거듭 말하지만 현실을 이런 모양으로 살 수는 없다. 역사도 진보도 때로 있는 것처럼 살아야 한다. 이 또한 모순이요 비극이다. 나의 문학(시)

은 나의 내면의 기록이기 때문에 이런 상태를 무시하지 못한다.[1]

"논리적으로 안 되는 것을 되는 것처럼 처신"하는 것에서 논리와 내면이 갈등했다는 것은 이성과 감성이 모순의 관계에 있다는 뜻이다. 김춘수는 갈등 끝에, 비록 모순이고 비극일지라도 없는 것을 있는 것처럼 살아야 한다는 사실을 인식한다. 없는 것을 있는 것처럼 하기 위해서는 일종의 유토피아를 생성해야 하는데, 그것이 바로 시였다. 김춘수에게 시는 현실적 존재와는 무관하면서 현실을 드러나게 하는 것으로 자신의 삶을 나타내는 기표가 된다. 그렇다면 김춘수가 이성과 감성의 갈등 끝에 도달한 시는 과연 어떤 것일까?

> 개는 개집을 나와 저잣거리에서 흘레붙고
> 이성은
> 방문 처닫고 이불 쓰고 소리 새지 않게
> 베개를 함께한다.
> 이성은
> 갓끈을 아무 데서나 매지 않고
> 남의 앵두 밭에는 가지도 않는다.
> 이성은
> 22의 4는 사死라고 말한다.
> 그러나 그러나
> 어디서 누가 죽건 살건 그건 다 남의 일

---

1) 김춘수, 『김춘수 시 전집』, 현대문학, 2004, 1102쪽

나와는 상관없다.

오늘 내 하루는

볕 바른 툇마루에 의자를 내놓고

아내가 달인 따끈한 차 한 잔

맛있게 먹고 싶은 생각뿐,

―「수기手記의 사족」 전문

    이성은 인간을 동물과 구분하는 하나의 척도이다. 개는 이성이 없기에 남의 시선에 상관없이 본능의 자유를 즐기지만, 이성은 타인의 시선을 경계하여 생각과 행동에 규율과 질서를 부여한다. 이성이 "22의 사는 사死라고 말하"는 것은 이성에 대한 신념의 붕괴를 뜻한다. 도스토예프스키는 『지하생활자의 수기』에서 '2×2=4'를 합리적인 이성의 상징으로 표현한다. 김춘수는 이 대목을 패러디하여 "22의 사는 사死", 즉 죽은 것이므로 틀렸다고 표현한 것이다. 이성은 규범이나 질서에서 벗어나는 것을 허용하지 않는다. 이성을 믿는 것은 인간의 내밀한 욕구마저 부정하거나 감추어야 하는 것이므로 감성적으로는 죽은 것이나 같다는 의미로도 해석할 수 있다. 따라서, 이성에 대한 신념의 붕괴는 자신을 에워싸고 있는 세계의 질서나 규범의 붕괴를 의미한다.

    '2×2=4'라는 도식은 수학적이나 과학적으로는 맞는 도식이지만, 인간의 삶이나 세계는 이와 같이 딱 맞아 떨어지지 않는다. 이성의 합리성 뒤에 도사린 불합리성은 역사의 위악성과 같다. 그러므로 이성의 틀에서 벗어난("개는 개집을 나와") 개가 저잣거리에서 흘레붙건 인간이 자신의 삶을 규제하건, 그건 이제 자신과는 상관없는 일이다. 김춘수가 이성과 감성의 대립에서 벗어나 도달한 곳은 "아내가 달인 따끈한 차 한 잔"이 있는 생활의 여유이기 때문이다. 김춘수가 원하는 차 한 잔의 여유는 규율과 질서로부터 초월하는 자유이다. 자신의 삶을 사랑하기 위해서는 삶으로부터 거리를 두고 자신을 돌아볼 수 있어야 한다. "어디서 누가 죽건 살건 그건 다 남의 일"이라서 "나와는 상관없다"는 말은 역사와 개인, 이성과 감성 같은 대립에서 벗어나 자신의 삶을 오롯이 돌아보는 것이다.

자신이 처한 현실이나 기억에 집착하게 되면 순간의 사실에만 연연할 뿐, 진실을 보지 못한다. 그리고 내면에 잠재되어 있는 자신의 가치도 느낄 수 없다. 이성은 논리적으로 진실을 찾고자 하지만, 감성은 경험과 느낌으로 진실을 찾는다. "안되는 것을 되는 것처럼 처신해야" 하는 것이 현실이라는 것을 알게 된 순간, 김춘수는 자신의 문제가 '세상과 자신 사이의 불균형' 때문이라는 것을 알게 된 것이다. 문제를 극복하기 위해 그가 선택한 것도 세계와 하나가 되어 삶의 여유를 누리는 것이었다.

이러한 관조적인 삶의 자세가 이성과 감성의 치열한 갈등 끝에 온 것이지만, 자신의 경험에 의해 "저승에도 이처럼 구원은 없다./없는 것이 차라리 구원이다."(「처용단장 제4부 17」)라는 깨달음 뒤에 온 것이기도 하다. 시 「사족-직설적으로 간략하게」에서 스스로 "의식도 영혼도 다 비우고/나는 돼지가 될 수 있"으며 "죽음을 이길 수 있"지만 "스승이 없다"는 말로 자신의 한계를 나타낸다. 김춘수가 감옥에서 굶주림으로 인하여 경험한 것은 의식도 영혼도 없는 비굴함과 부끄러움이었으므로 현존재의 한계인 죽음마저 초월할 수는 있지만, 더 이상 앞으로 나아갈 길을 찾지 못했던 것이다. 그러나 "스승이 없다"는 고백은 한계에 대한 인정이자 또 다른 가능성으로 나아가는 길목이 된다.

그것은 존재의 본래성을 되찾고자 하는 시도에서 나올 수 있기 때문이다.

현존재의 존재를 규정하기 위해서는 현존재의 전체성을 획득해야 하는데, 전체성은 한계를 통해 규정된다. 죽음이 그 한계이지만, 김춘수에게는 불가지(不可知)로 다가온 역사의 공리성도 한계였다. "인간은 공리성에 갇혀 있으므로 해방되고 싶은 충동을 느끼는데, 거기에 시가 있다. 따라서 시는 심리적으로 해방이 되어야 하는데, 이것이 인간의 한계성 때문에 현실로는 불가능하므로 하나의 동경이 된다."[2] 그래서 이성도, 감성도, 인간의 한계인 죽음도 없는 것이 바로 구원이라는 자각에 도달하게 되고, "사상과 역사를 믿지 않"(「말의 날갯짓」)게 된다. 비로소 자신의 삶의 현현인 "시는 침묵으로 가는 울림이요 그 자국이"(「폼을 줄이게」) 되는 것이다. "침묵"은 자신을 되돌아 볼 수 있는 텅빈 공간이자 이성적인 언어 이전에 사물 자체가 언어가 되는 세계이다. 시가 그 공간으로 가는 울림이자 자국이라는 것은 그의 삶에 있어 시는 존재의 의미라는 뜻이 된다. 그렇다면 그가 시를 통하여 볕바른 툇마루에 앉아 따끈한 차 한 잔 마시는 여유를 찾는 데에 아내는 어떤 연관이 있는 것일까?

아시겠지만 이 땅에는
교회의 종소리에도 아낙들 물동이에도
식탁보를 젖히면 거기에도
천사가 있습니다. 서열에는 끼지 않는

---

2) 김춘수, 『김춘수 시 전집』, 현대문학, 2004, 1103쪽

천사가 있습니다.

—「치혼 승정僧正님께」 부분

나도 한 번
마차 바퀴에 몸을 던져보니 알겠더라.
치통齒痛에도 쾌락이 있다.
몸을 팔고도 소냐는
왜 천사가 됐는가.

—「나타샤에게」 부분

앵초꽃 핀 봄날 아침 홀연
어디론가 가버렸다.
비쭈기나무가 그늘을 치는
돌벤치 위
그가 놓고 간 두 쪽의 희디흰 날개를 본다.
가고 나서
더욱 가까이 다가온다.

—「명일동 천사의 시」 부분

앞서 살펴본 바, 아내와 동일시된 천사는 서열이 없다. 서열이 없다는 말은 질서와 규범에서 벗어난 자유로움이자 정서적인 친밀감을 나타낸다. 김춘수의 삶 가운데에 아내가 있듯이 서열이 없는 천사는 일정한 곳에 머무르지 않고 인간들의 삶 가운데에 있다. 그래서 천사는 "교회의 종소리에도" 있고 "물동이에도" 있으며, "식탁보" 아래에도 있다. 이처럼 인간화된 "천사"와 천사화된 "여보"는 인간의 삶 가운데에 있다는 공통점을 지니고 있는데, 그것은 김춘수가 오랜 시간 찾고자 했던 것이 '인간적 삶의 의미'였음을 말해준다. 하이데거는, 인간적 삶의 의미에 대한 물음은 다름 아닌 존재의 본래적인 의미와 인간적 삶의 현실성에 대한 물음이라 하였다.

김춘수는 이러한 물음을 통하여 자신이 경험했던 일과 일상의 관계에서 삶의 가치를 찾고자 했다. 이 과정에서, 현실에서 경험했던 것들의 가치는 원래 지니고 있던 가치와 다르게 나타난다. 시인은 자신이 삶의 과정에서 체험했던 것을 시작 과정에서 다시 체험하게 되는데, 이때 삶의 의미는 삶 자체에서 성립되는 여러 관계들의 연관에 의해 새로운 의미가 부여된다. 그 새로운 의미는 시인의 시에서 찾을 수 있다. 그 이유는 김춘수가 언제나 자신의 화두에 대한 답을 찾고자 했으며, 이러한 내면의식을 삶의 의미로 시에 표현했기 때문이다. 김춘수가 시에서 제시한 것은 자신의 경험, 즉 현실을 있는 그대로 인식하는 것이 아니라 삶의 뜻으로서 자신의 존재와 연관된 것이다. 현존재로서 자신의 본래성을 찾고자 하는 정신은 아내가 천사였음을 인식하기 이전에, 도스토예프스키의 『죄와 벌』에 나오는 소냐를 "천사는 온몸이 눈인데/온몸으로 나를 바라보는/네가 바로 천사라고"(「소냐에게」) 인식하는 것에서 발견할 수 있다.

시 「나타샤에게」에서 김춘수는 "몸을 팔고도 왜 소냐는/천사가 됐는가"라는 물음에 "치통에도 쾌락이 있다"는 것을 "마차바퀴에 몸을 던져 보니 알겠더라"라는 말로 답을 대신한다. 삶의 한가운데에 들어와 보니 이 세상에는 고통만 존재하지 않는다는 새로운 사실을 소냐를 통해 알게 된 것이다. 소냐는 몸을 팔아야 하는 고통을 승화시켜 영혼을 구원하는 불빛이 되었기 때문이다. 그러므로 소녀가 온몸이 눈인 천사이듯 아내는 날개를 내려놓은 천사["돌벤치 위／그가 놓고 간 두 쪽의 희디흰 날개를 본다."(「명일동 천사의 시」)]로 다가온 것이다.

자신의 본래성을 생활 속에서 찾은 김춘수는 역사의 바깥에서 자신을 정면으로 바라본다.

겨울이 다 가고 새봄에 춘니春泥가 오면
울고 싶도록 그는 발이 젖는다.
역사가 어디 있나,
정몽주는 거기 있는데
송화강 건너간 그날의 그는
왜 아직도 소식이 없나,
너무 오래됐구나,
말 타고 칼 찬 사람들 보자 옥사한
금자문자金子文子가 생각났던 그 시절, 어느새
그의 등마루는 으깨지고
그는 시방 계절 밖에 나가 있다.
거기는 피고 지는 꽃도 없다.

─「어떤 자화상」 전문

겨울이 가고 봄이 오면 땅이 녹아서 진창이 되듯이, 역사는 그 형체가 분명하지 않다. 그때 온 마음을 다해 그 변화의 느낌을 받아들이면 역사를 거부하거나 부정했던 사람들이 생각난다. 그 시점에서 "그"는 "그의 등마루가 으깨지"는 아픔 끝에 계절 밖으로 나가 있다. 계절 밖은 시간이 멈춘 곳이다. 시간이 멈춘 곳에 역사는 더 이상 존재하지 않는다. 이 시에서 시간은 "춘니春泥"에 발이 흠뻑 젖는 현실에서 과거로, 그리고 무시간으로 이어진다. 현재의 시간에서 무시간으로 나아간다는 것은 김춘수의 경험적 시간이 물리적 시간을 초월하여 시간 밖에 존재한다는 것을 의미한다.

자신의 존재를 의식으로, 사유로, 언어로 완전히 통제하거나 부정할 수 있는 인간은 없다. 완전한 통제가 가능한 인간이 있다면 그 인간은 완전한 내재적 존재이며 이성에 종속되는 존재이기 때문이다. 따라서 인간에게는 언제나 바깥이 열려 있지만, 이 시에서 그 바깥은 피고 지는 꽃도 없는 곳이다. 이제 김춘수는 역사를 현재 속의 과거로 두는 것이 아니라 자신을 시간 바깥에 두게 된 것이다. 이러한 인식의 변화에 의해 김춘수는 자신의 모습을 "어떤 자화상"이라는 제목으로 말한다.

누군 인생을
커피 스푼으로 되질했다고 한다.
누군 또 인생을
위대한 요리사가 친
한술의 소금이라고 한다.
라디오는 오늘 아침
상해上海는 쾌청
레닌그라드는 눈보라가
으루나무가지를 분질렀다고 한다.
한 시인은 조찬朝餐의 수저를 놓고
장미나무 가시에 찔린

피가 안 멎는 자기의 별난 죽음을
저만치 유심히 바라본다.

—「어느 날 아침」 전문

3할은 알아듣게
아니 7할은 알아듣게 그렇게
말을 해가다가 어딘가
얼른 눈치 채지 못하게
살짝 묶어두게
(…)
절대로 잊지 말 것
넌 지금 거울 앞에 있다는
인식
거울이 널 보고 있다는 그
인식

나를 예까지 오게 한 것은
어쩜 어머니가 어릴 때 가끔 들려준
무말랭이 같은 오이지 같은
그 속담 몇 쪽일는지도 모른다.
그럭저럭 내 시에는 아무것도 다 없어지고
말의 날갯짓만 남게 됐다.
왠지 시원하고 왠지 서운하다.

—「시인」 부분

시에는 눈이 있다.

언제나 이쪽은 보지 않고 저쪽

보이지 않는 그쪽만 본다.

가고 있는 사람의 발자국은 보지 않고

돌에 박힌

가지 않는 사람의 발자국만 본다.

바람에 슬리며 바람을 달래며

한 송이 꽃이 피어난다.

루오 할아버지가 그린 예수의 얼굴처럼

윤곽만 있고 이목구비가 없다.

그걸 바라보는 조금 갈색진 눈,

슬프디 슬픈 시의 눈

— 「시안詩眼」 전문

시간으로부터 밖으로 나간 김춘수는 자신의 인생을 "커피 스푼으로 되질"하거나, "위대한 요리사가 친/한술의 소금"으로 묘사한다. 김춘수가 관조하는 인생은 커피 스푼으로도 되질할 수 있을 만큼 가볍기도 하지만, 음식의 맛을 좌우하는 한 술의 소금만큼 가치 있는 것이기도 하다. 이런 인생을 '~고 한다'라는 투로 서술하는 것은 시인이 보는 세계가 불확실하여 알 수 없기 때문이다. 불가지(不可知)의 세계에서 자신의 죽음을 그 자체로 "저만치" 거리를 두고 바라봄으로써 내면의 성숙도 가능해진다. "저만치 유심히 바라보"는 방법이 3할은 묶어두는 것이다. 시인이 3할은 묶어두고 7할만 알아들을 때, 시의 눈은 묶어둔

3할을 본다. 시의 눈이 응시하게 되는 "돌에 박힌 발자국"은 끝이 예정된 인간의 세계이다. 그러나 역사는 "윤곽만 있고 이목구비가 없는" 예수의 얼굴 같다. 인성을 넘어 신성의 영역에 이른 예수의 얼굴처럼, 역사는 끝이 보이지 않고 윤곽만 있다. 김춘수 자신은 시간 밖에 있으나, 시는 여전히 알 수 없는 역사와 함께 가야 하기 때문에 시의 눈은 슬픔을 띤다.

　현재의 시인을 있게 한 것은 보이지 않는 3할이 아니라 알아들었던 7할의 말이지만, 그 말은 무말랭이 같고 오이지 같은 속담이다. 그렇게 3할을 판단중지의 상태에 두면 시인의 시에는 아무것도 남지 않고 "말의 날갯짓"만 남아, 오랜 시간의 화두에서 벗어나 자유를 얻게 된다.

　　　노숙자의 종이 백에는
　　　칫솔과 치약
　　　소주가 한 병,
　　　이 잘 닦고
　　　소주 한 잔 하고 신문지 깔고
　　　잠이 든다.
　　　잠이 들면 거기가 내 집,
　　　이 잘 닦고
　　　애몽더라드 한잔 하고 옛날
　　　장 피에르 시몽도 거기서 잠든 곳,

　　　　　　　　　　　　　　　　　　—「장 피에르 시몽」 전문

　　　누가 보았다 하는가

길을 가면 또 길이 있다고,

머리의 뒤쪽

뒤통수

그쪽에도 길이 있다고,

뒷걸음으로 가면

구름은 내 발밑에 깔리고

아득히 깔리고

내 눈시울은 눈물에 젖고

나는 어느새

보이지 않는 사람의 손을 잡는다고

그 작은 손을,

— 「손을 잡는다고」[3] 전문

오랜 시간 함께했던 화두에서 벗어나 삶을 관조하게 된 시인에게 죽음은 지금까지와는 다른 집이 된다. 죽음을 바라보는 시인에게 삶은 더 이상 구속이 아니라 "장 피에르 시몽도 거기서 잠든 곳"이자, 노숙자가 잠이 드는 곳이며 거기가 바로 시인의 집이다. 이렇게 죽음을 삶 속에서 보게 될 때, 삶과 대화가 가능하다. 죽음을 삶의 끝이나 한계로 인식하는 것이 아니라 죽음 그 자체로 깨닫게 되면 자신을 아끼고 사랑하게 되며, 순수한 삶 그 자체를 받아들일 수 있게 된다. 일상의 많

---

3) 김춘수, 『달개비꽃』, 현대문학, 2004. 이 두 시는 『세계의 문학』(2004, 가을호)에 게재되었다. 김춘수 시인의 마지막 작품으로 추측된다. 김춘수 시인은 이 두 시를 2004년 7월 22일 탈고하여 2004년 8월 3일 투고를 직접 확인하고 다음 날인 2004년 8월 4일 쓰러졌으며, 더 이상의 시는 발표된 바 없다.

은 것들에 대한 집착에서 벗어나게 되고, 자신이 머무는 곳이 곧 집이 된다.

삶의 예속에서 벗어나 다른 세상으로 떠나고자 하는 시인("노숙자")에게 필요한 것은 "치약", "칫솔", "소주 한 병" 그리고 깔고 잠들 수 있는 "신문지"뿐이다. 삶을 구속하던 것들을 다 버리고 죽음과 마주하고 있지만, 김춘수가 찾고자 하는 길은 여전히 보이지 않고 알 수 없다. 보이지 않는 곳, 볼 수 없는 곳에도 길이 있다고 말하지만, 구름만 발밑에 아득히 깔려서 길은 보이지 않고 눈시울만 눈물에 젖는다. 그것이 김춘수가 시("그 작은 손")를 통하여 인식한 삶이다.

앞의 두 시는 김춘수가 화두로 삼아 평생동안 알고자 했던 존재와 역사, 그리고 폭력에 대한 답이 담겨 있다. 그 답은 '놓아버리는 것'이다. 놓는 것은 오고 가는 모든 것을 허용하고, 변화를 인정하는 것이다. 삶의 다양성을 사랑하고, 그 다양성 속에서 자신의 삶을 허용하는 것이다. 스스로 자신의 삶을 허용할 때 지금 꼭 필요한 것 외에는 모두 다 놓을 수 있고, 죽음 앞에서 그마저도 버리고 갈 수 있게 된다. 이처럼 김춘수는 시를 통해 삶을 관조할 수 있었고, 역사를 넘어설 수 있었다.

한 작가의 문학세계를 조명하기 위해서는 창작을 결정하는 체험과 삶의 이해가 어떻게 그의 내면을 형성하는지를 먼저 살펴보아야 한다. 김춘수 평생 지녔던 세 개의 화두는 자신이 누구인지를 묻는 존재 탐색에서 시작하여 불가지론적인 세계관을 거쳐, 보이지 않는 진실을 추구한 끝에 역사를 넘어 시에서 자유를 찾음으로써 시적 노정이 완성된다. '인간이 역사를 심판해야 한다'라는 시인의 화두는 시간에서 벗어나 인간적인 삶, 즉 완전한 자유를 획득하는 것이었다.

이 모든 여정은 그의 시를 통해 시도되었고, 시 안에서 이루어졌다. 그에게 시는 곧 삶이었던 것이다. 따라서 김춘수의 시는 자신의 삶의 양식에 관한 탐구로서, 그의 생애 전부였다고 해도 지나치지 않는다. 가장 넓은 의미에 있어서 김춘수의 작품은 그의 삶을 표현한다. 그 자신의 삶을 떠받치는 체험이 그의 시와 세계관을 형성하는 근원이었기 때문이다. 역사적인 상황과는 다르게 인식되는 심리적 체험에 의해 현실의 모순과 부조리를 경험한 김춘수에게, 시는 인생의 길을 탐구하는 정신의 기록이자 온전한 삶을 획득하고자 하는 투쟁과도 같은 것이었다. 김춘수는 자신의 어두웠던 체험을 자신만의 것으로 개인화하지 않고 역사와 인간의 문제로까지 나아가 어떻게 사는 것이 가장 인간적인지를 탐구하고, 본래성을 찾아가는 삶의 길을 시를 통해 제시하고자 했다.

김춘수 시의 여정은 '존재론적 고통(결핍)-이데올로기와 역사와의 대결(탐색)-치유로서의 초월(해결)'의 과정을 거치는데, 이는 '분리-입문-회귀'라는 통과의례의 상상력과 같다. 자신이 누구인지를 알고자 하는 실존적 의문은 존재론적인 고통을 생성하고 회의와 절망에 빠져들게 한다. 그러나 김춘수는 고통에 의해 불가지(不可知)의 세계관을 형성하고 심리적 진실을 추구함으로써, 현실적 삶의 문제였던 이데올로기와 역사의 폭력성을 해체할 수 있었다. 김춘수는 이 과정을 시로 나타냈으며, 시쓰기를 통하여 삶을 관조하기에 이르렀다. 김춘수가 삶의 관조에 이르는 과정에서 중요한 것은 이데올로기와 폭력에 오염되기 이전의 순수한 시공간, 즉 유년시절이었다. 유년시절의 기억은 김춘수가 치유의 문으로 가는 통로였으며, 그 문은 시쓰기에 의해 열렸다.

참고문헌 · 찾아보기

J. M. 마리, 이경식 옮김, 『도스토예프스키의 문학과 사상』, 서문당, 1980

M. 바흐찐, 김근식 옮김, 『도스또예프스끼 시학』, 정음사, 1988

N. 베르쟈예프, 이경식 옮김, 『도스토예프스키의 세계관』, 현대사상사, 1979

_____, 이신 옮김, 『노예냐 자유냐』, 인간, 1979

고바야시 야스오 · 후나비키 다케오 엮음, 『知의 윤리』, 경당, 1997

김열규, 『민담학 개론』, 일조각, 1982

김재혁, 『릴케와 한국의 시인들』, 고려대학교출판부, 2006

김준오, 『가면의 해석학』, 이우출판사, 1984

_____, 『문학사와 장르』, 문학과지성사, 2003

_____, 『한국 현대 장르 비평론』, 문학과지성사, 1990

_____, 「왜 나는 시인인가」, 『왜 나는 시인인가』(남진우 편), 현대문학, 2005

김춘수, 『김춘수 시 전집』, 현대문학, 2004

_____, 『김춘수 시론 전집 Ⅰ』, 현대문학, 2004

_____, 『꽃과 여우』, 민음사, 1997

_____, 『달개비꽃』, 현대문학, 2004

老子 · 莊子, 장기근 · 이석호 옮김, 『노자 · 장자』, 삼성출판사, 1979

놀란플리니 제이콥슨, 주민황 옮김, 『해방자 붓다! 반항자 붓다!』, 민족사, 1989

디이터 람핑, 장영태 옮김,『서정시 : 이론과 역사』, 문학과지성사, 1994

라이너 마리아 릴케, 권세훈 옮김, 「사랑하는 신 이야기-신의 두 손에 관한 동화」,『삶의 저편으로, 두 편의 프라하 이야기, 마지막 사람들, 사랑하는 신 이야기』, 책세상, 2000

마크 엡스타인, 전현수 · 김성철 옮김,『붓다의 심리학』, 학지사, 2006

모리스 메를로-퐁티, 김정아 옮김,『눈과 마음』, 마음산책, 2008

문학과비평 편집부,『시집 이중섭』, 탑출판사, 1987

박이문,『노장사상』, 문학과지성사, 2006

빌헬름 딜타이, 김창래 옮김,『정신과학에서의 역사적 세계의 건립』, 아카넷, 2009

_____, 한일섭 옮김,『체험과 문학』, 중앙일보, 1979

서동욱,『차이와 타자』, 문학과지성사, 2000

손진은,『현대시의 미적 인식과 형상화 방식 연구』, 월인, 2003

수잔 손탁, 이민아 옮김, 「해프닝, 급진적인 병치의 예술」,『해석에 반대한다』, 이후, 2002

앙리 베르그송, 박종원 옮김,『물질과 기억』, 아카넷, 2007

_____, 최화 옮김,『의식에 직접 주어진 것들에 관한 시론』, 아카넷, 2006

앤터니 이스톱, 박인기 옮김,『시와 담론』, 지식산업사, 1994

엄국현, 「한국고대가요와 어릿광대의 세계」,『한국문학논총 제20집』, 한국문학회, 1997

_____, 「한국시가의 양식비평적 연구」,『한국문학논총 제23집』, 한국문학회, 1998, 12

_____, 「한국시의 리듬을 어떻게 읽을 것인가-한국시의 작시법을 찾아

서」, 『문창어문논집 제37집』, 문창어문학회, 2000

_____, 『시에 있어서의 사물인식-이데올로기와의 관련성을 중심으로』, 부산대학교 박사학위논문, 1990

에드문드 후설, 이종훈 옮김, 『유럽학문의 위기와 선험적 현상학』, 한길사, 2007

에릭 프랭크, 김하태 옮김, 『哲學的 理解와 宗敎的眞理』, 대한기독교서회, 1981

엘리자베스 클레망 외, 이정우 옮김, 『철학사전-인물들과 개념들』, 동녘, 1996

옥타비오 파스, 김은중 옮김, 『흙의 자식들 외』, 솔출판사, 2003

요한 호이징하, 김윤수 옮김, 『호모 루덴스』, 까치, 2007

윌리암 후벤, 장종홍 옮김, 『자유로운 영혼을 위하여-우리 시대의 네 예언자 도스토예프스키, 니이체, 카프카, 키에르케고르』, 영학, 1983

유협, 최동호 옮김, 『문심조룡』, 민음사, 2005

이본느 뒤플레시스, 조한경 옮김, 『초현실주의』, 탐구당, 1983

이삭 편집부, 『哲學 辭典』, 이삭, 1983

李信, 『李信의 슐리어리즘과 靈의 신학』(이은선 · 이경 편), 종로서적, 1992

이재선, 『우리문학은 어디에서 왔는가』, 소설문학사, 1986

_____, 『한국문학의 원근법』, 민음사, 1996

_____, 『韓國文學의 解釋』, 새문사, 1981

장 메종뇌브, 김용민 옮김, 『감정』, 한길사, 1999

장휘옥, 『불교학 개론 강의실 2』, 장승, 2004

조광제, 『미술 속, 발기하는 사물들』, 안티쿠스, 2007

_____,『의식의 85가지 얼굴』, 글항아리, 2008

_____,『짧고 긴 서양미술 탐사』, 삼성출판사, 2007

朱光潛, 정상홍 옮김,『詩論』, 동문선, 2003

줄리아 크리스테바,『반항의 의미와 무의미』, 푸른숲, 2002

진은영,『순수이성비판, 이성을 법정에 세우다』, 그린비, 2004

폴 리쾨르, 박병수 옮김,「이데올로기와 유토피아 : 사회적 상상의 두 표
현」,『텍스트에서 행동으로』, 아카넷, 2004

폴 헤르나디, 김준오 옮김,『장르론』, 문장, 1983

한스 마이어호프, 김준오 옮김,『文學과 時間現象學』, 삼영사, 1987

미완의 아름다움

미완의 아름다움

초판 1쇄 펴낸날 2009년 3월 19일
3쇄 펴낸날 2010년 6월 23일

지은이 이상금
펴낸이 강수걸
펴낸곳 산지니
등록 2005년 2월 7일 제14-49호
주소 부산광역시 연제구 거제1동 1493-2 효정빌딩 601호
전화 051-504-7070 | **팩스** 051-507-7543
sanzini@sanzinibook.com
www.sanzinibook.com

ISBN 978-89-92235-59-4 03810

값 10,000원

* 이 도서의 국립중앙도서관 출판시도서목록(CIP)은 e-CIP 홈페이지
(http://www.nl.go.kr/ecip)에서 이용하실 수 있습니다.
(CIP 제어번호 : CIP 2009000802)

이상금 산문집

미완의
아름다움

산지니

머리글

아름다움의
차이와 다름

    일반 독자를 향한 글쓰기는 지금부터 20년 전쯤에서야 가능했다. 해서 인생 오십을 넘어 지나온 세월과 삶 속에서 틈틈이 쓴 글들을 모아보았다. 그러나 지난 글들을 다시 읽기에는 현실감이 떨어진다. 더구나 글을 정리하면서, 과거를 반추하는 것 가운데 기억은 가변적이다. 편리하게 조합되거나 경우에 따라서는 희미한 형체를 띤다. 때문에 이를 제대로 되살리는 데 어려움이 따른다. 때론 '믿을 수 없는 게 기억인가?' 라는 회의도 든다. 그렇지만 기억은 당시의 모습을 당당하게 보여주는 숨결을 지니고 있으므로 가능한 글 내용을 크게 바꾸지는 않았다.

    이 가운데 일부분은 일간지, 대학신문, 잡지 등에 이미 발표된 것들이다. 청탁원고는 대부분 편집과정에서 부분적으로 삭제되는 경우가 많았으며, 제한된 분량으로 인해 나의 생각을 제대로 실을 수 없었다. 돌이켜보면 글 쓰는 이의 능력 부족도 있겠지만, 시의에 맞지 않거나 부실한 내용이 있어 지금에 맞게끔 약간 수정을 가했거나 보완한 것도 있다. 이런 이유로 발표된 글의 경우 출처를 일일이 밝히지 않았음을 미리 밝힌다.

나의 전공은 문학이며, 교수로서 본연의 일은 '가르침'과 '연구'이다. 나머지 하나를 든다면, '사회봉사'일 것이다. 그 나머지 하나를 위해 내가 할 수 있는 일은 그리 많지 않다. 대신 생업의 언저리에서 느낀 세상 이야기를 글로 알리는 정도이다. 어디까지나 나의 시각, 나의 판단에서 비롯된 글이라 공감이 가지 않는 것이 있을 수 있다. 어쩌면 여태까지 그렇게 고향과 타향, 고국과 이국, 학문과 현실, 산과 바다, 정지와 움직임, 회상과 앞날 사이에서 늘 부대끼는 삶을 통해 나름대로 아름다움을 기렸다고 할 수 있다. 그러나 정작 아름다움의 실체에 이르지 못하고, 그 가장자리를 맴돌았는지도 모른다. 다름과 차이를 전제한 다른 이야기일 수 있다.

먼저 1장에서는 고향의 옛 기억과 미래의 새로운 기억을 위한 두 세대에 걸친 나의 체험을 실었다. 이어 등산과 마라톤을 매개한 두 편의 글과 변해야 할 아름다운 고향길 글로 채웠다. 물론 나

6

를 찾아가는 과정이다. 유년시절 처음으로 느꼈던 막연한 아름다움에서 비롯된 기억의 편린이자 체험의 연장선이다. 그러나 아름다움은 늘 어려움과 고통을 수반하는 이율배반이자 역설의 실체이기도 하다. 이를 받아들이더라도 남는 과제가 있다. 기억을 지닌 아름다움은 '위안'이라는 점이다. 일상의 위로나 상처받은 영혼의 치료일 수 있다. 이처럼 나에게 있어서 아름다움은 기억과 체험의 극복이자 재생산 과정이기 때문이다. 나의 사랑하는 두 아들에게도 같은 뜻을 전한다.

2장은 전공 관련 문학 이야기이다. 체험의 비밀을 암시하는 문학의 아름다움과 숭고함, 동시에 그 한계를 보여준 헤르만 헤세의 소설 『싯다르타』 감상을 먼저 실었다. 연장선에서 미완의 아름다움을 추구했던 그의 소설세계를 간략하게 소개하였다. 이어 오늘날 새롭게 회자되는 '민족'에 관한 글이며, 한국문학의 신세대에 대한 글을 영어로도 표현해보았다. 쉽게 쓴다고 했지만, 독자들에게 다가가지 못하는 한계가 있을 것이다.

3장에서는 외국 유학시절 직접 부딪친 체험을 바탕으로 낯선 외국, 독일 대학, 해외에서 바라본 우리 문화, 직업생활에서 느낀 것들을 모았다. 당시 첫 외국생활에서의 경험들은 기존의 가치관은 물론 편견과 선입견을 불식시키고, 근본적인 변화를 꾀하게끔 해준 계기였다. 외국에서 살다 보면 애국자가 된다는 말이 있듯이, 고립된 나로 비롯된 인식의 변화는 전혀 새로운 곳 새로운 환경에서 스스로 만들어졌다. 나를 벗어나 나를 볼 수 있는 객관성 확보가 값진 소득이라면 소득이다.

4장은 대학에서 바라본 사회에 대한 단상들이 실려 있다. 대학인으로서 시사적인 글은 항상 나에게 부담을 준다. 현실을 늘 비켜가는 문학적 발상과 표현에서 아름다운 세상 기리기가 많았기 때문일 것이다. 또한 미숙한 현실인식에 덧붙여 섣부른 판단도 한몫했을지 모른다. 그렇지만 대학인으로서 젊은 나이에 가질 수 있는 분명한 주제의식과 문제제기라는 측면에서 나름대로 소신이었다. 지금이라 해서 크게 바뀌지는 않은 것 같다. 다양한 시각

미완의 아름다움

을 허용한다면, 그런대로 공감하리라는 믿음을 가져본다.

5장은 우리의 외국어 교육과 내가 속한 지역공동체의 문화에 대해 나름대로 고민하고 바로 보려는 인문학자로서의 진단이다. 오늘날 사회는 균형과 조화를 상실한 시대에 놓여 있다. 또한 목적을 위해 수단과 방법을 가리지 않는 삭막함을 여실히 보여주고 있다. 지방과 서울이라는 종속적 차별은 무시와 멸시가 교묘하게 숨겨져 있는 추함이다. 국가든 민족이든 공동체의 윤리나 도덕마저 상실된 이 사회에서 인간성 회복은 당분간 어려울 것이다. 무엇보다도 인문학과 교양의 부재, 문화에서 주체의 상실을 염려하지 않을 수 없다. 어느 누구도 나를 대신할 수 없다. 나로부터의 시작이 과제이자 답이다. 대학의 경쟁력, 지방분권, 대학이 속한 지역사회의 문화에서도 역시 자신이 주인공이 되어야 한다. 이로부터 아름다움의 지향점은 과정을 중시하고, 소외를 극복하고, 주체를 회복하는 데 있다.

6장의 이야기는 문화여행의 형식을 빌렸다. 2004년 연구차 다시 방문한 독일, 당시 일간지에서 소개된 유럽연합의 회원국 확대 가운데 나의 관심을 끈 것은 생소한 나라, 낯설게까지 여겨졌던 그러나 꼭 가보고 싶었던 발트3국과 서방세계에 잘 알려진 작가 얀 크로스Jaan Kross에 관한 기사였다. 혼자 배운 에스토니아어를 비롯하여 나름대로 사전 정보를 갖추는 준비기간은 근 6개월이 걸렸다. 2005년 초 귀국하자마자 국내에서는 처음으로 〈오늘의 문예비평〉에 작가와의 인터뷰 내용을 소개하기도 했다. 근 700년 동안이나 그들이 겪었던 역사적 애한과 자유를 향한 집념을 중심으로 한 문학적 진단이다. 낯설음만큼 감동이 클 것이라는 기대는 그 기대를 충분하게 충족시켰을 뿐만 아니라 첫사랑의 목마름처럼 강한 인상을 심어주었다. 글로 표현하는 것이 오히려 부족하다는 느낌이다. 눈과 귀로 전해지는 감동의 실체는 다음을 기약하는 계기로 바뀌었다. 여기서는 여행을 하면서 겪은 단상과 에피소드를 담았다. 이 역시 생소한 아름다움에 빠져드는 나만의 체험이라 할 수 있다.

미완의 아름다움

스스로 조화와 아름다움을 갈구했던 노력들이 차이와 다름으로 받아들여지기 바랄 뿐이다. 나이 오십을 넘어서야 겨우 ‘아름다움’에 대한 갈망이 그간 삶과 가르침의 버팀목이자 생명력임을 알게 되다니. 그동안 무던히도 비와 바람결에 기억의 꽃들은 고개를 떨어뜨리고 시들어 형체 지우기를 거듭했지 않았던가. 그러나 아름다움은 자신을, 나아가 세상을 “이상화하려는 역사의 일부”라는 수잔 손탁Susan Sontag의 말이 떠오른다. 마지막으로 그녀의 말을 인용한다.

　　“아름다움에 압도되는 능력은 놀라울 정도로 억센 것이다. 아무리 무자비하게 정신을 흩뜨리는 것이 있다고 하더라도 이를 이겨낸다.”

이천구년 봄을 기다리는 금정산 기슭에서

지은이 이 상 금

차례

.

제1장

위로慰勞하는 기억,
기억하는 위로慰勞

지금까지 나를 찾는 노력은
언제부터인가 어디로부터인가 알 수 없는
근원을 묻는 데 있는 것이 아닐까?

본데가 있어야,
난데가 있는 법

　돌담으로 둘러싸인 초가집 앞에는 개울이 마을을 가로지른다. 동네 한가운데 위치한 어릴 적 고향집, 30년 넘게 자란 살구나무와 키 큰 오동나무는 봄과 가을을 알리는 상징이었다. 헐벗은 겨울을 겨우 비집고 나오면서, 어쩌면 그렇게 아름답게 봄을 안겨줄 수 있었는지… 해맑은 미소와 화사한 향기로 소년의 눈망울을 사로잡았다. 바람 한 점 없는 포근한 밤이면, 마을의 정적마저 잘게 썰어 감싸는 살구꽃 순백은 오히려 아픔이었다. 한여름, 유난히 큰 매미(아가리) 울음소리로 세상살이 시름을 달래던 오동나무도 어느새 계절을 건너뛰어 축담 아래 낙엽으로 가을을 알린다. 기억은 그렇게 아름다움과 슬픔을 간직한 채, 세월의 흐름 속에서도 위안의 모습을 잃지 않았는가 보다.

아름다움이 슬픔으로 바뀌기를 몇 번, 철부지 자식들은 올망 졸망 뛰어다니는 동안 금방 커버린다. 말귀를 알아듣고 머리도 굵어진다. 이후 옛집의 모양이 바뀌고, 주변의 나무들은 함께했 던 기억과 추억을 허공에 매달아놓고 훌쩍 떠나버렸다. 그러나 현실은 무표정이었다. 당시 어렵기는 매한가지였다. 힘든 삶의 언저리에서 가정교육이라는 형태로 가끔씩 던지는 부모님의 말 들이 반복되거나 다른 형태로 이어진다. 유년과 청년을 지나 사 회생활 가운데 가정을 가지면서, 살아 있는 기억의 말들은 그 의 미를 달리했다. 정신적 유산이다. "사람은 본데가 있어야, 난데 가 있는 법"이라는 말과 "少年易老學難成 一寸光陰不可輕…"라 는 주자朱子의 권학문勸學文이다. 부모의 품을 떠나야만 하는 자식 들이 심중에 새겨야 할 평범한 진리의 메시지이다.

과연 난 이런 소중한 말씀을 제대로 되새김하면서 살아온 것일 까? 배움과 경험을 통해 체득된 것들이 무엇일까? 핵심은 부모로 서의 솔선수범이다. 배움이 아무리 많은들, 많은 부를 가진들, 사 회적 지위를 얻은들, 세상 사람들은 권위나 우월의식에 젖어들거 나 자만에 빠져들고 거만해지기 쉽다. '본데'의 참된 의미는 참 된 인간이 되기 위해 더 넓은 세상에서 더 많이 보고 듣고 배우는 자세의 일컬음이다. 이를 올곧게 실천함으로써 '난데'가 있는 법

미완의 아름다움

이다. 결코 완성될 수 없을 뿐더러 쉽지 않으므로 그렇게 높은 차원까지는 아니었을 것이다. 자신에게 맞는 과정이 있을 뿐이다. 그럼에도 불구하고 난 여태껏 '본데'도 부족하고, 그렇기에 더욱 '난데'도 없으니 어머님께는 실망을, 다른 한편으로 벌써 축담 아래 가을 오동잎 떨어지는 소리가 들리는 것 같아 아버님께는 더욱 부끄러움을 느낀다.

언제나 자식들 생일이면, 자식들 사는 곳이 어디든 찾아주시는 부모님이다. 어김없이 이번에도 셋째 아들의 집을 이제는 어머님 홀로 방문하였다. 아직은 건강을 논일 밭일처럼 일구고 살아오신 당신의 모습에서, 흩날린 듯 스쳐간 세월이 나이테로 매김하는 생일상 앞에서 성주님께 지극정성으로 고하는 축원의 소리가 지난날 동화처럼 아늑하다. 나의 두 아들과 아내도 듣고 있는 기원에서 부모의 마음을 다시금 되새김할 수 있었다.

태어남과 소멸은 인간에게 있어서 끊이지 않고 이어지는 영원한 생명의 단초인 걸…. 한순간 살다가는 인간의 초라한 모습이지만, 강인한 정신과 소중한 의미가 인생유전처럼 이어진다. 나의 두 아들이 50살이 되는 2033년과 2037년의 우리 부부의 모습을 잠시 그려본다. 그때까지 나도 지금의 어머니처럼 건강하게 살아 있을까? 무엇을 전했을까? 아니 그동안 나는 무엇을 어떻게 하면서 삶을 이어가야 하는지? 변화무쌍한 세월과 인간들 사이에서 지탱해야 할 주제는 무엇이어야 하는가?

나이 오십에 맞는 겨울 새벽의 동녘, 얼어붙은 하늘의 푸름이 갓 붉은 태양으로 깨어지는 광경은 수정의 세계처럼 보였다. 맑고 밝음이 정갈스런 이른 아침이다. 어느새 서쪽 금정산은 산등선이로부터 가을날 같은 온화한 붉은빛이 물들기 시작한다. 지난밤 잠잠해진 바람, 영하의 추운 기온 속에서 온전하게 마련된 나만의 시간에서 반백 년의 삶을 반추한다. 본연의 모습을 갖추기에는 턱없이 부족한 세월이었다. 그러나 나름대로 해야 할 일이 있다는 건 다행이자 행운일지 모른다. 굳게 다짐해본다. 연구와 교육, 그리고 시집이든 소설이든 아니면 수필에 몰두해야 한다는 다짐을 새해 벽두 글로 새긴다.

미완의 아름다움

설악산에서 30년 전과 후 그리고...

입추가 지난

　　　　바로 다음날인 8월 9일 11시 30분 김해공항에서 친구와 함께 양양으로 가는 비행기에 몸을 실었다. 그와 함께 한 등산은 이미 3년째이다. 그가 사랑하는 고향이기도 한 설악과 속초 방문은 언제나 새로운 것을 가져다주었다. 강릉이나 속초의 군사비행장이 아니라 새로 개장한 양양공항은 깔끔해서, 아니 번잡하지 않아서 좋다. 공항 식당에서 '황태구이 정식' ―여행의 반은 그 고장의 토속음식을 먹는 게 아닌가―을 먹고 한계령으로 차를 달렸다. 오색을 지나갈 무렵 왼쪽엔 점봉산(1,424미터)이 그리고 이내 '칠형제봉'이 우리를 반긴다.

일주일 전부터 서울에 있는 큰아들과 연락을 취하면서 오후 2시경 한계령에서 만날 것을 약속한 터다. 손전화로 다시 도착 여부가 서로 확인되었다. 평소 남편의 등산이나 마라톤에는 관심이 덜하던 아내가 챙겨준 아들의 옷가지며 신발, 모자, 간식거리 등 배낭은 족히 30킬로그램을 넘어선다. 무겁기만 하다. 매표소 입구에서 반바지 옷으로 갈아입고 더 무거워진 배낭을 메고 등산로에 들어선 시간은 14시 27분이었다. 대청봉 등산의 제한시간이 오후 2시임에도 불구하고 관리소 직원을 설득하여 세 사람은 힘든 등정을 시작했다.

귀떼기청(1,577미터)으로부터 도보로 약 1시간 거리에 있는 갈림길에서 대청봉으로 이어지는 서북능선은 아직 한 번도 걸어보지 못한 말로만 듣던 코스였다. '한계령-갈림길-봉갈림길-끝청봉-중청봉-중청대피소'까지 거리는 약 7킬로미터로 평균 속도로 5시간 50분이 소요된다고 등산용 지도에 적혀 있다. 지리산이나 한라산과 달리 1킬로미터당 주행 시간이 가장 길며, 산세가 험하므로 다른 산에 비해 훨씬 힘든 코스이다. 계속 위로만 향하는 길인데다가 무거운 배낭 때문에 시작부터 속도와 호흡을 조절하였다. 처음 20분이 무척 힘들었지만, 시작에 불과하다. 매번 등산 때마다 어김없이 실천하는 초반 휴식의 중요성을 잊어서는 안 된다.

미완의 아름다움

다시 오르기 시작하여 갈림길에서 귀떼기청을 바라볼 수 있었다. 다음번에는 장수대에서 대승령, 귀떼기청을 거쳐 지금 서 있는 갈림길까지 와야지 다짐해본다. 다짐도 잠시, 끝청을 향해 발걸음 옮기기를 계속하여, 두 번을 더 쉰 다음에야 가까스로 서북능선의 가장 힘든 구간을 마칠 수 있었다. 여기까지 세 사람은 말이 없었다. 곳곳에 피어 있는 산꽃과 주변 경치에 흠씬 빠져 자연과의 대화가 바빴기에… 마침 반갑게 '동자꽃'이 보였다. 발길이 이어지는 여기저기에 피어 있다. '동자승'이 죽어 핀 사연이라 그런지, 산행의 외로움과 그 외로움 때문인지 슬픔을 드러내는 빛이다. 짙은 녹색에 어우러져 더욱 처연한 느낌이 나는 것은 나만의 정서일까?

처음부터 대청봉까지 가장 단거리인 '오색코스'를 일부러 피했다. 왜냐하면 우리가 택한 코스에서 바라볼 수 있는 설악의 또 다른 장엄함 때문이었다. 간헐적으로 계속되는 비와 구름이 잠시 자리를 비운 날의 설악산은 푸른 하늘과 거대한 바위 그리고 녹색 삼각형이 천태만상의 모습으로 웅장함을 아낌없이 드러내주었다. 공룡능선, 용아장성, 마등령, 천불동계곡, 만경대가 오랜만에 온 나를 반기듯 그 자리 그 모습 그대로이다.

4년 전 동료 교수들과 같이 '용대리-백담사(1박)-수렴동계곡-소청(1박)-대청-희운각-천불동계곡-설악동' 등산 경험은 백담사의 오현 스님(혜주)과의 친견, 그의 법문, 만해 한용운에 얽힌 일화와 시 '님의 침묵'의 배경이라고 알려진 오세암으로 이어지는 시상의 길, '걸레스님' 중광의 기행 등으로 인해 설악을 비로소 조금 알게 되는 계기가 되었다. 이를 못 잊어 무박2일로 부산에서 밤차를 타고 '오색-대청봉-봉정암-수렴동계곡-백담사-용대리'를 거쳐 새벽 2시에 부산에 도착한 일도 있었다.

3년 전 '설악동-마등령-공룡능선-희운각(1박)-대청봉-희운각-천불동계곡-비선대'를 동료 교수로 이루어진 등산팀과 함께 하루 11시간씩 꼬박 이틀 내내 강행군하던 빗속의 등산도 생각난다. 그때 등산화 밑창이 완전히 거덜나서 등산화를 칡뿌리며 끈으로 묶어 하산하던 일은 지금도 잊을 수 없다. 2년 전에는 겁도 없이 '백담사-수렴동대피소-용아장성-봉정암-가야동계곡-백담사-용대리' 코스를 12시간에 걸쳐 완주했던 기억이며, 1년 전 '장수대-대승령-흑선동계곡-백담사(만해축전)-용대리(1박)-흑선동계곡-대승령-십이선녀탕계곡-남대리' 코스 완주 등 매년 설악을 님처럼 안고 걷고 또 걸었다.

어쩌면 나의 인생에서 등산은 이처럼 끝없는 애정의 갈구와 꿈꾸었던 일상으로부터 해방의 한 방편인지도 모를 일이다. 그리고 늘 되돌아오는 산행의 참맛은 경건함과 겸허함으로 나를 굳건하게 지탱해주었던 명상의 기회였다. 그래서 그런지 당시는 시간만

24

나면 산을 찾았다. 아니 나를 떠나지 않고, 나를 버리지 않고서, 내가 존재할 수 없다는 명제를 실천하는 과정이라 믿었다. 세상살이와 세월의 흐름에 저항할 수 있는 힘의 원천은 끊임없이 노력하는 데 있다. 최근 몇 년 동안 푹 빠져버린 나의 마라톤도 같은 원칙에 충실하는 자세가 아닐까. 바닷가에서 태어나 유년의 시절을 보낸 나로서는 뭍과 바다, 바다와 산은 둘이 아니고 하나이며, 그 접점을, 경계를, 가장자리를 지우고 늘 새롭게 선을 긋는 노력이 운명처럼 여겨졌다.

설악과의 첫 인연은 30년 전으로 되돌아간다. 1973년 대학생때 같은 과 학우들과 함께 동해남부선—남해동부선이라고 부르지 않는지 아직도 모르겠지만—기차를 타고 7박8일 동안 동해안을 여행하던 패기만만한 청년의 모습이다. 설악에서만 4박5일을 보내면서, 토왕성폭포, 울산바위, 권금성, 양폭산장을 거쳐 대청봉, 봉정암대피소에서 1박, 수렴동계곡, 허름한 백담사 전경이 완연한 가을의 풍경과 더불어 파노라마처럼 떠오른다. 무전여행에 가까웠다. 완행이라는 이름의 버스를 지명조차 낯선 곳곳에서 갈아타고 굽이굽이 돌고 돌았다. 배고픔을 안고 해운대역에 도착했을 때는 완전히 거지꼴 형상과 몰골이었다. 이러한 기억들이 이제는 흑백사진으로 앨범의 한 페이지를 채우고 있다. 나의 이번 등산은 이러한 30년 전의 내 모습을 나의 'F1'에게 어떤 형태로 전할까 고심한 끝에 내린 결정이다. 올해 대학에 들어간 아들, 한 세대에 해당하는 30년 전 나의 나이와 나의 모습이다.

넌지시 말을 건넨다. 지금부터 30년 후 "그땐 내 나이 80이라 산행이 힘들지 모르겠지만, 아들과 함께 설악을 찾기 바란다". 알아들었는지, 모르는 체하는지, 아들의 시선이 아버지 얼굴에 얼마간 머물렀다.

부자간에
공유할 수 있는

체험이 있어야 하며, 끊임없이 자식과의 관계를 새롭게 정립하지 않으면 안 된다는 건 평소 나의 생각이다. 여름방학 계절학기를 수강하는 아들에게 그런 취지를 간단하게 전자우편으로 알렸다. 그러나 그가 요즈음 학생들처럼 등산을 싫어하면 어떻게 하나 걱정이 되었다. 먼저 지리산 종주를 제의했으나, 산장의 예약과 가족 전체와 함께 한다는 부담이 앞섰다. 왜 그런지 지리산 몇몇 계곡이나 천왕봉은 등산했지만, 지리산 종주는 늘 기회를 놓쳐 종주한 경험이 없었다. 반면 설악은 자신이 있었기에 지리산에 앞서 설악산으로 대안을 마련한 것이다. 무엇보다도 건강에 주의해야 할 나이이기에 아들에 대한 부모의 심정은 다른 부모와 같다. 하지만 아들의 동의는 예상보다 쉽게 이루어졌다. 아마 등산의 경험이 일천하고, 더구나 설악을 한 번도 가본 적이 없기 때문일 것이라는 나의 판단은 결과적으로 틀리지 않았다.

그런 그가 30년 전 나의 모습처럼 한계령에 달랑 간단한 배낭 하나를 메고 나타나 또 그렇게 등산을 시작한 것이다. '끝청'은 힘들었다. 해발 1,602미터로 서북능선의 오름길은 완만하게 흐르다가 마지막 부분에 이르러서는 경사가 급하다. 한여름, 올해 들어 가장 더운 날 설악의 준령들도 오랜만에 맞는 더위에 허덕이고 있었다. 윗옷이 땀에 흠뻑 젖은 지 오래며, 준비한 생수는 거의 비워지고, 차츰 걸음은 더디게 느리게 옮겨지고 있었다. 늦게 출발했지만 앞서 가는 사람들 하나둘 따라잡고, 등산로에서 오고가는 사람들과 간단한 대화도 나눈다. 왼쪽으로 펼쳐지는 봉정암, 용아장성, 백운동계곡한테 '오랜만이다' 하고 눈인사를 보낸다. 그리고 오른쪽으로 오색과 점봉산을 바라보다가 마침내 끝청에서 휴식을 취한다. 친구가 사진을 찍어주고, 꿀맛 같은 생수를 마시니, 피로가 약간 풀리는 것 같다.

이제 조금만 가면 중청봉이며, 그곳에서 대청대피소는 엎어지면 허리 닿는 곳이다. 등산 시간은 정확하게 4시간으로 마감할 수 있었다. 이미 대피소에서는 저녁식사를 하는 등산인들이 밖에 놓인 평상과 탁자에 자리를 차지하고 있었다. 일층 대피소에서 짐을 풀고 셋은 저녁식사를 우선 가져온 삼겹살 구이로, 나중에는 '햇반'으로 마무리했다. 반주로 친구가 가져온 팩소주를 마시면서, 대청봉에서의 첫 밤을 준비했다.

이전 용대리 관리사무소에 근무했던 친구의 친구 덕분에 담요를 충분히 얻었기에 편안한 잠자리를 가질 수 있었다. 생각보다 많은 등산인이 온 것은 아니었다. 대피소 공간 드문드문 빈자리가 있어, 여유롭게 다들 잠자리를 청하는 것 같다. 바로 옆자리에는 지리산을 종주한 중년의 아버지와 어린 아들 둘이 일찍 잠자리에 든다. 나의 큰아들도 피곤한지 일찍 잠자리에 든다. 말이 첫 등산이며 설악이지 사실 어려운 코스라는 걸 나중에 경험할 것이라는 생각 때문에, 그리고 또 달리 다른 놀이가 허용될 수 없는 곳이라 이른 잠을 권했다. 그러나 난 아직 잠자기에는 너무 이른 시간. 밤 8시 30분을 지나는 대청봉 산장 외부 온도는 영상 15도를 가리키고 있다.

친구와 함께 밖으로 나와 속초를 바라본다. 속초며 설악동은 온통 불빛으로 일렁이는, 아름다움이라기보다는 허리를 굽히면 손과 발, 머리가 이내 닿을 듯 문명의 유혹이었다. 그러나 이런 유혹은 설악에서는 어울리지 않는다. 그간 설악도 많이 훼손되었다는 느낌, 칠흑의 산자락에 번져가는 불덩이가 밤을 도와 새벽까지 이어질 것이다. 애써 눈길을 돌려 어둠을 더듬어본다. 어둠 속 물소리, 바람소리, 야생동물들의 보금자리와 산새들의 둥지 밖으로 흘러나오는 잠꼬대 소리에 귀가 쏠린다. 그들만의 이야기를 그들끼리 하면서, 설악의 밤은 일상의 찌꺼기와 자신의 형체마저 지우기에 여념이 없다. 그런 탓인지 설악도 이제는 잠자리에 늦게 들 수밖에 없는가 보다.

설악은 문명의
신음소리로

　　　　잠을 설쳤지만, 다음날 아침은 청명했다. 정상에서 처음 맞는 아침의 밝은 기운은 오히려 한여름의 열기를 예고하는 것 같다. 그렇지만 공기는 상쾌했다. 배낭을 정리하자마자 곧 출발이다. 등산 전문가인 친구를 따라 접어든 발길은 여태 한 번도 걸어보지 못한 화채능선으로 향하고 있다. 오늘은 어제와 달리 내리막 코스이다. 롤러코스터처럼 오르락내리락 재미나고 신났으면 좋으련만….

　사서 하는 고생이다. 그래도 내리막길이라 쉬울 것이라는 위안은 시간이 지날수록 차츰 어려움으로, 아니 어려움을 넘어 두려움으로 바뀌었다. 허나 더욱 큰 문제는 중간에서 되돌아갈 길이 없다는 데 있다. '포기' 라는 단어를 포기하고 걸어야만 한다. 그만큼 철저한 준비나 기본적인 체력이 전제되어야 완주가 가능하다. 공룡능선이나 용아장성 못지않은 매우 힘든 코스라는 사실은 직접 겪으면서 알았다. 아니 이전의 등산 경험보다 현실적으로 닥친 어려움을 어떻게 이겨내느냐는 바로 정신력이 아닐까? 설악의 수많은 능선 가운데 처음 도전하는 등산로, 미지의 화채능선은 탈진과 흐느적거리는 발걸음으로 나를 혹독하게 다루었다. 너무나 풍경이 아름다웠고, 잊을 수 없다는 기억은 나중에 스스로 만들어낸 위로와 위안일 것이다. 정직한 산사람이 되기에는 여전히 부족한 게 많다.

'대청봉-화채봉-칠성봉-집선봉-권금성' 으로 이어지는 코스는 말 그대로 봉우리 봉우리들뿐이었다. 지도상에는 휴식년이 1999년에 끝나는 것으로 되어 있다. 그로부터 이미 4년이 지나 등산길의 형체가 사라지는 모습을 여실히 보여주고 있다. 자연의 복원은 사라지는 것과 새로워지는 것으로 그 경계를 허물고 있다. 넘나듦의 경계가 어우러져 있는 곳곳에 멧돼지가 먹이를 찾아 파헤쳐놓은 구덩이며 헝클어진 길은 막연한 무서움으로 다가서기를 계속했다.

그것만이 아니다. 친구가 일정한 거리를 두고 앞서 나뭇가지를 치면서 가는 이유는 나무에서 혹시 떨어질지 모르는 뱀을 쫓는

미완의 아름다움

일이라는 걸 나중에 알았다. 반드시 챙이 넓은 모자를 쓰고 가야 하는 이유가 햇볕 때문만은 아니라는 것이다. 어떻게 이런 난코스를 걸어 하산을 마감했는지 기억은 온통 목마름, 작열하는 햇볕, 절벽과 급경사, 가파름과 지루함만으로 채워진 것 같다. 땀으로 옷을 흠뻑 적시기를 몇 번, 마르기를 몇 번, 쉰 냄새가 코를 비집고 후비기는 산행을 마칠 때까지 이어졌다.

물론 출발할 때 필요한 만큼 물을 준비했다. 그러나 이 코스가 달리 힘든 것은 중간에 물을 쉽게 구할 수 없다는 데 있다. 준비한 물을 얼마만큼 아끼느냐 또는 얼마만큼 참아내느냐 하는 것 외 달리 해결책이 없다. 지도상에 표시된 곳은 단 한 곳, 화채봉 (1,320미터) 못 미처 아래 어디쯤이다. 그곳까지 세 사람의 갈증을 해결하기에는 턱없이 부족한 물이다. 첫 한 시간 반쯤 지나 잠시 휴식하는 곳에서 주먹밥으로 간단한 아침식사, 걸음의 끝을 알 수 없는 등산화는 주인의 발을 보호하기에도 애처로운 모습을 띤다. 이를 거들떠보지도 않는 등산로, 나무 그늘을 비켜선 벌거벗은 돌밭에 접어들면, 하늘엔 구름 한 점 없이 이글거리는 뙤약볕만이 주인공이다.

그러나 주인공이 아닐 때가 좋다. 왼쪽 멀리 공룡능선의 거대한 몸통이 자그마한 장난감으로 보인다. 눈 아래 펼쳐지는 천불동계곡은 폭염을 거슬러 짙은 녹음으로 자세를 낮추고 숨고르기를 하고 있다. 실시간으로 중계되는 한낮의 영상들이 파노라마처럼 이어진다. 절경이라고 굳이 표현할 것까지 없다. 느낌을 온전히 받아들이면 그것만으로도 충분하다. 구경꾼의 자세로 설악을 비켜서서야 비로소 설악을 즐길 수 있다. 어느새 몸은 발끝에서부터 머리끝까지 온통 녹색으로 물들었고, 마음은 한없이 편안했다. 이런 편안함이 어쩌면 남은 산행을 위로할 수 있는 에너지원이었으리라.

두 번째 휴식 장소는 화채봉이다. 걷기 시작한 지 3시간이 흘렀다. 이미 갈증은 목을 지나 배를 지나 다리까지 번졌다. 드문드문 고사목들은 등산객들의 목마름을 대변하는 것처럼 보인다. 육체의 피곤은 정신을 혼돈스럽게 한다. 무엇 때문에, 왜 사서 고생인가? 어제 등산길 첫 부분에서처럼 아들은 말이 없다. 말이 없으니 내심 걱정이다. 그렇다고 따로 건넬 말도 없다. 침묵은 산의 능선을 끼고 돌고 돌아가는 동안 양쪽으로 다리를 쭉 펼치는 계곡 사이로 잠긴다. 침묵을 가름하는 건 잣나무, 고사목, 소나무, 칡넝쿨이며 이름 모를 식물과 나무들이다. 침묵을 상대하는 건 새소리 바람소리 발자국소리뿐이다. 햇볕과 소리만 있는 무시간 무공간에서 사람은 자연 속으로 사라진 지 오래다. 간혹 기침소리가 사라진 발걸음의 흔적을 가까스로 일깨울 뿐이다. 사람의 형체는 보이지 않는다. 이제 누가 앞에 가고 누가 뒤에 있는지 아무도 모

미완의 아름다움

른다. 비로소 자연과 사람은 일체가 된다.

그러나 일체감은 완성이 아니다. 자연이 아니라 인간이 만족하지 못한다. 혼미한 정신은 겨우 가닥을 잡는다. 물, 물이다. 물을 마셔야 한다. 인간의 갈증은 자연의 갈증으로 가늠된다. 산은 그래서 어디엔가 생명수를 숨겨두고 있기 마련이다. 희망의 싹은 이렇게 자연발생적이다. 생명수는 자연과 사람을 잇대어주는 매개체이다. 그것을 찾는 건 오로지 인간의 몫이다. 등산로의 봉우리가 높으면 높을수록, 사람이 기진맥진하면 할수록 그만큼 힘들다.

수맥을 찾아 산 아래로 헤매기를 삼십 분, 넝쿨에 휘감기고 이끼 낀 돌더미에 미끄러지면서도 포기하지 않았다. 그렇게 가느다란 물줄기가 혼자 수줍음을 드러낼 때까지 바람마저 숨을 죽이고 있었다. 일정한 거리에서 노루들이 물끄러미 별난 인간들을 쳐다보고 있는 것은 아닐까? 사향노루의 눈빛이 이를 밝혔다. 환호하는 소리는 어느 쪽에서도 나오지 않았다. 떡갈나무 잎사귀로 비스듬히 물병에 담기를 다시 삼십 분, 차례로 셋이서 나누어 마시고 다시 물병에 채우는 데도 삼십 분이 흘렀다. 어둑한 숲 속 햇볕이 스미지 않는 곳에서의 휴식은 혼미한 달콤함이다. 달콤함도 잠시 칠성봉(1,077미터)을 향해 다시 오르는 발걸음은 한결 가벼워져 끝을 모를 발자국 셈을 이어간다.

지나온 길도 아득한데, 나아갈 길은 더욱 아득하다. 이러지도 저러지도 못하는 중간에 놓인다. 나중에 듣게 된 말이지만, 아들은 오죽했으면 발이라도 삐어 119 구조대의 도움이라도 받았으면 하는 심정이었다고 한다. 설상가상으로 새로운 저항은 다름 아닌 바위였다. 물길을 거슬러 원천을 찾아가는 연어, 바람을 거슬러 날개짓 하는 독수리, 바다를 가르는 돛단배의 공통점은 저항이자 순응이다. 이러한 모순의 역설은 생존이다. 그러나 그들과 달리 인간은 자연에 그렇게 친화적이지 못하다. 순응을 용서하지 않았다. 여태껏 도전과 응전으로 자연을 우습게 여겼던 것이다. 바위로 넘어가는 길은 위험하기 짝이 없다. 공룡능선은 이에 비하면 점잖은 편이다. 지금은 아예 등산 금지구역이 되었지만, 용아장성은 아예 각오하고 간 곳이라서 또 달랐다. 집선봉(920미터)은 곳곳에 적당하리만큼 위험을 감추고 있었다.

문제는 몸의 중심을 어떻게 유지하느냐다. 체력과 정신을 적절하게 균형잡지 못하면, 곧바로 사고로 연결될 수 있는 곳이다. 설악의 산지기들이 그래서 가장 먼저 휴식년을 적용했다는 이야기가 실감난다. 아들과 손을 잡고, 때론 밧줄로 이음새를 유지하고, 간혹 몸을 낮추어서 엎드려가면서 큰 바위 넘기는 셈하기가 싫을 정도로 계속되었다. 그러나 위험한 코스를 넘어서면, 당장 닥치는 당혹함은 다리에 힘이 쑥 빠지는 일이다. 휘청거림 속에 이어지는 걸음은 지나는 바람을 잡고, 노랗게 변한 하늘에도 눈빛을 던진다. 한 번인가 두 번인가 아들은 배낭을 내팽개친다. 짜증이 산산이 부서져 파편으로 자갈길 주변에 널린다. 다시 할 말이 없어진다.

이에 아랑곳하지 않는 설악은 처음부터 끝까지 냉정함을 결코 흩트리지 않았다. 이제 남은 길은 그리 멀지 않다. 권금성에는 케이블카가 기다리고 있기 때문이다. 30년 전 첫 설악 방문 때는 걸어서 올랐던 곳이다. 지금은 어떤 모습일까? 이런저런 생각 끝에 마침내 옛날의 기억을 더듬을 수 있는 모습들이 보이기 시작했으며, 마침내 권금성에 도착한다. 모두가 기진맥진이다. 다시 찾아온 갈증에 덧붙여 이제 허기진 배가 허리를 접히게 만들 정도다. 그럼에도 불구하고 정신은 오히려 더욱 맑아진다. 인내가 만들어낸 결정체일 것이다. 오로지 완주해야 한다는 다짐은 포기할 수 없다는 정신으로 지탱되었으리라. 그러나 권금성의 케이블카는 운행되지 않는다는 안내를 보고나서는 허탈이나 무념보다는 도리어 오기가 생겼다. 이제 뒹굴어서라도 기어서라도 갈 수 있는 곳이 설악동이 아닌가. 허나 과연 그럴까? 우리들의 고통과는 무관하게 눈 아래 저만치서 설악동은 익은 오후의 여름을 즐기고 있다. 점처럼 보이는 세속 사람들이 분주하다.

상대적 박탈감이 딛고 선 땅을 꺼지게 한다. 말이 설악동까지이지 다시 두 시간 가까이 걸어가는 건 정말 제정신이 아니었다. 옛날을 떠올리면서 기억을 거슬러 돌계단을 기다시피 내려가는 길은 피안의 세계를 그리는 간절함으로 겨우 가능했으리라. 녹초가 된 몸, 혼미한 정신, 흐느적거리는 다리, 주체도 객체도 없는 아홉 시간 반 동안이라는 시간만이 긴 산행의 끝을 매듭짓는다. 어제를 포함해서 대략 열네 시간 가까이 걸린 이틀간 산행은 발자국을 지우고, 기록을 지우고, 기억을 지우고, 아름다움을 지우고, 고통마저 지우면 그만이다. 모든 걸 지우기 위해서는 목욕탕의 뜨끈한 물이면 충분하다. 전신에 스며드는 온기는 씻김의 용해제인 양 편안한 느낌이다. '위로의 기억'이라 할 수 있는 '아름다움'을 위한 무념무상의 시간이다. 설악산 산지기와 겨우 연락이 닿았다. 우리를 위로한다. 한 사발의 막걸리, 한 젓가락의 산나물, 한 점의 불고기가 분위기를 돋운다. 그와 나눈 말이다.

나 : 난 여태까지 사라지는 길과 새로워지는 길의 경계에서 나를 잊고, 잃었던 것은 아닐까?

산지기 : 사라지는 길이든 새로워지는 길이든 인간의 걸음을 탓하지 않는다. 허나 산행의 아름다움은 본디 형체가 없지요.

미완의 아름다움

유월의 지리산

일상의 일탈은

　　　　자유와 자유로움을 찾는 과정에서 겪는 새로움
이자 낯섦에 대한 도전이자 저항인 것을…. 푸름의 물결이 산 아
래에선 이미 짙어 숙연한 녹색이건만, 유월의 지리산은 아직 푸
름을 더해가는 쉼 없는 계절에 파묻혀 있다. 밤을 도와 달려온 일
행들, 성삼재 꼭두새벽 어둠은 어제의 비를 한껏 머금고 있다. 비
릿한 풀내음이 빈 공간을 가득 채운 채 외로운 밤을 달래고 있었
다. 머리에 하나둘 불빛을 밝히고 달림이들의 걸음은 어둠 속 보
이지 않는 목적지를 더듬는다. 허나 이내 노고단을 발아래 둘 때
까지 한 무더기 낯선 바람만이 애써 나의 걸음을 잠시 멈추게 했
을 뿐이다.

노고단에서 벽소령으로 이어 굽이진 길은 양쪽으로 깊은 골짜기를 곁에 두고 만들어진 탓인지 대기를 나누어 가진 듯 외롭지 않다. 불빛과 두런거리는 사람들 소리에 놀란 것인지, 아니면 이른 새벽을 뺏기지 않으려는 이름 모를 작은 새소리며 종달새 소리가 나의 부족한 수면을 떨치게 한다. 영롱한 소리가 아름답기만 하다. 북서쪽 아래에서부터 이어진 임도가 새벽길에도 흙빛으로 희미하게 매혹적으로 비친다.

얼마를 지났는지도 모를 걸음들은 여명의 아침, 옅은 안개를 안고 낯선 길을 하나하나씩 헤쳐 밝음을 맞이한다. 헤드랜턴은 더 이상 자기가 할 일이 없어지자 배낭 속 포근한 어둠 속으로 잠을 청하고, 눈빛은 녹색의 비단 물결을 주워담기에 바쁘다. 그간 천왕봉을 비롯하여 계곡의 여러 곳을 들렸던 이전 나의 지리산 산행과 달리 주능선에서의 첫 경험은 이렇게 시작되었다. 내가 속한 마라톤클럽의 산행 소식, 등산팀장의 수고와 준비로 기회가 주어진 것이다. 고마운 사람, 넉넉함과 여유가 마음을 편하게 해준다. 덕분에 단오날 산행은 어쩌면 매번 이루어질 수 없었던 기회를 보상하는 것 같다. 그런 탓인지 익은 산행이지만, 마음은 설렌다.

지난 길이 얼마인지도 모를 삼도봉에서 짧은 휴식. 행정구역이 전라남도, 전라북도, 경상남도의 경계로 나눔과 만남을 표식하고

미완의 아름다움

있다. 천왕봉으로 이어지는 이정표를 따라 다시금 걸음은 아침밥을 먹기 전까지 이어진다. 빠른 사람 느린 사람, 일행들 간 거리는 차츰 다른 거리를 만든다. 일정에 따라 예정된 벽소령에서의 아침식사는 그래서 당겨진다. 연하천 산장에서 각자 준비해온 아침식사를 거의 마칠 무렵 한 회원이 뒤늦게 나타난다. 피곤한 기색이 멀리서도 보인다. 모두들 박수로 응원한다. 커피까지 마신 다음 물통에 물을 채워 산행길의 목마름을 대비한다. 다시 벽소령을 향하는 길은 이른 아침의 신선한 바람과 푸르름으로 덮여 있다. 사이로 난 길은 등줄기의 마디처럼 곳곳에 표지판으로 지나온 거리를 자리매김함과 동시에 남은 거리를 알린다.

이미 몇 번이나 적셔지고 마르기를 반복한 등산복 윗도리. 쉰보리밥처럼 쿰쿰한 땀냄새가 스치는 바람결에 코를 후빈다. 첫 길은 늘 낯설다. 첫 길은 늘 설레임이다. 설악의 계곡이며 능선을 파고들 듯 헤매던 지난날의 산행들이 불현듯 떠오른다. 허나 설악과는 다르다. 다름과 차이는 그러나 중요하지 않다. 어느 곳이든 지금의 걸음과 시간이 가져다주는 의미가 크다.

벽소령으로 가는 길. 토끼봉을 오르느라 한 번 숨을 헐떡거렸으나, 일행과의 걸음은 아직 여유가 있다. 연하천을 뒤로 하고 평평하게 이어진 길을 걷는다. 듬성듬성 반반한 자리만 있으면, 등산객들이 텐트를 치거나 비박을 하였던 흔적이 눈에 들어온다.

아직 체력적 여유가 있는 탓인지, 마냥 걷고 싶은 충동에 쉬어가는 다른 산악인들을 지나치기도, 그들에게 길을 내어주기도 한다. 비스듬한 오르막길을 꽤 오르고, 또 봉우리를 지나 다시 가파른 길을 오르는 사이 옅은 안개의 무리들은 햇볕에 쫓겨 흔적조차 감춘다.

세석산장으로 가는 길. 꽤나 긴 시간이었다. 빠른 일행들과 달리 발걸음의 속도를 늦추고, 동행하는 회원과 이런저런 이야기로 그간 지친 일상의 무게를 줄이고, 기억의 찌꺼기를 버릴 수 있어 마냥 좋다. 계속되는 땀은 1.5리터 물병의 물로 대체된다. 흘린 만큼 마시는지, 아니면 마신 만큼 흘리는지 모를 일이다. 시야가 트이고 하늘로 향한 바위 끝에 서기도, 그늘을 찾아드는 바람결에 걸터앉아 쉬기도 하지만 세석은 여전히 먼 나라….

세석을 먼
거리에 두고

지리산 정경에 잠시 넋을 놓는다. 녹색의 물결 위로 뻗은 소나무, 비자나무, 전나무, 그리고 이름 모를 거목 곁에는 고사목이 있어 더욱 정취가 우러난다. 마라톤을 하면서 잊혀진 산행, 돌보지 않은 산행의 발걸음이다. 못내 아쉬워하면서도

미완의 아름다움

버려두었던 여유와 명상의 시간들이 새삼 아쉬웠지만, 오랜만에 다시 갖게 되었다. 산행과 마라톤을 비교하면, 달림은 메마르다. 인간적인 냄새가 묻어나지 않는다. 효율성 때문인지 현대인들은 효과적인 달리기에만 매달리는 것 같아 아쉽다.

우리가 월드컵 4강에 들었다고 국민 모두의 건강이 4강이 아니다. 관심과 흥미로 비롯한 운동은 시간이 흐를수록 운동만능주의로, 운동중독으로, 나아가 자만과 독선으로 자신과 다른 사람들의 일상을 파괴하는 건 아닐까? 왜 이런 생각이 드는 걸까? 바로 내 자신이 이런 상황에 놓여 있다는 판단이 선 것은 그리 오래지 않다. 적당한 운동, 즐기는 삶과 좋은 만남을 기대하면서도, 정작 난 무엇을 해온 것인가? 이는 첫 지리산 종주, 거대한 척추를 따라 걷는 기회가 마련해준 교훈이다. 산은 언제나 올 때마다 하나의 지혜를, 물은 가까이 할 때마다 늘 감성을 일깨운다. 그러나 그들은 말이 없다. 말이 없지만, 계속 말을 전한다. 산행도 달림도 말이 없는 시간이 더 많다.

무엇을 위해 떠나는지, 목적지가 어디인지, 왜 산을 오르는지? 나 역시 알 수 없는 일이다. 산길을 따라 묵묵히 걷다 보면 어느새 칠선봉이 나타나고, 영신봉을 오르고, 발아래 세석평전이 펼쳐진다. 북적이는 세석산장. 화려한 햇살을 가득 담은 검은 세석산장은 잘 꾸며진 느낌이다. 12시 30분경, 허기를 채우는 산악인들의 빈틈 사이 겨우 마련한 자리에 앉아 아침이 지난 뱃속에 점심을 밀어넣는다. 먼저 천왕봉으로 갔으리라 생각한 일행들이 한켠 너머 저쪽에서 오순도순 자리를 틀고 있지 않는가. 반가운 나머지 얼른 자리를 옮겨 남은 점심을 먹는다. 천왕봉을 향하는 돌격팀은 무리지어 함께 먼저 자리를 박차고, '거림'으로 하산할 일행은 아직 도착하지 못한 나머지 일행을 기다리면서 휴식을 취한다. 첫 지리산 종주이면서 근 2년간 중단된 긴 산행으로 인해 나의 남은 산행은 하산을 택했다. 다음 기회가 오면, 1박2일로 느긋하게 지리산과 함께 하겠다는 약속을 세석에 새겨둔다.

바로 앞에 솟아 있는 촛대봉에선 세석도, 장터목도, 천왕봉도 그저 한 걸음에 달려갈 작은 연봉들처럼 느껴질 터인데. 허나 지금은 천왕봉을 올라야 할 의미도 목적도 없다. 이미 몇 번이나 정상을 밟는 일을 했기 때문이다. 또한 정상에 어떤 의미를 둬야 할 이유도 없다. 그렇지만 아쉬움은 남는다. 미련은 잠시, 청명한 날씨에 하산 길 발걸음은 가볍고, 산은 더욱 싱그럽다.

거림으로 내려가는 길 따라 물소리가 흥겹다. 내리막 가벼운 발걸음 탓도 있겠고, 꽤 큰 물줄기를 뿜어내는 계곡의 골 깊은 탓도 있겠지. 그 어디쯤 발 담그고, 목을 축이고, 자연스레 눈이 떠질 때까지 멋들어진 낮잠을 청하고 싶다. 그래서 중간지점, 거림을 약 3킬로미터 남겨둔 계곡에서 모두들 발을 담근다. 뼛속까지

미완의 아름다움

차가움과 시원함이 스민다. 피로가 가시는 상쾌함이 발이나 다리보다 머리로 전해진다. 따뜻하게까지 느껴지는 햇살에 모자로 얼굴을 가리고 드러누워본다. 편안하고 아늑한 기분이 전신을 감싸는 것도 잠시 졸음이 무겁게 밀려든다. 혼미한 정신으로 거림까지 걷는 돌밭길 반 흙길 반은 여태까지의 길을 모두 합한 것보다 멀다는 느낌에서 마무리 발걸음의 무게만큼 의미가 더 실리는 것 같다.

타고 온 전세버스로 중산리에서 천왕봉을 등정한 팀의 일행을 기다린다. 하산 시간에 맞추어 도착하였지만, 발빠른 회원 한 분이 이내 나타난다. 달짱의 모습으로 달리기로 박수를 받는다. 시간이 조금 지난 뒤 나머지 일행은 산중 택시로 그리고 마지막으로 한 분은 걸어서 나타난다. 근처 작은 식당에서 파전에 막걸리 한 사발을 걸치고, 도토리묵에 막걸리 한 사발을 더 들이키고, 붉은 매실주마저 나누어 마신 다음 부산으로 향한다.

부산으로 향하는 차에 실린 몸은 피로가 가득하다. 차츰 멀어지는 등 뒤 지리산을 두고 황동규의 시 '즐거운 편지'가 달림과 산행을 아우르듯 생각난다. 그들의 태생은 같다. 원형은 하나이므로, 사랑하는 님, 그대가 된다.

나 그대를 생각함은

항상 그대가 앉아 있는 배경에서
해가 지고 바람이 부는 일처럼
사소할 것이나

언젠가 그대가
한없이 괴로움 속을 헤매일 때
오랫동안 전해오던 그 사소함으로
그대를 불러보리라.

진실로 진실로
나 그대를 사랑하는 까닭은…

미 완의 아름다움

조화를 꿈꾸는
푸른 달림이

무던히도 즐겨하던 등산중독에서 벗어나고 싶었다. 변화가 필
요했던 것 같다. 쉰 살을 한 해 앞두고 전기가 마련되었다. 스스로
변화를 꾀하지 않고 현실에 안주하거나 여건을 탓한다면, 이전
내가 욕하던 나이 든 사람들과 다름없으리라는 생각이 줄곧 나를
괴롭히고 있었다. 해서 '움직임의 원형'을 찾는다는 명분으로 달
리기를 시작한 것은 2001년 봄부터이다. 별다른 지식도 정보도
더구나 준비도 부족했던 당시 마라톤은 진부한 일상의 굴레를 벗
어나기 위한 변화에 대한 갈망이자 몸부림이었다. 그러나 변화의
양상은 전혀 다른 형태로 이어졌으며, 몇 해를 그렇게 살다 보니
나의 주변은 모두 달라졌다.

유럽, 일본, 미국 등 선진국을 참조하더라도 국민 평균소득이 2만 달러에 이르면 조깅이나 마라톤, 3만 달러 이상이면 요트나 크루즈를 즐기는 인구가 크게 늘어난다는 보고가 있다. 이들처럼 우리도 2000년대 들어 특히 마라톤을 즐기는 인구가 급증했다. 당연히 마라톤 대회가 우후죽순처럼 생겨났고, 마라톤 동호회 또한 활성화되었다. 지금은 다양한 활동과 변화를 꾀하는 모습들을 보여주고 있다. 비교적 짧은 기간 동안 어떻게 '달리기 열풍'이 일어났을까 궁금하던 차에 '여가사회학'을 전공하는 동료의 글을 읽고, 덧붙여 나의 평소 생각들을 적어본다. 마라톤은 긴 시간 동안 많은 땀을 쏟아야만 하며, 무엇보다도 인내력을 필요로 하는 매우 힘든 운동에 속한다. 그럼에도 불구하고 큰 파도에 휩쓸리듯 무리지어 함께 어울리는 이유가 뭘까?

　먼저 복잡하지 않으며, 감성적으로 쉽게 동질성을 느낄 수 있기 때문이다. 대부분 이해타산적 소통과 만남이 이루어지는 현대 사회에서 동호인끼리라도 허물없이 유대감을 갖고자 하는 갈구이자 내재된 바람에서 비롯된 것이다. 더구나 달림이들은 자신이 직접 흘린 땀으로 만나므로 서로 소통하는 데 있어 장애가 적다. 달림길에서 "ㅇㅇㅇ, 히-임" 한마디로 서로의 마음을 위로하고 격려해준다. 이러한 단순함은 육체적 고통을 극복하는 가운데서 정신적 순화로 전이되게끔, 끊임없이 새로움을 생산하게끔 하는

　미완의 아름다움

마력의 또 다른 이름이다.

　둘째, 건강과 더 나은 삶에 대한 관심이 증대하는, 소위 '웰빙 Well Being' 시대적 상황이다. 물론 마라톤은 다른 운동에 비해 적은 비용으로 개인적인 만족과 성취감을 이룩할 수 있는 장점이 있다. 또한 다양한 직장, 직업, 직종의 영역에서 개성적 창조적 삶을 추구하기 힘든 현실은 마라톤으로 하여금 현대인들에게 일상의 일탈과 해방을 마련해준다. 꾸준한 달리기를 통해 자신의 잠재된 육체적 정신적 능력에 대한 새삼스러운 발견은 기록, 횟수, 거리 등에서 나르시시즘적 쾌락을 만끽하게 해준다. 더 이상 부럽고, 더 이상 아쉬울 게 없는 자기만족이 어쩌면 달림이들에게 실체가 있는 웰빙일지 모른다.

　셋째, 마라톤은 동참하는 모두가 달리기 축제에서 주인공이 된다는 점이다. 이는 각종 스포츠는 물론 영화, 연극, 음악, 미술 등 관람이나 공연 공간에서 수동적 참여와 근본적으로 다르다. 뿐만 아니라 대부분 오늘날 축제가 대형화 또는 상업화되어 관람자의 입장에서 스트레스 해소나 대리만족의 수준에 그치기 마련이다. 이런 경우와 달리 달리기는 주체적인 참여이자 행위라는 점에서 독특한 매력이 있다. 그렇다 보니 일상적인 달리기부터 마라톤 대회에 이르기까지 숱한 에피소드를 생산하는 소통과 만남이 있고, 자연스럽게 동질적인 연대감이 형성된다.

마지막으로 달리기는 혼자서 시간, 장소, 계절, 날씨에 구애받지 않고 연습 하거나 즐길 수 있는 운동이다. 솔직히 현대인들은 주변 상황과 사람들로부터 자유롭지 못하다. 빈틈없이 채워진 일과표에 따라 빠듯하게 살아가는 현대인들에게 비로소 혼자만의 시간과 공간을 제공해주는 것 가운데 하나가 달리기이다. 혼자가 되어 달리는 동안 잡다한 일상적인 것들의 정리뿐만 아니라, 문득 '나는 누구인가?' '무엇으로 사는가?' 등 평소 잊고 있던 것들에 대해 생각하는 계기가 주어진다. 자신의 내면세계에 귀 기울이는 명상의 시간이다. 이는 그 무엇보다도 소중한 것이다.

동시에 달리기는 개인의 문제를 떠나면, 여가동반자의 문제마저 해소시켜주는 또 다른 재미가 있다. 만나는 사람과 시간을 정하는 것조차 복잡하고 어려운 현실에서 동호회나 달리기 모임을 통해 개인적 특성이 서로 자유롭게 펼쳐질 수 있다. 따라서 마라톤 클럽이나 동호회는 비교적 가입과 탈퇴가 자유롭다. 물론 클럽의 성격상 다소 차이가 있지만, 대부분 느슨하게 자율적으로 운영된다. 마라톤 동호회의 단점이자 장점이기도 하다. 자유로움과 개성을 바탕으로 하는 마라톤과 마라토너의 특성에 부합하기 때문이다.

그러나 정작 하고 싶은 말은 따로 있다. 다른 운동과 마찬가지로 마라톤의 정신과 문화 부재를 지적하지 않을 수 없다. 아무리 운동이 좋다고 하더라도 운동은 어디까지나 운동에 불과하다. 더구나 단순 목적이나 필요성에만 치우치는 운동은 육체는 물론 정신 건강까지 헤친다는 사실을 잊지 말아야 할 것이다. 소위 '운동중독'과 '운동만능주의'만은 피해야 한다. 이것이 특히 마라토너한테 쉽지 않음은 이미 알려진 사실이다. 더 먼 거리, 더 빠른 기록, 더 많은 횟수에 맹목적으로 빠져 허우적거리는 중독현상은 위험 그 자체이다. 다른 한편으로 잘못된 생활습관으로 나빠진 건강일지라도 운동을 하면 낫는다는 맹신은 더 위험하다. 생활 속의 운동, 일상 속의 달리기나 즐기는 마라톤이면 충분하다.

운동에 대한 나의 원칙은 달리기를 시작하고 나서부터 실제 경험을 통해 스스로 만들어진 것이다. 시간, 거리, 횟수엔 의미를 두지 않았다. 달림 속의 '정신'을 온몸으로 느끼고 발산하고 체득하여, 그것을 실생활의 에너지원으로 만들기 위해 노력했을 뿐이다. '발 따로, 머리 따로'가 아니라 둘이 함께 어울려서 이루어지는 달리기를 지향했다. 또한 달리면서 생각하고, 생각한 일상의 편린들을 글로 옮기고, 틈틈이 관련 책 읽기를 병행한 것이 구체적인 실천전략이었다. 즉 '달리기, 읽기, 쓰기'라는 '3기'를 통해 정신과 육체의 조화를 꿈꾸었다. 손목의 시계를 벗어 던져버린 지도 벌써 6년, 이제는 신발마저 벗고 맨발로 달린다. 왜냐하면 시작도 끝도 없는 미완의 달림을 위해 천천히 그리고 오랫동안 건강이 허락하는 한 달리고 싶기 때문이다.

고향의 '물미도로'는
아름답다?

평소 자유와
아름다움을

　　　　　찾는 과정은 주로 자연에서 많이 이루어진다. 휴
가나 여행은 틀에 박힌 일상을 벗어난 시간과 공간에서 새로움이
주어지기 때문이다. 그 가운데 등산과 달리기는 동적인 아름다움
을 자유라는 이름으로 채우는 마력을 숨기고 있다. 그러나 이 모
든 마력도 시간이 지나면 한 장의 그림으로 한 점의 기억으로 남
는다. 정지된 영상은 표현의 매체에 따라 각기 다른 모습으로 재
생되기 때문에 인간은 끊임없이 움직이는 것이 아닐까? 때론 이
런 기억과 그림의 연결고리이자 순환의 연계점을 찾아 과거로 여

행을 떠나는지 모른다. 나의 등산과 달리기는 이런 것들과 떨어질 수 없는 인연이라고 본다.

　유년시절에 좀 더 가까워지려는, 아니 아름다움의 원형을 찾기 위해 고향을 찾는 게 아닐까? 분명 고향 탓일 것이다. 요즈음 자주 듣고 보는 것이 '보물섬', '휴양지'와 '남해는 아름답다'는 말과 글이다. 쉽게 접할 수 있는 매체가 무엇이든, 만나는 사람들이 누구든, 시간과 장소를 가리지 않는다. 만남과 소통이 이루어지는 공간과 시간에서 나를 중심으로 만들어질 수 있는 화제 가운데 중요한 요소가 바로 고향이기 때문이다. 그러나 내가 아닌 그들의 입장에서 보면, 고향 남해가 매개된 소통의 또 다른 통로이자 공감할 수 있는 장의 중심에 내가 놓여 있기 때문이다. 나를 기준하든, 상대를 기준하든 '남해'를 두고 오고가는 이야기가 늘어나고 있다.

　'환상의 섬'으로까지 미화되는 남해. 한려수도를 배경으로 한 남해도와 창선도는 분명 다른 곳에서 느낄 수 없는 독특한 경치와 풍경을 감추고 있다. 이러한 찬사는 주로 도시인이나 관광 또는 여행을 목적으로 드나드는 사람들에 의해 입에서 입으로 전해진다. 그리고 신문, 방송, 텔레비전, 잡지, 홍보지 등 대중매체를 통해 간간이 소개된다. 뿐만 아니라 글, 사진과 영상, 이벤트성 특집을 통해서도 계속해서 알려지고 있다. '창선-삼천포' 다리가 놓이고, 이틀간의 주말을 즐기기 위해 많은 사람들이 전국의 산하와 바다 그리고 휴양지를 찾기 때문에 그만큼 필요한 정보를 생산해내어야 하는 수요와 공급의 관계로 볼 수 있다. 물론 남해에만 해당되는 이야기는 아니다.

노모가 계시는 고향에 들를 때면, 나는 시간을 내어 물건에서부터 미조까지의 '물미도로'를 자주 즐기는 편이다. 남해의 어디인들 아름답지 않은 곳이 있겠는가. 굽이굽이 '아홉 등 아홉 골'을 넘나들면서, 바라보는 남동쪽 쪽빛 바다의 툭 트인 전망은 숙연한 느낌을 주기에 부족함이 없다. 끝없는 해원을 향한 그리움을 닮아, 눈과 귀는 바다의 빛으로 바다의 소리로 가득 채워지는 더없이 아늑한 바다 위 언덕길이기도 하다. 한적한 겨울이나 이른 봄 아침 해가 떠오르는 정경은 물론, 가을밤 둥근 달이 수평선을 가득 채울 때는 황홀하기조차 하다. 어부가 신선이 되고, 파도가 갯바위를 쓰다듬는 동안 시간은 멈추어 은하수로 길을 놓는다. 바람난 직녀가 내닫는 그곳엔 물결이 술렁이고, 짧은 만남은 긴 이별을 낳는 곳이 바로 '은점-대지포-노구-가인포-항도-초전'을 사이하는 무시간성의 공간이다.

몇 해 전부터 이 도로는 편의시설, 전망대 설치와 도로정비를 통해 아름다움 가꾸기 노력을 게을리하지 않는 것 같아 보였다. 그러나 남해에서 전망이 좋고 아름다운 도로로 소개되는 '물미도로' 는 원형을 상실하고 아름다움이 퇴색되는 것 같다. 주변 사람들의 이야기도 내가 생각하는 것과 크게 다를 바 없다. 아름다움은 언제나 바뀐다. 이 세상 아래 변하지 않는 것이 하나도 없듯이, 아름다움의 실체는 정지가 아니라 역동적인 성질을 지니고 있다. 다른 말로 바꾸면, 아름다움은 현시적이거나 추억의 공간에만 머무는 것이 아니라, 살아 움직이는 생명체이다.

주민들의 의식은

일상생활에 직접 연계되어 있다. 그러나 군과 군민을 대변하는 군청의 생각은 달라야 한다. 고향에는 아름다움만이 있는 것이 아니라 슬픔과 고통도 함께하는 것이다. 삶의 현장에서 보면, 언제나 생활의 공간일 뿐 아름다움과는 오히려 거리가 멀다. 많은 여행을 통해 체득한 것 가운데 하나는, 국내외 어디든 아름다움을 갈망하는 그곳의 주민들은 늘 가난 속에서 일탈과 탈출을 꿈꾼다는 사실이다. 그들의 꿈은 또 다른 '낯섦'과 '다름' 에 대한 갈망이다. '아름다움' 은 이처럼 상반적인 의미와 이중적 성질을 지니고 있다. 아름다움에 대한 정의를 쌍방향으로 열어놓았을 때, 주민과 더불어 손님들에 대한 태도가 여태까지와 달리 달라지는 것이다.

그럴싸한 언어적 포장이나 유인하는 표현을 위주로 한 홍보나 소개 그리고 안내는 일시적인 호기심을 불러일으키며, 매력적일 수 있다. 그러나 국내 어느 지역을 방문하더라도 천편일률적으로 거의 대부분 대동소이한 내용을 접하게 된다. 따라서 우선 다른 지역과의 차별성은 '섬'이라는 특수성에서 비롯되어야 한다. 쾌적하며 정갈한 멋을 느끼고 즐길 수 있도록 세심한 배려가 필요하다는 점이다. 굳이 외국의 예를 들지 않더라도, 휴양지의 기본은 '쾌적함'이다. 이러한 쾌적함을 위해 시각적인 차별을 크게 두 가지 둘 수 있다.

휴양객이나 여행객은 숙소에서의 휴식과 주로 차량을 이용한 도로 이동 중에 남해에 대한 인상을 대부분 결정한다. 걷는 경우는 더욱 그렇다. 경우와 상황에 따라 달라지는 세부적인 것을 말하는 것이 아니라, '첫인상'과 여행 후 '남는 인상'에 유의해야 한다. 요약한다면, 간판의 통일성과 다양성, 특징적인 농어촌 가옥과 공공적인 건축물에 대한 배려, 도로표지 및 안내판 등이 첫인상을 결정짓는 중요한 요인이다. 좋은 첫인상을 위해 세심한 그리고 오랫동안의 준비와 관리가 필요하다. 물론 예산이 뒤따라야 하겠지만, 할 수 있는 일 가운데 하나하나씩 정리하고 준비하는 장기적 단기적 계획과 실천이 뒤따라야 할 것이다.

이와 관련 '물미도로'에서 느낀 아쉬운 점 하나를 든다면, 무

미완의 아름다움

질서하게 얽혀 있는 전신줄이다. 간판정비와 전선의 지중화는 선진문화의 척도이다. 휴양지에서는 기본이다. 특히 마을 입구나 주변, 또는 양식장 건물로 도로가 난 곳에서의 중복되고 비스듬한 전봇대들 그리고 시야를 어지럽게 가리는 전신줄은 아름다운 도로를 아름답지 못하게 만드는 주범들이다. 광고와 홍보를 무색케 하는 공개적인 거짓말이며, 모처럼 갖는 여행과 휴식을 방해하거나 시각적 폭력을 방치하는 무관심한 처사로 비칠 수 있다.

사실 이런 이야기를 주변 분들로부터 듣는 것이 어제 오늘의 일이 아니다. 좋은 인상과 좋은 이야기보다 이런 좋지 않은 인상과 불만은 훨씬 파급효과가 크다. 이전 상주해수욕장에서의 바가지요금과 주민들의 텃세, 불편한 교통 등의 문제가 이제야 어느 정도 고쳐졌지만, 자발적이거나 자율적인 것은 아니라고 본다. 그 후유증은 여전히 지금도 남해를 좋지 않게 이야기하는 사람들의 단골메뉴이다. 한 번 오기는 쉬우나 다시 오고 싶지 않다면, 남해의 휴양지나 보물섬은 허구에 불과하다.

아름다움을 창조적으로 생산해낼 수 있는 전문가적 발상과 실천이 휴양지 남해섬의 미래를 결정할 것이다. 그리고 주민들의 삶을 질적으로 변화시키는 주민혜택이 필요하다. 낮은 산과 들, 바다와 개천, 전통적인 가옥 등과 어울리는 친환경적인 쾌적한 생활 문화공간을 위해 하천, 도로, 다리, 가옥 등의 정비와 건설

역시 기존의 방식에서 벗어나는 전기를 마련해야 할 것이다. 그렇지 않으면 '꽃밭등'의 착한 사람들, 산과 바다, 도로와 거리는 무질서와 아름답지 못함으로 인해 떠나고, 훼손되고, 쓰레기로 뒤덮이게 될지도 모른다. 우리들만 살아갈 곳이 아니지 않는가.

미완의 아름다움

제2장

아름다움과 자유의 공간

'인간은 아무것도 배울 수 없다' 는
사실을 배우기 위해 일생을 소진한다.

아름다운 문학세계

70년대 초 '유신'이라는 현혹적 언어가 국민정신을 마취시키고, 그로 인해 삶의 진정성이 왜곡되어 정신이 혼란스러웠던 무렵으로 기억된다. 당시 대학생이었던 나에게 단일성의 문제는 당시 정치사회적 상황과 맞물려 정신적 혼돈 가운데 다가왔다. 때문에 종교적 명상을 차원 높게 다룬 헤르만 헤세Hermann Hesse 의 정신세계는 방황하던 나를 충분히 진정시킬 수 있는 명료함이었다.

헤르만 헤세는 1877년 남부 독일 칼브에서 태어났다. 슈바벤 지방의 경건주의 정신 속에서 교육받은 헤세는 엄격한 종교적 귀의를 거부하고 신학교를 뛰쳐나오지만, 그의 작품에는 경건주의적인 '내면에의 길'의 도상이 줄곧 그려지고 있다. 작가는 종교적인 충동에서 정신과 자연, 금욕과 방탕 또는 아버지의 세계나 어머니의 세계를 계속 맴도는 영혼의 자서전적인 특징을 지닌 작품들을 썼던 것이다. '인도의 시' 라는 부제가 달린 『싯다르타 Siddhartha』는 1919년 집필하여 1922년에 출간했다. 제1부는 1914년 현대문명과 지성의 한계를 비판하는 뜻을 같이했던 친구 로맹 롤랑에게, 제2부는 사촌형이면서 일본에 귀화한 빌헬름 군델트에게 바친 것으로 되어 있다.

군델트와의 교신과 그가 전해주는 도가적 동양사상에 매료되면서 쓴 소설이다. 그러나 줄거리는 인도 성자의 일대기처럼 단순히 구원의 가르침을 설법하고 해탈의 길을 이룩해 보이려는 데 있지 않다. 체험의 비밀을 암시하는 문학의 아름다움과 숭고함 그리고 그 한계를 보여주는 명상서라 할 수 있다. 헤세는 붓다의 길과 상반되는 길을 택하게 된 싯다르타의 생애에 초점을 맞추면서, 긍정적인 서술입장을 견지하고 있다. 이는 작가가 작품 속에서 대비적으로 완성에 이르는 두 가지 유형의 길(붓다-고빈다, 바수데바-싯다르타)에서 충분히 드러나고 있다. 싯다르타는 '인간은 아무것도 배울 수 없다' 는 사실을 배우기 위해 일생을 소진한다. 소위 '배움' 이라고 이름 지울 수 있는 것은 하나도 없다고 믿는 주인공은 친구 고빈다에게 오직 하나의 '깨달음' 을 주장한다. 그러나 둘은 서로 상반된 길을 걸었다. 결국 그는 강의 무시간성과 강의 소리와의 운명적인 고투에서 깨달음을 얻게 된다.

깨달음의 방편적, 즉 또 다른 방법론적 차이는 지식과 지혜의 차이를 지적하는 주인공의 시각이다. 지혜란 전달될 수 없으며, 현자가 전달하고자 애쓰는 지혜의 소리는 항상 어리석은 것이다. 싯다르타는 체득한 것을 통해 지식은 전달할 수 있어도, 지혜는 가능하지 않다고 주장한다. 비록 우리가 지혜를 발견할 수도, 지혜롭게 살 수도, 지혜의 힘을 빌릴 수도, 지혜를 가지고 기적을 행할 수도 있다. 그렇지만 유감스럽게도 '지혜를 말하거나 가르칠 수 없다'는 명제를 밝히고 있다. 진리란 그것이 단편적인 것일 때만 표현되고 언어로 표출될 수 있다. 그러나 하나의 사상으로 사색하거나 언어로 표출될 수 있는 모든 것들은 반쪽이거나 단편적인 것일 뿐이다. 즉 전체나 원이 되지 못한다는 주장을 작가는 단일성의 문제로 해결하려고 했다.

그러나 결코 작가는 완성과 해탈 그 자체를 목적으로 하지 않았다. 자연으로의 귀의를 통해 삼라만상을 단일의 것으로 들을 수 있었고, 그것이 바로 '옴, Om, 唵'*이자 '완성'이기 때문이다.

---

* 옴, Om, 唵, Vollendung : '모든 진리의 어머니'라는 뜻이기도 하다. 산스크리트에서 온 '옴'은 '지키다, 구하다, 기쁘게 하다, 만족하다, 좋아하다, 사랑하다, 가다, 알다, 들어가다, 명령을 받다, 주인이 되다, 소망하다, 행동하다, 빛나다, 만나다, 얻다, 껴안다, 죽이다, 괴롭히다, 받다, 존재하다, 증가하다, 힘을 감추다, 태우다, 나누다, 도달하다' 등의 뜻을 지닌 어근 '아브av'에서 파생된 불변화사로 '공식적인 승낙, 존경하며 받아들임, 찬성, 명령, 기쁨, 밀리하는 느낌, 브라흐마Brahma' 등

그러나 "모든 진리에 대한 그 반대 역시 진리"라고 말한 것을 볼 때 도달한 경지가 상대적이라는 사실 그리고 최고 절대 경지가 이루어질 수 없는 언어세계일 뿐이라는 점에서 보더라도 과정과 도정에서 이루어지는 체험의 숭고성을 더욱 중시하고 있다.

오늘날 세상을 움직이는 숱한 물결은 거리에서, 교정에서, 시장에서, 썩어가는 강물에서, 망망대해의 어귀에서도 어김없이 볼

을 뜻한다. 브라만교Brahmanism의 경전 베다Veda는 시詩이며, 베다 시구의 한 연을 '만뜨라mantra, 曼陀羅'라 한다. '옴'은 바로 이러한 베다 시나 베다 시구인 만뜨라를 읽기 시작할 때와 읽기를 마칠 때 내는 진언이다. 이러한 '옴'은 불교 이전부터 사용되던 '쓰와쓰띠까svastika, 卍'와 더불어 브라만교에서 불교에 차용되어 사용되고 있다.

'옴'은 모음 '아a'와 '우u' 그리고 자음 'ㅁ m'의 결합으로 이루어진 소리이다. 여기서 우주를 창조하는 신神 '브라흐마아Brahma' - 'ㅁ m', 창조된 우주를 보호 육성하는 신 '비슈누Visnu' - '아a', 창조되어 보호육성되던 우주를 파괴하고 새로운 우주가 탄생하는 계기를 만드는 신 '쉬바Śiva' - '우u'를 뜻한다. 이는 시간적으로 '과거-현재-미래'로 '창조, 보호유지, 파괴, 창조'라는 순환하는 우주의 상相과 과거, 현재 그리고 미래라는 시간의 상相을 모두 나타낸다.

또한 마누법전Manusmrti에 따르면, 땅의 세계를 소리로 모두 모으면 '브후우bhū'라는 소리에 땅의 세계가 모두 담기어 모이고, 허공의 세계를 소리로 모두 모으면 '브후와하bhuvah'라는 소리에 해와 달과 별들을 포함한 모든 허공의 세계가 담겨 모이고 그리고 별들이 있는 세계를 넘어선 우주 밖 신들이 사는 천상의 세계를 소리로 모으면 '쓰와하svah'라는 소리에 천상의 모든 세계가 담겨 모인다. 그리고 이들 세 개의 소리를 다시 하나로 모아 담으면 바로 '옴'이라는 소리가 된다. 따라서 '옴'은 과거 현재 미래인 모든 시간과 땅과 허공 별들을 넘어선 우주 밖의 공간 모두를 담아 모은 소리이다.

'옴'을 문자로 표기하면 위와 같다. '3'은 앞서 언급한 것을 모두 뜻하며, 3자 옆 둥근 모양은 우주의 본상本相이 둥글어 무시무종無始無終임을 나타낸다. 위에 그린 초승달 모양은 우주의 본상은 달처럼 기울면 다시 차고, 차면 다시 기운다는 제행무상諸行無常의 실상을 의미한다. 그리고 위에 그려진 점 하나는 바로 '하나'를 뜻한다. -임근동, 『신묘장구대다라니 강해』, 솔바람, 2002, 54~58쪽. 참조

미완의 아름다움

수 있다. 이제 하늘과 땅, 바다와 땅 속까지 인류문명의 소리는 계속될 것 같이 보인다. 그러나 그 어디에서도 도구적 이성과 문명의 이기성은 만족하지 못하고 있다. 이렇게 개체가 상실되고 주체가 매몰되는 문명사회에 절실히 요청되는 자각의 과정마저 우린 잊고 있다. 무엇이든 이루겠다는 피폐한 정신은 정작 이루어지는 과정을 도외시하므로 그 결과와 관계없이 인간적 죄악을 저지르는 원천이라고 본다.

우리가 더불어 살아가는 삶의 공간 어디에서도 항존하는 아름다운 정신세계의 구현은 사려 깊은 명상 속에서 가능할 것이다. 환상과 미망으로 채워진 언어적 가상세계를 벗어나 몸소 체험을 통해 얻어지는 과정의 참다운 의미를 되새김해야 한다. 대학시절 내내 자신의 내면갈등을 상반적 경우를 통해 극복하려고 했던 기억의 편린들이 소설 내용에 충실하였던 것 같다. 인간이 추구하는 지식의 방편적 목적에 쉽게 함몰하는 거짓 군상들 가운데서 자신을 발견하기도, 단지 말뿐인 미망에 빠져버린 나의 어리석음을 발견하기도 한다.

미완의 아름다움,
헤세의 소설세계

'누가' 문학을
'어떻게' 읽는가?

21세기 독서가 갖는 의미는 무엇일까? 생뚱맞게 운명이라는 단어가 떠오른다. 이제 책은 더 이상 지식이나 교양의 상징이 아닌 것처럼 보인다. 인류의 지식적 총체에 대한 접근은 더 이상 책이 아니라 영상, 대중매체, 컴퓨터 등을 통해 이루어지기 때문이다. 따라서 책읽기가 현대인의 삶에서 차지하는 비중은 갈수록 줄어들고 있는 게 현실이다.

즉 '인문학의 위기 → 문학의 위기 → 소설의 위기'로 이어지는 소위 위기론이 팽배해 있지만, 여전히 책을 읽는 사람들은 존재하며, 존재할 것이다. 그러나 독서의 성향도 위의 위기들과 함께 변하고 있다. 1990년대 후반 IMF 경제위기 이후 소위 '경제·경영서(처세서)'나 '웰빙 관련 책'들이 거의 모든 계층에서 읽히기 시작했다. 대표적인 예로 『마시멜로 이야기』나 『선물』은 오늘날 분야와 국경을 넘나들어 가장 많이 읽히고 있다. 서사는 여전히 가장 중요한 문화적 매개물로 대접받고 있지만, 정작 서사물의 본연이라 할 수 있는 소설이 죽을 쑤는 이유는 무엇일까?

여기서 '누가 문학을 읽는가?'라는 문제제기는 독자의 위상을 사회학적으로 분석하게끔 한다. 여태까지 문학작품—문학텍스트로도 말해질 수 있는—과 이를 생산한 작가 또는 텍스트를 둘러싼 사회, 언어, 정신과의 관계분석에 치중했다. 대신 작품을 읽고 수용하는 수신자인 '독자' 혹은 '독서행위'의 연관성을 도외시한 것이 오늘날 문학의 위기에서 먼저 지적되어야 할 점이다. 먼저 독자의 문제로 이어가보자.

'우리 시대 독자는 누구인가?' 이러한 문제는 전자문화 시대에 근대적 독서가 처한 운명을 비판적으로 분석하면서, 독서가 더 이상 불가능해진 현 시점에서 어떤 모델을 정립해야 하는가와 맞닿아 있다. 그렇다면, 작가는 '누구를 위해 글을 쓰는가?'라는 반대급부에 대한 해명이 필요하다. 문학의 죽음과 디지털 매체의 활성으로 양극화되는 현 상황에서 독서의 운명에 관한 여러 가지

견해들, 즉 문학작품이 독자 또는 독서를 사유하는 방식에 대해서도 반문해야 할 것이다.

결론적으로 오늘날 소설의 독자가 어떤 층을 이루고 있는지 살펴보는 일이 문제의 핵심이다. 한국 소설만 보더라도 과연 한국인의 현실을 잘 드러내고 시대정신을 천착하는 작가인지, 총체적 문화인지에 대한 반성이 필요하다. 또한 일본 서사물의 영향력이 한국 서사시장을 장악하고 있다는 점과 초국적 또는 무국적의 소설적 향유가 두드러지게 나타나는 '세계화' 속 현대인들의 삶도 무시할 수 없다. 외국 번역 소설이 많이 읽히고 팔리는 현상은 하등 이상하지 않다고 본다. 도리어 지금 우리에게 필요한 것은 한국 소설의 시장 대응능력과 작가 양성시스템에 있기 때문이다. 달리 말하면, 문학의 독자가 감소한 것이 아니라, 독자의 취향이 바뀐 이유에 대한 문학계의 성찰과 대응이 미흡했다는 결론이다.

자유와 아름다움의 허구

문학과 문학가는 아름다움을 추구하는 과정에서 늘 부딪치는 '명상'과 '자유'로부터 자유롭지 못하다. 그러나 명상의 속성은 자유의 근원을 염원하고, 자유로부터 자유롭기를

미완의 아름다움

바라는 역설적인 아름다움으로 비유될 수 있다. 즉 자유는 일상의 굴레이자 사슬의 형태로 자유로움을 지양하는 스스로의 한계를 지니고 있다. 진정한 자유란 있는 것일까? '자유'를 외치는 한 자유는 없는 것이 아닐까? 달리 보면 자유는 환상에 불과하다. 종교적 해탈이나 인간의 완성이라는 언어는 실상이 아니라 그것에 이르는 과정에서 인지될 수 있는 허구가 아닐까? 그렇다면, 자유든 명상이든 한낱 언어적 유혹일 수 있다.

인간은 바로 이러한 유혹에 빠져 문학가의 힘을 빌려 현실의 반대급부를 보상받고 위로받으려고 하는 것이다. 때문에 이러한 작업을 행하는 예술가, 작가 그리고 이들의 작품을 가능한 제대로 평가하기 위해 힘쓰는 평론가는 늘 독자나 예술과 문학의 수용자들에게 빚을 진다. 자신들만의 가치관이 독자에게 끼치는 폐해가 언제든지 발생할 수 있다는 점과 공감할 수 없는 상호이질감 때문에 적당한 거리두기와 타협을 전제하기 때문이다. 그러나 그러한 방법은 꽤나 세련되고 숙달되어 있어 일반 독자는 알아차리기 힘들다. 도리어 거추장스럽게 여기거나, 평론가들만의 세상으로 치부해버리곤 한다. 그런 탓인지, 평론가들의 입지는 갈수록 좁혀지고 있다.

그럼에도 불구하고 평론가는 제한된 작가, 작품을 통해 최소한의 임무를 행하는 것으로 스스로 위로하거나 위로받기를 원한다.

문학에 대한 진단이라는 이름 아래 현실의 진단은 항상 빗나가기 일쑤이다. 무엇보다도 보편적 가치를 생산해낼 만한 역량이 과연 작가나 평론가에게 있기는 있는 것일까? 이와 같은 인식이 문학을 전공하고 강의하면서부터 그림자처럼 따라다녔던 또 다른 인식의 굴레이자 속박이었다. 그것을 벗어던지기에는 솔직히 자신이 없다. 해서 허구적 자유에 대한 평소의 관심이 또 다른 문학적 취향이 되어버렸다.

외국문학을 전공하고 있지만, 따지고 보면 한국문학과 독일문학의 중간에 늘 놓인다. 비유컨대, 경계인이자 국경인이라고나 할까? 넘나듦의 자유가 도리어 어느 한 쪽에도 소속될 수 없는 이방인으로 내몰리기도 한다. 그러나 외국어든 외국문학이든 외국을 배우는 명분은 바로 우리이자 나로부터 비롯된다. 여하한의 형태로든 우리말과 문학의 건강성을 지키고 발전시키는 데 있어 주체적인 역할과 기능이 분명하다는 나의 믿음이다.

외국문학 전공자의 본분도 마찬가지이겠지만, 이 역시 과정을 필요로 하는 미완의 실체일 수밖에 없다. 여기서도 부득불 타협과 양보가 이루어지는 것일까? 그러나 양보하거나 타협될 수 없는 것이 하나 있다. 문학의 주제이다. 상이한 언어라는 매체의 문제에서 벗어난다면, 관심을 가져볼 만한 것들에 대한 지적 욕구가 강의와 연구를 통해 하나씩 이루어질 수 있다. 이는 삶의 방편

미완의 아름다움

에 속하는 가르치는 직업에서 가치관 형성이라는 주체의 문제로 귀결되기 때문이다. 이러한 정체성은 늘 상대성을 필요로 한다. 즉 대상을 통해 자신을 끊임없이 상대화하는 방법 가운데 하나가 직접 경험이 아닌 간접 경험이다.

삶을 인간의 욕망구조에서 본다면, 대부분 간접적인 것들로 채워진다. 특히 정신적인 것과 영혼에 관한 경험은 독자적이라고 단정하기 쉽지만, 그러한 고유성도 따지고 보면 상대적이거나 간접적이다. 엄격한 상대성과 타자성을 확보할 때 역설적으로 자신의 고립을 막을 수 있다. 보편성 확보는 그만큼 주체에 있어서 불가피한 것이다.

이런 관점에서 작가들의 작품에서 드러나는 그들의 정신적 지향점은 언제나 자유와 진실을 담보하고 있다. 정신적이든 육체적이든 자유도 속박처럼 굴레이자 사슬이며, 환상이며, 허구라는 사실을 감추기 위해 진실을 앞세운다. 따라서 현실을 형상화하는 모든 수단들 가운데 음, 색, 몸짓, 말과 글 등은 기존의 것들을 부정하고 타파한다. 새로운 진실을 위해 기존의 진실에 저항하는 것이다. 파괴를 통해 비로소 자유가 아닌 자유로움을 허구적 공간에서 이룩하려고 한다. 따라서 이를 위한 방법은 다양하며, 독특한 양상을 띤다. 그러나 따지고 보면, 작가의 작품세계는 미완의 아름다움을 꿈꾸는 환상과 허구에 불과하다.

헤세의 작품과
정신세계

　　　할아버지 카알 헤르만 헤세Karl Hermann Hesse
박사는 옛 러시아 국적 소유자로 오늘날 에스토니아 바이센슈타
인Weissenstein에서 지방청 의사이자 추밀관 고문으로 활동하였다.
아버지 요하네스 헤세Johannes Hesse(1847~1916)는 그곳에서 태어
나 선교사로 인도에 건너가 얼마 동안 지낸 후 독일 칼브로 돌아
온다. 그는 인도와 중국의 철학 및 정신세계에 대해 몰두하였으
며, 어머니 마리 군데르트Marie Gundert(1842~1902)도 선교사였다.
저명한 인도 학자였던 헤르만 군데르트Hermann Gundert 박사의 딸
로서 동인도에서 태어나 그곳에서 자랐다. 이처럼 헤세는 발트국
의 독일 혈통인 헤세가家와 슈바벤 출신의 군데르트가家의 두 할
아버지 이름을 이어받은 것이다. 형제로서 누나 아델레Adele와 동
생 파울Paul, 게르트루드Gertrud, 여동생 마리Marie, 그리고 한스
Hans가 있다.

　끊임없이 전쟁을 반대하고 시대의 병과 위기를 고발하면서,
'내면으로부터의 길'을 통한 자아해방과 새로운 생활감정을 추
구한 헤세는 '현 시대의 영향력이 가장 큰 작가' 또는 '우리 시대
의 가장 위대한 정신적 사부'로 일컬어졌다. 작품세계를 통한 그
의 정신세계를 간략하게 소개한다.

70

1. 예술가 소설인 동시에 부부 소설인 『로스할데Rosshalde』 (1914)의 주인공은 베라구트Beraguth이다. '부인과 남편 사이의 긴장' 을 '존재와 생성, 안정과 동요, 조화와 부조화 사이의 어쩔 수 없는 분열' 로 묘사하고 있다. 이로써 그는 자기 자신의 결혼생활에 대한 파탄과 예술가 부부의 문제성을 제기한 것이다.

2. 『크눌프 생애의 세 가지 이야기Drei Geschichten aus dem Leben Knulps』(1915)에서 주인공 크눌프는 시를 쓰는 방랑아, 주위 누구에게서도 전혀 간섭받지 않는 이상적인 고독자이다. 오로지 범신론적 자연과 하나임을 느끼며, 자연 속에서 신의 목소리가 이야기하고 있음을 느낀다. 주인공은 그의 여정이 끝났을 때에도 하늘 아래 눈이불을 덮고 신의 이름으로 고향 같은 자연 속에서 쾌적하게 죽어간다. 이처럼 작가는 자연과 신의 우주적인 단일성을 초기의 거의 모든 작품에서와 마찬가지로 낭만적인 수법으로 잘 묘사하고 있다.

1차 세계대전 동안 헤세는 인간으로서 그리고 예술가로서 외면적 내면적 존재위기에 빠져든다. 전쟁 동안 헤세는 개인적인 위기로 인해 정신분석학과 긴밀한 접촉을 하였다. 이로써 그의 문학과 사상에 새로운 방향과 깊이를 더하게 되며, 이를 극복하

는 시기에 발간한 작품이 바로,

3. 『데미안Demian. Die Geschichte einer Jugend von Emil Sinclair』 (1919)이다. 이전의 낭만적인 작풍을 지양하고 심리학자 칼 융Karl Jung적인 분석심리학에서 나온 주요 사상과 인식을 문학적으로 서술하고 있다. 즉 서로 불가분의 관계로서 하나의 단일성에 속하는 밝고 어두운 두 개의 세계와 신-마적인 '아브락삭스Abraxas', 남녀와 어머니-애인의 요소를 한 몸에 지닌 에바 부인 등과 같은 양극적 단일성에 대한 상징적 요소를 시적으로 표현하고 있다.

막스 데미안은 카인의 표적을 저주의 표적이 아니라 선택된 자들의, 제어할 수 없이 강한 자들의 표적으로 풀이하고 있다. 종교에 대한 긍정적인 사상으로 싱클레어에게 새로운 세계를 열어준다. 즉 세계란 선과 악이 공존할 때에야 비로소 하나가 되며, 인생의 양면성을 단일성으로 포용하고 두 개의 세계를 똑같이 신성하게 간주할 것을 가르쳐준다. 이를 상징하는 아브락삭스는 신인 동시에 악마이며, 남자인 동시에 여자이다. 모든 양극성을 한 몸에 지니고 모든 대립적인 다양성을 포괄하여 하나로 합일시키는 새로운 신이다. 즉 양극적 전일사상全一思想에 대한 이정표가 되었다.

미완의 아름다움

4. 어느 정도 우울증을 극복하고 난 다음 1922년에 나온 종교적인 성장소설이 『싯다르타Siddhartha』이다. 우주의 전체성에 대한 예감과 모든 인생의 비밀스런 단일성에 대한 예감을 가짐으로써 나온 작품이다. 궁극적으로 현상계를 초월한 순수한 존재에 대한 초월적인 견해에 도달하여 '전체를 하나에서, 하나를 전체에서'라는 전일사상을 투시하고 있다.

이후 다시금 극심한 우울증으로 시달렸다. 자신의 인생과 활동에 대한 절망과 그 시대의 정신적 출구가 없다는 것이 중요한 역할을 한 것이다. 따라서 진리의 의지가 작가로 하여금 자기 자아와 그의 '병든 시대'를 새롭게 분석하도록 충동질하였다. "우리 발밑에서 희미하게 불타고 있는 지옥에 대한 생각과 가까워진 파멸과 전쟁으로 인한 위협감"이 그를 더 이상 놓아주지 않았다. 이런 연장선에서 나온 작품이,

5. 『황야의 늑대Der Steppenwolf』(1927)이다. 현대의 대도시를 배경으로, 한 몸에 두 개의 적대적 영혼을 지닌 주인공 하리 할러 Harry Haller가 고뇌에 가득 찬 혼돈적 이중생활을 영위하는 것으로, 주제는 '문명위기 속의 인간'이다.

6. 1930년 나온 작품은 『나르치스와 골드문트Narziss und

Goldmund』(우리나라에서는 '지와 사랑'으로도 번역되었음)이다. 평론가들 사이에서는 헤세의 '가장 아름다운 책' 또는 '드디어 이루어진, 고통스럽게 탄생된 조화의 가장 아름다운 증거'로 받아들여지고 있다. 환상적인 중세기의 마리아브론의 수도원에서 엄격한 금욕적 '정신인精神人' 나르치스와 육감적으로 생을 긍정하는 '자연인自然人' 골드문트 사이에 빚어지는 우정과 조화의 이야기이다. 대립적인 두 주인공도 서로 화해할 수 없는 과격한 두 개의 대극對極으로서가 아니라, 오히려 더 고차원적인 단일성의 조화적인 양극으로 이해되어야 할 것이다. 그들 사이에는 적대관계나 이원론二元論이 지배하지 않고, 도리어 그들은 서로를 보충하고 있다. 이를테면 그들 둘이 함께하는 이상적 인간을 제시하고 있음이다. 즉 그들은 하나의 단일성에 함께 속하는 양극이다.

7. 2차 세계대전 중 나온 작품이 『유리알 유희Das Glasperlenspiel』(1943)이다. 마지막 대표작에서도 작가는 예외 없이 '모든 삶의 양극성과 이 모든 대립성 뒤에서 작용하는 단일성의 투시와 체험에 관한 주제들'을 취급하고 있다. 특히 정신과 세상 또는 정신과 자연의 양극성을 제기하였다. 동시에 '예술과 학문의 단일성뿐만 아니라 모든 인생의 영역에 대한 전일성의 상징인 채색된 유리

미완의 아름다움

알'을 가지고 행하는 유희의 이념으로 그의 사상을 묘사하고 있다. 사실 이는 서사로서는 불가능에 가깝다. 따라서 작가는 단지 이러한 유희와 그의 심오한 의미를 여러 가지 방법으로 근사하게나마 이해하고 관조할 수 있도록 서술적 장치를 마련해두었다.

이제 마무리가 필요하다. 오늘날 문학은 무엇이며, 소설은 누가 어떻게 읽는가? 21세기 현대인에게 헤세의 문학은 무엇이며, 전하는 메시지는 무엇인가? 자기실현이라는 주제와 관련해서 헤세는 하나의 '운명' 개념을 전개한다. 이 개념은 『데미안Demian』에서 인용되고 있는 노발리스Novalis의 말, 즉 "운명과 마음은 하나의 개념의 이름들이다"와 직접적으로 연관된다.

"운명이란 자신의 마음속에, 본질 속에, 성격 속에 이미 감추어져 있거나 포함되어 있다. 내면으로부터 원하지 않았던 것은 아무것도 외부로부터 인간에게 닥쳐들지 않는다. 따라서 누구나 자신의 운명을 자신으로부터 끌어내 살아가는 것이며, 동시에 그 운명을 자신에게로 끌어당기는 것이 된다." 이는 그가 주장하고자 하는 또 다른 정신세계이기도 하다.

'민족미학'이란
무엇인가?

민족과 미학

　　'민족미학'을 정의하기 앞서 먼저 '민족'과 '미학'은 각각 무엇인가를 밝혀야 한다. 이는 이제 너무나 진부한 개념적 정의에 속하기도 하지만, 다른 학술용어처럼 여전히 완벽하게 규정될 수 없는 특성을 지니고 있다. 다른 한편으로 이질적인 두 요소가 물리적으로 결합됨으로써 생겨나는 생경한 용어에 대한 근본적인 문제제기가 선행되어야 할 것이다. 문예학적 정의로서 '민족미학'은 대상의 규정에서부터 평가에 이르기까지 검증 가능한 근거와 설득력을 지녀야 한다. 이에 부응할 수 있는 방법은 현재까지 유효한 '과학Wissenschaft' 뿐임을 많은 학자들은 주장하고 있다. 그러나 과학으로서 문예학의 과제는 이론적 바탕으로 작품의 해석과 평가라는 양자간의 관계에서 현재성을 지녀야 한다는 또 다른 명제를 필요로 한다. 따라서 '민족미학을 어떻게 볼 것인가'는 민족이든 미학이든 재해석과 독특한 의미를 묻는 진행형의 과제이지 규범적일 수 없다.

유럽의 정신사에서 본다면, 계몽주의 시기에는 순수한 합리적 세계를 관찰하는 토대가 마련되었지만, 독일의 질풍노도기에 역사의식과 민족의식이 처음으로 인식되었다는 점에 주목할 필요가 있다. 이후 시민들은 국가와 민족을 초월하여 정신적으로는 세계시민사상을 가졌지만, 당시 정치적 여러 가지 사건들을 프랑스 혁명에 이어 나폴레옹 전쟁과 연결시켜 종합해보면, 시민과 민족의 정치적 해방을 위한 진정한 자유는 다시 검토의 대상이 되었다. 그 결과 세계시민사상weltbürgliches Denken과 민족국가사상nationalstaatliches Denken이 대립하기 시작했다. 이는 정치적 이데올로기로 인해 민족의 개념이 수단화되거나 변질될 수 있음을 간명하게 보여준 사례이다.

이러한 시기 헤르더Herder가 주창한 민족개념은 강자에 의해 정복, 몰살, 추방, 착취당하는 노예적인 억압상태에서 비롯되었다. 미성숙한 반야만적 민족의 힘을 성숙시켜 독창적인 민족으로 끌어올리는 사명감과도 같은 신념이었다. 따라서 각 민족의 독자성과 고유성, 이로 비롯된 민요, 신화, 역사에 근거한 민족주의와 민족문화의 발현에 대한 그의 관심과 업적들은 유럽 각국에 큰 영향을 미쳤다. 소위 '문화민족주의'라는 보편적 개념을 지양하고 있다. 그에 따르면 "자연은 민족을 창조한 것이지, 국가를 창조하지 않았다"는 것이다. "국가는 인간의 행복추구를 위한 도구가 아니라, 특정 집단의 행복을 위한 도구에 지나지 않는다"는 주장은 오늘날에도 여전히 유효한 명제이다.

인간은 자연적 공동체, 즉 공동의 문화에 의해 결합된 사회에서 살아야 한다. 어떤 민족도 다른 민족보다 우월하지 않다. 민족들 간의 문화적 가치는 비교할 수 있어도 어떤 절대적 기준에 의해 평가될 수 있는 것은 아니다. 개별 문화공동체의 가치는 나름대로의 독자적 가치에 따라 평가되어야 한다. 즉 다양한 문화적 공동체의 존재는 인간의 자유와 휴머니티를 달성하는 데 있어서 더 이상 장애물이 될 수 없다. 헤르더는 개별 인간, 민족, 휴머니티를 내부의 자생적 원칙에 따라 연계, 생성되는 유기적 실체와 연결시켰다. 또한 그의 민족개념 속에는 근대국가의 전체주의적 발상과는 반대되는, 개인의 자유로운 발전과 여타 공동체 구성원들과의 공동 유대의식에 대한 인식이 내재되어 있다. 이는 민족주의에 대한 긍정적 재해석을 통해서 새로운 한국 민족주의가 나아갈 방향을 모색하는 계기가 될 수 있다는 측면에서 나의 생각과도 같다.

미완의 아름다움

문화적 민족주의

우리는 어떤 민족인가 그리고 언제부터 민족주의가 발현되었는지, 또는 있기는 있는 것인지, 있다면 누구에 의한 누구를 위한 것인지 모를 일이다. 아니 모른다기보다는 너무 어렵다. 각 영역에 걸친 개념적 정의는 대상과 범위뿐만 아니라 평가에서 그 의미를 달리하고 있으며, 언제든지 바뀔 수 있는 여지는 남기고 있기 때문이다.

숱한 왕조의 역사를 거쳐 근대에서 오늘날에 이르기까지 '민족'으로 비롯되는 문화적 실체는 무엇인지, 허울 좋은 서양식 근대성이 과연 우리에게 맞기는 맞는 것인지도 모를 일이다. 서양의 역사든 우리의 역사든 민족이라는 이름 아래 행해졌던 이데올로기적 유령과 파편은 시기와 장소를 가리지 않고 민족의 실체인 민중들에게 상처를 만들어 핍박했던 것이다. 질기고 집요한 속성은 형태와 방법을 달리하면서, 민족의 자연적 공동체를 쉴 없이 유린하고 파괴했다. 그러나 그만큼의 면역과 대응력을 갖추게 되었으며, 자연스럽게 권력과의 거리두기를 함으로써 민족문화는 독자성과 고유성을 창조하고 지켜갈 수 있었던 것이다.

여기서 다시 문화적 민족주의를 재해석할 필요가 있다. 왜냐하면 헤르더의 문화민족주의는 종족과 전래의 혈통이 아니라, 풍토와 전승된 문화를 통해 형성되었기 때문이다. 그는 민족의 필수적인 표식으로 혈통이 아니라 언어를 상정했다. 민족은 그에게 윤리적·문화적 주체로 이해되었지, 종족적 공동체로 받아들여지지 않았다. 더욱이 근대 이후에 나타난 종족 혹은 민족의 우월성의 이념을 핵심으로 하는 인종주의 또는 인종적 민주주의는 그와 관련이 없음을 직시해야 한다. 지배민족의 개념을 거부하고, 다른 국민에 대한 어떠한 종류의 지배와 박해도 혐오했다. 이처럼 그의 생성적 유기체적인 발전사상과 개체성의 원리가 민족문화의 자율성과 더불어 민족국가의 정치적 자주성이라는 신념이 나온 것이다.

21세기 들어 새로운 논쟁을 불러일으키고 있는 '민족'의 개념과 그로 파생된 개념들만 놓고 보더라도 용어상 혼란은 그 끝을 보기 힘들 것이다. 따라서 '민족미학'에서 핵심은 미학의 실질적인 대상이자 범위에 속하는 문화의 속성에 주목하는 데 있다. 먼저 언어, 풍습, 전통, 삶의 가치와 현실적으로 연관성을 맺고 있는 문화의 형태는 기성적 가치에 저항하는 것으로 비치는 기존의 오류를 고쳐야 한다. 나아가 인종적, 국가적, 폐쇄적 공동체 문화의 규범적 틀을 깨트려야 한다. 다중언어, 다중민족, 다중사회에 접어든 현실에서 예술과 문화는 인종, 국가, 이데올로기로부터 벗어나려는 진보성과 개혁을 지양함으로써 협의의 민족개념에 물리적인 결합을 꾀할 것이 아니다. 보편적 문화를 우선하는 개념으로 바뀌어야 한다. 그 실천적인 양상 역시 문화적 기억력에 편파적으로 의존하는 과거회귀나 향수 또는 자족적 취향을 버리는 작업에서부터 출발해야 한다.

 예술과 이의 수용은 솔직함이 전제되어야 한다. 인간의 삶을 욕망구조에서 본다면, 대부분 간접적인 것들로 채워지기 마련이다. 예술은 이런 측면에서 대리경험을 중재하는 역할과 기능을 맡고 있다. 그러나 예술가와 문학가는 자유의 공간에서 진실을 주장하는 자이기도 하다. 더 엄밀하게 말한다면, 파괴를 통해 비로소 자유가 아닌 '자유로움'을 허구적 공간에서 이룩하려고 한다. 이를 위한 방법은 다양하며, 독특한 양상을 띤다. 이처럼 '민족미학'의 새로운 패러다임은 자유의 공간, 즉 자유로움을 지양하는 데 있을 것이다.

New Generation
Literature in Korea

Since the beginning of the 1990s, the category and the definition of new generation literature have become the topic of heated debate. One understands this tendency as a "generation severance", "alienation between social classes", or the "consumption-oriented culture of the masses." Here, we call the literary youth born about 1960 the new generation.

The appearance of a new generation in literature means the appearance of a new culture and a new way of thinking. They spent their childhood in 1970s with no such great difficulties as their parents fighting against poverty, and then they grew up

미완의 아름다움

indirectly influenced by the new political outlook and suppression. Generally they have a great affection toward the culture produced by mass-media.

If we compare their growing process with the literary stream in Korea, the sixties could be defined as the era of literature for independence and strong self-awareness, the seventies for people, the eighties for the rights or emancipation of labor and the nineties could be called the new generation literature.

Yu, Ha; Kim, Seung-Ok; Chang, Jeong-Il; Park, Il-Mun and Lee, In-Hwa are classified as post-modernists, and the narrative technique in their works is characterized as pastiche, literary piracy, parody and kitsch. Using a sneering and nimbling technique, they describe the city-civilization like a kaleidoscope. Moreover, the themes of new-generation literature include self denial, nihility and resignation.

The nothingness and lamentation of young city-people and the powerlessness against a mammoth city-civilization, are represented in several pieces of daily life. In general there are two ways to depict the mass cultural element in literature, which were not only borrowed in their works but used for the purpose of criticizing mass culture. One is deeply based on the mass culture which caught his sensitivity at the time when the screen-media was widespread, and the other is concerned with the mass culture willing to dissolve the old-fashioned view of literature by reflecting the decadence of post-industrial society. There is no denying the new-generation literature reflects mass culture in the above mentioned two ways.

In conclusion, the literary significance of new-generation literature, which has already opened a new sensibility in literature, must be discussed more seriously. At the same time, the new generation known as the "kitsch generation", must transcend dogma or self-complacency caused by the theoretical superficiality of mass culture, as well as have a realistic view in harmony with today's condition. I believe the function of literature can be best understood through the process of compromise and research. (The HyowonHerald, Page 2, April 1 1993)

미완의 아름다움

제3장

그땐 그랬지만, 이젠…

변화가 반드시 발전을 의미하지는
않는다는 사실에 주목할 필요가 있다.
누구든 어느 나라든 변화는 필연적이다.
더 나은 것을 위한 발전이라 하더라도
변화가 이를 보장하지는 않는다.

낯선 외국에서
쓰라린 체험

나에게는 이국異國이든 외국外國이든 낯선 곳이라면 아무튼 좋았다. 어린 나이 중학교 졸업하고 고향을 떠났듯이, 새로운 세상을 찾는 과정은 어쩌면 내면적으로 바라던 무엇 때문일 것이다. 전공이 독일문학이라 나의 첫 이국은 독일이었다. 낯선 기후, 문화, 역사, 언어, 사회조직과 제도 등 하나에서부터 끝까지 상이한 요소들로 이루어진 것 같은 유럽도 처음이었다. 그곳을 찾아가는 비행기, 알래스카를 경유하면서 꼬박 23시간이나 걸렸던 기억이 이제는 아득하게까지 느껴진다.

1980년대 말 독일에 처음 도착해서 체험한 갖가지 사건, 사고, 우스운 이야기 등 사실 글로써 표현하기 힘든 것이 한두 가지가 아니었다. 그러나 이곳 사람들 역시 모순과 갈등 속에서 행하고, 부대끼며, 또 싸우면서, 살아가고 있는 게 아닌가. 나름대로의 원칙을 통해 이내 그들을 쉽게 이해할 수 있었다. 그러나 그동안 굳어지거나 익숙해진 음식, 사고의 방향, 습관 등으로 인해 겪는 고통은 때론 진한 향수와 시름을 가져다주었다. 독일의 어느 지역, 어느 대학을 가더라도 한국 유학생을 만날 수 있을 만큼 많은 수의 유학생들이 이미 독일에 와 있었으며, 계속 유학생들이 증가하고 있음을 알 수 있었다.

그러나 우리나라 교육이 고집스럽게 지켜왔던 단순한 지식 전달, 병폐적인 학교제도의 영향과 사회적 통념 때문인지, 그릇된 가치관 때문인지, 이곳 유학사회의 폐단도 많았다. 본래 유학하고자 했던 취지나 목적을 상실하거나, 궤도 수정을 통한 방향 감각마저 잃어버려 허둥대는 모습이 먼저 눈에 띄었다. 단순한 호기심에 끌려 이국 풍물에만 맹목적으로 매달리거나, 마치 외국에서 가질 수 있는 최대한의 혜택인 양 지나친 방종과 자유를 무슨 권리처럼 누리는 일부 계층의 자녀 등 꼴불견도 어지럽게 널려 있었다. 재빠르게 판단해서 일찍 귀국해버리는 유학생, 오로지 학위취득만을 위해 수단과 방법을 다 동원하는 맹신자, 방황과 좌절을 통해 이것도 저것도 아니면서 세월만 허송하는 부류의 학생들을 볼 때면 안타까웠다. 그러나 또한 소신과 학문적 열의를

미완의 아름다움

계속 살려 꾸준히 연구하는 많은 수의 학생들로 대변될 수 있다.

20~30년 전 일본 유학생들의 물결이 거의 사라진 다음 나타난 한국 유학생들은 무엇을 위한 유학과 연수냐는 본질적 의문제기가 부족했을 뿐만 아니라 자기 합리화에만 급급했었다. 역설적인 말이 되겠지만, 우리가 내세울 것이 여기 와서 보니 없었다. 맹목적 서구 문명을 받아들인 현재의 우리는 그만큼 고유의 우리 것을 잃어버렸거나 무시해왔다는 결론이다. 외국의 유학과 연수가 조금 더 앞선 문화, 기술, 제도 등 제 요소가 조화롭게 이루어진 선진국의 상대적인 인식을 통해 우리에게 더 많은 해결의 가능성과 풍요로움을 주는 데 있다면, 거기에는 분명 하나의 전제가 필요하다.

하나의 전제조건이라면, 우리가 우리를 얼마만큼 객관적으로 그리고 더 정확히 알고 있느냐. 이것은 개인뿐만 아니라 지식의 습득과정에서 인간들이 살아가면서 지향하고 추구하는 더 나은 삶과 생의 목적의 단계에서도 필요하다. 다시 말해서 냉철한 인식의 단계나 발전이라는 이름 아래 이루어지는 모든 과정에서도 당연히 있어야 한다. 사실 우린 우리의 본질적이고 특징적인 것을 그리고 자신의 것을 얼마만큼 갖고 있으며, 그것을 내세울 만한 근거가 있느냐는 물음에 선뜻 대답하기 곤란했다. 가령 있다고 대답해보면, 그건 아류적인 구미의 것이 아니면, 오랜 역사를 통해 뿌리박혀온 중국의 것이 아니냐, 라는 반문을 받게 된다. 실제로 내가 체험한 쓰라린 것 중의 하나가 바로 이 점이었다.

오늘날은 이전과 달리 주변적인 상황이 많이도 변했다. 고등학교 졸업 후 바로 해외로 유학을 가거나, 심지어 초등 중등을 가리지 않고 조기유학이 성행하는 사회적 현상은 그야말로 글로벌 시대를 실감나게 한다. 유학이라기보다는 진학이라는 말이 적절하다는 판단이 든다. 역으로 우리나라로 유학이나 진학하는 외국인 학생의 수가 자꾸만 늘어나고 있음 또한 격세지감이다.

이처럼 쌍방향의 유학이 갖는 의미 가운데 역시 핵심은 학습자의 주체일 것이다. 나의 이야기는 외국이든 한국이든 그들이 겪을 수밖에 없는 문화적 이질감에서 비롯되는 주체의 상실감이나 망각을 어떻게 극복하느냐가 학습내용과 기간 못지않게 중요하다는 뜻이다. 출세의 방편이나 더 나은 출세의 전제조건을 충족시키는 진학이 아니었으면 하는 바람이다. 그러나 과연 어느 누구든 이로부터 자유로울 수 있을까?

독일 대학의 첫인상

벌써 20여 년 전 일이다. 그사이 세월의 변화만큼 대학도 이곳이든 유럽이든 많이 변했다. 그러나 그 시점을 다시 되돌아봄으로써 현재를 매김하고 싶다. 당시 독일 대학의 학기는 연방주마다 약간의 차이가 있지만, 노르트라인베스트팔렌에서 공식적인 학기 시작과 끝마침은 여름학기인 경우는 4월 1일~9월 30일이며, 겨울학기는 10월 1일부터 다음해 3월 말까지 되어 있다. 그러나 실제 강의는 대략 4월 중순에서 7월 초, 10월 중순에서 2월 초 사이에 이루어진다. 강의가 이루어지는 시기에 어떤 다른 이유로 해서 강의 중단 같은 수업의 결손은 없었다. 쉽게 말해서 우리 대학들이 연례행사처럼 중간중간 곶감 빼먹는 듯한 휴강은 찾아볼 수 없었다.

그리고 한 학기의 수업이 끝나는 무렵에 벌써 다음 학기의 강의 요목이 책자로 인쇄되어 나오기 때문에 긴 방학 동안 학생들은 충분히 다음 학기에 들어갈 강의 준비를 해두어야 한다. 강의 요목에는 강의 종류, 담당교수, 텍스트, 관련 참고자료, 테마 등 필요한 정보가 미리 제시되어 있다. 예를 든다면 상급세미나 같은 경우, 텍스트 및 관련 서적 5~8권 정도를 미리 독파해서 요약, 정리해두어야만 실제적인 강의 참가가 이루어질 수 있으며, 알찬 결실을 가져올 수 있다.

수업의 종류가 다양했음이 인상적이었다. 강의Vorlesung, 기본세미나Proseminar, 상급세미나Hauptseminar, 콜로키움Kolloquium; Oberseminar 등의 순서대로 강의 내용과 수업의 질을 분리시켜놓고 있다. 학년의 구분이 없기 때문에 자신이 필요하다고 판단되거나, 교수와의 면담을 통해 수업의 참가가 결정된다. 그리고 일정량의 학점취득Schein, 복수전공 또는 부전공을 이수해야만 학부 과정에 해당하는 졸업이 이루어진다. 졸업의 형태는 전공 분야에 따라 다르지만 크게 세 가지로 구분된다. 즉 디플롬Diplom 취득을 통한 사회 및 사기업으로의 진출, 국가시험Staatsexamen을 통한 공공적인 취업, 그리고 순수 학문적 연계성으로 석사과정 Magisterkurs 및 박사과정Doktorand으로 진학할 수 있다.

주로 인문, 사회 전공 분야에 있어서 주요 테마에 대한 발표와

미완의 아름다움

활발한 토론은 상급세미나와 콜로키움에서 이루어진다. 모든 종류의 강의는 일주일에 한 번 이루어지며, 2시간 연강을 통해 집중도를 높이고 있었다. 한 가지 재미있는 현상은, 특히 90분 내지 100분 동안 학생들에게 계속해서 힘들게 강의만 하는 시간에는 15분 늦게 시작하는, 또는 15분 일찍 마치는 소위 '대학 15분 Akademisches Viertel'이 당시엔 남아 있었다는 점이다. 물론 지금은 그런 여유로움이나 아카데미적 낭만은 찾아볼 수 없다.

당시 그곳 캠퍼스에서의 특이한 체험 3가지를 든다면, 첫째로 부러운 것은 다름 아닌 도서관 이용이었다. 다시 말해서 학문의 핵심적, 중추적 기능을 맡고 있는 도서관의 시설과 운영 그리고 학생, 교수, 일반시민들의 이용방법이 상당히 이상적이었다. 장서의 수가 많을 뿐만 아니라 필요한 관계서적, 잡지, 신문들이 구비되어 있었다. 또한 대학 간에 서로 부족할 수밖에 없는 필요한 서적을 서로 대여해주는 것은 물론이며, 이의 신속한 대처와 철저히 자주 이를 이용하는 것이다.

도서가 소장되어 있는 도서관 내의 모든 공간과 서고가 공개되어 있기 때문에 필요한 서적을 직접 보고 빌려볼 수 있다. 또한 대여할 수 있는 책 수의 제한은 거의 없는 셈이다. 학생들이 이용할 수 있는 기간은 1개월이며, 자동적으로 1개월 연장이 가능하나 만약 다른 사람이 빌려간 책을 도서관에 미리 예약을 해두면 연장이 불가하다. 도서관에서는 당연히 미리 예약한 사람에게 서신으로 연락을 주어 책을 찾아갈 수 있도록 해주는 것은 물론, 외부 연구소나 다른 대학 도서관에 주문한 책 역시 같은 방법으로 연락이 오기 때문에 필요한 관계서적의 대출은 사실상 거의 가능한 셈이다.

독일 대학과 사회와의 협조가 다양하게 이루어지고 있다는 점에서 보면, 우리의 대학들이 얼마나 폐쇄적이고 사회에 기여해야 할 대학 기능의 일부 및 중요한 역할을 잡다한 이유로 회피하거나 외면해왔는가를 알 수 있다. 도서관의 시설투자 및 장서 활용방법 등에 대한 관심과 배려가 부족해서 도서관을 이용하고자 하는 학생, 교수, 시민들에게 불편과 불리한 점을 준다는 것은 있을 수 없는 일이다. 우리도 이제는 다른 무엇보다도 도서관에 대한 새로운 인식, 과감한 장기적인 투자와 개방을 서둘러야 하며, 이용하는 사람 역시 적극적인 참여를 해야만 살아 있는 발전하는 대학으로 남을 수 있을 것이다.

둘째로, 또 하나의 아름다운 광경은 다름이 아니라 강의실에서 볼 수 있는 중년의 부인과 남자들 심지어는 초로初老의 신사들이다. 간간이 섞여서 질문과 토론을 통해 자신들이 이전에 갖추지 못했던 지식습득 내지는 그것을 새롭게 받아들이는 기회로 활용하고 있었다. 그들과의 대화에서 자신들은 대부분 청강생으로서

미완의 아름다움

필요한 강의를 듣게 되지만, 학생들과는 다른 입장과 시각 덕분에 상당히 생활에 활력소가 된다고 밝혔다. 주로 인문, 사회, 공학 분야에서 나타나는 현상이지만, 여기서 중요한 점은 순수학문과 새로운 학설 및 이론을 전달, 소개하는데 어떠한 전제나 조건을 대학이 먼저 내세우지 않는다는 것이다. 따라서 비교적 나이가 많은 학생들은 스스로 강의에 대한 철저한 준비와 필요성을 갖고 강의에 참가하고 있었다. 젊은 대학생들의 입장에서 보더라도 경계 없는 학문의 장에서 생겨나는 일이라 이상할 게 하나도 없다는 것이다.

부수적인 것이지만, 젊은 학생세대와 일반인들 간에 생겨날 수 있는 세대 간의 갈등, 가치판단의 상이한 점 등을 서로 인식할 수 있는 계기도 주어진다. 담당교수 아래서 강의를 보조하거나 수업 진행에 도움을 주는 조교들이 교수와 함께 강의에 참가해서 때론 교수가 요구하는 자료 제시, 보충 답변 등으로 도움을 준다. 강의를 주도하는 교수와 상대적 입장에 놓인 학생들의 자세는 한마디로 진지하다. 방학 중이나 학기 중에 미리 준비했거나, 연구한 것을 가지고 교수와 활발한 토론과 설전을 서슴없이 그리고 자신 있게 끝까지 논리적으로 펼쳐나가는 장면은 사실 놀라움 그 자체였다. 단순한 지식 전달이나 일방적 해석의 강요는 물론 일어나지도 않는다. 그것은 학문탐구와는 거리가 먼 폐습적 요인임에

틀림없다.

셋째로, 부부학생들의 애틋한 모습이었다. 특히 외국 유학생들에게 많지만, 부부학생들이 유모차를 끌고 대학 소속 유치원에서부터 식당, 강의실 등을 휴식 중간에 오가는 모습은 언뜻 따사한 오후의 햇살을 어루만지는 듯 정겨운 광경이다. 그러나 그들이 보여주는 아름다운 장면의 이면에 숨 쉬는 나름대로의 생활고, 갈등, 사랑, 학문과 현실의 틈바구니가 함께 뒤섞여 있음은 또 하나의 이곳 대학에서 볼 수 있는 단면이다. 생소하게 느껴지지 않던 유모차가 하루는 강의실 복도까지 들어와 있었다. 새근거리는 아이를 옆에 두고 뜨개질을 하거나, 간간이 강의를 듣고 있는 한 여학생의 모습이다. 어쩔 수 없는 현실적인 문제에서 연관을 찾아야 하겠지만, 여하한 방법으로도 강의를 방해하거나 강의 자체를 경시하는 부정적 의도가 전혀 없었음이 나중에서야 얻게 된 결론이었다. 강의에 참가하는 다른 학생들이나 교수 역시 그 점에 대해 심정적으로 동의하고 있었다.

비가 많이 오기 때문에 우산은 있어도 양산은 없다는 이곳 부퍼탈Wuppertal의 당시 날씨는 쾌청한 나날의 연속이었다. 이국에 대한 우리들의 편견이었다. 상대적으로 비가 자주 오고 습도가 많다는 느낌이다. 어느 때 어느 곳에 가더라도 쉽게 만날 수 있는 녹색의 여유와 잘 가꾸어진 질서정연함은 외국 생활을 하는 사람

미완의 아름다움

에게서 생겨날 수 있는 정신적, 육체적 피로를 씻어주곤 한다. 이 것으로써 제대로 독일 대학의 모습을 보았다고 할 수 없다. 그러 나 몇 가지 단편적인 것을 통해서 볼 때, 우리와 달리 이질적인 모 습으로 변해가고 있는 독일 대학의 현실이 시사하는 바가 과연 무엇이냐 하는 의문을 새롭게 남겨놓는다.

그러나 20여 년이나 지나는 가운데 우리의 대학도 소위 선진국 의 대학도 많이 변했다. 무엇보다도 우리가 부러워했던 대학의 교육환경은 물론 교육내용에 있어서도 양적 질적으로 그들과 버 금할 만한 괄목할 변화를 이룩했던 것이다. 그러나 변화가 반드 시 발전을 의미하지는 않는다는 사실에 주목할 필요가 있다. 누 구든 어느 나라든 변화는 필연적이다. 더 나은 것을 위한 발전이 라 하더라도 변화가 이를 보장하지는 않는다. 유학의 첫인상이 당시 내가 갈구했던 변화를 위한 계기였다면, 발전이라는 갖가지 명목이나 이름 아래 휘둘려지고 있는 오늘날 우리 대학의 현실은 과연 무엇을 시사하고 있는 것일까?

'해외한국학진흥사업'의
취지와 의의

　'해외한국학' 강의 담당교수로 독일에 도착한 날은 겨울학기가 시작되기 얼마 전인 시월 초순이었다. 6년 만에 다시 밟은 독일은, 프랑크푸르트 공항에서 기차로 연결되는 본까지의 라인 강변은 어둑해지는 가을의 저녁 모습을 통해 변함없는 손짓으로 나를 맞아주었다. 문명과 자연이 번갈아가면서 나의 지나간 의식의 편린에 경제적 풍요와 전설을 조화롭게 반추해주듯, 강물은 쉼없이 흔적을 일구고 있었다. 침묵의 공간이 자리 잡은 창 밖 가장자리에서 피어나는 회상의 물결은 차츰 또 다른 현실공간을 넓혀주는 일상의 모습이기도 했다.

　한국학 진흥을 위한 파견자의 임무와 자세가 과연 무엇인가?

미완의 아름다움

그리고 무사히 임무를 마친 다음은 무엇을 해야 할까? 하는 생각이 철로에 미끄러지는 바퀴소리로 이어지기도 했다. 강의가 시작되고 차츰 그곳 생활에 익숙해지면서, 느낀 이곳 주민들의 반응은 몇 년 사이에 많이 달라져 있었다. 요약하면 한국의 대외적 인식이 여러 가지 요인으로 예전에 비해 퍽 좋아진 편이었다. 그러나 구체적으로 들여다본 결과 여전히 정치적 군사적으로는 불안정한 국가로, 경제적으로는 크게 성장한 나라, 문화면에서는 거의 알려져 있지 않은 나라로 남아 있었다. 반면에 한국만이 가질 수 있는 특수성과 경제교류 또는 동아시아에서 차지하는 한국의 위상과 변화될 비중에 관심이 많았다. 방송, 신문, 잡지, 텔레비전 등 언론매체에서도 정치적 상황, 한국의 통일, 경제적 동향과 과학의 기술 분야에 주로 관심을 보이고 있었다.

　최근 시장경제논리에 문화요인이 새롭게 인식되고 있는 실정이다. 바람직한 이러한 인식의 기저에 놓여 있는 국가의 전략적 요소를 가늠해볼 필요가 있을 것이다. 해방과 한국전쟁 이후 우리가 살아남기 위한 노력 중 경제성장, 즉 무역에 우선 치중하였다. 농수산물의 일차상품에 이어 저가 공산품의 대량수출, 품질 개선, 디자인, 광고를 통한 단계적 수출신장은 경이에 가까운 것이었다. 그러나 여기에도 근본적인 한계가 감추어져 있었다. 일본이나 후발 중국 상품의 경우 그 나라의 문화 이미지가 상품수

요를 근원적으로 지속시키는 요인이라는 점을 우리는 간과했거나 무시했다.

따라서 상품의 외형적 기준을 충족시키더라도 여전히 극복되지 못한 부분은 바로 우리 고유의 문화적 이미지를 상품과 결부시키는 노력의 부족을 일컫는다. 문화의 일차적 요인이 언어라는 사실을 인정한다면, 언어소통을 통한 원활한 교류가 국가 간의 이해관계에서 상호불가결한 요소이기 때문이다. 남을 제대로 알아야 한다는 점과 나를 제대로 알려야 한다는 당위적 실체가 언어소통이자 문화소통인 것이다. 이러한 점을 중요시한 국가차원의 전략 가운데 하나가 '한국'을 제대로 알리는 것이다.

독일, 미국, 영국, 프랑스 등이 국내에 문화원을 개설하여 자국의 언어와 문화 및 우월적인 것을 알리는 작업을 선행했으므로 어쩌면 우리는 외국에 대한 저항감을 상실했거나 자연스럽게 그들의 정신과 상품을 받아들이는데 거리낌이 없었는지도 모른다. 이제는 도를 넘어선 의식의 마비마저 보이는 것 같아 안타깝다. 그들이 오랫동안 지속적으로 투자한 고도의 국가적 전략의 당위성을 인정한다면, 늦었지만 우리 역시 새롭게 출발하지 않으면 안 된다는 인식에서 '해외한국학진흥'이라는 사업은 중요하다고 본다.

이러한 인식의 전환에서 해외한국학진흥사업은—일본의 경우

미완의 아름다움

처럼―순차적인 단계별 접근이 필요하다고 본다. 독일의 경우 일본학, 중국학과의 관계에서 한국학의 상대적 위상은 한마디로 초라한 실정이다. 최근 한국에 대한 관심이 고조되면서, 어느 정도 위상을 높였다고 볼 수 있다. 그러나 내용 면에서 본다면, 한국학은 초기단계에 머물고 있다. 즉 '한국학'의 개념정의가 역사, 경제, 사회, 정치, 문학, 예술 등을 통한 제 분야의 정립단계가 아닌 한국어를 습득시키는 수준을 크게 못 벗어나고 있다. 그나마 문학, 예술 분야에 국한되는 한계를 보이고 있기 때문에 다음과 같은 유의점을 지적하고 싶다.

첫째, '해외한국학진흥사업'을 효율적으로 지원하기 위해 각국의 한국어 및 한국학 현황을 대학, 연구소 중심으로 종합적인 분석과 진단을 할 필요가 있다. 물론 여기에는 각국 대학에서의 한국학의 위상과 교과내용에 따른 분석은 물론 중국학, 일본학과의 상대적 비교 및 그로 인한 한국학의 문제점과 방향모색을 통한 지원방안이 각 나라에 맞게끔 마련되어야 할 것이다.

둘째, 한국어 및 한국학 관련 교재가 해당 국가에 맞게끔 개발되어야 한다. 여태까지 발간된 교재의 대부분은 필요에 따라 국내 대학에서 편의적으로 만든 것이 많으며, 대부분 영어 해설로 편성되어 있기 때문에 현지 실정과는 거리가 멀다. 또한 실용성이 떨어지기 때문에 이제는 한국학 관련 파견교원들의 현지 강의 경험을 바탕으로 '외국어로서 한국어' 교재 개발이 필요하다. 여기에는 해당국 대학이나 연구소 간의 공동작업과 국어교육 전공자 및 국어국문학자의 참여가 필수사항이라고 본다.

셋째, 국내 주재하는 선진국의 문화원처럼 '한국문화원' 같은 기관을 필요한 국가에 설립하여 지속적인 지원을 해야 한다. 어학습득, 문화소개 및 대외홍보를 전담하면서 대학이나 연구소와의 긴밀한 협조를 유지한다면, 해외한국학진흥사업의 효율성을 기대할 수 있을 것이다. 따라서 '한국문화원' 또는 '한국학센터' 설립의 확대와 더불어 중·단기 투자계획에 따른 지속적인 지원이 바람직하다.

이상에서 언급한 것은 현지에서 느낀 점이면서, 동시에 해외한국학진흥을 위한 나름대로의 방안제시이다. 1년 반 동안 강의를 하면서 현지 학생들과 정이 들어 헤어지기가 여간 아쉽지 않았다. 1년간의 경험이 있었기에 나머지 연장된 한 학기가 더 유익했었다. 그들이 정성스레 마련해주었던 송별회며 사진첩이 고스란히 온정으로 남는다. 다시금 기차선로를 따라 귀국길 공항으로 향하는 독일의 풍경은 온화한 기운이 가득한 삼월 말이었다. 창밖 언덕으로 나 있는 봄길을 넘어 마가렛 꽃을 꺾어 나의 옆자리에 한 움큼 가져다놓는 둘째 녀석의 미소에서 고향의 바닷가 내음이 피어났다.

해외에서 바라본 우리 문화

이제 누구든 유럽을 방문해본다면, 한국을 모르는 사람이 별로 없다는 사실을 직접 체험하게 될 것이다. 이것을 대단한 일로 받아들이는 대부분의 사람들은 88년 하계올림픽을 아시아에서는 두 번째로 개최했다는 점을 주된 이유로 내세우기 마련이다. 그러나 유럽인들이 한국인에 대해 갖고 있는 호의와 관심의 구체적 실상은 실망스럽기 짝이 없다. 이해관계를 떠난 대부분의 유럽인들은 대체로 처음에는 "일본인이냐"라고 묻는다. 당연히 "아니요"라고 대답하게 되지만, 이것도 시기를 따지고 보면 그리 오래되지 않은 사실 가운데 하나이다. 다시 "그러면 중국인이냐"라는 호기심 어린 물음과 같은 답이 반복된다. "그렇다면 당신은 대체 어느 나라에서 왔느냐"라는 거의 공식화되어 있는 첫 대면의 대화를 통해서 우리 한국의 현 위치를 쉽게 확인할 수 있다.

외국에 나가면, 어느 누구나 애국자가 되기 마련이다. 물론 이 말은 최소한 독립적인 국가, 민족, 사회의식을 갖춘 사람들을 가리키며 더 우리의 실체를 정확히 알고 있다는 점에 근거하고 있다. 우리의 역사, 문화, 경제, 정치는 여러 분야로 화제가 옮아갈 적이면, 적게나마 속앓이하면서 이어가야만 한다. 어차피 주눅들 하등의 이유가 없기 때문에 소신껏 '한국'을 얘기할 때에도 약간의 자격지심이 생겨나지만, 개의치 않는다. 그러나 되돌아오는 질문 때문에 아예 허탈해지는 경우가 허다하다. 그건 '일본 것'이 아니면 역사적으로 퇴영되어온 '중국식의 아류'라고 단정 지워지는 이러한 경험은 계속되었다. 일 년 가까이 한 번도 내용이 바뀐 적이 없었다. 실상은 그럴 수밖에 없다는 이해가 시간이 지날수록 더욱 분명해졌다.

쾰른대학 근처에 있는 동아시아 문화센터에 우연히 들린 적이 있었다. 일본경제단체와 정부가 중심이 되어 설립한 그곳은 동양의 문화센터라기보다도 실제로는 '일본문화日本文化센터'에 부수적으로 중국관과 초라한 한국관이 끼어들어 있었다. 지금도 그때 받은 일본과 중국에 비해 상대적으로 초라하고 서글프다는 느낌과 그 느낌을 일깨우던 조잡한 사실들이 여전히 남아 있다. 금세기 최대의 경제적 위업을 달성한 일본이 유럽이나 전 세계에 오

104　　　　　　　　　　　　　미완의 아름다움

랫동안 쏟아온 문화 사업은 지금도 계속되고 있다. 자국 이미지 굳히기라 할 수 있는 문화 사업에 걸맞는 경제대국의 면모 때문이다. 그리고 있는 그대로만 보여주어도 평생을 먹고 살 중국에 비해 우리가 독창적으로 내세우고 견지해야 할 문화 사업은 결코 거창하고 화려한 유물들의 전시가 아니다. 또한 중국과 일본을 흉내 내는 문화소개나 행사여서는 안 될 일이다.

당시에는 그랬다. 그러나 최근 20여 년 가까이 우리도 일본이나 중국처럼 해외에 우리 문화를 알리는데 꾸준히 노력한 결과 대내외적 인식부터 많이 달라졌다. 한마디로 이제야 제대로 대접을 받는 기분이다. 경제력이 뒷받침이 된 '우리 알리기'는 시간이 흐를수록 '우리 알기'로 바뀌게 된 셈이다. 물론 경제력만이 그에 대한 이유가 될 수 없다고 본다. 소위 선진국에 대한 콤플렉스를 서서히 벗어나는 과정에서 드러나는 자연스런 현상이다. 우리가 우리를 인정하지 않으면, 남은 결코 우리를 인정하지 않는다는 평범한 사실을 인식하고 실천하는데 그만큼의 세월과 노력이 필요했던 것이다. 그럼에도 불구하고 괜히 좀 형편이 나아졌다고 우쭐댈 것이 별로 없음을 직시해야 한다. 다시 말해 먼저 주변국의 차별과 소외에 젖어왔던 속물근성적인 모습을 과감히 떨쳐버려야 한다. 이것이 비록 어렵고 시간이 걸릴지라도 반드시 이룩해내어야 할 우리 문화에 대한 기본적인 임무이자 자세이다.

21세기 대학과 동문문화

연구차 다시 방문한 독일이다. 화폐의 단위가 '마르크'에서 '유로'로 바뀌었고, 사실상 국경이 사라진 유럽연합EU에 속한다는 점이 직접 느껴지는 변화이다. 이로 인해 외국인의 활동과 여행이 이전에 비해 많이 편리해졌다. 덧붙여 최근 유럽은 2004년 5월 1일부터 새로운 식구로 편입되는 동부유럽 국가에 대한 관심을 지속적으로 보이고 있다. 유럽이 변하고 있고, 이러한 변화는 1945년 제2차 세계대전이 끝나기 직전 강대국들의 영향권에 묶어둔 동서유럽, 즉 '얄타비밀협정'의 실질적인 파기와 새로운 질서체제 확립에 의미를 두고 있다.

그러나 나의 관심은 물론 대학이다. EU에서 학문공동체로서의 대학들은 총장협의회를 통해 경쟁력 확보와 개혁방안에 대한 활

　　　　　　　　　　　미완의 아름다움

발한 논의나 다각적인 노력을 기울이고 있다. 겉으로는 대학개혁의 방향이 미국식 따라잡기를 취하고 있지만, 속으로는 21세기 유럽식 새로운 학문적 우월성을 창출하는 데 있다. 정치, 경제, 사회제도, 문화 등의 변화에 상응하는, 달리 말해서 대학의 학문적 국가성의 한계를 극복하려는 모색과 더불어 새로운 가치 창조가 절실하며, 또한 중대한 임무라는 인식이 공유되어 있다. 이들의 굴절되고 편견적인 오류로 점철된 역사를 고려한다면, 납득하기 힘든 일이다. 다른 한편으론 우리가 그들에게 가졌던 편의적인 잣대나 평가에 비춘다면 놀랍고도 부럽다.

그럼에도 불구하고 대학의 개혁과 변화는 일상의 차원을 달리하는 데 의의가 있다. 보편적 가치중립적 학문성 추구와 새로운 시대정신을 구현하려는 노력은 대학사를 반영할 뿐만 아니라 이론과 실용이라는 상관관계에 대한 과제를 스스로 떠맡는 일이기 때문이다. 대학이 무한경쟁의 사회적 요구와 비전을 충족시키지 못하는 최근의 후진성은 대학인들에게 일차적인 책임을 물을 수 있다. 대학의 주변 환경은 질타를 넘어 대학 무용론까지, 나아가 기업이나 사회의 요구에 부합해야 한다는 목소리를 높인지 오래다. 그렇지만 대학의 역사를 통해 학문적으로 이루어졌으며, 이루어지고 있는 실험과 도전, 창조와 자유에의 갈망은 인류가 지향하는 궁극적인 삶의 역동성이자 지향성이다. 따라서 대학도 변화하는 시대적 요청을, 역설적으로 앞선 변화와 경쟁력 확보를 위한 대응과 대처라는 과제를 실천할 때 진정한 위상을 가질 수 있을 것이다.

정부의 대학에 대한 지원도 21세기 대학의 방향을 조정하고 사회적 요구에 부응하기에는 한계가 있다. 결국은 다시 대학구성원들의 몫으로 남을 수밖에 없다. 내가 소속한 대학의 표어가 '세계 속의 한국을 대표하는 ㅇㅇ대학교'인 적이 있었다. 여타 다른 대학도 비슷하거나 더욱 자극적인 표현을 사용한다. 책임지지 않는 정치적인 구호처럼 여겨지기도 하지만, 최소한 오늘날 한국 대학의 자율적인 방향성을 함축적으로 표현하고 있다. 바로 이러한 시점과 명분에서 대학에 대한 동문 인식의 변화가 요청된다.

그러나 한국사회에서 기득권으로 영향력을 부당하게 행사해온 고질적인 학벌과 문벌주의의 동문패거리 문화를 이야기하는 것은 물론 아니다. 이를 불식시키는 새로운 시대, 새로운 동문문화 만들기이다. 과거의 부정적인 이미지를 벗고 대학개혁과 변화에 실질적인 도움을 줄 수 있는 주체 가운데 하나가 바로 동문이어야 한다. 충분히 미래를 예측하고 대비하는 임무가 동문에게도 있다. 서서히 그러나 급격하게 변화하는 세계의 흐름 가운데 대학의 발전과 위상을 제고하는 일들은 성공한 분들만의 기부나 기여가 아니며, 그렇다고 방관적이거나 비판적인 자세로 일관하는

미완의 아름다움

등 일정한 거리두기는 더욱 상황을 어렵게 할 것이다.

요즈음도 언론을 통해, 때론 익명으로 때론 실명으로, 재정적으로 어려움을 겪고 있는 대학에 발전기금을 내는 분들의 훈훈한 이야기가 전해진다. 이는 각종 범죄, 사기, 부정부패로 얼룩진 사회에 메마른 가슴을 적시는 감동의 실체이다. 가르침과 배움이 어우러진 절대 공간에 대한 관심의 또 다른 이름이기도 하다. 그만큼 사회적 관심은 대학으로 하여금 본연의 자세를 끊임없이 되새김질하게끔 해준다. 대학은 사회로부터 자유로울 수 없으며, 사회 역시 대학으로부터 분리될 수 없다. 이제 우리 모두 대학을 다시 생각하고 자신을 다시금 반추하는 시간을 가져보자.

제4장

기쁨과 고통의 무풍지대

이 시대 고통의 한복판에는,
그러나 그러한 고통마저
와 닿지 않는 무풍지대가 있다.

자유라는 이름의 캠퍼스
그리고 국제인

'국제사회지도자과정'의 주임교수를 맡으면서, '과연 이러한 과정의 학내외적 의미가 무엇인가?'에 대해 생각해본 적이 있다. 사실 이를 정확하게 알지 못했던 기억이 이제는 새롭다. 그러나 나이 든, 아니 사회에서 직장에서 가정에서 성공의 잣대를 나름 대로 세웠고, 이룩했던 늦깎이들의 모습은 하나의 감동이었다.

어린 시절 누구나 고이 간직했던 동심의 세계, 마을 어귀 버드 나무의 그림자를 밟으며 교정을 향하던 추억의 공간들, 벚꽃이 지면 초라한 도시락을 멘 소풍길의 재잘거림, 먼지 풀풀 나는 운 동장에 벗겨진 고무신을 두고 뛰어야만 했던 가을운동회. 그러나 늘 배고픔과 가난을 이고지고 개미처럼 등하교하던 그 시절 그때가 언제쯤이던가? 아니 여름의 소낙비가 그쳐버린 서늘한 산하의 싱그러움에 파묻힌 애잔한 추억을 빛바랜 흑백사진으로 가슴에 파묻으면서, 배움의 갈망은 어디서 끝났던가?

그러나 냉혹한 현실은 우리의 삶을 각기 다르게 편을 놓았다. 중학생이었던가, 고등학생이었던가, 아니 어디든 우리는 배고픔을 채우기 위해 무작정 살다 결혼하고 자식 낳고 그런 사이 야속하게도 세월은 우리를 기다려주지 않았다. 살다 보니 아름다운 일도 있었고, 억울했던 일도 있었지만… 그럼에도 불구하고 삶의 뜨거운 눈물이 메마른 가슴을 적시고, 손발이 저리도록 애태웠던 아픈 사연과 기억들. 그 속에서도 우리가 때 묻은 소맷자락을 부여잡고 목메어 불러보던 희망의 노래는 오늘날 어느 곳에서 메아리치고 있을까?

금정산 산기슭에 찾아든 봄이 진달래로 수줍게 얼굴을 내밀면, 어느새 목련으로 갈아입은 봄 처녀의 옷깃에 줄을 놓는 노란 개나리. 그녀의 어깨를 스쳐 흐트러지는 벚꽃 나뭇가지는 겨울 내내 얼어붙었던 우리의 마음을 녹이고 바람을 불어넣는다. 캠퍼스에 넘쳐나는 젊음의 웃음소리가 사그라지는 돌 틈엔 낭만이 봄날에 남아도는 차가움과 함께한다. 길이 끝나는 곳에서 다시 길이 시작되듯이, 계절이 시작되는 곳에 초여름의 싱그러움이 보이고, 싱그러움 너머 열하의 태양이 바다를 이고 있다. 갯가 어부의 그

미완의 아름다움

물에 담겨지는 가을의 노래가 슬픈 곡조를 띠면, 바다는 푸른 가을 하늘을 비켜나 하얀 겨울을 맞는다. 채우고 비우는 숲 속의 전설이 속내를 드러낼 때쯤이면, 시간이 멈추어버린 진공 속 수정처럼 추억이 가슴마다 박힌다.

　2년여 동안 단 한 번도 이러한 정신과 감정을 잊어버리거나 놓쳐본 적이 없었다. 어쩌면 끊임없이 삶의 새로운 에너지를 갈구하는 학우들에게 한 모금의 옹달샘 물을 찾아줄 수 있는 나의 역할은 오히려 쉽게 다가섰다. 대학의 공기, 자유를 흠뻑 호흡할 수 있는 캠퍼스 공간에서 학생들에게 무형의, 무한의 자산으로 받아들여질 수 있는 계기 마련이 나의 과제이기도 했다. 흔히 '고급사교장' 이라는 일부 부정적 시각을 불식시킬 수는 없지만, 그래도 교육기관에서의 사명은 교육프로그램이다. 다양한 직업, 연령별 차이, 성별간의 서먹함 그리고 각자 독특한 개성으로 인해 생겨나던 노회한 긴장과 갈등, 상호견제도 있었다. 그러나 느지막하게 다시 학생이 되었다는, 아니 다시금 유년의 추억을 되새김하면서 순수해지려는 노력에서 밝은 웃음이 피어났다. 불 밝힌 강의실을 지키는 그리고 강의에 열중하는 모습에서 맑은 눈빛이 빛나면서 가슴마다 뿌듯함을 한 아름 안고 집으로 향하는 모습은 감동이었다.

　다시 일상으로 회귀한 이분들과의 만남은 쉽지 않지만, 만나지 않아도 이야기가 전해지고 서로가 서로를 잊어가면서도 열심히 살아가는 모습이 선명하게 보인다. 더불어 살아가는 동시대인 속에서 '국제인'의 활약상은 지역사회를 선도하는 그리고 올바른 사회가치를 창출하는 참다움의 표본이다. 이제 새로운 천 년을 맞이하면서, 새로운 지도자가 되기 위한 노력은 또 다른 각오와 실천을 필요로 할 것이다.

미완의 아름다움

제대로 마실 수 있는 물

약수터를 주요 식수원으로 간주하여 본격적으로, 그렇지만 어느 누구보다도 늦게 찾기 시작한 시기는 20여 년 전으로 경북 구미지역에서 발생한 '페놀' 유출사고 직후였다. 수돗물의 불신이 일반국민들 사이에 오랫동안 널리 퍼져 있었지만, 무감했었다. 아니면 게으른 탓인지 또는 정부가 설마 잠정적 살의를 방치한 채 국민들에게 물을 먹도록 하지 않을 것이라는 일말의 믿음을 가졌기 때문인지도 모른다.

경제성장의 나팔이 울리기 시작하면서, 숨 돌릴 틈 없이 허겁지겁 내몰린 우린 얼마만큼 달려왔는가? 또 어디에 있는지, 과연 무엇 때문에, 누굴 위한 일인지 생각할 여유도 없었다. 정확하게 말해서 그러한 기회를 스스로 갖지 못했다. 주변은 예나 지금이나 온통 시끄럽다. 가능한 모든 전달매체를 통해 여태까지 이룩한 엄청난 업적과 찬란한 미래에 대해 무한한 가능성과 희망을 나열하기에 시간이 부족했을 정도였다. 그럼에도 여전히 근본적으로 변한 것 없이 더욱 교묘해졌다.

그러나 그러한 의도와 목적 달성 사이에서 허둥대는 동안 대대로 물려받았으며 물려줄 강, 산, 바다는 말할 것도 없이 우리가 딛고 서 있는 토양과 대기도 차츰 오염되어간다. 이제는 치유가 거의 불가능한 상태로 치닫고 있다. 또한 국민들의 생존의식마저 '잘살게 될 나라' 이제는 어느 정도 '먹고 살 만한 나라' 때문인지는 몰라도 '부자주사富者注射'에 여전히 맞춰되어 있는 상태이다. '잘 산다'는 새로운 기준이 지금 이 지구상에서 과연 어떻게 제시되어야 하느냐의 거창한 질문은 솔직히 감당하기 어렵다. 또한 평범한 삶의 기준을 위해 일부러 어렵게 확대시키거나, 꼬이게 할 필요도 없다고 본다. 인류사 이래 이처럼 황폐화된 지구를 가져본 적이 있었던가. 인간사의 숱한 업적과 성취와는 별도로 인류는 또 다른 파국을 준비하고 있지 않는가.

50~60년대 무렵 도회지에 나갔던 이웃, 친지, 친구들이 고향을 들릴 때면, 우선 그들의 희멀건한 피부와 얼굴이 시커멓게 타버린 시골뜨기와는 판이했기에 서글프기조차 했다. 뚜렷한 피부색깔의 대비로 인해서 수돗물을 먹고사는 도회인에 대한 부러움이

미완의 아름다움

막연한 도시의 향수를 가져다주었던 유년시절의 기억이 결코 새로운 것이 아닐지 모른다.

그러나 산업화와 도시화의 생활이 길어지고 깊어지면 질수록, 비록 허기와 곤궁에 시달렸을지라도 무공해식품, 오염되지 않은 자연을 향한 감사와 바람은 가장 소중하게 가슴속에 그대로 남아 있다. 우리가 요구하는 최소한의 생존방식을 위해 필요한 마음 놓고 '마실 수 있는 물', '숨 쉴 수 있는 공기'와 '오염되지 않은 흙'은 인류를 여태까지 지탱시켜준 절대적 조건이기 때문이다.

농촌을 저버린 사람들과 쌀 수입

　요즈음 고향을 저버리는 사람들은 바로 다름 아닌 가난한 시골 출신들이다. 이 말은 매판자본과 외세의 힘을 등에 업고 역대정권들이 '잘사는 나라'를 건설하려고 할 때, 농촌을 떠나 산업일꾼으로 정치가로 행정가로 실업가로 학자로 큰 몫을 해내었던 사람들의 이력의 출발이 시골이라는 뜻이다. 영악스럽게 눈 없는 돈을 끌어 모으거나, 목적달성을 위해 정신병자처럼 벼락공부를 하였거나, 때와 장소를 가리지 않고 우쭐하게 큰소리깨나 치던 그들은 거의 대개가 곤궁에 찌든 경험을 한 시골 출신이다. 이 점은 전혀 새삼스러운 사실이 아닐 수 있다. 헐벗고 가난에 찢기던 고향을 과감히 등지고, 수단과 방법을 가리지 않고, 목적달성을 위해 치러야만 했다. 때문에 고생과 피나는 노력은 후세들에게 무용담 내지는 모험소설처럼 전해지고 있다.

이제 7백만 정도로까지 줄어든 농어촌 인구. 그것도 주름투성인 노인의 모습으로 또한 구석지고 초라하게 변해버린 농어촌은 정부시책의 가장 귀찮은 천덕꾸러기로 취급되고 있다. 폐허나 진배없는 농촌의 농부를 깡그리 무시하고 미국산 쌀 도입에 관해 벌어진 일련의 예정된 파문과 마무리는 그럴싸하게 위장되어 있다. 우루과이 협상대표가 국내 쌀 소비량의 3~5% 정도(이는 90년도 정부가 야단법석을 떨어가면서 추곡수매한 8백40만 석의 4분의 1에 해당되는 2백만 섬 정도임)의 개방을 허용해야 한다는 발언이다. 미국과의 무역협상의 최적임자로 점지받은 상공부장관의 '의도적인 선언'이 곧이어 집권당 내부의 반발과 소란을 일시 야기했다. 그러나 일시적 방패막이 역할과 장기 포석을 위한 여과성 언론 플레이라는 것쯤은 지금 당장 어느 국민에게 물어도 알 것이다.

이제 드디어 올 것이 오고야 말았다는 배신감과 허탈감은 이미 방향감각을 잃은 채 마을 어귀를 맴돌고 있다. 그렇다면 파산직전에 놓인 폐농정책의 책임이 야당 정치가들이 앵무새처럼 떠들어대는 집권당의 위장된 살농정책일 수 있다. 그리고 교묘히 지배 권력의 주변을 떠나지 않고 관습처럼 행해지는 위정자 무리들의 독단과 배반일 수도 있다. 갖가지 통계수치와 그 잘난 '비교우위 무역논리'를 내세우던 정책입안자, 농정책임자, 전문가 그리고 국회위원은 무엇을 배웠던 그야말로 많이 배운 자들이며, 간계한 자들이기도 하다.

실상 그들 모두는 가난을 떨쳐버리려고 고향을 떠난 장래가 촉망되던 시골 출신의 젊은이였기도 하다. 조상들이 못 해본 것을 한풀이하듯 배에 기름을 채우고, 그럴싸한 논리로 현실과 타협하면서, 어느 사이엔가 헌신짝처럼 내팽개쳐진 자신의 고향을 발견하고서도 태연한 모습일 뿐이다. 이제는 더욱 가학적 자세로 돌아서기도 한다. 알량한 명분과 어쩔 수 없다는 현실론에 묻혀 고향과 부모는 쇠락의 길로 접어든 지 오래다.

다시 농촌으로 되돌아가는 사람은 더더욱 없을 것이다. 쇠약한 농부들은 수지 안 맞는 쌀농사를 기피하고, 그나마 앞으로 추곡수매마저 없어질까 하는 두려움을 갖게 되었다. 미국 쌀 재고량의 처리방법이 목숨을 얼마 유지할지 모르는 추곡수매제도와 수매량의 운명을 결정지울 것이다. 일제시대 양곡수탈 때 우리 농민들이 보았던 일본 관헌은 어느 틈인가 역사의 옷을 갈아입고 코쟁이 농촌 감시원으로 바뀌어 나타날지도 모를 일이다.

거창하게 생존권 확보를 외친다든가 또는 한국인의 식탁엔 반드시 우리 쌀로 지어진 밥상이 차려져야 한다고 생각할 여력이

미완의 아름다움

없다. '식량자급자족'이라는 명분을 내세우면서도 목숨 걸고 싸울 농부는 없다. 농부들이 정당한 요구행위를 할지라도 개 패듯이 후려치고 몽둥이와 최루탄으로 내쫓을 그리고 사회 불순분자로 분류될 젊은 농부마저도 없다. 우리에게 남은 것은 대대로 물려받은 가난이요, 지식이든 돈이든 권력이든 가진 자들로부터 냉혹한 버림받음이다. 무식하기에 고향을 저버린 자들에 대한 배신감만이 때 묻은 주름 속에 무표정하게 채워지고 있다.

5월의 고통

1990년대 봄으로 기억난다. 신록의 싱그러움이 대지 위로 흩어질 때면, 슬픔과 비탄이 우리와 함께했던 기억이다. 자연을 찬탄하고 계절의 미각을 향유하는 갖가지 모습과 더불어 언론매체를 통해 접하는 어린이날 기념행사 장면, 이어 어버이날이면 신문지상에 실린 가슴에 꽃을 단 어버이의 모습들, 라디오 전파를 타고 전해지는 옛 스승에 대한 회고담은 이러한 계절에 어울리지 않는 모순된 상황으로 줄곧 이어졌기 때문이다.

5월, 언젠가부터 사랑과 보은의 날들은 허례허식의 가면을 둘러쓰기 시작했다. 자식에 대한 부모의 애정, 부모님을 향한 자식의 애틋한 마음, 은사를 기리는 제자의 순수한 마음과 제자를 아끼는 스승의 숨은 뜻은 부패한 시대정신과 함께 변질되어가고 있

미완의 아름다움

다. 이런 연유는 무엇일까? 진정한 삶의 의미가 퇴색되면서, 오염된 현실에 쉽게 자신을 내맡겨버리기 때문이다. 또한 인간 본연의 자세를 망각하는 동시대인들의 어리석음과 올곧은 가치부재가 언제 어디서나 어떠한 경우에도 내재되어 우선하고 있기 때문이다.

가정의 달에 되새김해보는 동시대인들이 지니고 있는 사랑의 의미에는 위선과 비겁함이 도사리고 있다. 이 시대의 뒤틀린 가치와 불의에 대해 항거하는 고통을 못 이겨 잇따라 일어나는 젊은이들의 죽음을 두고, 위정자 집단들과 언론매체들이 벌이는 신물나는 양시양비론과 편협한 시각에는 우리사회가 여태까지 결코 경험해보지 못한 가장 추악한 증오가 들추어진 것이다.

왜 이러한 죽음을 놓고, 우리는 그토록 냉담해지고, 잔인해질 수 있었단 말인가? 무엇 때문에, 아니 무슨 염치로 위정자들과 언론매체가 한 통속이 되어 이 기구한 현상을 오도하려 한단 말인가? 그들이 설정해놓은 죽음만이 숭고한 의미와 가치를 지닐 수 있단 말인가? 죽음 자체만을 놓고 산 자들이 생명의 숭고함에 대해 애끓게 외치는 비통과 슬픔은 위선과 거짓일 수 있다. 아니 이러한 죽음이 없었다면, 또 다른 목소리로 소리 높여 그들은 이 세상의 태평성대를 노래하고 있을 것이다.

그들은 언제나 중요한 정치적 고비 때마다 뒤틀린 시대의 모순된 진리를 발언함으로써 결과적으로 권력을 가진 자 편을 유익하게 해주었다. 강한 목소리는 권력에 의해 헛된 희망으로 바뀌었기 때문이다. 달리 역사적으로 볼 때, 항상 특유의 식견과 예언자적 모습으로 우둔한 국민을 호도하는 지식인의 또 다른 속성을 얄팍하게 드러내는 과거의 인물처럼 춤추는 역사의 빈칸을 채워갈 것이라는 점이다.

어느 누구를 위하는 것이 아니라 진정 이 나라 국민을 위한다면, 진실을 끝까지 어떠한 형태로든 대중에게 밝혀야 한다. 그것이 그들이 여태까지 받아온 고통과 반대급부의 사회적 은전에 대한 보답이자 책임이다. 1989년 동베를린 알렉산더 광장의 민주화와 통일을 열망하는 백만 군중 앞에 성급하면서 미숙한 군중들의 심한 야유를 때때로 받아가면서도 당당하게 자신의 견해를 밝히던 여류작가 크리스타 볼프Christa Wolf가 기억난다. 그녀의 얼굴엔 실망과 분노 그리고 확고한 신념이 교차되면서, 토하던 열변의 모습이 인상적이었다.

노발리스가 "영원히 완전무결하게 이해할 수는 없지만, 이해보다 훨씬 폭이 큰 일이 사랑하는 일"이라고 했듯이, 조금 더 승화된 자세가 우리 모두에게 새삼 필요한 시점이다. 이처럼 이 시대 고통의 한복판에는 그러나 그러한 고통마저 와 닿지 않는 무풍지대가 있다. 아니 그렇지 않다. 이곳에는 일종의 기쁨이 아닌 진정한 사랑으로 넘치는 긍정과 극복이 숨겨져 있을 것이다.

미완의 아름다움

언론의 권력과 부패에
대한 항의

    대학이라는 공간에서 이루어질 수 있는 담론의 실체가 무엇이든, 캠퍼스 공간을 떠다니는 대화의 내용이 무엇이든, 대학인들의 주체가 상실된 일상의 모습에서 시대의 빈곤과 물질적 풍요의 허상에 둘러싸여 잠식되는 초라한 사회적 정의를 나는 생각해본다. 지식공장이 되어버린 대학과 대학의 이념이 퇴색된, 새로운 대학관 모색이 거부된 채, 끝 모를 방황 속에 놓여 있는 대학이 무엇이어야 하는가에 대한 고민이 이번 '안티ㅇㅇ운동'의 출발이다. 언론의 대학 죽이기와 살리기가 도를 넘어 횡포에 가깝기 때문이다.

    그러나 엄밀히 말하면, 현재 가장 영향력이 크다는 'ㅇㅇ일보'

만을 겨냥한 것은 물론 아니다. 나의 주장은 '언론의 권력화'와 '언론의 부패'로 집약된다. 항상 권력의 편에 빌붙는, 아니 이를 이용해서 편의적인 비판과 적절한 이해관계를 유지함으로써 살아남는 도구적인 정론은 언론의 본래 모습이 아니다. 독자의 입장에서 보면, 타락한 사회의 정의를 곧추세우려는 자기성찰적인 노력이 없는, 유해를 넘어 폭력에 가까운 횡포를 인위적으로 생산하는 언론은 더욱 아니다. 되짚어보면, 타의에 의한 개선과 물리적인 강요로 이루어질 수 없는 언론자율의 문제이기 때문이다. 그만큼 언론은 자신의 과거와 현재의 모습을 스스로 자리매김하면서, 엄정한 자기규제를 전제해야 할 것이다. 이 나라 언론의 권력화는 역대 정권과의 관계를 논외로 하더라도 엄청난 힘을 지닌 채 독자들에게 영향력을 행사하고 있다.

엄밀히 말해서 언론의 사주야 이익을 우선하는 기업주에 가깝다. 보도권에 대한 부당한 간섭과 자사의 이익을 극대화하려는 사주의 상업적 처신은 한편으로는 이해할 수 있는 부분이다. 다만 언론이 갖는 사회적 기능과 역할이라는 측면에서 보편적인 상식과 정도를 지켜야 할 윤리와 도덕에 대한 덕목은 다른 기업가나 대중, 일반 독자에서처럼 동일하게 적용되어야 할 요인이다.

그러면 기자들은 또 어떠한가? 권력층에 쉽게 편입될 수 있는, 소위 언론고시를 거친 기자들의 펜 끝은 적당한 타협과 자기들만

미완의 아름다움

의 위로 속에서 차츰차츰 굴절되어왔던 것이다. 왜 기자가 되려 했는지도 의심스럽지만, 이제 그 어느 누구도 사회의 온갖 비리와 부패에 자유롭지 못한 처지에 놓여 있는 것이다. 이런 점에서 '언론의 부패'의 중심에는 기자들의 타락한 가치관이 자리 잡고 있다고 본다. 눈치가 빠른 그리고 계산에 능한 기자들의 목소리와 펜 끝은 오랫동안 사회적 정의와 인간다운 세상을 비켜갔다. "다 그렇고 그런 세상, 살기 힘든 세상에 어쩔 수 없다"고들 하지만, 아닌 것은 아니다.

정문 앞에서 이루어진 릴레이 일인시위에 동참하게 된 이유는 이처럼 원론적이다. 그리고 특별히 어느 특정한 신문이나 방송을 겨냥했다기보다는 누적된 언론의 권력화와 부패 때문이다. 일제시대, 군사독재정권시대, 문민정부와 국민의 정부에서도 카멜레온적 변신을 거듭하면서 살아남은, 거대해진 몸통의 비애를 들추고 싶었다. 이전의 시대에 비해 지금의 사회에서 나아진 것은 무엇인가? 아니면 앞으로 나아질 희망이 있는가? 이에 대한 해답은 기자들의 올곧은 시대정신의 회복에 있다고 본다.

궂은 빗속 추위에 떨면서 한 시간가량 침묵시위를 하는 동안 지나가는 교수, 학생들을 보면서 과연 나의 이러한 의도가 제대로 전해졌으리라고 보지는 않는다. 솔직히 말해서 보여주기 위한 것이라기보다는 자기 확신과 검증의 과정이라는 면에 비중을 두고 싶었다. 꽃 한 송이를 말없이 그리고 따뜻한 음료를 나의 손에 건네는 그들의 손에서, 격려와 위로에서, 무심하게 스치는 빈자리에 남는 차가운 단절감에서 대학인들의 언론에 대한 인식을 느낄 수 있었기에 보람이 있었다. 그러나 무엇보다도 지나가는 학생들의 눈빛에서 내가 생각하고 예상했던 것보다 더 큰 확신과 믿음을 주었기에, 대학인들의 정신이 온전히 살아 있음을 확인한 것이 가장 가슴에 남는다.

나의 이런 행위에 지나친 의미를 부여하고 싶지는 않다. 나보다도 먼저 이를 생각하고 실천하는 사람들에게는 오히려 송구스럽다. 개인의 성장에서 자기 부정의 단계를 거치지 못할 경우 스스로 자만에 빠지듯, 언론 역시 지나온 과거에 대한 반성과 자기 부정의 과정을 반드시 겪는 아픔의 단계가 필요하다. 대학인들에 의해 이루어지는 비판을 결코 소홀히 취급해서는 안 될 것이다.

미완의 아름다움

제5장

어긋남과 바름

한마디로 대학의 경쟁력은
기초학문과 교양교육을 도외시하고는
그 어떠한 발전이나 미래도 없다.

외국어 교육의 균형

맹목적으로 서구 문명을 받아들인 현재의 우리는 그만큼 고유의 우리 것을 잃어버렸거나 무시해왔음을 부인할 수 없을 것이다. 외국어와 외국을 배우는 것은 앞선 문화, 기술, 제도 등 제 요소가 조화롭게 이루어진 선진국에 대한 상대적인 인식을 통해 우리에게 더 많은 해결의 가능성과 풍요로움을 주는 데 있다면, 거기에는 분명 하나의 전제가 필요하다.

하나의 전제조건을 든다면, 우리가 우리를 얼마만큼 객관적으로 그리고 무엇보다 정확하게 알고 있느냐. 이것은 개인뿐만 아니라 지식의 습득, 인간들이 살아가면서 지향하고 추구하는 더 나은 삶과 생의 목적을 위한 단계에서도 필요하다. 다시 말해서 냉철한 인식의 단계에서나 발전이라는 이름 아래 이루어지는 모든 과정에서도 당연히 있어야 한다. 사실 우린 우리의 본질적이고 특징적인 것을 그리고 자신의 것을 얼마만큼 갖고 있으며, 그것을 내세울 만한 근거가 있느냐는 물음에 선뜻 대답하기 곤란할 것이다.

바로 여기서 우리가 대학에서 외국어를 배우는 역설적인 타당한 근거가 있다. 개인이든 사회든 국가든 끊임없이 자신을 상대화하면서, 객관성을 확보하지 못할 경우 퇴보와 낙오는 불을 보듯 분명한 사실이 된다. 그러나 더 근본적인 문제는 '주체적인 외국과 외국어 알기가 다양하게 이루어져야 한다'는 점을 이 나라 이 국민이 잊고 있다는 것이다. 심지어 대학과 대학생마저도 잘못된 사회적 풍류에 쉽게 편승하는 양상을 접하니 서글픈 심정이 든다. 대학과 대학생이 대학과 대학생이기를 포기하는 듯한 갖가지 저급한 발상에서부터 무슨 상품 선전이나 광고를 흉내 내는 데까지 이르고 있으니 참으로 통탄할 일이다.

다른 한편으로 지식을 습득하는 수단인 언어 가운데 외국어에 이르면, 문제의 심각함은 누적되고 있다. 오늘날 영어를 제대로 구사할 수 없으면 문맹자文盲者로 취급받는다. 이전에는 문자를 모르면 말 그대로 문맹자였다. 지금은 영어를 모르면 '눈 뜬 장님, 귀 뚫린 귀머거리, 입 열린 벙어리'로 현대판 문맹자 신세를 면치 못한다. 더구나 신문, 방송, 대중잡지를 제대로 듣고 읽을 수 없다. 아니 사람다운 대접도 받을 수 없게 되어버렸다.

그런 탓인지 한마디로 지금은 전 국민이 영어 배우기에 얼이 빠진 것 같다. 취학 전 유아영어, 초등학교에 도입된 영어조기교육, 중·고등학교에서 듣기평가, 대학에서 영어강의, 해외어학연수와 졸업 후 취업을 위한 토익·토플강좌 그리고 직장인들의 외국어 연수뿐만 아니라, 기성인들의 사교영어 등 영어에 국민 모두가 목을 매달다시피한 현상이 일어난 것은 그렇게 오래되지 않았다. 그러나 과연 이러한 열기가 바람직한 사회현상일까? 하는 데는 회의가 든다. 차제에 '누구를 위한 외국어인가?' '무엇을 위한 영어 공부인가?'라는 문제제기를 통해 외국어 습득의 필요성과 목적의식을 다시금 자리매김하는 계기가 마련되었으면 한다.

대학에서 제2외국어를 가르치는 나로서는, 정부가 주도하는 국제화의 방편 가운데 외국어 습득이 영어에만 맞추어져 있다는 데 유감이다. 나아가 정부시책의 당위성과 문제점을 잘 알고 있는 대학사회가 학문의 보조수단에 불과한 외국어 능력을 절대화시키는 경직된 제도와 지원에도 실망했다. 대학생이 되어도 자신의 희망과 달리 영어 관련 과목을 필수로 이수해야만 한다. 거의 모든 대학에서는 영어가 아닌 다른 외국어를 접할 수 있는 기회를 사실상 봉쇄시켜놓았다. 뿐만 아니라 대학에 따라서는 졸업장을 받기 위해서 반드시 일정한 수준의 토익, 토플점수를 요구하고 있다. 갖가지 제도와 방법을 동원하는 인위적, 달리 말한다면 강제적 조치를 통한 영어실력의 극대화 방안에 그 끝이 없어 보인다. 학문적 도구로서 영어만의 잣대는 저급한 발상이면서, 동시에 수단을 목적화하는 학문유기의 표본이다.

평소 자신의 적성과 희망에 따라 영어권이 아닌 다른 언어권에서 새로운 학문을 배우려는 학생을 위해서나, 그곳에서 자신의 뜻을 펼치는 데 필요한 외국어를 습득할 수 있는 기회가 교과과정상 특수 목적으로 제한될 수는 없다. 그것은 분명 학습권에 대한 침해이자, 동시에 수요자의 요구를 사전에 도외시하는 처사이다. 누구나 해야만 하는, 아니 대학생 모두가 천편일률적으로 지향하는 영어 일변도의 학문적 전술이 미래사회에 대한 온당한 비전을 상실할 것이다. 나아가 예기치 못한 대외 종속성을 심화시킬 수 있다는 측면에서도 대학인들은 경계해야 한다.

영어 하나만이라도 제대로 해야 한다고 다들 말이 많다. 그러나 그런 주장은 따지고 보면, 순전히 자신의 입장에 대한 변론이자 상황 및 이해관계에 관련시키는 편협한 시각에서 나온 것이다. 선진학문이 미국의 전유물은 분명 아니다. 우리 실정에 맞는 외국의 선진학문을 받아들이는 방법이 다양하면 할수록 미래사회를 위한 경쟁력 있는 대비가 이루어질 수 있다. 미래를 열어가는 가능성을 마련할 수 있는 학문적 창의성과 다양성을 묵과해서는 곤란하다. 따라서 학문의 수단으로서 외국어의 종류는 상대적 균형을 유지해야 한다는 인식을 대학에서만이라도 가져주길 바란다.

유럽연합의 언어정책,
우리의 외국어 교육

    몇 년 전 세르비아로부터 독립을 선포한 코소보를 포함해서 유럽의 지도를 보면, 그들의 역사만큼이나 국토의 경계, 인종, 언어와 인구가 복잡하게 얽혀 있으며, 그보다 더 복잡한 지역은 없을 것이다. 그러나 21세기 전환기부터 그들의 위상을 회복하려는 노력은 유럽연합EU이라는 거대한 정치적 경제적 통합체로 서서히 가시적인 성과를 드러내기도 하며, 여전히 많은 문제점을 안고 가는 과도기적 양상을 보이기도 한다.

    여기서 나의 관심은 그들의 언어정책이다. 유럽연합이 갖는 비중만큼, 그들의 전통적 사고방식에 따라 다시 문화적 통합을 꾀하는 세부적인 작업들이 오래 전부터 이루어지고 있기 때문이다.

           미완의 아름다움

그 가운데 대표적인 것이 유럽평의회가 유럽연합 국가들을 중심으로 새로운 경향의 언어 및 외국어 교육정책을 오랫동안 조정하여 정립했으며, 앞으로도 계속 문제점을 보완하려는 것이다. 공동작업의 결과 '모든 사람을 위한', '일상생활에서 활용하기 위한', '학습자를 위한' 평생언어교육이라는 기본원칙을 세운 후, 그 실행방안으로 2000년에 '언어 학습 · 교수 · 평가를 위한 유럽공통참조기준Common European Framework of Reference for Languages; CEFRL'이 공식적으로 도입되었다.

배경은 서로 언어가 다른 회원국 간의 소통에 관한 관심에서 비롯했으며, 이를 위한 언어정책의 기본은 언어와 문화의 다양성 유지와 회원국 간의 소통과 협력을 강화하는 취지에 부합된다. 방향은 유동성이 커지고 복잡해지는 다중언어주의plurilingualism, 다중문화주의pluriculturalism 사회에서의 외국어 교육에 맞추어져 있다. 그러나 여기서 주목할 점은 세계 공용어(예를 들어 영어)만을 구사해서 이루어지는 것이 아니라, 여러 개의 언어를 자신의 필요에 따라 학습하고 사용할 때 가능하다는 '다중언어주의'와 '학습자의 자율성'에 기초한다는 점이다. 요약하면 '1+2' 언어정책이다. 모국어 '하나'에 외국어는 최소 '두 개' 이상의 습득이며, 외국어의 경우 기존 3단계(기초, 중급, 고급)를 6단계(가장 기초적인 단계 A1에서부터 유창한 단계 C2까지)로 세분한 것이다.

유럽에서 정규교육을 받은 사람이라면, 서너 개의 외국어를 알 아듣고 말할 수 있음에도 불구하고 언어학습에서의 공통적인 기준은 이처럼 명료하다. 즉 외국어 학습목표는 더 이상 외국어를 '원어민처럼near-native' 유창하게 구사하는 능력이 아니라, 각자의 학습 및 직업상황에 맞게 숙달도와 수준을 다양화한 개별 능력과 습득에 맞추어져 있다. 다중언어 능력자는 여러 언어들을 완벽하게 구사할 필요가 없으며, 단지 의사소통의 필요에 따라 여러 수준의 구사력을 지닐 수 있고, 이 경우 언어를 잘하고 못하는 개념에서 탈피한다. 예를 들어 읽기 능력, 일상생활에 필요한 구두 의사소통 능력 등에서 구체적인 단계를 설정하고 있다. 요즘 가장 주목받는 '외국어로서 한국어'도 이러한 점에서 개선할 여지가 크다.

　사무엘 헌팅턴은 "가까운 미래에는 보편적인 문명은 더 이상 존재하지 않게 될 것이다. 그 대신 다른 문명들로 이루어진 하나의 세계가 이룩될 것이다. 그리고 그들 문명들은 각기 서로가 함께 공존하는 법을 배워야만 할 것이다"라고 주장한다. 이러한 다중문화주의적인 공존은 상이성의 체험을 전제로 하고 있다. 달리 보면 다중문화주의는 현실 문화상호주의와 직접적으로 맞닿아 있음을 뜻하기도 한다. 바로 여기서 문화의 일차적인 요인인 언어와 공존을 위한 문명에 우리는 주목해야 할 것이다. 그러나 언

미완의 아름다움

어는 독자성과 고유성을 지니고 있는 특수한 매체라는 사실도 잊어서는 안 된다.

한마디로 외국어를 외국인의 모국어처럼 할 수 없다. 아니 그렇게 될 수 없을 뿐더러 예외적인 경우를 제외하고는 그렇게 할 필요도 없다고 본다. 최근 논란을 불러일으킨 '영어교육'의 기본 취지는 영어만큼이라도 제대로 학습하자는 면에서 반대할 사람은 드물 것이다. 그 연장선에서 외국어 교육 전체에 대한 조망은 불가피하며, 역으로 한국어 위상에 대한 새로운 자리매김 역시 매우 중요한 일임을 망각해서는 안 될 것이다. 이처럼 외국어와 한국어 간 상호관계의 정립은 이 시대 새로운 언어정책을 위한 당위성과 필연성임을 우리는 인식해야 한다.

교육현장의 목소리보다 사회적 논의에 휩쓸려 영어에 국한되는 외국어 정책이나 외국어 교육은 '숲'이 아니라 '나무'에만 집착하는 결과로 심각한 우려를 낳고 있다. 여기서 우리의 제2외국어 교육의 파행을 지적하지 않을 수 없다. 굳이 유럽을 비롯한 선진국의 중등학교에서 다양한 언어과목이 개설되어 있음을 언급하지 않더라도, 외국어 교육의 다양화를 통한 균형이 필요한 시점이다. 교육당국은 더 이상 미루지 말고 이제라도 제2외국어 교육을 정상화시켜야 한다. 앞서가는 유럽의 언어정책은 이런 점에서 충분한 모델이 될 수 있을 것이다. 그러나 또 다른 문제는 국제화 시대 역으로 한국화를 위한 외국어의 중요성은 그만큼 커지고 있다는 데 있다. 따라서 한국의 국제화를 위해서라도 다양한 외국어 교육은 필수적이다.

현재 고등학교에서의 제2외국어 교육은 일본어와 중국어ㅡ 이전에는 독일어와 프랑스어ㅡ에 편중되어 있을 뿐만 아니라, 이마저 부실하다는 평이다. 이는 반드시 개선되어야 할 점이다. 그간 학부모나 학생들의 요구나 선택에 일방적으로 편승하거나 그에 따른 현실에 안주할 상황은 아니다. 교육에서 학습자 중심은 교사의 일방적 지식 전달이 아니라 학습자의 참여를 통한 생산적 이해 또는 수용을 뜻하는 것이지, 학습권으로 오도되는 학습자의 편의위주와는 근본적으로 다르다. 학교 현장에서의 어려움은 충분히 이해되지만, 그렇다고 근본적인 문제를 외면해서는 더욱 곤란하다는 생각이다.

무릇 교육은 미래에 대한 대응력을 갖추는 데 있어 선도적인 학습이 핵심이다. 한국교육평가원의 주요 업무가 시대의 변화에 앞서 미리 대비하는 교과목 개설, 강화 또는 조정으로 대표되듯이 말이다. 이미 교육부나 각 시·도 교육청의 권장사항으로 알고 있는 제2외국어 과목에서 동양권 언어와 서양권 언어의 다양한 개설을 더 이상 미루지 않기 바란다. 학생들에게 선택의 폭을 넓혀줌으로써, 미래사회를 구성하고 이끌어갈 수 있도록 예비 사

미완의 아름다움

회인에 대한 학교교육에서의 제도적 지원이 절실한 시점이다. 즉 국제화 시대 가장 중요한 인프라 구축에서 필수사항인 외국어 교육의 다양화와 내실을 요청한다. 선진사회를 위한 선진교육이 특별한 데 있는 것이 아니다.

대학의 경쟁력에서
교양교육

인문학자의 위기

몇 년 전부터 인문학의 위기에 대한 진단과 반성의 글이 많아지기 시작했다. 많은 글에서 요청되는 핵심적인 내용은 인문학을 할 수 있는 기반 마련에 정부가 앞장서라는 것이다. 그러한 가운데 과학 및 기술 중심과 신자유주의 경제논리에 편승한 대학의 학문적 불균형을 두고, "인문학의 위기가 아니라 인문학자의 위기"라는 단정적인 표현마저 나오고 있다. 인문학이 처한 참담한 상황에 대한 새로운 인식과 전환을 꾀하려는 고심의 흔적과 역으로 인문학자들이 처한 자괴감 같은 것을 읽을 수 있다. 인문학의 위기든, 인문학을 전공하는 학자의 위

미완의 아름다움

기이든, 문제는 어쩌다가 대학사회에서 이처럼 인문학(자)이 안타까운 처지로 내몰리게 되었느냐에 대한 책임과 그 근본적인 원인을 알려고 하는 자세에 있다.

따지고 보면, 인문학의 위기는 먼저 대학에서 존립의 근거가 약화되어가는 현상에 대한 위기의식이다. 다른 하나는 인문학이 자기 정체성을 잃고 자연과학, 생명공학, 정보 및 기술의 발달을 최우선하는 정부주도의 정책과 국가별 전략에 예속되어가는 자기상실의 측면이다. 또한 법칙성과 과학성, 그리고 실용성이 결여되어 있기 때문에 인문과학이 학문으로서 자기 정당성을 인정받지 못하는 건 엄연한 현실이며, 일반화된 사실로 받아들여지고 있다.

우리의 현실에서 보더라도 인문학과 교양교육이 사회변혁이나 경제발전에 아무런 도움이 되지 않는다고 무시했던 70년대 중반 이후 대학사회나 정치권의 성장과 개발논리에 파묻힌 나머지 인문학과 교양교육에 대한 무관심과 홀대, 나아가 방치가 계속되었지 않았던가! 인문학이 자연과학적 객관성이나 법칙성, 실용성으로 다루어질 분야가 아니라고 지금 다시 주장한다면, 어떤 반응이 나올까 솔직히 궁금하다.

과학성이란 구태의연하게 자연과학적 법칙성에만 의존하는 것도 아닐 뿐더러, 그들의 전유물 또한 아니라고 본다. 법칙화되지 않고 과학적이지 않더라도 합리적인 것은 인간이 행하는 활동 가운데 얼마든지 있다. 사랑, 신뢰, 정직, 창조성, 슬픔과 기쁨의 감정, 정신적인 보람 같은 것들은 고착화된 사고의 틀에서 보는 자연과학적 법칙화로 설명될 수 없다. 그렇지만 진정 인간에게 소중한 것이다.

또한 실용성만으로 소중함과 바람직함을 가늠하는 논법이라면, 더욱 위험하다. 실용적이지 않지만, 인류에게 값진 것은 참으로 많다. 녹지와 휴식 공간, 맑은 물과 깨끗한 공기보다 인간에게 소중한 것이 또 있단 말인가. 그럼에도 불구하고 산업화와 경제 발전이라는 이름으로 대기는 오염되고 먹을 물마저 썩어가고 있지 않은가. 지구의 자원은 한정되어 있는데도 불구하고 끝없는 인간의 욕망을 충족하기 위해 우리 주변뿐만 아니라 전 지구의 산과 강, 심지어 바다 밑까지 마구 파헤쳐지고 있다. 이러한 자연과 생태 파괴는 곧바로 인류의 삶의 터전을 송두리째 잃을 수 있다는 점에서 그 심각성은 매우 크다.

실용적이어야만 한다는 정치적 요구이자 사회적 분위기는 정작 대학의 주체인 대학인들을 철저하게 무시하거나 배제하고 있다. 아니 정치권에 빌붙는 소위 잘난 대학교수들이 정치도 망치고 사회도 망치는 주범이다. 관련 분야에서 전문가로서 조언이나 자문 정도로 만족해야 한다. 아니면 대학을 떠나 아예 정치인이 되든지 사업가가 되든지 제발 대학을 이용하지 말라고 주문하고 싶다.

여기서 대학의 관심을 새삼스럽게 조명할 필요가 있다고 본다. 대학의 관심은 학생들로 하여금 특정한 전공 분야와 전체 지식 영역의 통합감각을 길러주는 데 있어야 한다. 선진국에서는 이미 오래 전부터이지만, 우리나라에서는 학제간의 효용성을 기초한 연구소, 연구주제, 교양강의 등이 새로운 학문의 바람으로 등장한 것은 그리 오래되지 않았다. 물론 이러한 방향은 기존의 학문적 한계를 극복하려는 긍정적인 요인도 있지만, 무한경쟁시대에 처한 대학의 학문적 대응이라는 측면에서 자구적인 변화라고 보고 싶다. 요즈음 대학에서 주목받을 만한 변화의 양상 가운데 하나를 든다면, 다름 아닌 교양교육에 대한 새로운 인식과 강화이다.

지난 20~30년 동안 전공교육의 강화가 국가경쟁력을 확보한다는 맹신 아래 교양과정부(또는 교양학부)를 앞다투어 폐지하고 소위 돈 되는 학문과 전공에만 매진하여 상당한 정도의 효과를 보았다는 점은 누구도 부인하지 못할 것이다. 그러나 바로 이때부터 교양교육, 즉 인문교육은 말 그대로 뒷전으로 밀려나기 시작했다. 그럼에도 불구하고 유감스럽게도 대학의 교육은 여전히 후진성과 대외 종속성을 면치 못할 뿐만 아니라 급변하는 사회적인 요구에도 부합하지 못하는 폐쇄적 자족감에 젖어 있다. 특히 세계화의 바람 앞에 교육도 시장경제논리에 따라 개방하지 않으면 안 되는 상황이다.

교양인 문적 가치

신민족주의 이념으로 급변하는 국가 간 관계와 세계화라는 이름 아래 이루어지는 선진국에 유리하게끔 장치된 무한경쟁의 틀 속에서 대학도 교육도 현실에 안주할 수 없는 절박한 상황이다. 그만큼 대학에 더 많은 역할과 기능을 요구하는 시대이기도 하다. 특히 21세기 과학과 기술의 혁신, 정보 획득과 소통의 장이 늘어나면서, 현대의 대학은 무수한 전문적인 지식을 수용하고 이를 창출하며 훈련시켜야 할 막중한 책임을 안게 되었다. 지식적인 면에서 보더라도 대학이 감당해야 할 몫이 늘어났다. 대학에서는 전문교육, 직업교육 위주의 교육이냐 아니면 교양교육, 자유교육 또는 인간교육에 중점을 두어야 할 것인지?

중세 대학이 설립되면서부터 여태까지 끊임없이 문제가 제기되어왔던 것처럼, 오늘날도 여전히 그러한 선택을 강요받고 있다. 즉 전인적인 인간교육, 인격교육을 시키는 것이 본연의 자세

미완의 아름다움

인지, 아니면 대학이 오히려 실용적인 직업교육에 중점을 둠으로써 사회진출의 징검다리 역할을 수행해야 할 것인지의 문제이기도 하다. 궁극적으로 대학의 존재 이유에 대한 의문과 논의와 깊은 관련이 있다.

다른 한편으로 급증하는 정보나 지식일지라도 이것을 선별하고 정리할 교양인문적 가치체계가 수립되지 않는 한, 역으로 정보와 단편적 지식이 인간들을 희생시킬 수 있다. 실로 대학은 전환의 시기에서 교육의 방향을 두고 갈등을 겪고 있다고 본다. 이럴 때일수록 대학교육이 담당해야 할 일은 지식의 전달이나 개발에 주력하는 것 못지않게 정보와 지식을 선별하는 능력을 길러야 할 것이다. 이를 위해서는 바른 세계관과 윤리관, 가치관, 인간관을 갖도록 가르쳐야 한다. 그런 지식이 왜 그렇게 발생했는가, 그리고 그것이 바람직한 인간의 삶과 역사, 문화를 위해서 어떤 궁극적인 의미를 지니고 있는지를 인지하고 판단할 수 있는 가치체계를 교육시켜야 한다. 이러한 측면에서 본다면, 대학의 경쟁력 확보는 역설적으로 기초학문과 교양교육에 달려 있는 것이다.

한마디로 대학의 경쟁력은 기초학문과 교양교육을 도외시하고는 그 어떠한 발전이나 미래도 없다는 뜻이기도 하다. 역으로 전문교육에서 전제되어야 할 '교양'의 중요성이 이전과 다른 관점에서 부각되어야 한다. 대학의 역사를 통틀어 보더라도 교양교육의 목적은 사회와 자연에 대한 폭넓은 이해를 통한 바람직한 세계관 확립이다. 나아가 분석적이고 창조적인 사고력을 배양하는 데 그 목적을 두어왔다.

따라서 교양교육과 전공교육을 양분하는 태도를 지양하고 양쪽을 포용하면서도 독자적인 연결고리를 만들어내는 특유의 정체성을 가진 교양교육이 요구된다. 전공과목을 위한 예비적 의미의 교양교육이나 전공과 교양이 분리되어 있는 것이 아니라, 전공의 심화에도 필수적이며, 전공의 고립성을 보완하는 연결고리로서 전공까지 끌어올리는 독특한 역할에 관심을 두어야 할 중요한 시기이다.

미완의 아름다움

지방분권시대
교양과 인문학

교양교육

　　　　　　인문교육은 특수한 목적에 맞추어진 전공교육
과 달리 궁극적으로 인간다움이 무엇이며, 왜 그래야 하는가를
묻는 끊임없는 반성적 성찰의 과정이다. 인문교육은 직종이나 직
업에 관계없이 모든 사람에게 필요한 교육으로, 전공인이나 교양
인에게 빼놓을 수 없는 기초적인 관념을 갖도록 해야 한다. 따라
서 지적 영역뿐만 아니라 가치감각이나 미적 감수성의 발달까지
갈고 닦게 하는 종합적인 역할을 수행해야 한다. 즉 교양교육은
'사람이 참된 인간이 되도록 개방시키는 교육'으로, 이는 실용교
육에 앞서 인간이 지향해야 할 방향을 가르쳐주는 에너지로 작용

해야 한다. 이를 '지향적 지식'이라고 칭한다.

그럼에도 불구하고 오늘날 교양교육이 소홀히 취급받는 더 근원적인 이유는 그것이 실용적이지 않다는 것이다. 유럽의 중세 대학 이후부터 끊임없이 논의되기도 했지만, 교양교육이 장기적으로 보면 오히려 실용적이고 인류문화에 유익한 영향을 미친다고 본다. 역사적으로 볼 때 교양교육의 실패로 인해 비판적 사고와 비판능력, 부당한 권력에 저항할 힘마저 상실함으로써 비극적인 결과를 낳은 경우가 허다하다. 현대의 지식상황에서 경험과 방법은 중시되면서, 지향하는 목적에 대해서는 소홀히 해왔다. 원인, 영향, 실용적인 것에 대한 지식은 증가하고 있는 반면, 목표나 목적에 대한 지향성이 감소하고 있기 때문에 기술과 과학의 세계가 일방통행으로 21세기를 이끌고 있다고 볼 수 있다.

바꾸어 말하면, 기술과 지식은 증대하지만, 그것들을 목적지향적으로 비판하고 선별하며, 추스릴 수 있는 힘이 점점 약화되어 지식은 방향을 잃고 파편화 · 도구화되어 간다는 말이다. 덧붙여 기능위주의 대학교육은 끝내 대학의 존재이유를 허물게 될지도 모르는 일이다. 가치와 과정을 소홀히 하고 단말기적인 정보나 기능적 지식인만을 양산할 때, 교육의 결과는 마침내 높은 담을 쌓되 기초공사가 부실한 것과 마찬가지로 높아지면 높아질수록 붕괴의 위험이 그만큼 커진다.

미완의 아름다움

물론 교양교육도 시대적인 요구에 따라 바람직한 개편이 이루어져야 한다. 기존의 교양교육에서 과감히 탈피해야 한다. 영역과 대상도 새롭게 해야 한다. 접근하는 방식은 물론 학문 간 경계를 자유롭게 넘나들 수 있는 새로운 보편성과 특수성을 찾아내어야 한다. 바람직한 교양인은 명료하고 효과적으로 생각할 뿐만 아니라 그것을 잘 표현할 수 있는 능력을 갖고, 비판적인 안목을 갖추는 것을 전제한다. 다른 문화에 대해서도 깊은 이해에 도달하고, 특정한 학문에 대해 깊이 연구한 사람, 이런 일을 잘 할 수 있도록 정신적인 훈련을 잘 받은 사람이라고 지칭할 수 있다.

구체적인 대안을 제시하기란 쉽지 않다. 그동안 가능한 많은 인문학, 사회과학, 자연과학, 공학 전공자들과의 만남에서 그리고 다른 특수 분야의 전공자들에 대한 이해를 스스로 구하는 과정에서 얻은 답은 아직은 명쾌하지 못하다. 그러나 차갑게 식어버린 대학사회에서의 인문학이나 교양교육에 대한 인식의 변화와 그 변화에 따른 자율적인 대응논리가 서서히 이루어지고 있음은 다행이다. 학문의 패권이나 상대적 우위가 병든 대학사회를 대변하는 것이라면, 이는 분명 대학 본래의 사명과 본분을 망각한 인위적 편견적 학문유기에 가깝다. 항상 정치권의 눈치나 보는, 정작 대학의 자율성과 학문의 자유를 내팽개친 채 저급한 상업성이나 경제논리에 스스로 함몰된 초라한 자아상이기도 하다.

인문학의 인프라

참여정부가 출범한 직후 2월 26일 인문학자들의 모임인 전국대학인문학연구소협의회가 주최하고 교수신문사가 후원한 심포지엄 '인문학에서 본 노무현 정권의 과제'가 세종문화회관에서 열렸다. 여기에서 이루어진 발표와 토론에 대한 보도에 의하면, 결론적으로 새로운 정부에 대한 시의성 있는 발빠른 주문이었지만, 인문학자들의 응집력 부족이 지적되고 있다. 여태까지 논의된 내용의 답습에 불과하며, 무엇보다도 자구적인 대안을 마련하는 노력이 없었다는 느낌이다. 그나마 대학과 학문의 서열화가 존속하는 한 인문학의 진정한 자기 발전은 어려우며, 지방대학 균형 성장을 통한 인문학 기반 확대가 문제의 해결책이 될 수 있다는 주장에는 공감한다.

더 근원적인 문제는 거듭되는 인문학자들의 반성과 분발의 목소리를 '참여정부'가 어느 정도 끌어안을 수 있을지 정치인들의 인식변화와 지원을 기대한다면, 여전히 인문학자나 대학은 짝사랑의 고통과 실망만 커질 것이다. 인문교육의 중요성과 가치에 대한 몰이해와 편견 그리고 정치적 생색내기에 급급한 나머지 문제의 중요성을 깨닫지 못하는 정치인들이나 교육 관료에게 대학교육의 본분과 사명마저 일임하는 악순환의 고리가 계속 이어질 것이기 때문이다.

미완의 아름다움

그러나 정작 중요한 사실은 대학에서 양질의 교양교육을 강화하는 차원에서 시간이 걸리더라도 인문학적 인프라 구축이 무엇보다도 시급하다. 이를 간과했을 때는 단기간에 걸쳐 어느 정도 효율을 가져올 수 있으나, 우리가 염려하는 근원적인 문제는 해결되지 않는다. 지방정부가 중앙정부가 하지 못하고 있는 인문학과 교양교육을 위한 투자를 대학과 협의해야 한다는 점이다. 경제논리에만 치우친 투자만 할 것이 아니라, 그 지역의 문화적 대응책 마련에 더 이상 중요한 시기를 놓치지 않기를 바란다. 이것이 바로 '지방이 살아야 나라가 산다' 는 명제의 필요충분조건이다.

이러한 문제에 대한 안목이 결여된 정치권에 인문교육을 더 이상 맡길 수는 없다. 지역사회와 지방정부도 중앙정부의 흉내만 내지 말고 현재 심각한 상태에 놓인 지역대학의 인문학 연구와 교육에 정부가 할 수 없는 역할을 해야 할 것이다. 재정적 지원은 하되 간섭하지 않는 선진형 인문교육 지원책을 과감히 펼침으로써 역대 정부가 가졌던 한계를 극복하고 지방분권의 전략상 핵심인 지역대학과의 연계성을 확보해야 한다. 가시적인 산업 관련 지원도 중요하지만, 인문학의 인프라 구축과 지원을 통한 새로운 문화가치와 인간다운 삶의 지향점 마련에도 꼼꼼하게 지원하는 임무를 새삼스럽게 인식해줄 것을 요청한다. 이는 역설적으로 지역사회의 미래와 비전을 담보하는 핵심적 사항임을 결코 망각해서는 안 될 것이다. 그리하여 지역대학과 지방정부가 지역의 경제기반 확충에 걸맞는 대학의 인문학 연구와 교육의 문제를 함께 해결하는 전향적 자세가 요청된다.

또한 대학은 대학 나름대로 기초 교양교육, 실질적이고 미래가치적 프로그램 개발과 운영을 위한 별도의 특단적인 조치가 필요하다고 본다. 학제간의 연구와 강의과목의 개발이 지속적이어야 하며, 아울러 체계적인 운영도 필요하다. 대표적인 예를 들면 '과학과 철학'과 같은 강의이며, 교육공학에 접목되는 각 과목의 교수법 개발에 기초한 예술과 문학, 사회학과 인문학, 의학과 체육학, 인지과학과 윤리, 대체에너지학, 천체와 우주공학, 수학과 논리, 한글의 글쓰기 작법, 법과 첨단과학, 경영과 환경 등 실로 수많은 영역에 걸친 학제간 강의과목으로 시대의 흐름과 사회적 변화에 능동적으로 대비해야 할 것이다. 그러나 문제는 현재와 같은 학과중심 또는 교수 개인의 전공에 국한하는 중복적이거나 단편적인 강의개설이 아니라, 별도의 전담부서나 학부와 관련 연구소를 운영함으로써 집중도와 효율성을 높여야 할 것이다.

미완의 아름다움

대학에서 본
부산문화*

　　발표자의 주제는 '부산지역 대학문화의 정체성'으로 먼저 어원에 근거하여 대학, 문화 그리고 정체성 개념을 정의하고 있다. 다음으로 부산지역 대학의 역사, 대학 및 부산문화의 특성은 '개방성', '대중성'과 '지역성'으로 진단하였다. 결론은 대학문화를 꽃피우고, 정체성을 확인하는 선행적인 조건에 대한 대안으로 『부산백과사전』의 편찬을 제창하고 있다. 즉 부산문화 발전을 위한 명분과 출발점이 지역문화에 근거하면서, 부산문화와 부산정신의 토대를 확고히 할 수 있다는 주장이다.

＊이 글은 2006년 10월 27일, '부산지역 대학문화에서 본 부산문화의 정체성'이라는 주제로 개최된 부산광역시문화상수상자회 제10차 학술포럼에서 토론자로서 발표한 내용을 추가 및 보완한 것임.

그러나 여기서 발표자가 정의한 부산문화의 상징적 표현은 21세기를 맞이하는 현실적인 측면과 비전을 함께 포용하는 조금 더 함의적인 것으로 대체되거나 보완되어야 할 과제를 안고 있다. 즉 '개방성'은 오늘날 '국제성' 확보가 새로운 패러다임이자 과제이며, '대중성'은 생활수준의 향상에 따른 문화욕구를 충족시킬 수 있는 대중문화와의 연계성이다. 또한 '지역성'은 특성화와 고유성이자 '글로벌 스탠다드Global Standard'를 갖추는 변화와 새로움을 전제하고 있다. 한마디로 살맛나는 도시 부산을 지향하는 데 있다. 따라서 부산시문화상수상자모임에서 21세기 부산을 상징하는 표어 제창을 새롭게 연구하는 것이 어떨까?

그 연장선에서 대학문화뿐만 아니라 대학에서 본 부산문화의 정체성은 무엇이며, 나아가 이를 실천할 수 있는 근본적인 대안 모색도 중요하다고 본다. 여태까지 부산문화의 진단은 역사, 지역성, 특질 및 전망에 초점이 맞추어져 있다. 즉 사회학적 관점을 우선하여 문화의 본질, 요인과 실천에 관한 주장은 피상적이며, 문화의 생산과 수용이라는 문화공간에 대한 점은 소홀했다고 볼 수 있다. 따라서 토론자는 발표된 주제의 큰 담론에 근거하여, '대학문화란 무엇인가?'와 부산문화라는 개념을 대학의 입장에서 간단하게 언급한 다음, 대안으로 제시될 수 있는 것 가운데 실천적 방안을 언급하려고 한다.

미완의 아름다움

1. 대학문화란 무엇인가?

　한마디로 열린 개념이다. 즉 대학문화는 대학사회의 구성과 성격을 어떻게 규정하느냐에 달려 있다. 학생은 유동적인 요인이며, 대학은 학문적 공동체라는 점에서 사회적 여건과 연결된다. 동시에 학문의 성격과 직결되는 이중적 의미를 갖기 때문에 대학문화의 정체성은 유동적이자 가변적이다. 그럼에도 불구하고 대학문화의 본질은 자유, 실험과 도전, 새로운 지식추구의 주지주의, 도덕성, 정의감, 이성적 사고, 행동하는 지성주의에 바탕함으로써 대학의 정체성도 고양된다고 본다.

　또한 근본적으로 대학문화가 보수적인 기성사회의 문화에 대한 도전, 창조적인 열정, 실험적인 정신에 의한 전향적인 성격을 띤다는 점에 유의할 필요가 있다. 더구나 최근 진보적인 학생운동은 민중문화를 과감히 수용함으로써 대학문화의 새로운 패턴을 만들기 시작했다. 역으로 이러한 문화가 기성의 문화, 예술에도 크게 영향을 미쳤으며, 폭넓은 민중문화운동으로 확대되었다는 점도 간과해서는 안 될 사항이다.

　대학문화도 문제가 있다. 급속한 경제성장을 이룬 70년대 이후 대학문화는 그 이념과 성격, 형식과 방법이 창조적이며 실험적인 것보다는 기존의 사회질서와 정치체제에 대한 비판과 저항을 중심으로 하는 반기성적 반문화적 속성을 드러내었다. 오늘날에 이르러서 대학문화는 본질적 의미와 고유성을 상실하고 있다. 소비와 향락에 빠지는 천민자본주의적 생활양식이 대학문화를 지배하고 있으며, 인성교육을 새삼스럽게 강화해야 할 정도로 도덕적 해이와 가치관 부재가 만연한 실정이다. 여기서 '가치'는 하인리히 리케르트Heinrich Rickert가 주장했듯이, 모든 가치는 인간정신의 객관적인 형상물인 학문, 국가, 법, 예술, 종교 등을 통해 실현됨을 뜻한다. 이런 총화 위에서 인생의 참다운 의미가 규정될 수 있는 것처럼 대학생활을 통해 민주시민으로서의 기본적인 자질을 함양해야 할 대학(생)이 이에 부응하지 못하고, 도리어 대학문화를 피폐하게 만들고 있다.

그러나 대학문화의 가능성도 있다. 대학문화의 근본적인 요건은 자유로운 이성이며, 자유이성의 참다운 의미는 인간적인 가치를 우선하는데 기초해야 할 것이다. 즉 폭넓은 인문학적 사고를 중심으로 하는 학문적 문화를 지향하는 가능성이다. 따라서 대학이라는 공간이 문화적인 창조공간으로 존재하기 위해서는 대학의 모든 시설에 문화적인 개념을 도입해야 한다. 이러한 활용 역시 문화공간으로서의 기능을 발휘할 수 있도록 조정되어야 한다.

더 구체적으로 언급하면, 역사와 전통 그리고 학풍, 학문적 수월성에 근거한 대학문화의 창조는 앞서 토론자가 새롭게 정의한

미완의 아름다움

지역성 확보를 필요로 한다. 이를 위해서는 학문 간 단절, 지역사회의 요구, 지역사회에 대한 봉사, 기존문화를 극복할 수 있는 비판정신과 실험정신, 대중문화를 선도할 수 있는 창의성이 중요하다. 그리고 연령별, 직업별, 성별에 따른 다양한 요구를 수용하는 측면 등에서 실천적인 과제가 연계성, 차별성, 지속성을 지녀야 한다. 중·단기적 효과를 자체적으로 가늠하는 사항도 충분히 고려되어야 한다. 이를 토대로 대학의 현실을 진단해보자.

2. 대학생들이 생각하는 대학문화와 부산문화의 문제점

새로운 것에 가장 민감하고 흥미를 갖는 젊은 층이지만, 대학이나 지역사회에서 문화를 생산하고 접근할 수 있는 여건이 매우 열악하다. 구체적으로 살펴보면,
  1) 수도권과 비교해서 문화시설의 부족.
  2) 접근성이 불편하거나 경제적인 이유로 문화시설을 이용할 기회가 적음.
  3) 부산시가 주도하는 문화행사 가운데 '영화제'를 제외한 것들에 대한 무관심.
  4) 학생활동에 대한 지원 부족.

5) 진정한 대학문화가 사라지고 있는 점 등이다.

구체적으로 영화를 든다면, 부산국제영화제를 개최하는 도시인데도 불구하고, 영화제 이후 다양한 영화를 접할 기회 및 공간이 부족하다. 주요 원인은 극장주나 배급사의 상업성 때문이다. 나아가 뮤지컬이나 오페라 등의 공연장이 없을 뿐만 아니라 지역 문화행사에 지역 문화인들이 참여와 재생산에 기여할 기회가 없다는 점이다.

음악, 미술, 행위예술 등도 마찬가지로 보고 있다. 부산시에서 주도하는 주류 문화라는 것 자체가 상업적이며, 과시적인 효과를 겨냥하는 단기적 행사로 받아들여지고 있다. 문화의 잠재적 생산자이자 수용자인 학생사회의 변화로 문화의 '소비적 측면' 외에 생산과 수용에 학생들의 참여가 대학은 물론 사회로부터 배제되고 있다. 대학 안에서도 순수예술이나 학술 동아리 대신 취업이나 웰빙 같은 목적성 클럽에 경도되는 경향을 당분간 피할 수 없다고 보고 있다.

이를 간단하게 정리하면,

1) 다양한 문화공연, 전시 등을 접할 수 있는 환경 마련을 원하는 부분이 가장 크다.

2) 부산문화의 정체성 부분에 대한 인식이 부족하다. 지역성이라는 것도 중앙과 괴리되거나 낙후되었다는 인식의 차원에

미완의 아름다움

머물고 있다.

3) 부산시 주도의 문화행사가 상업화나 획일화로 흐르고 있는 점을 우려하고 있다.

4) 대학 주변의 술집, 상점 등 소비형태의 공간에 대한 개선이 전혀 없어 불만이 높다.

이를 바탕으로 대학생들이 바라는 것들은,

1) 부산시 주최의 행사에 젊은 인력을 많이 기용하는 기회를 마련하라.

2) 젊은이들이 자유롭게 전시나 창작활동을 할 수 있도록 공간을 확보하고 지원하라.

3) 대학과 부산시가 협의하여 대학로의 실질적인 정비, 특히 주점이나 음식점 등 상업지구를 정비하여 한 블록만이라도 문화를 즐길 수 있는 특화된 거리 또는 공간을 조성하라.

4) 캠퍼스를 개방하여 지역사회와의 연계성을 확보하라.

5) 대학언론과 지역 언론매체와의 연계를 강화하라.

6) 청소년문화 육성을 위해 청년문화를 창출하면서, 청소년문화를 선도할 수 있는 소극장, 공연장을 대학은 구청이나 부산시와 협의하여 설치하라.

7) 21세기 대학세대가 누릴 문화적 요인을 선점하는 기획과 프

로그램을 개발하라.

8) 시민의 다양한 문화적 욕구를 충족시키는 대중문화에도 관심을 가져라.

9) '부산문화달력' 같은 홍보물을 통해 시민들의 관심을 높혀라 등이다.

3. 전문가 입장에서 본 부산문화의 진단

1) 공연시설이 부족하다. 부산시가 건립한 공공문화시설에만 국한해서 보면, 부산문화회관, 부산시민회관과 구청에서 운영하는 금정문화회관, 동래문화원, 을숙도문화회관, 부산시립미술관, 시립박물관 정도가 전부이다(서울과 수도권에 우리나라 문화시설의 40% 이상이 밀집해 있다). 이는 "문화는 한 번 즐겨본 사람이 즐길 수 있는 것인데, 기반시설의 부족은 접근 기회마저 차단하는 것이다"(김상우, 한국사회론 강의)라는 말을 방증하는 것이다.

2) 기업들이 사회환원적 차원으로 벌이는 문화 사업에서도 지방은 소외될 수밖에 없다. 서울에 제반 문화시설이 잘 갖춰져 있어 좋은 환경 속에서 예술 활동을 하기 위해 예술가들

미완의 아름다움

은 서울로 상경하고 있다. "투자자를 찾기 위해 실력 있는 지역 예술인들이 서울로 올라가거나 전시만이라도 서울에서 하려고 한다"('재미난 복수'의 류성호)는 상황이 이를 잘 반영하고 있다.

3) 이러한 서울로의 문화 집중은 예술교육을 받는 학생들의 기회마저 제한하고 있다. 부산비엔날레 현대미술전 퍼포먼스 지도를 맡은 박은경(부산예술중 음악) 교사는 "예술중학교임에도 불구하고 부산에는 실용음악이나 뮤지컬을 가르칠 사람이 없어 학생들에게 가르치지 못하고 있다"며 전문 인력 부족을 꼬집었다.

4. 전문가 입장에서 본 부산문화의 발전방안

서울로의 정치, 경제, 문화의 집중 현상은 계속된 악순환을 불러왔다. 사회의 여러 요인들이 복합적으로 작용해서 발생한 서울로의 '문화 빨대 현상'은 이제 비교 상대조차 되지 않을 정도로 깊어졌다는 심각성을 새삼 인식해야 한다. 따라서 부산의 향기가 묻어나게 부산만이 가지는 장점을 살리는 것이 무엇보다도 중요하다. (부대신문 1323호 문화면 참조)

1) 관 주도나 연중행사가 아닌 일상생활에서 문화를 느낄 수 있어야 한다.

2) 서울문화를 따라가기보다는 부산만이 가진 해양문화와 역동성을 살려야 한다. 지금이라도 늦지 않으므로 해양문학상을 제정하거나 특화를 통해 지역적 고유성을 기릴 필요가 있다. 해양수도를 주창하는 부산시로서도 타 지자체와 차별성을 기하고 경쟁력을 확보할 수 있기 때문이다.

3) 바다를 중심으로, 온천천 등 부산의 도심 여러 지역에서의 문화행사를 통한 지역적 특성화를 꾀해야 한다.

4) 지역 예술인 육성이 매우 중요하다. 정책이나 제도 개선, 지원을 통해 지역 예술인들이 활동할 수 있도록 도와야 한다.

5. 작은 결론의 전제

여태까지 누누이 지적되었고, 또한 문화도시로서 위상을 갖추기 위한 계획과 실천이 나름대로 이루어져 왔다. 그런 점에서 좋은 아이디어나 발전방안 등 여태까지 제안 및 건의된 내용과 별반 다름이 없다고 본다. 과거, 현재, 미래의 부산을 통칭할 수 있는 요인은 결국 '문화'이다. 달리 말해서, 21세기 부산의 전망은

미완의 아름다움

열려 있는 상태로 진단하고 싶다. 더 나은 삶과 삶의 진정성을 위한 부산(인)의 문화는 그 가능성을 이룩하는 과정이 무엇보다도 중요하다. 기업이 떠나고, 젊은 사람들이 떠나고, 희망이 없는 부산으로 인식된 지도 오래다.

인정하고 싶지 않은 것들이지만, 부산을 아끼고 사랑하는 시민들의 불만은 크며, 이제 불만을 넘어 체념과 방관자적 자세가 이어지는 현실이 더욱 안타깝다. 허나 이러한 사실에 대한 진단은 항상 서울을 정점에 두고 내린 진단이다. 정치인들을 비롯한 기업인, 상공인, 문화인, 대학인들이 책임을 서로 미루거나 전가하는 양상은 예전이나 지금이나 크게 바뀌지 않고 있다.

그러나 이 자리에서 토론자는 앞선 내용에 대해 누구의 탓으로 돌리고 싶지 않다. 해결의 길은 의외로 가까운 데 있다고 보기 때문이다. 정보, 기술, 문화의 시대에 시민들의 욕구를 충족시키지 못하는 무능함에서 비롯된다고 생각한다. 지적하고 싶은 것은 바로 시민 개개인들의 관심과 역량을 확인하고 진작시키지 못하고 있는 언론매체의 직무유기와 출판문화의 영세성이다. 실제 생활공간 내에서 이루어지는 소식과 정보를 접할 기회가 원천적으로 봉쇄되어 있다. 공동체의 이야기를 구성원들이 모르고 있는 현실은 전적으로 이를 소통시켜야 할 대중매체와 출판의 후진성에서 비롯된다. 부산시민들은 각각 따로 놀고 있는 셈이다.

6. 언론과 출판 사업을 진흥시켜야 한다

　시민의 힘으로, 말이 중앙이지 서울지역의 언론매체에 불과한 그들의 횡포를 더 이상 묵과해서는 안 된다. 라디오에서 광화문이나 올림픽대로의 교통체증의 소식을 왜 부산시민이 부두 길로 운전하면서 들어야 하는가! TV의 일기예보가 왜 부산에서 느끼는 것과 차이가 있으며, 무슨 권한으로 끝 부분에서 "현재 서울의 기온은 00도입니다"라는 아나운서의 말을 들어야 한단 말인가!

　다른 한편으로 책을 읽는 독자들은 부산에서 출간되는 제대로 된 책을 읽을 기회가 매우 드물다. 거대 자본과 마케팅으로 서울의 출판사들은 전국 독자들에게 거의 모든 정보를 독점중개하고, 소위 '서울공화국'이라는 이름 아래 출판권을 독점한 상태이다. 매일 그렇게 살다 보니 부산이라는 공간적 시간적 존재는 허상에 불과하다는 느낌이며, 시대적 정서적 이질감 또한 크다. 그리고 소위 중앙지라는 신문의 편집과 기사 처리는 항상 서울편이다. 지방은 그야말로 들러리에 불과하다. 전문가의 인터뷰도 서울의 대학교수들이 독점한다.

　국민 세금으로 운영되는 언론기관이든, 공영방송이라는 그럴싸하게 포장된 방송이든, 정보와 지식을 문자로 생산 판매하는 출판사든 그들끼리 얽히고설킨 이해관계는 그들만이 소유하고

168

있는 대중매체와 출판사의 수나 양으로도 부족할 지경이다. 심지어 저들의 반목마저 저들의 생존논리에 종속하는 뉴스가 되는 판국이다. 우린 늘 구경꾼 신세이다.

덧붙여 하고 싶은 말은 서울 이외 지역문화에 대한 편견과 선입견은 배운 사람일수록, 젊은 사람일수록, 돈을 가진 사람일수록, 권한을 가진 사람일수록 심하다는 점이다. 방송매체가 한국에 들어선 이후 근 40~50년 동안이나 반복되는 언론의 중앙예속과 종속을 더 이상 허용해서는 안 된다. 인구 400만의 부산, 인근 양산과 김해 그리고 울산과 경남을 포용하는 지역광역화에 따른 언론의 제구실이 관건이다. 현재 부산과 경남의 네트워크를 형성하고 있는 KNN(이전의 PSB)은 물론, KBS, MBC, SBS 등 TV에서 뉴스는 부산 소식과 문화를 알리는 데 턱없이 부족하다. 지겹고 화가 나는 TV의 '부산뉴스'가 얼마나 부산시민을 우롱하는가를 당사자들은 물론 부산시가 알고 있다면, 과연 그들은 누구인가? 라디오 역시 '딩동댕'으로 이어지는 지방 뉴스를 아직도 들어야 하는가?

정보의 부족과 느림은 어제오늘의 문제가 아님을 우린 너무나 잘 알고 있다. 특히 젊은이들이 매일 접하는 인터넷 주요 포털사이트 역시 부산에는 없다. 더구나 예를 들어 '다음Daum' 사이트에서도 서울 소재 신문과 방송, 잡지와 링크를 맺고 있지 어디를

클릭하더라도 부산의 신문과 방송, 잡지와 연계되지 않는다. 아예 취급조차 하지 않는 오만방자함을 그들은 버젓이 행하고 있다. 그들의 편견과 아집은 고약하기 짝이 없다. 기득권을 여하한 형태로든 포기하지 않는다. 서울의 각종 언론과 매체 그리고 그들이 갖고 있는 독선과 이분법적 차별, 이는 횡포이자 불균등을 심화시키는 처사이다. Nate, Naver, Yahoo, Google, Dreamwiz 등은 물론 공공기관에서조차 서울과 지방이라는 용어를 아무렇게나 사용하고 있다. 서울 이데올로기가 교묘하게 숨겨져 있는 '지방' 용어사용에 대한 법적 대응이 필요한 시기이다. 또는 뉴스에서 '지방'이라는 용어사용금지가처분 같은 조치도 고려해볼 수 있다.

더 구체적으로 대응한다면, 공영방송의 연합제작체제 구축과 이를 위한 공영방송법 개정을 추진하는 것도 하나의 방안이다. 그리고 프로그램 편성에서 9시 뉴스를 분산, 축소한다. 즉 뉴스는 사실보도에 치중하고 쟁점은 심층 분석과 전문가 및 시청자 토론 식으로 보완한다. 5분, 10분, 20분 정도의 뉴스는 공통적인(정치, 외교, 군사, 경제 등) 것으로 하고, 각 지역의 뉴스 보도와 보도의 양은 늘인다. 전 국민과 지역을 바탕한 민의적 차원에서 새롭게 거듭나야 할 시점이며, 충분한 당위성을 갖는다. 그러나 이는 관련자들의 논의와 합의가 필요하지만, 그야말로 정치적 해결을 꾀

미완의 아름다움

하는 노력을 통해 TV, 방송 등에서 편성권을 확보하는 차원에서 접근하는 것이 좋다고 본다.

부산 소재 TV나 방송은 지긋지긋한 쪼가리 뉴스가 아니라 뉴스의 편성권을 부산시만큼이라도 확보하고, 신문도 소위 중앙지를 버금하거나 능가하는 자체 역량을 키워야 한다. 전국의 대표적인 신문이 되지 말라는 법은 어디에도 없다. 언제까지 현실에 안주할 것인가? 왜 독립적인 언론매체로서 거듭날 수 없단 말인가? 부산시민을 믿는다면 어떠한 형태로든 가능한 일이라고 본다. 물론 제한적이지만, 부산 언론은 부산시와 대학의 발전을 위한 사실보도, 비판과 충고를 아끼지 않고 있다. 그러나 서울을 비롯하여 다른 시도와 비교하고 세계를 비교하면서도 정작 자신들의 매체가 범하는 과오는 물론 시민을 위한 노력이 너무나 미흡하지 않는가. 어불성설이다.

출판문화도 언론과 차이가 없다. 아니 더 열악한 상황이다. 변변한 출판사 하나 없는 부산의 문화는 그야말로 초라한 자화상을 대변하고 있다. 그들의 상황을 우린 충분히 이해할 수 있다. 때문에 시민의 힘으로 출판문화를 꽃피우는 노력을 다각적으로 펼쳐야 할 시기이다.

7. 부산시문화상에 대한 진단

부산시문화상은 1957년부터 시작하여 올해 49회를 맞는다. 분야는 '언론출판, 인문과학, 자연과학, 문학, 체육, 지역개발, 공연예술, 전시예술' 등으로 나뉘어져 있다. 반세기의 역사를 갖고 있으나, 이에 대한 시민들의 정서와 얼마만큼 부합하는지, 자체 평가와 적절성을 진단하는 기회가 있어야 한다. 시대의 변화와 새로운 위상을 위한 부산시의 입장은 무엇인지? 차제에 부산시문화상에 대한 새로운 개념을 정립할 필요가 있다.

나아가 문화상 취지에 비추어 본다면, 수상자들의 그간의 활동에 대한 수상은 업적과 공로에 대한 보상적 차원이라고 볼 수 있다. 그렇다면, 전통과 명예라는 문화상의 의의를 전향적인 차원에서 미래지향적 보완이 요청되는 시점이다. 즉 명실상부한 문화상 제정을 위한, 즉 부산문화의 진흥을 위한 활동 가능성도 부분적으로 고려해야 할 것이다.

이제라도 늦지 않다. 위에서 언급한, 주제 발표와 다른 토론자도 역시 지적한 대학문화이든 부산문화이든 각론에서의 논의를 전부 아우르는 독립적인 언론을 키우고 출판을 진흥시키는 일이 핵심이라고 본다. 즉 부산문화를 제대로 알리고, 소개하고, 가꾸고, 부산정신을 창조하는 데 필수적인 매체의 활성화가 필요하

미완의 아름다움

다. 가칭 '부산언론출판육성회'를 각계의 전문가들로 구성하여 실체가 있는 지방화 정부와 지방화 시대를 이끌어야 한다. 부산 문화를 창조하는 일은 바로 이웃의 이야기, 우리들의 소식, 부산 만의 이야기가 소통됨을 전제할 수밖에 없다고 본다. 뿐만 아니라 행정, 의회, 사회, 경제, 법, 예술, 문학, 체육, 건강, 음식, 도로, 항만 그리고 대학까지 포함한 각종 정보의 알림과 전문가의 출판물은 부산문화의 활성화에 가장 중요한 인프라이다.

우리 모두 공동체이자 자치 도시라는 개념을 똑바로 인식해야 한다. 같은 차원에서 소위 부산을 이끈다는 지도층의 인사들도 중앙의 눈치나 보고, 그들의 권력에 아부하거나 역으로 이용하는 때 묻은 관습적인 버릇을 고쳐야 할 것이다. 시민들의 바람을 제대로 읽을 줄 알아야 하며, 시민들의 역량과 능력을 믿는 지도층이어야 한다.

제6장

첫사랑 발트3국

개인의 역사든 민족의 역사든
역사는 우연과 실수의 틈바구니에서
겨우 발전의 계기를 마련한다.

이천사년 시월 초엿샛날이다. 어느덧 아침과 저녁으로 줄어드는 낮 시간에 따라 아침 7시가 되어도 창 밖은 여전히 밝지 못하다. 손전화로 아침 기상시간을 알람으로 지정해두었지만, 침대에서 일어나는 시간은 늘 6시 20~30분이다.

　　그간 여섯 달 동안이나 준비해온 발트3국 여행길. 마침내 쾰른-본 공항의 '저먼윙스Germanwings'(저가 항공사) 비행기에 탑승을 하게 된다. 혼자만의 여행이라 한편은 오랜만의 자유를, 다른 한편으로는 걱정이 뒤따른다. 그간의 준비란 '에스토니아어'를 나름대로 스스로 배운 것, 자료수집, 본 대학 얀 자이프Jan Szaif 교수의 도움으로 에스토니아 타르투Tartu 대학의 리나 루카스Liina Lukas 교수와 그의 친구를 알게 되어 이메일로 연락을 취한 것 등이다. 그러나 에스토니아의 민족 작가 얀 크로스Jaan Kross와의 연결은 출발 전까지도 이루어지지 않는다.

이번 여행의 계기는 우연에 기인한다. "개인의 역사든 민족의 역사든 역사는 우연과 실수의 틈바구니에서 겨우 발전의 계기를 마련한다"는 말이 기억난다. 지난 3월 초 작은아들과 함께 독일 본Bonn에 도착한 후 얼마간 숙소를 구하는 문제로 고생을 하였지만, 가끔 구입해서 보는 지역신문 〈게네랄 안차이거Genernal Anzeiger〉에 실린 유럽연합EU의 새로운 회원국 소개에서 에스토니아와 작가 얀 크로스의 문학세계와의 만남이 계기가 되었다. 자연스럽게 중국과 일본 사이에 놓인 우리의 역사와 문학과의 비교나 대비가 흥미로워진 것이다. 허나 실제의 관심은 작가의 정신세계이다.

자이프 교수의 도움으로 그의 작품을 소개받고 당장 대학 근처 서점에 들려 『황제의 미친 사람Der Verrückte des Zaren』과 에스토니아어 입문서를 구했다. 이번 독일 체류에서 문학기행을 해보리라 생각은 일찍 들었었다. 작은아들의 아일랜드 여행 때도 함께 했다면, 제임스 조이스James Joyce를 비롯한 더블린Dublin 문학기행을 했을 것이다. 허나 경제적인 사정으로 이를 뒤로 미루었다. 반면 헬싱키Helsinki로 가는 비행기는 예약 3개월 전이라 무척 싼 요금으로 여행할 수 있는 기회를 잡은 것이다. 기장의 안내방송, 시차가 한 시간 빠른 그곳의 도착을 알린다.

미완의 아름다움

핀란드 헬싱키에서 첫날

헬싱키로 접어드는 비행기 안의 작은 모니터 화면과는 달리 창밖은 온통 희뿌연 구름뿐이다. 구름 아래 햇빛을 기대하기는 힘들지만, 그래도 바다라도 보여야 할 텐데… 그런 생각도 잠시 비행기 바퀴가 활주로에 닿는 둔탁한 덜커덩거림이 앉은 의자와 등에 전달된다. 핀란드, 이름만 듣고 지도에서만 보던 헬싱키에 도착한 것이다.

공항에서 수속 따위를 생각해보았으나, 너무나 싱겁게 출구를 나오게 되어 곧바로 공항 건물 바깥에 선다. 유럽의 여러 나라 가운데 북구의 정결함과 질서정연함은 독일을 제외한 다른 서부유럽에서는 볼 수 없는 모습이다. 환경과 기후, 민족성 등의 요인도 있겠지만, 정작 우린 그들을 너무 모르고 있다. 안다고 해도 거의

미국이나 서부유럽적 시각에서 자기편의 위주나 자기이해 중심
적 시각에서 비롯된 보도와 카메라의 초점이므로 실상은 다를 수
밖에 없다. 역으로 우리에 대한 해외에서의 인식 역시 그런 범주
에 속하리라 짐작하니 왠지 찜찜하다.

　디지털카메라, 작은아들로부터 출발 전 간단하게 설명을 듣고
왔지만, 여전히 서툰 그리고 이전 카메라와는 전혀 다른 이질감
같은 걸 느낀다. 세대 차인가? 도통 카메라 화면이 마음만큼 잡히
지 않을 뿐더러 흔들흔들 움직이는 프레임. 마침 지나가는 한 분
에게 부탁하여 공항에서 사진 한 장을 기념으로 찍게 했다. 안내
소에서 낯선 동양인을 반갑게 맞이하는 아가씨에게 독일어로 가
능하느냐, 라는 나의 질문에 영어로 하자고 한다. 숙소의 약도를
보여주면서, 교통편을 묻는다. 공항버스 615번 타고 '란타티 아
세마(중앙역)Rantati asema'에 내려 '트람(거리전차)Tramm'으로 갈
아타면, 목적지에 갈 수 있다는 답변이었다.

　옛날 대학생 때는 꿈도 꾸지 못했던 해외 배낭여행을 새삼스럽
게 시작하는 기분이다. 요즈음 대학생들은 세계 각지를 그야말로
주름잡으면서 여행하지 않는가! 나의 큰아들만 하더라도 3개월
동안 북미여행을, 이번 추석에는 독일로 부모형제를 만나기 위해
오지 않았던가! 여행의 참맛은 젊음을 수반했을 때 그리고 가능
하다면 혼자서 어려운 것들을 해결해가는 데 있지 않을까?

　　　　　　　　　　　미완의 아름다움

공항을 빠져나온 버스, 도심에 이르기 전 주변의 경치 중, 우선 쭉쭉 뻗은 나무숲이 눈에 띤다. 자작나무 숲 같기도, 허나 더욱 인상적인 것은 안개가 짙게 드리운 가운데 안개비가 조용하게 내리는 배경이다. 어느덧 중앙역에 내려 다시 여행안내 창구에 가서 확인을 한 다음 거리전차 역에서 한 아가씨에게 묻는다. 처음 듣는 핀란드어 '칵시'. 에스토니아어로 칵스kaks는 '2' 다. '핀-우그르Fino-Ugrisch' 계에 속하기 때문에 60~70% 정도 핀란드와 에스토니아어의 어원이 같다. 당장 알아들을 수 있었다. '2번으로' 라는 격변화이다. '칵시kaksi' 처음 듣는 핀란드어가 우리말 '각시', 시집살이 각시로 이미지가 짧은 순간 바뀌는 이유는 뭘까?

유스호스텔Eurostel를 예약해두었기에 수속은 간단하게, 비용은 회원증을 소지하고 인터넷으로 미리 예약한 관계로 34유로―이것도 따지고 보면 무척 비싸다. 헌데 일반 호텔은 더욱 비싸다― 를 지불한다. 짐을 풀고 잠시 드러누워 쉬면서, 손전화로 독일 본의 집과 통화를 시도한다. 유럽은 어느 나라를 가더라도 인공위성으로 국경을 구분시켜 어디에서든 통화가 가능하다. 전화비용은 모르겠다. 언제나 끝까지 따라다니는 비용문제, 문제는 절약이라는 뜻이겠지. 아들이 받는다. 그리고 아내의 목소리, 반갑다. 떠나오기 전 한 말, "밤에 돌아댕기지 말고, 이쁜 여자 꼬신다고 따라가지 마소". ―그럼 안 이쁘지만 젊은 여자가 오라면 가도 되나?—더 어둡기 전 근처 슈퍼마켓에 들려 맥주와 물을 구입할 겸 주변을 30~40분 정도 걸었다. 비가 계속 내렸지만, 그렇다고 우산을 쓸 정도는 아니다. 아내가 준비해준 김밥, 김치, 멸치볶음과 함께 사발면을 먹는다.

깍두기와 멸치볶음은 그야말로 중요 식품이라 아껴 먹는다. 헌데 냄새 날까봐 포장을 얼마나 야무지게 쌌는지, 그것만 푸는 데도 벌써 라면 국물이 식을 정도였다. 허나 코끝을 후비고 드는 김치 냄새, 이 나이에 사서 고생하는 여행길, 혼자 해결하는 저녁식사, 영화의 한 장면과도 같다. 2004년도 노벨의학상도 후각점막을 통해 신경조직 간의 통로와 인식과정을 밝힌 연구가 수상대상이 되었다는 보도가 생각난다. 노벨상을 제정할 때부터 본래의 의미는 인류공영을 위한 주요 분야의 연구와 업적, 공로와 명예인데, 21세기까지 이르면서 노벨상은 많이 변질된 것 같다. 이젠 미국의 독점시대이다. 무슨 국가의 힘과 명예를 올림픽 메달처럼 전시하고 과시하는 느낌이다. 경제학상은 아예 그들이 따로 만들었지 않는가.

허나 더 심각한 문제는 노벨상 수상자들의 학설이 이내 허위로 밝혀지거나, 검증될 수 없는 것에서부터 수상 선정에 따른 잡음이 계속되는 데 있는지도 모른다. 그렇다면 문학상은 또 무슨 기준인가? 이런 수상으로 한 해 한 사람으로 결정하기에는 문학 자

미완의 아름다움

헬싱키 시내

체를 부정하는 행위이다. 그럼에도 불구하고 순기능이 크므로, 노벨상에 시험치듯 도전한다는 우리나라의 언론보도, '열심이'를 너머 '한심이'다. 정신 빠진 놈들! 무얼 제대로 볼 줄도 모르고 그냥 선정 보도에 중독된 자들이라, 서글프다. 아직도 국민을 계몽의 대상으로 흥미꾼으로 보지 않는가.

이제 자야겠다. 아침에 핀란드식 오리지널 사우나가 숙박비에 포함되어 있다니 꼭 해야지. 허나 '원형Original'이라 해서 크게 기대하지는 않는다. 여기라고 해서 핀란드의 대표성을 띠는 것도 아니고, 그렇다고 정식, 정통, 전통 사우나를 기대하거나 이용할 만한 여유도 없다. 그리고 내가 판단하는 기준에도 문제가 있을 수 있으니, 그냥 그대로 보고 이용하는 것이 좋을 것 같다.

미완의 아름다움

에스토니아 탈린에서

.

둘째 날, 시월 초이렛날이다. 아침 손전화에 예약해둔 알람이 울리기 전 소변 때문에 일어난 시간은 새벽 3시 30분이던가. 다시 깨어나니 6시 30분. 식사 전 사우나를 해야겠다. 허나 예상대로 덜렁 샤워시설과 7~8인 정도 들어갈 수 있는 계단식(3단) 건조 사우나─핀란드식, 흔히 우리나라에서도 볼 수 있는─가 아닌가. 두서너 분이 있었지만, 독일과 달리 남녀공용이 아니라 구분되어 있다. 아침식사는 컵라면과 약밥으로 5.90유로(약 9,000원 정도)짜리 식사비용을 아꼈지만, 탈린행 여객선 '린다 라인Linda Line'을 승선하기 앞서 시내에서 커피Kohvi; Kaffee 한 잔 마시는 걸 빠트릴 수 없다.

아침 날씨는 정말로 쾌청하다. 부산항 중앙동 연안부두 여객선

터미널이 생각난다. 10시 출발하는 배를 놓치고, 12시 출발을 마음먹고 번화가를 중심으로 가방을 끌고 이리저리 구경을 한다. '세만틴토리Semantintori' —하얀 건물로 동방정교식인지 이슬람 돔의 형식을 빌린 것인지—의 기하학적 건물의 모양과 배치가 특이하다. 곳곳에 장식이 황금색 띠를 두르듯 정열하게 원형과 직선, 곡선으로 조화롭게 치장되어 있다. 뱃머리엔 일본 국기가 펄럭이고, 여기저기 일본 상품의 진열과 일본산 자동차가 쉽게 눈에 띤다.

어제 저녁 숙소로 돌아오기 전, 어느 극장 앞에서 동양인 모녀와 아이들이 보여 유심히 눈길을 건네니, 돌아오는 말이 '곰방와!' 였다. 반가운 듯 먼저 인사를 하길래 나 역시 '곰방와' 라고 미소와 함께 응답했다. 이제 나도 동양인이면, 한국어로 먼저 인사해야지. 에스토니아로 가기 위해 항구에서의 수속을 위해 30분 전 세관 입구에 선다.

핀란드 세관원의 말. "Are you travel alone?(혼자 여행하십니까?)" "Yah, ma on…(예, 저는 그냥 혼자서…)" 고속정 앞에서 헬싱키 항구의 주변 사진, 내가 들어가는 사진을 배 앞에서 찍고 승선한다. 이쪽 배들은 앞뒤, 좌우로 접안하고 출발하니 참 편리하게도 설계되었구나, 하는 느낌이 든다. 발트해. 다른 바다의 광경보다 거세고 힘찬 북쪽 바다의 모습이 영상처럼 떠올랐지만, 오

미완의 아름다움

헬싱키 항

늘 따라 검푸른 바다는 비교적 조용한 편인 것 같다.

우선 한 숨 쉬고, 흔들리는 속도 때문에 선잠이 깨어 선실 뒤쪽의 바Baar에 들어서니 그곳엔 몇몇 남자들이 묵묵히 맥주를 마시고, 담배를 피우고 있었다. 숫제 초뺑이와 골초들만 모인 느낌이다. 정확하게 1시간 30분 후 탈린 항에 배는 그림같이 부두에 접안했다. 관광 안내서와는 달리 입국수속은 너무나 간단하다. 2004년 10월 7일 출입국 관리직원이 찍은, 배 그림이 들어 있는 도장이 나란히 여권에 남는다.

꿈에서도 그린 발트3국의 여행은 탈린에 발을 내디딤으로써 비로소 시작된다. 항구에서 수속 후 가능한 버스Buss를 타고 시내 숙소로 갈려고 했으나, 무뚝뚝한 에스토니아 사람들은 택시Takso; Taxi가 싸니까 택시 타기를 극구 권한다. 'sada'—이 말은 100크로네krone이면, 숙소까지 갈 수 있다는 숫자 '100'이라는 에스토니아어— '100'이 '싸다', 알아들을 수 있는 말이라 택시 운전수에게 미리 확인을 해보니 그렇다고 한다. 허나 도착해 보니 '125'라는 미터기를 가리키면서, 대략이라는 말로 돈을 더 내라고 한다. 환전한 돈으로 지불하니 거스름돈까지 챙긴다.

숙소는 조용하다고 인터넷에서 소개되었지만, 주변 환경이 썩 좋은 편은 아니다. 호텔 접수대 아가씨에게 우선 정한 방이 1층—

미완의 아름다움

우리나라의 2층에 해당하는─이고, 답답해서 옮겨달라 하니 숲이
보이는 3층으로 바뀌준다. 짐을 풀고 호텔 안내서를 읽은 다음,
다시 접수처로 가서 내일 타르투Tartu 대학으로 가는 버스 정류장
과 시내 교통편을 문의하니 친절하게 답변해준다.

시내는 걸어서 가야지. 좋은 다리 두고, 뭐 때문에 버스 타고 전
차를 타야 한단 말이냐! 그전에 인터넷으로 독일 본에 있는 작은
아들에게 영어로 잘 도착했으니 걱정 말라는 편지를 보낸다. 세
상 참 편리하다. 전화비용도 신경 쓰이길래 이메일로 보낸다. 짧
은 답신을 부탁했지만, 내일 정도에야 읽을 수 있겠지.

탈린은 인구 약 40~50만 정도─에스토니아 전체 주민은
140~160만─로 작은 도시이다. 중세 이후부터 도시가 형성되어
역사가 말해주듯 덴마크, 스웨덴, 독일, 러시아의 흔적이 고스란
히 남아 있다. 길을 묻는 것부터 사진 부탁, 물건 사기, 음식 주문,
계산 등 가능한 에스토니아어를 사용했다. 안녕이라는 인사는
'테레Tere!', 고맙다는 '테난Tänan', 부탁은 '팔룬Palun', 미안하
다 또는 실례합니다는 '바반두스트Vabandust', 물건 사고 값 묻는
데는 '미스 세 막사브Mis see maksav' 등이다. 나머지는 숫자─자
신 있는 부분이지만, 여기서 모두 쓸 수 없다─라 별 어려움 없이
일반적으로 말하고, 소통한다. 옛 시청 앞 사진을 부탁한 젊은 아
가씨, 그녀들은 나에게 "Japan?(일본인?)" "Ei, Korea(아니, 한국

인)", "한국, 어디?" "부산". 그들은 한국을 좋아하고 부산을 잘 알고 있다고 했다. 웃음과 놀라움으로 가득한 앳된 얼굴들이 나를 덮치듯 반가워한다. 이런 반가움이 또 있을 수 있을까?

관광 안내소에 들려 시가지와 볼거리 지도를 받고 추천받은 다음 탈린의 역사 현장을 꼼꼼히 들여다보고 사진을 찍는다. 그러다 보니 벌써 해는 기웃기웃, 북극의 가을밤은 서쪽 하늘에 옥색 자두 빛으로 잰걸음을 하고 있다. 그런 걸음으로 시청을 방문하기 앞서 설탕에 땅콩 버무린 것을 파는 소녀가 자꾸 나의 걸음을 다시 그쪽으로 향하게 한다. 서점에 들려 『에스토니아의 국민, 나라, 문화』라는 독일어판 책을 구입하고 나니 배가 고프다. 그러고 보니 점심을 거른 것이 아닌가. 여행의 반이 음식이라 하지 않았던가. 해서 저녁 숙소에서 맥주 한 잔 할 때 안주도 마련할 겸 그곳에 다시 들리니, 소녀는 아버지와 함께 이번에는 길 가는 손님들의 주문을 받고 있다. 한 봉지 값은 25크로네.

먼저 아버지에게 묻는다. 전통 에스토니아 음식점을 소개해달라고 독일어, 영어, 에스토니아어로 물어보아도 그곳 일상어로 빠르게 대답하는 바람에 이를 이해하지 못하자, 결국 그녀가 나에게 소개해준다. 〈올데 한자Olde Hansa〉(옛 한자 동맹도시에서 비롯한 이름)로 바로 근처에 있는 데도 불구하고 설명이 길다. 곧 알게 되었지만, 푸른 눈 수정체 미세한 망막까지 선명하게 드러

미완의 아름다움

〈올데 한자〉와 근처 거리 노점

나는 눈동자에 형용하기 힘든 곤란함이 깃들어 있다. 손짓은 바로 그 음식점을 가리키나 눈동자는 가리키는 방향을 약간 비켜간다. 시각장애인이다. 밝고 맑은 얼굴과 미소에도 슬픔은 숨겨져 있다. 우리의 참다운 일상이 그럴진대, 역으로 내가 아니 우리가 바르다고 여기는 실체의 허상은 그 본질도 드러내지 못하는 비겁함이 아닐는지… 모자람과 부족은 차이와 다름일 뿐 상대적 비교나 우위는 아닐 것이다.

　음식점에 들어서니 식탁마다 촛불이 일렁인다. 활달하고 독일어와 영어도 유창한 종업원 총각으로부터, 이 집의 가장 전통적인 음식을 소개받고, 큰 것 말고 작은 것 하나 그리고 '사쿠(약한 맥주)Saku' 밖에 없다 해서 '사레(강한 맥주)Saare' 주문을 포기하고, 기다리는 동안 짧은 하루의 일상을 아래의 자작시로 남긴다.

　알 수 없는 애수인가?
　풀 수 없는 어둠인가?

　출렁이는 음악에 묻어
　흔들리는 촛불에 묻혀

　낯선 곳 낯선 여인에 끌리듯

　　　　　　　　　미완의 아름다움

마음 둘 곳 잃어 비틀거리듯

춤과 사랑
하룻밤 부대낌

이국의 가을이 깊어갈수록
탈린의 만남이 멀어질수록

이별을 아쉬워하는
린다의 울음소리도 아득하건만

　혼자만의 식사이다. 유일한 위안은 식당의 분위기. 사진을 부탁한 다음, 잠시 오늘을 되새김한다. 생각은 엉뚱하게 유년시절로 되돌아간다. '되새김'에는 늘 고향, 유년시절의 소가 기억난다. '혹위(천엽), 벌집위, 주름위, 겹주름위.' 초식동물인 소가 먹이를 저장하고, 쉬는 동안 이를 다시 끄집어내어 되새김하는 순박한 나의 '소'. 쉴새없이 오물오물 턱이 닳지는 않는지, 지난 몇십 년 동안 나의 기억 속에서도 살아 오물거리고 있었다. 그 정든 소가 소장수에게 팔려갈 때 얼마나 울었던가. 소꼬삐이를 부여잡고 허약한 두 다리로 땅바닥에 뻗대어 가는 소와 멀어져서는 안

된다, 미련을 감싸안았던 기억. 대신 나의 손에 쥐어진 소꼬빼이 값이 얼마였던가! 눈물이 구겨진 종이돈 위에 떨어진다. 소년은 어느덧 중년이 되어 아득한 유년시절의 가난과 차츰 그런 추억도 잊고 있단 말인가!

더 늦기 전에 숙소에 돌아가야 한다. 왔던 길을 되돌아가기 위해 헨젤과 그레텔처럼 빵 부스러기를 길에 떨어뜨려 놓은 건 아니지만, 간판과 특징적인 모퉁이가 유일한 이정표이다. 이곳의 이정표는 순간 고국의 이정표로 그 모습을 달리한다. 가뿐하게 기분 좋게 취해 구서동 집을 찾아 걸어가는 나. 금정산 제3망루에 상현달이 능선을 넘어가기 힘들어, 아니 길 잃은 사내를 기다리듯 망루에 걸린 달이 나의 발걸음을 하나둘씩 셈하던 기억이 새롭다. 정을 붙일 곳 없는 이국인지 외국인지, 그것도 혼자서 뚜벅뚜벅 〈호텔 타타리 53 Tatari 53 Hotel〉로 향한다.

우연일까. 53년생 올해 53세에 발트에서 '53'을 만난다. 내일은 일찍 타르투 대학의 루카스 교수를 만나 그간 읽었던 작품, 작가의 세계, 그리고 프로젝트를 갖고 중요한 이야기를 나누어야 한다. 어느새 호주머니에는 캔맥주가 하나 들어 있다.

미완의 아름다움

타르투 대학의
리나 루카스 교수

　벌써 발트국 여행의 삼일째인 초여드렛날이다. 밤새 쏟아지는 비 때문에, 창틀 물방울이 부딪치는 소리에 밤잠을 줄여가며 일어난 아침은 새벽 6시. 타국 탓인가, 아님 기다렸다는 듯 반가운 빗소리 때문인가! 7시가 되기를 기다린 〈호텔 레스토란Hotell Restoran〉. 이곳의 표기는 군더더기 없이 발음대로 적는다. 간명하고 직접적인 표기가 바로 아름다움이다. 아직 식사 준비가 덜 되어 있어 빵조각 몇 개와 커피, 우유를 마시고, 접수처 아가씨에게 택시를 부탁한다.

　타르투 대학 루카스 교수와의 만남은 1632년에 설립된 역사가 비교적 오래된 대학의 교정, 노란색 나무 풍경을 통해 준비된다.

탈린에서 타르투까지 거리는 약 200km. 허나 가장 **빠르다는** 버스의 주행 시간은 2시간 20분. 끝없이 펼쳐지는 북국의 평원. 평균 고도 50m 평원엔 목초지와 숲이 전부이다. 내 유년시절 야트막한 산들로만 둘러싸인 고향에 비하면, 평지의 낙원처럼 보였다. 허나 분명 겉으로 드러나는 것처럼 낙원만은 아닐 것이다. 창밖으로 펼쳐지는, 아직은 가을의 녹색 초원이 남아 있는, 드문드문 시골집과 들녘 그리고 알 수 없는 깊이와 멀어지는 숲의 자작나무들 사이로 가을은 북국의 서정을 영글게 한다.

물론 이번 문학기행의 주요 목적은 작가 크로스와의 만남이다. 애써 외국에서 굳이 이루고자 했던 일들의 시작은 노력과 집념에 값한다고 본다. 허나 새로운 시작은 늘 또 다른 노력을 준비하는 것으로 보상받는 법이다.

타르투는 대학의 학생 수가 타르투 시민의 '십분의 일' 정도에 달하는 대학도시이다. 버스 정류장에 내려 대학 가는 길을 물어보니, 독일어든 영어든 통하지 않는다. 서툰 에스토니아어로 "팔레말레palemale, 바사쿨레vasakule, 에다시edasi, 타가시tagasi(오른쪽으로, 왼쪽으로, 멀리, 뒤로 등)" 물어물어 이내 대학 가까이 다가선다. 10명 중 하나가 대학생일 정도인데, 젊은 여학생에게 물으니 아예 직접 대학본부 건물 앞까지 안내한다. 가는 도중 옛 시청 앞 '대학생의 입맞춤' 동상은 정말 매혹적이자 인상적이다.

미완의 아름다움

타르투 시청 앞 '대학생의 입맞춤'

우산을 받쳐든 두 청춘남녀의 포옹과 열정적인 키스의 순간을 청동으로 형상화한 동상이다. 마침 비도 내렸지만, 사방을 통해 그들의 몸짓은 내가 여태까지 본 것 가운데 가장 역동적인 모습의 형상물이다. 다가서지만 부족하고, 감싸 부둥켜안지만 모자라는 부분은 얼굴, 가슴 그리고 부둥켜안은 팔이 아니라, 그것도 모자라 발버둥치듯 다리에 있다. 한 쪽 발을 치켜 올려 조금 더 다가서려는 입맞춤의 표정은 그 안타까움 때문에 굽혀진 한 쪽 다리에서 드러난다. 많은 사람들의 시각은 얼굴과 입맞춤에 있겠지만, 난 그것을 포함하고도 쉽게 무시되는 아랫도리 다리의 비꼼과 안쓰러움에 있다고 본다. 우산 창살 끝에서는 늘 비가 내린다.

대학본부 건물 앞에 위치한 방문처에 들어서기 전 주변 캠퍼스와 단풍드는 공원을 둘러본다. 그녀와의 만남은 예정보다 늦어진다. 어린 아이를 돌보아야 하기 때문이다. 나의 방문 목적 그리고 앞으로의 프로젝트, 비교문학적 연구 테마, 젊은 여교수의 표정은 밝고 맑다. 집사람이 괜한 걱정을 하는 것은 아닐까. 아님 지레짐작 나의 방어인가?

그녀의 연구실은 학과사무실을 지나 세미나실 옆에 위치하고 있었다. 간단한 식사 후 그 자리를 벗어나 자신이 속한 연구소 소개 그리고 얀 크로스의 사위이자 에스토니아 학술원 회원인 안

미완의 아름다움

운두스크Jaan Undusk와 통화는 예상보다 쉽게 이루어졌다. 우선 이메일로 작가 크로스와의 만남에 대한 어려움을 설명하고 조금 도움을 받을 수 있는지를 문의했던 것이 주효했다. 운두스크 씨는 오늘 오후 이웃 도시에 학회 모임이 있어 탈린을 떠난다는 얘기, 허나 본인이 직접 장인어른께 문의할 테니, 15분 후 다시 전화를 달라고 한다. 계속 그녀의 연구실에서 나에 대한 소개를—전공, 소속, 관심 분야, 앞으로의 프로젝트 관계 등—하고 나서, 다시 그에게 전화하니 오늘 오후 탈린에 도착하는 대로 크로스 씨에게 전화하면 된다는 답변이다. 다시 루카스 교수에게 수화기를 건네니, 두 사람 간의 얘기는 나의 방문 목적과 신상에 관한 것들로 여겨진다.

루카스 교수의 안내에 따라 대학의 본관건물과 대강당, 역사 및 대학 조직과 편재 등에 관한 설명을 들었다. 그리고 대학 근처 서점에 들러 에스토니아 문학사 개론, 에스토니아어-독일어 사전 eesti-saksa ramatud, 탐사레Tammsaare의 소설책을 구입한 다음, 고서점에서는 얀 크로스와 탐사레의 산문집을 싸게 살 수 있었다. 그리고 그 전에 그녀가 속한 타르투 대학 비교문예학지 〈국제문학 interlitteraria〉 두 권—그 가운데 루카스 교수의 논문도 들어 있는—등을 받았기에 가방이 무겁다.

중간에 사진을 찍고 시외버스정류소Bussijaam에 갔으나, 이미 탈린으로 가는 버스표가 매진되어 1시간 30분 정도를 기다려야 하는 상황이 발생했다. 주말이라 이동인구가 무척 많다. 그러나 표를 파는 비교적 젊은 여자는 나에게 버스 운전사에게 문의하면 가능하리라고 조언한다. 해서 버스 운전사에게 문의하니 "나는 영어 모른다" "그리고 안 된다"는 간단하고 어쩔 수 없다는 답만 되풀이한다. 하는 수 없다. 크로스 씨와의 만남이 늦어져도 어쩔 수 없는 것 아닌가. 다시 매표소에 줄을 서서 기다리니, 매표원이 이번에는 버스 안에서 승객에게 음료수를 팔고 안내하는 아가씨—마침 내 옆에 서 있는—에게 확인시켜보면서, 1시간 이상 기다리게 할 수 없다는 외국인에 대한 배려를 끝까지 다한다. 자리를 떠나 직접 버스정류소까지 와서 확인을 시켜주니, 그제야 운전수 역시 'OK' 표시를 한다. 약간 유동적인 표 관리와 승객 배려가 이루어질 수 있는 60~70년대 우리나라 시외버스를 생각나게 한다.

버스 안의 모습은 이층구조이다. 탁자가 있는—기차에서도 이런 곳은 반드시 있는—일층 중간 자리에 앉아 탈린으로 향한다. 마침 커피가 마시고 싶어 안내원에게 "코흐비Kohvi"라고 주문하니, "추쿠르가Zukurga"라고 반문한다. '—ga'는 '함께'라는 걸 이미 알고 있었다. "미스 막사브?(얼마입니까?)Mis maksab", "세이체Seitse". 옆 사람에게 'seitse는 지벤sieben(seven)'임을 확인한다. 그들의 답은 물론 "야흐(그렇습니다)Jah"다. 약간 졸면서 얼마간 시

미완의 아름다움

간을 지나니 공항 근처에 이르러 안내원이 "Airport?(공항에 내립니까?)" "에이!(아닙니다!)Ei" 2시간 30분 정도 지나서 버스정류장에 도착한다. 시간도 절약할 겸 택시를 타고 숙소로 향했으나, 작은 도시에도 불구하고 주말이라 택시가 움직이지 못하는 대신 요금기는 자주 숫자를 바꾼다.

숙소에 짐을 풀고 운두스크 씨가 알려준 전화번호로 작가 크로스에게 전화를 하니 반갑다는 침착한 목소리가 들린다. 그간의 사정을 간단하게 전하고 언제 만날 수 있느냐고 물으니, 언제까지 이곳에 머물 것인가를 되묻는다. 내일까지, 그렇다면 내일 오후 1시(13시)에 자기의 집으로 와도 좋다는 답변이다. 오늘 저녁에 만날 수 있다면 좋으련만. 그건 너무 급한 것, 자신도 준비가 필요한 것이다. 저녁은 호텔 접수처 아가씨 소개로 〈레스토란 카알 프리드리히Restoran Karl Friedrich〉에 들러 전통 음식과 맥주―이번에는 사쿠Saku가 아닌 사례Saare―를 주문하여 역시 혼자서 해결한다. 분위기가 어제의 〈올데 한자Olde Hansa〉와 사뭇 다르다.

비가 추적추적 내리는 밤길을 걸어 숙소에 도착하여 잠을 청한다. 벌써 집 떠나 3일째 밤을 넘기고 있다. 독일 집으로 통화, 내일의 일정은 크로스 씨와의 면담과 방문이 언제 끝나느냐에 달려 있다. 온 김에 마저 그의 소설 무대인 곳을 다시 방문한다? 아님 늦은 시간이라도 라트비아 리가로 향한다?

평원, 숲 그리고
호수의 발트국

　여행의 넷째 날, 시월 초아흐레였다. 아침식사는 다른 날과 달리 떠날 짐을 미리 챙기고, 가방을 정리한 다음에 이루어질 수 있었다. 호텔이지만 사우나가 없어 불편하다. 작가와의 만남을 위해 최대한 의복에 신경을 쓴 것이 준비해간 옷들이며 구두다. 식사는 마쳤는데도 여전히 약속 시간까지는 많은 여유가 있다. 그러나 11시경 숙박비를 정리한 다음, 큰 여행 가방은 오후 약속된 만남 이후 찾겠다면서 잠시 보관을 부탁했다.

　먼저 걸어서 시내로 가지만, 준비하지 못한 선물 때문에 고민이다. 여행안내 책자에서는 추천하는 선물로 와인Wein; vin과 담배 Tabak; Zigarette 등을 열거해두었지만, 노령의 작가에게 어울리지는 않는 것 같다. 오히려 북국이라 꽃이 좋을 것 같았다. 허나 시내에서 꽃집을 구경한 적이 없어 고민을 하면서 걷던 중 꽃집을 발견했다. 시간에 맞추어 시내에서 다른 꽃집을 찾지 못한다면, 다시 들리리라. 주소는 'Harju l(하르유 1번지)'. 근처에 있는 여행안내소에 먼저 들러 기차로 리가Riga와 라트비아 또는 폴란드행 여부를 물었으나, 기차 연결이 안 된다는 답변이다. 그렇다면 비행기, 허나 비행기를 탄다면, 곧바로 베를린이나 바르샤바Warszawa로 가야 한다.

그와 인터뷰를 마치는 대로 버스로 갈 수 있다. 그러나 주말이라 그것도 어떻게 될지 모르기 때문에 이후 일정은 미정이다. 할 수 없다. 사정이 허락되는 대로 일정을 처리할 수밖에 없다. 그의 집 위치를 미리 확인한 다음, 다시 구시가지 광장 주변을 돈다. 어제 저녁 전화상으로 아내의 주문, '바홀더(두송나무)Wacholder'로 만들어진 목조 기념품을 사기 위해서다. 따지고 보면 여행의 절반이 '먹는 것'이라 하지만, 이는 보는 것과 먹는 것의 중요성을 부각한 말일 것이다. 허나 실상은 자는 것, 먹는 것, 보는 것, 이동하는 것 그리고 기념품 사는 것인데, 맨 나중의 것이 가장 어렵고 힘들다. 왜냐하면 여행에서 경비부분을 헝클어놓는 실체이기 때문이다. 이제는 요령이 늘었는지, 아니면 알뜰 여행을 지향하기 때문인지 충동구매는 없다. 일단 몇 군데를 돌며 충분히 가격과 상표를 가늠하고 본 다음 결정할 예정이다.

그러던 중 동양인을 우연히 만났다. 헬싱키에서의 다짐도 있고 해서 먼저 웃으면서 "안녕하세요?"라고 말을 건넸다. 그런데 예상과 달리 상대방도 "안녕하세요!" 하는 게 아닌가. 일본인일 것이라는 짐작은 빗나갔지만, 무척 놀랍고 반가웠다. 옆에는 일행도 있다. 이런저런 이야기 중 서로를 소개하면서, 그가 이곳에 8년 가까이 살고 있는 선교사 가족이라는 사실, 그리고 어제 타르투 대학 근처 서점에서 본 '한국어-에스토니아어' 사전 집필자가 그이라는 것을 알게 되었다. 다시 놀랬으며, 바로 그 주인공을 여기서 만나다니 너무 반가웠다. 그의 이름은 김정곤이다.

귀국하면 '에스토니아어' 학습서를 만들까 하는 생각이 있어 이것저것 물으면서, 서로의 연락처를 주고받았다. 발트3국 중 탈린의 세공술이 가장 뛰어나다는 점 그리고 보석 호박琥珀, Bernstein 속에 들어 있는 곤충이나 벌레는 인위적으로 만든다는 소문—실제 대부분 가공하기 때문—등 중요한 이곳의 정보도 알려준다. 아쉽게 작별하고, 여전히 시간이 남아 다른 곳을 구경하기 위해 그 상점을 나섰다. 작가 크로스와의 만남 이후 다시 들려 몇 개의 선물을 샀다.

이곳의 상점들은 상품들을 유리창을 통해 쉽게 들여다볼 수 없고 폐쇄형으로 된 상점문을 열고 들어서야만 볼 수 있다. 음식점,

미완의 아름다움

술집뿐만 아니라 건물구조 대부분이 추운 날씨 때문인지 대부분 그렇다. 이틀 동안 가보지 못한 다른 곳을 걸으면서, 마침 쾌청한 날씨 탓인지 많은 관광객들을 거리에서 볼 수 있었다. 교통 중심지인 시내에서 길거리에 놓고 파는 많은 꽃집을 발견했다. 가격은 그렇게 비싼 편이 아니지만, 모양새나 구성이 이색적이라 마음에 들었다. 꽃다발을 들고 얀의 집 초인종을 누르니 그의 부인의 목소리가 들린다. 어제 저녁 그녀와의 대화에서 자기 집을 찾을 때는 이중으로 벨을 눌러야 한다는 자상한 배려가 생각난다. 큰 문을 들어서니 다시 정원Hof이 있고 다가구주택이라 건물은 'ㄱ'자로 꺾여 있다. 두 번째 벨을 누르고 마침내 그의 집 문 앞에 선다.

"Tere, Mu nimi on Li SangGum.(안녕하십니까, 저의 이름은 이상금입니다.)" 나의 첫 인사는 물론 에스토니아어이다. 최대한 그에 대한 예의라고 생각하며, 넉 달 정도 혼자 배운 언어이기도 하다. 그의 답변은 간명하게 "얀Jaan"이다. 부인에게도 같은 인사. 그녀의 이름은 엘렌Ellen이다. 정갈하게 늙으신 노부부이다. 유럽 생활 중 직접 가정을 방문하기란 그리 쉽지 않다. 그러나 베버 교수Prof. Weber, 토마스 갈렌Thomas Gahlen, 얀 자이프Jan Szaif, 라이너 라울Rainer Raul 등 독일에서의 방문은 어색하지 않았지만, 먼 곳 에스토니아에서의 방문이라 약간은 흥분되기도 한다. 예의를 갖취 신발을 갈아 신고 겉옷을 벗어놓으니, 소파의 빈자리를 가리키면서 앉을 자리를 권유한다. 그렇지 않다면서, 상석처럼 보인 곳으로 도리어 내가 손짓으로 그를 안내하니, 자신이 앉는 곳은 늘 '이곳'이라면서, 또한 부인의 자리 역시 맞은편이니 방문한 손님에게 따로 난 자리를 재차 권한다. 이후 그와의 면담 내용은 별도 작성되어 문학기행 형식으로 이미 국내에서는 처음으로 〈오늘의문예비평〉(2005년 봄호)에 소개되었다.

작가 얀 크로스와 인터뷰

근 2시간 가까이 나눈 이런저런 이야기는 퍽이나 유익하고 다른 한편으로는 소중한 것이었다. 독일어로서 대화에 아무런 어려움이 없었던 것이 너무 좋았다. 아쉬운 작별을 한 다음 숙소를 향해 걷던 중 라트비아의 리가행에 다른 해결책이 나온다. 이미 오후 3시발 버스는 떠나고 없지만, 리투아니아의 빌뉴스Vilnius나 현재 러시아 영토에 속하는 칼리린그라트Kalliningrad―옛 동프로이센의 쾨니히스베르크Königsberg―행 버스의 경유지가 리가Riga로 되어 있는 시간표가 눈에 들어왔기 때문이다. 사정이 여의치 않으면, 밤 23시 출발 버스를 타는 수밖에 없다. 고생은 바로 여기서부터 시작된다.

탈린에서 리가까지의 버스는 '유로라인eurolines'를 이용해야 한다. 출발시간 18:00, 도착시간 23:00. 도착 후의 숙소를 예약할 수 없어 버스표 파는 아가씨에게 물어보니 정류장 근처에 크고 작은 호텔들이 있으니 걱정 말라는 설명이다. 라트비아의 화폐를 조금 준비하였지만, 에스토니아 잔돈 처리가 문제라 지하 식당에 들려 간단한 식사용 야채와 커피를 주문한다. 허나 긴 버스여행 중 준비해야 할 물과 간식은 유로화를 받아주지 않아 포기한다. 버스의 출발은 의외로 정시 2분 전에 이루어진다. 시내를 벗어나 남쪽 국경을 향해 달리는 버스는 한적한 시골길을 연상시키듯 매끄럽게 헤쳐간다.

버스를 기다리면서 비교적 오랫동안 서 있었던 탓인지, 바깥의 추운 날씨 탓인지, 몸은 약간 굳어 있다. 알 수 없는 지역의 평원과 숲이 조화롭게 어울려진 농촌 풍경이 오른쪽 차창을 통해 들어온다. 지도가 있었지만, 기억에 의존하여 방위를 가늠하고 가능한 에스토니아의 풍경을 구경하는 버스 여행길로 만족하는 것이 오히려 편하다. 그러나 짧은 일정과 불편한 교통편, 무엇보다 처음이라 제대로 이곳을 접하고 이해하기에는 한계가 있었다.

비교적 넓은 좌석에서 이런저런 생각을 하면서, 스치는 주변 경치와 늦가을 늦은 오후의 정경에 매료되지만, 여전히 라트비아 도착 후가 걱정스럽다. 약간의 위험과 긴장이 수반되는 혼자만의 북동유럽, 변방 발트 여행은 애초부터 사서 하는 고생이 아니던가. 에스토니아, 스위스 크기만 한 면적이지만, 버스가 달리는 동안 보이는 것은 드문드문 보이는 농촌의 주택과 움막, 훤하게 트인 평원과 숲뿐이다. 이제 곧 진짜로 북국의 눈나라가 되겠지만, 정작 이곳 주민들의 정서는 어떨까? 궁금함은 꼬리를 문다. 답을 찾는 근거를 우리 농촌이나 어촌과 비교하면 될까? 아니면 아프리카나 중앙아시아 산악지방? 사막에서 살아가는 사람들의 삶의 터전? 궁금함은 돌연 에스키모인이나 태평양 작은 섬 원주민들처럼 '환경과 생존' 이라는 개념으로 이해될 수 있을 것 같다.

미완의 아름다움

문명과 산업화, 도시화. 인간의 욕망구조에서 파생되는 갖가지 삶의 유행과 그로 인해 복잡하게 얽혀지는 제도나 관습, 문화가 그들을 이해할 수 없는 역설적 논거일 수 있다. 그들은 자유롭게 탈욕심적이며, 삶의 불만이 적거나 불편을 느끼지 못하는데, 이를 바라보는 문명인들은 괜히 그들을 동정한다. 이런저런 생각과 잡념은 꼬리를 물고 이어지는데, 간명한 답을 얻기보다는 도리어 인간과 삶에 대한 이해의 폭이 무한대로 넓혀지는 것이다. 생각이 주변의 풍경 따라 넓혀지는 것도 저녁 해가 긴 그림자를 평원에 드리우면서부터는 도리어 줄어들기 시작한다. 에스토니아 주민들의 모습과 삶의 공간에 대한 이해는 충분할 수 없지만, 이를 제외한 외형적 모습에서는 나름대로 정리가 이루어진다.

요약하면, 자연환경—이는 우리와 달리 대단히 열악한 기후와 곡식, 계절 등—과의 대응과 조화라고 할 수 있다. 발트3국 중 가장 과묵하고 신중한 면이 있는 반면, 성격은 대부분 온순하고 수줍음을 타는 편이다. 그러한 유연함과는 달리 정신적 세계라고 할까, 주관은 매우 강한 편이다. 생존의 법칙은 자연과 역사를 통해 체득했다고 볼 수 있다.

인구수에 비해 넓은 평원과 국토의 반 가까이 숲과 호수로 이루어진 환경 탓인지 적적하다는 느낌이 강하다. 마침 서쪽 방향을 창을 통해 바라볼 수 있기에 북국의 가을 저녁과 밤의 경계를 자세하게 관찰할 수 있었다. 코발트색인가, 감청색에 가까운 짙은 푸름이 해가 진 서쪽 하늘을 잠식해가는 형형색색의 변화는 기묘한 분위기였다. 허나 순간순간의 바뀜은 어느덧 지평선과 맞닿은 희뿌연 하늘의 경계만 남겨놓을 뿐 대자연의 언어는 침묵으로 인간의 생각과 생각하는 인간을 잊고 지운다.

얼마를 갔을까? 이젠 버스 헤드라이트 불빛을 쫓아가는 어둠을 배경한 무서움이 길고도 먼 길을 헤치고 있다. 오후 햇빛이 있는 동안 양쪽으로 보이던 평원과 초지는 어둠 탓인지 보이지 않는다. 숲, 그 깊이와 길이를 알 수 없는 숲들이 나를 에워싼다. 한참을 달리는 동안 시야는 좁혀지고 불빛은 멀어지는데 공포와도 같은 두려움은 자꾸만 커진다. 누가 이 어둠의 길을, 숲 속에 갇힌 길을 가자고 했는가? 누가 만들어놓은 길이며, 누가 이 길을 이고 지고 걸었단 말이며, 앞으로도 누가 이 운명을 가꾸어가야 하는가?

맞은편에서 달려오는 버스인지 화물차인지 헤드라이트 상향등을 서로 조절할 때는 서로의 존재를 확인하는 것이다. 다시 서로 뒤로 멀어지고 나서부터는 상대의 존재를 잊어야 하는 변환의 순간들이 긴 운행을 위로한다. 중간에 두 번을 쉬었으나, 난 그대로 앉아 있었다. 허나 국경에서는 한참을 기다려야 했다. 이는 나중의 리투아니아, 폴란드를 거치면서는 더욱 까다롭고 심해졌다.

미완의 아름다움

발트국의 겨울 풍경

에스토니아를 들어왔다 나가는 표시, 국경검문소 직원이 힘차게 눌러 찍은 도장이 여권에 남아 있다. 이번에는 자동차 그림이 들어 있다. 신기하고 흥미롭다, 마치 소년처럼.

5시간 반을 달려 밤 11시쯤 정차한 곳은 깊은 밤이라, 아직 짐작할 수도 없는 우중충한 건물과 콘크리트로 포장된 하천 둑길 곁의 정류소이다. 많은 사람들이 내리므로—리가 도착 예정시간보다 20~30분 빨리—여기가 리가인지 물으니 고개를 끄덕인다. 벗어놓은 옷을 재빨리 껴입고, 버스에서 내리니 차가운 바람이 얼굴을 막아선다. 어떻게 한담. 숙소를 가까운 곳에 정해야 할 텐데. 어느 쪽으로 가야 하지, 하는 생각에 행동은 이방인을 스스로 드러내는 꼴이 되어버린다.

택시 운전수의 손짓과 알아들을 수 없는 라트비아 말. 그래도 피하지 않고 접근하여 영어로 "중급 호텔로 안내할 수 있느냐?" "가까운 거리의 숙소가 좋다" "얼마를 가야 하는지?" 등을 물었으나, 그들은 외국어를 모른다. '거리 이름' '호텔 이름' 등을 되묻는 것이 아니라 기껏해야 자신의 목적에 맞는 답을 유도할 뿐, 나의 사정을 감안하는 기색이 전혀 없다. 해서 냉정하게 돌아서 큰 가방을 끌고 배낭을 메고 정류소를 벗어나 큰 길로 무조건 접어들었다. 다행히도 11시를 조금 넘은 탓인지 아직은 시간적 여유가 있다. 큰 쇼핑건물을 지날 때 건물 안 식당과 술집에선 아직도 많은 사람들이 함께 즐거운 시간을 보내고 있다. 겨우 주차장 관리 직원에게 물어 찾아간 호텔. 그 호텔 앞에 서니 여긴 별이 네 개나 되는 고급 호텔이 아닌가. 멈추지도 않고 계속 길을 가니 번화가의 모습이 눈에 띈다. 허나 모퉁이를 돌아설쯤 한 무리의 젊은이들이 왁자지껄 떠들면서 길 한 모퉁이를 점령하다시피 서성이고 있지 않은가!

예약이 되지 않은 숙소 찾기, 그것도 고립무원에 가까운 난처함이다. 무척이나 낯선 곳, 깊은 밤에 만난 젊은이들. 여기서 느낀 점은 '젊음은 부러움의 대상이기도 하지만, 때론 두려움의 대상이다'. 가던 길을 다시 되돌아 안전을 우선한 결정에는 숙소비가 그리 크게 작용하지 않았다. 마침내 호텔 숙소의 카운터에 선다. 너무나 늦게 찾아든 동양인, 숙소비용은 예상대로 80유로. 반문하다시피 매우 늦은 시간, 내일 아침에 떠나야 하는 상황을 설명하니, 디스카운트가 되지 않는가. 호텔 숙소요금을 할인해서인지 그나마 기분이 괜찮다. 늦은 밤에도 불구하고 배고픔을 라면으로 가볍게 때우고, 곤한 잠을 잘 수 있었다.

라트비아 리가에서

여행의 다섯째 날, 시월 초열흘 일요일이 다가왔다. 에스토니
아에서 사우나를 하지 못했다. 안내책자에는 핀란드 사우나의 유
래가 에스토니아라고 적혀 있다. 실제 탈린에서 구입한 독일어로
된 안내책자에도 시골 풍경을 배경으로 한 조그만 별채 같은 사
우나 소개, 그것에 덧붙여 연기로 하는 사우나까지 있다는 것이
다. 일정상 사우나의 원조를, 원형을 직접 체험하지 못한 것이 못
내 아쉽다. 그러나 연기는 메케한 냄새로 언제나 유년시절의 기
억을 일깨운다. '훈제' 라는 단어에 늘 따라다니는 '훈제 연어' 에
서 유추할 수 있다면, '훈제 사우나' 는 어떤 내용일까? 연기 속에
포함되어 있는 '초산에틸' 이 부패를 방지하는 요소라는 말이 기
억난다. 연기 사우나를 하면 어찌 되는가? 외형적으로 본 에스토

미완의 아름다움

니아 사우나의 원형은 초라한 모습이다.

무릇 '원초, 출발, 원형, 원천, 원본das Original' 등등 이름들이 값하는 실제는 인간들이 견강부회한 모습이거나 엄청난 의미를 발하는 것은 결코 아니다. 적고, 초라하고, 보잘 것 없는 기이한 형상과 특색적인 것 같으면서도 별 볼품없는 모습을 띤다. 본질적인 것에의 접근에서 보더라도 원형은 '단순함과 일회성'을 갖는다고 본다. 원조가 둘일 수 없다는 믿음과 사실은 유일함을 좋아하는 탓일지도 모른다. '원형'에 대한 많은 가정과 가설, 그리고 전제를 충족시키는 논지와 그 전개는 여기에 해당되지 않는다. 간단하게 말해서 사우나를 예로 든 것이지만, 원형과 기원이 반드시 강자나 기득권자에 귀속되는 전유물이 아니라는 점이다. 언제든지 변질될 수 있는 여지가 사회적 합의로 가능하기 때문이다.

자신의 고유한 언어를 갖고 있는 작은 나라일수록 공동운명체로서 민족과 국가의 정체성을 확보하려면, 힘겹기 마련이다. 그러나 결코 중단할 수 없는 이들의 역사적 운명은 현실적으로 어쩌면 너무 먼 이야기가 되는 것 같다. 크로스의 집에서도 느낄 수 있었던 간소하고 정연된 생활공간과 그들의 자세, 거추장스러운 곁가지나 장식을 벗어 던지고 가능한 한 실속적인 생활을 통한 주체성의 확보가 그들의 또 다른 삶의 방식이자 체득된 삶의 지혜인 것이다.

이들과 달리 라트비아의 수도 리가는 제법 번성한 느낌을 준다. 아침 7시 사우나—나 혼자서 할 수 있었으며, 조그만 통나무 구조와 전기시설로 되어 있는 핀란드식—를 한 다음 요금에 포함되어 있는 호텔 식사를 한다. 오늘 하루의 일정은 어디서부터 시작해야 할 것인가?

라트비아를 '발트국의 스위스'라고 비유하고 있다. 그러나 자연환경과 그들의 삶의 형태를 보면, 그렇지 않다는 생각이 맞는 것 같다. 여행지의 소개가 다 그렇듯 허상이다. 허나 매력적인 도시 리가는 중세의 모습을 잘 보존하고 있으며, 휴양지로서 서구인들에게 인기가 높은 곳이기도 하다. 그러나 휴양지로서 즐길 여유나 계획은 없다. 우선 짜인 일정상 리가를 벗어나 리투아니아, 폴란드를 거쳐 내일 오후까지는 베를린 공항에 도착해야 하기 때문이다. 베버 교수 방문도 현재로서는 미지수이다.

가까이 있는 중앙역에 들러 우선 기차편을 알아보니, 리가에서 베를린은 가지 않는다는 답변이다. 그렇지만 리투아니아 수도 빌뉴스를 간다면, 가능하다는 답변이다. 여기서 부지런하고 업무를 잘 처리하는 매표소 여자 과장을 만날 수 있었다. 청소년 시절 고향의 '점순이' 누나 같은 인상, 매사 일처리가 분명하고 속으론 인정과 따뜻함을 잃지 않는 여자. 허나 약간 못생긴 탓인지 동네 청년들이나 사내들이 직접 사랑을 표하고 인간적으로 가까이 하

미완의 아름다움

라트비아의 수도 리가 전경

기 싫어하는 타입이라고 보면 맞다. 별 여자 없고 그만한 능력과 열정을 가진 실속 있는 여자가 없음을 나중에서야 깨닫게 되는 어리석은 남자들은 그래서 사서 고생하게 되는가 보다. 결국 점순이 누나는 자기가 원하는 남자를 택하고, 누구 못지않게 자식 잘 키워 성공시킬 뿐만 아니라 단란한 삶을 살아가는 현명한 분이었다는 기억이 새삼스럽다. 늘 현실과 가상, 실속과 헛것은 따로 노는 법. 너무나 자세하게 그리고 확신과 확인을 거쳐 중년 동양인에게 가장 안전하게 교통편을 마련해주는 동안 느낀 옛날 고향의 정서이다.

내용은 이렇다. 리가에서 빌뉴스까지 버스 이동은 6시간 이상, 그곳에서 폴란드 바르샤바까지 가는 야간 기차를 탈 수 있는 시간적 여유는 겨우 20분에 불과하다. 이건 위험부담이 크다 하여 빌뉴스에서 폴란드행 기차가 중간 경유하는 카우나스까지 간다면, 그곳에서 같은 기차를 타는데 여유는 2시간이다. 비용과 시간 문제를 동시에 해결하는 것이다. 그러니 카우나스까지 가는 버스표를 먼저 근처 버스정류장에서 구입하라는 안내이다. 일요일이라 이동인구가 많고, 그 노선의 버스와 시간을 확인하라는 것이다. 급히 움직여 버스표를 구입하여 보여주니, DB—Deutsche Bahn(독일철도, 이곳에서도 기차를 운행하고 있는)—의 "KAUNAS ⇨ WARSZAWA CEN(카우나스 ⇨ 바르샤바 중앙역)" 이등석 침대칸

미완의 아름다움

을 지정받을 수 있었다. 라트비아어 "Kuponu Gramatina. 10. 10. 04(쿠포누 그라마티나; 열차예약표, 2004년 10월 10일)"로 도장이 찍힌 티켓을 받고서 고마움을 진심으로 전한다.

이제 카우나스행 버스가 출발하기까지의 시간적 여유는 5시간 정도이다. 리가 시내를 관광하고 나름대로 기억거리를 만들 수 있는 시간이지만, 버스가 카우나스에 도착하는 시간 이후의 불안은 자꾸만 커진다. 여전히 사회주의적 관습과 제도가 남아 있고 또 신생 독립 후 자본주의화를 겪는 가운데 혼란 등이 있어 위험 부담에 대한 심리적 불안은 결코 끊어지지 않는다. 마치 탈출하는 심정이랄까, 허나 역설적으로 주어진 상황에서 최대한 이곳을 경험해야 한다는 다짐이 어느 정도 위안이 되는 것 같다.

관광지도 및 안내서는 라트비아어, 영어, 독일어, 러시아어로 되어 있어 별다른 어려움이 없다. 우선 옛 시가지의 광장에 들려, 그곳에서 시작되는 영어나 독일어 안내자를 따라 구경을 하는 방법, 시내 관광버스를 이용하는 방법이 있다. 그러나 둘 다 적성에 맞지 않아, 설명서를 자세히 읽고 혼자 돔 광장Doma Laukuns에 선다. 물론 경찰복 같은 옷을 입은 사람에게 부탁하여 추적추적 비 내리는 광장을 배경으로 사진 촬영도 한다.

이곳은 에스토니아의 탈린처럼 아름답지는 않다. 그러나 전혀 다른 느낌이 드는 생소한 아름다움이 있다. 시민들의 모습은 대단히 활기차며, 중세 17세기 독일 양식 건물들이 옛날 리가 베츠리가 전역을 채우고 있어, 마치 잘 보존된 역사적 공간에서 역사 체험을 제대로 하는 기분이다. 다우가바Daugava 강 양쪽에 위치하여 신·구의 대조가 뚜렷한 리가의 역사는 다른 발트 국가처럼 굴절이 많다. 일일이 이를 기록하기란 대단히 힘들고 많은 시간을 요하는 그리고 현재로는 별 의미가 없다는 판단에 짧은 체험만 기록하고 싶다.

우선 들린 곳은 성 페터 교회Petrikirche이다. 내부에는 교회의 역사를 폐허와 재건축을 동시에 볼 수 있게끔, 파이프오르간 연단과 함께 잘 정돈되어 있다. 이곳의 특징은 나선 모양의 탑을 엘리베이터로 오르면, 리가 시내를 사방으로 볼 수 있다는 점이다. 짙은 안개가 어느 정도 희미해진, 눈 아래 펼쳐지는 시가지 모습은 끝 모르게 광대하게 이어지는 집들과 건축물들의 조화이다. 19세기 풍의 공원과 가로수 길, 자유의 기념물Freedom monument은 상징적으로 리가를 드러내준다. 신시가지는 19세기와 20세기 초 건설되었기에 이에 1~2세기의 역사를 가지는 그리고 상업지역과 주거지역이 혼재하는 것으로 이들의 현대적인 생활공간을 보여주는 것이다. 특히 구소련의 위성국으로 러시아인이 전체 인구의 30%가량을 차지하고 있으며, 수도 리가는 라트비아인들보다 러

미완의 아름다움

시아인들이 많아 약간의 혼란스러운 분위기를 만든다는 안내의 글은 직접 피부로는 느껴지지 않는다.

관심은 계속 중세의 건축물과 서부유럽에서 보기 힘든 독특한 분위기에 쏠린다. 그 가운데 가장 특징적인 것은 '유겐트스틸 Jugendstil'이다. 빈, 브뤼셀, 파리를 다들 언급하지만, 그 어느 곳도 이만하지는 못하다. 시 중심지역 1/3이 유겐트스틸 건축물로 채워져 있어 유럽 건축양식 가운데 독특한 외형적 아름다움과 섬세함을 한꺼번에 볼 수 있는 기회였다. 어느 시대든 당시로서는 최고 최신의 문화적 삶을 영위하는데 필수적이면서 외형적 멋을 지향하는 건축물이었다. 시대별, 인종별 그리고 환경적으로 규정되는 결과물(현재의 입장)이자 비전을 제시하는(당시로서는) 점에서 오늘날도 계속되는 주거형태 그리고 공공성을 띠는 건축과 조형물에 관심은 여행의 또 다른 흥미를 가져다준다. 야콥 교회, 텔레비

유겐트스틸 건축물

전 송신탑, 뾰족한 성당 그리고 대학 건물들, 세 개의 황금색 별을 들고 있는 자유(독립)의 여자 상징물, '세 형제'라고 불리는 가장 오래된 15~16세기 주거건물 그리고 그것들의 내부에서 역사, 종교, 언어, 문화를 이해한다는 건 관광객의 지나친 욕심일 것이다.

전부를 안다는 것이 불가능하듯, 하나를 제대로 안다는 것 역시 전체적인 맥락을 알지 못하고는 별다른 의미가 없다는 판단이 들었다. 결론은 지극히 일부만을 보고 갈 뿐이다. '주르말라 Jurmala, 시굴다Sigulda, 바우스카Bauska, 쿨디가Kuldiga, 둔다가 Dundaga, 마잘라카Mazsalaca, 아글로나 바실리카Aglona Basilica' 등 종교, 자연, 전설, 독립전쟁, 영웅을 지시하는 안내문은 다시 들릴 수 있을지 모를 관찰자나 여행자의 과제로 남는다. 어쩌면 그냥 스치면서 느끼는 것들이 가장 소중할지도 모른다고 애써 위안하면서… 그렇지만 이미 우리에게 굳어진 여행 패턴이나 여행사의 강요에 가까운 구경거리는 나의 스타일에 맞지 않다. 한마디로 이래저래 피곤하기 때문이다. 물론 시간과 경제적인 여유가 있다면, 누군들 그렇게 하고 싶지 않은가. 이제 우리의 여행 패턴도 바뀌어야 한다. 하나를 보더라도 제대로 보는 것으로, 직접 체험하는 것으로, 이곳 사람들과 이야기하고 함께 어울릴 수 있다면 조금 더 현실적인 만족이 아닐는지.

수제품으로 품질을 보장한다는 소개에 이끌려 들어간 지하에

222   미완의 아름다움

있는 가게에서 식탁보 2개를 샀다. 집사람의 부탁도 있었고 그리고 손으로 직접 수를 놓은 그 시간과 노력 끝에 얻어지는 기쁨― 다른 나라 다른 장소에서도 같은 의미를 부여할 수 있는―을 대리만족을 통해서라도 얻고 싶기 때문이다.

카우나스행 버스 출발은 오후 3시, 동양인은 나 혼자였다. 버스 정류소의 승객들, 분주하게 들락거리는 버스들 사이에서 출발을 기다리는 나의 시선은 왠지 불안한 기색이다. 전혀 알 수 없는 곳으로, 그것도 밤늦게 도착하는 리투아니아 옛 수도는 말 그대로 미지의 장소이다. 그곳에서 밤 열차를 기다리는 시간은 그리고 버스 종점에서 어떻게 기차역으로 이동하지? 택시 또는 버스 아니면 무거운 짐 가방을 끌고 배낭을 메고 걸어서 간다? 지도에서도 안내책자에서도 서로의 위치가 분명하지 않다. 그러는 사이 출발할 버스가 '1번 홀'에 들어선다. 한 무더기의 사람들이 우르르 몰려들어 순서도 없이 탑승하거나 짐칸에 짐을 싣는다. 운전사에게 카우나스가 종점이라는 확인과 더불어 그동안 더 무거워진 짐 가방을 싣는데 벌써 짐들이 가득하다. 겨우 비집고 넣었지만, 이 때문에 그곳에 도착하는 시간까지 내내 나의 걱정은 짐칸에 머문다.

옛날 고향에서 도시로 이동하는 시외버스에서 도난당했던 짐

카우나스행 버스

들에 대한 옛 기억이 새롭다. 이곳 사람들 역시 시끄럽고, 동양인
보기를 약간 신기한 듯 아니면 반감적인 분위기를 띤다. 그리고
인터넷에 올라온 글 가운데 도난, 습격, 바가지 등 좋지 않은 글들
의 잔상이 떠오른다. 허나 한 가지 위안은 운전수에게 나의 짐을
확인시킨 점이다. 늘 짐을 내릴 때는 그가 그곳에 있다. 허나 그렇
지 않은 경우도 더러 있어, 목을 길게 빼거나 창을 통해 비치는 간
접 감시도 빠트릴 수 없다. 버스가 출발한 후 정류장 뒷모습 살피
기도 계속한다. 그러나 또 다른 고통은 옆자리 중년 아주머니의

미완의 아름다움

몸에서 나는 냄새다. 목욕을 안 한 것인지 가장 빨리 무디어지고 지친다는 후각도 믿을게 못 된다. 여권검사에서 러시아인으로 밝혀지는 그녀는 말없이, 누구와도 한마디 나누지 않고 가끔 책을 보기도 하지만 왠지 우울해 보였다.

완전히 완행버스다. 장장 5시간 30분의 버스여행. 그 덕분에 라트비아의 전원과 시골 모습을 충분히 구경할 수 있었다. 전날 에스토니아에서 라트비아를 향할 때 제대로 보지 못한 시골과 숲, 호수를 원 없이, 오후의 햇살을 받아 청명하게 가을을 드러내는 정경을 즐길 수 있었다. 이렇게 오랜 시간 평원을 가로지르는 달림은 일시적이지만 기분은 좋다. 그렇게 울창한 숲을 끝도 없이 가로지르는가 싶더니만, 숲을 배경으로 경작지가 가끔씩 나타나고, 호수를 끼고 돌면서 문득문득 겨울철 움막 같은 집도 보인다. 그곳으로부터 멀지 않은 곳에 마을이 있고, 고향의 읍 같은 작은 도시에서 정차하기를 반복한다. 목초지에서 풀을 뜯는 양과 소들은 이들에게 우유와 고기를 제공하는 중요한 자산이다. 그런 생각도 잠시, 발트국의 정경은 지는 해를 재촉하듯 겨울을 내비치기에 여념이 없다. 사실상 겨울에 들어선 시기이다. 가을의 아름다움을 잘 드러내는 노랗고 붉게 물든 나무들의 단풍은 침엽수림과 좋은 대조를 이루고 있다. 밭, 초원 그리고 숲들이 시골길을 따라 만들어가는 풍경이다.

이곳의 겨울 모습은 어떨까? 이곳 사람들의 겨울나기는 어떻게 이루어질까? 추위와 바람과 눈은 알 수 없는 이들의 삶에서 또 다른 낭만일까? 불 밝힌 거실, 장작더미가 타는 벽난로, 식탁 위에 놓인 빵과 커피, 그들은 겨울동화의 나라를 만들어간다. 그러나 그렇지 못한 상상은 그렇게 되지 못하는 세상에 대한 슬픔으로 바뀌겠지. 그렇게 상상의 나래를 펼치는 동안 버스는 또 다른 국경을 넘는다. 까다로운 검색, 여권에 다시 출국한다는 도장이, 상대 쪽에선 입국 도장인 버스 그림이 찍힌다. 폴란드를 거쳐 독일 국경에 이르기까지 여권의 한 면은 입국과 출국 도장이 나란히 찍혀진다. 재미있는 것은 핀란드에서 에스토니아까지는 배 그림, 라트비아와 리투아니아는 버스 그리고 폴란드는 기차 그림이 교통편을 표시하고 있다는 점이다. 온통 붉은 도장의 표시가 여권 한 면을 가득 채우고 있다. 무척이나 흥미롭다. 이제는 이렇게 국경을 넘나드는 기록은 더 이상 없을지 모른다. 괜히 아쉽다.

버스 안의 모습 역시 우리의 시외버스를 비교하면 된다. 고등학생쯤으로 보이는 젊은 남녀 학생들 한 무리가 시끄럽기 그지없다. 주로 나누는 이야기는 이웃나라와 학교 공부, 컴퓨터 그리고 휴대폰에 관한 것들이다.

해가 지기 전 6시까지는 별다른 어려움이나 걱정이 없었으나, 해가 지평선 너머 사라진 다음부터 짐칸의 가방에 대한 염려는

미완의 아름다움

발트3국을 넘나들며(여러 나라 출입국 도장이 찍힌 여권)

자꾸 커진다. 혹시 촌놈들 가운데 객기로 그들과는 다른 낯선 짐 가방을 가져간다면, 큰일이다. 타르투 대학에서 구입한 중요한 자료 및 책, 사진기, 여행일지 등 걱정은 전혀 다른 방향으로 향했지만, 이는 어디까지나 불안과 무지에서 생기기 마련인 걱정이다. 이를 알면서도 어쩔 수 없는 불안은 낯선 곳 낯선 사람들 사이에서 허둥대는 것이다. 옆에 앉은 아주머니의 몸 냄새 때문에 버스가 정차할 때마다 내려 맑은 공기로 고통을 줄이기 시작한 지 4시간이 지날 무렵, 그녀는 어느 한적한 마을 입구에서 내린다.

쉴새없이 내리고 타고 버스의 통로에도 승객들로 가득하다. 나의 옆 빈자리에 어느 젊은 여자가 앉아도 되느냐는 제스처와 라트비아어를 함께 한다. 물론 "좋습니다"는 나의 답변. 다소곳이 앉은 다음 그녀가 나에게 호의로 건넨 것은 껌이다. 지루하던 순간 씹을 것이라도 있어 다행이다. 나중에서야 이야기가 나누어진다. 도착지점이 가까워지기 시작했기 때문에 내가 먼저 말을 건넨다. 그녀는 카우나스 대학에서 의학을 전공하는 학생으로 영어, 독일어로도 대화가 자유롭다. 그 어려운 의학을 왜 공부하느냐는 질문에 그녀의 답은 "사명Mission"이다. 사명과도 같은 일은 자신이 어려서부터 바라고 다짐했던 일이라 대학생활이 퍽 재미있다는 설명이다.

의욕적이고 활기찬 모습과 자신감에서 이곳 대학생의 한 단면을 본다. 그녀는 나를 기차역까지 마중하겠다는 말과 한국에 대한 적잖은 관심을 보이면서, 동양의 신비 같은 걸 기대하는 것 같아 보였다. 고르바초프의 페레스트로이카와 글라스노스트(개혁과 개방)정책, 베를린 장벽 붕괴 등과 맞물린 시기 발트3국의 독립, 신생국으로서 의욕과 발전에 대한 열망은 개방의 물결과 더불어 이곳 사람들의 의식을 크게 변화시키고 있다.

어둠이 완전히 깔린 리투아니아. 역시 국토의 1/3이 숲으로 덮인 이 나라는 에스토니아, 라트비아와 달리 성격이 급하고 대단

미완의 아름다움

히 적극적인 면이 많은 편으로 소개되어 있다. 러시아, 폴란드 그리고 백러시아(벨로시아)와 경계하고 있지만, 그들의 무역이나 문화의 지향점은 서부유럽이다. 동프로이센의 영향도 있었기에 이곳 역시 통용되는 언어가 독일어, 러시아어이다. 누구나 간단한 인사 정도는 어렵지 않게 할 수 있다. 물론 내가 사용한 언어는 독일어와 영어로서 이번 발트3국 여행에서는 언어적 어려움은 전혀 없었다.

버스가 정류소에 도착하니, 그 여학생은 약속대로 나를 역 앞까지 안내를 한다. 무척 고맙다는 인사와 더불어 아쉬운 작별을 하고 늦은 밤 혼자 덜렁 역 앞에 선다. 허나 순간 마치 유령 같은 것이 혹 나타나지 않을까 할 정도로 썰렁한 느낌이다. 차가운 밤 공기 탓도 있지만, 역내 창구 앞에는 단 한 사람도 보이지 않는다. 창구의 여직원은 무슨 책을 읽고 있으며, 대합실 벽면엔 그 흔한 시계도 없다. 2시간을 기다려야 밤기차가 온다. 리가에서 준비해 온 빵과 음료수를 꺼내 차갑게 먹을 수밖에… 허나 목구멍에 넘어가기가 힘든 모양, 몇 번 헛기침과 함께 목을 뒤로 제쳐보기도 한다. 따뜻한 커피를 자판기에서 구할 수 있으나 환전관계―아니 환전하는 곳이 없다고 한다―로 부득불 근처 간이주점에 들린다. 유로화로 따뜻한 커피나 맥주를 살 수 있느냐, 라는 물음에 되돌아오는 답변은 차갑게 "No"이다.

다시 역 건물 안으로 들어와 좌우를 더 살피니 오른쪽 구석에 졸고 있는 사람 서넛, 무표정하게 앉아 있는 사람 서넛, 무언가 열심히 이야기 나누는 사람 둘, 바깥바람에 덜컹거리는 변소 문이 전부다. 음산하게 여겨지는 가운데 불안은 시간에 비례하는 것 같다. 게다가 마침 청소년 다섯 명이 이곳이 자기들의 주요 밤무대인 양 떠들썩하게 휘젓고 다니는 것이 아닌가. 이럴수록 정신을 차려야지, 하면서 나름대로 조치를 즉각 다음과 같이 취했다.

1) 그 젊은이들에게 역을 배경으로 디카로 사진 촬영을 부탁하고, 그들을 사진 촬영해주는 것으로 안면을 익힌다. 그들의 이메일을 받아 사진은 나중에 보내주겠다고 한다. 무척 좋아하며, 자신들도 일본 마쯔다 자동차를 갖고 있는데 기능이 제일 좋다는 제스처를 한다. 동양인이면 우선 일본인으로 보는 건 여기서도 같구나.
2) 역무경찰이 보이므로 역시 안면을 익혀놓는 것이 만일을 대비하는 자세라고 보고, 환전 가능성 여부와 폴란드행 기차 정차 지점을 알면서도 일부러 물어본다.
3) 표 파는 창구 직원에게 안내되어 있는 몇 편의 기차와 내가 소지하고 있는 티켓에 대해 확인을 한다.

미완의 아름다움

그렇게 하고 나니 훨씬 안심이 된다. 아는 사람이 어쨌든 많이 생긴 것이다. 그리고 사실 현장의 어려움보다 더 상상적으로 불확실한 안전에 대한 걱정이 클 수밖에 없다. 무척 걱정하고 있을, 독일의 본에 있는 가족에게 손전화로 출발 전 20분을 알린다. 그렇게 묵중하게 황량하게 자리 잡은 카우나스 역, 실제 이용과 활용가치는 현실과 동떨어져 있다. 해서 사회주의 체제의 실패 모습을 하나 본 셈이다. 아직은 자본화되지 않은 덜 서구화되어 좋은 점도 많지만, 어쩐지 인간의 냄새와 호흡이 느껴지지 않는다. 어떻게 2시간이 지나갔는지도 모르겠다. 또 어떻게 정확하게 기다리던 기차가 내 앞에 섰는지도 모르겠다. 털보 승무원 아저씨에게 표를 보이고, 침대칸 차량에 올라서니, 다리에 힘이 쭉 빠지는 기분이다.

리투아니아-폴란드-독일의
국경을 넘어

어느덧 여행의 여섯째 날, 시월 열하루였다. 국경의 밤을 기차 속에서 지새우고 다음날 밤이면 여행의 출발점으로 다시 돌아가는 날이다. 사실 리투아니아는 잠시 머문 곳, 스쳐가는 곳이지, 여행을 했다고 볼 수 없다. 그러나 발트3국을 거쳐 폴란드 국토의 직접 횡단을 통해, 지리적 환경적, 짧지만 주민들의 모습, 거리와 주거형태 등을 통해, 미지의 세계를 한 번 관찰하는 데 의미가 있다. 그럼에도 불구하고 느낌은 다양할 수밖에 없다. 자신의 경험이 전부이므로 그것을 통한 이해와 접근을 위한 계기를 마련하는 것이다.

어제 저녁 정확하게 10시 27분인가 탑승한 야간 침대 열차는

미완의 아름다움

전혀 새로운 경험세계를 마련해주었기에 더욱 인상적이다. 세 사람이 잘 수 있는 이층 침대로 한 쪽은 일층만으로 되어 있다. 옷걸이, 짐 놓는 곳 그리고 다음날 아침에 알았지만 세면하고 양치질까지 하는 곳이 간이 식탁용 탁자 뚜껑 아래에 숨겨져 있다. 빌뉴스에서 바르샤바로 업무차 야간 침대 열차를 자주 이용한다는 세일즈맨은 친절하게 나를 맞이해주었다. 여러 가지 신경 쓰이는 부분에 대해서도 미리 양해와 이해를 구하는 친절함도 있었다. 더구나 다음날 아침 세수하고 정장차림으로 옷을 갈아입는다. 이런, 일류신사가 아닌가! 정말 젊은이다. 멋지고 훌륭한 모습이라고 칭찬해주었다.

그리고 또 하나 여태 몰랐던 것 중 하나가 아침식사였다. 카우나스에서 승차할 때 승무원은 '커피'와 '차' 가운데 무엇을 원하느냐고 물어서 '커피'라 했다. 그래서 미리 식탁 왼쪽 칸에는 아침 빵과 음료수가 세면 수건과 함께 준비되어 있었으며, 다음날 아침에 커피를 가져왔던 것이다. 대학시절에 보았던 배우 쟝 가방Jean Gabin이 나오는 영화 〈특급열차〉에서 열차 돈 털이 장면이 기억난다. 헬리콥터로 열차 지붕에 내려 거짓말같이 야간 침대칸에 들어선 그가 깔끔하게 세수, 면도까지 마치고 말쑥하게 양복으로 갈아입고 범행을 성공시키는 장면이다.

정말 영화 같은 기분에 젖어들 정도였다. 끊임없이 구르는 기차 바퀴소리에 피곤한 잠은 충분한 휴식을 취하고도 남는 것 같다. 중간 국경에서 멈추어 리투아니아와 폴란드 국경수비대가 여권을 검사한다. 어느 정도의 시간이 걸렸지만, 다시 잠을 자는 데는 별 어려움이 없었다. 공동검사인데 제복을 입은 남녀 군인처럼 보였다. 여권에 다시 출국과 입국 도장이 나란히 찍힌다.

가끔 여행 객차 안에서 동양인에 대한 털이 및 습격이 조직적으로 이루어진다는 글을 읽은 적이 있어 한 방에 같이 자게 되는 리투아니아 회사원에게 문고리 잠그기와 불필요한 출입은 서로 조심할 것을 확인한다. 이처럼 리투아니아를 거쳐 폴란드에 이르는, 새벽 아침을 맞는 시간은 무척이나 길었다. 어둠이 끝나고 기차의 바퀴가 멈추고 분주한 승객들의 발걸음 소리에 지난 걱정들은 전혀 새로운 추억을 만들어주었다. 이런 여행이나 체험을 다시 할 수 있을까, 하는 의문이 든다. 바르샤바 역은 웅장한 내부의 모습을 보여준다.

맑은 공기도 쐴 겸 역 바깥에 나오니, 출근시간에 맞물린 시민들의 분주한 모습이 낯선 이국인의 첫 방문을 반기는 것 같다. 건너편 높은 건물 그리고 고가도로의 휘어진 굴곡 사이로 새벽별이 마지막 영롱한 빛을 동쪽 새벽하늘을 배경으로 발하고 있다. 사라지면서도 혼자 빛나는 것은 아니었다. 디카로 한 장, 허나 인상만큼이나 사진으로 재현되지는 않겠지. 사진은 늘 기억과 추억을

미완의 아름다움

배반하고, 희석시키는 악역을 자주하는 걸 알기 때문에. 기억곡선을 회복시키는 일은 글과 사진, 각종 입장권과 영수증, 버스표들이다. 하지만 기억의 완전한 회복은 물론 이루어지지 않는다.

왜, 애써 이렇게 글을 쓰는가? 나중에는 기억마저 희미해지고 순간순간 아름다운 추억과 단상들이 사라지기 때문이다. 현장에서 느낀 그 감정을 그대로, 꼬옥 안고 되새김할 수 있다면, 순수한 마음과 영혼을 잊지 않을 텐데… 그럼에도 불구하고 빛바랜 흑백사진처럼 퇴색되어가는 과거, 고통스러운 현실, 불확실한 미래에 대한 적극적인 해결책은 무언가를 열심히 하는 것이다.

바르샤바에서 베를린까지 가는 기차는 'EC'로 '기차카드 Bahncard'로 25% 할인을 받았다. 급행이라 하지만, 소요되는 시간은 다시금 6시간이다. 비행기, 배, 버스, 기차 모든 교통수단을 다 이용하게 되는 이번 여행은 그래서인지 또 다른 재미가 있다. 7시 20분 출발, 역시 이곳에서의 환전도 별다른 의미가 없어 기차 내 식당에서 맥주를 한 병 시켜 마른 목을 축인다. 기차에서부터 유로화가 다시 쓰이게 되어 그나마 안심이다. 바르샤바를 구경하고 싶었지만, 나중으로 미룬다. 이번 여행의 소기의 목적은 에스토니아에서 이룬 것이며, 발트3국과 폴란드를 횡단하는 초겨울 늦은 오후와 밤이 새도록 그리고 또 하루의 해와 함께 한 것으로 만족해야 한다.

이국이면 가는 곳마다 들리는 박물관 관람은 이제 신물이 난다. 다시는 들리지 않으리. 죽은 역사를 상품화시킨 그곳엔 어리석음만 남는 것 같다. 인물 중심의 소개며, 유일과 전통을 내세우는 방법도 낡고 유치하다. 결론은 여행자인 관찰자가 테마를 갖고 재구성하면서, 스스로 의미를 채우는 과정이 중요하다. 허나 반드시 기록과 판단, 현실적인 재해석과 수용의 공간은 직접 본인이 채워야 한다는 전제이다.

다음 폴란드와 발트국 여행의 주제는 '국경인Grenzgänger' 이다. 이들의 삶의 궤적을 추적하고, 작품의 역사적 공간과 서술대상이 된 인물과 환경을 살피는 작업이다. 직접 주민과 접촉해야 하며, 그들의 언어와 음식, 문화를 접하고 이해하고 함께해야 한다. 우리와 사뭇 다를 것이라는 편견은 어불성설이다. 보편적인 것들은 시대나 인종, 문화의 차이에도 불구하고 존재한다.

왜 오늘날 21세기 서두인데도 전쟁과 침략적인 행위가 무역이나 경제라는 이유로 무차별적으로 이루어지고 있는가? 자국민만 완전하고 배부르고 행복하면 다른 나라는 아무렇게나 다루어도 되는가? 유럽의 확대, 미국에 대항하려는 의도만이 아니길 바라지만, 각국의 욕심은 다 다른 것 같다. 특히 5월 1일부터 신회원국으로 가입된 발트3국과 폴란드, 이들은 사뭇 민족주의 개념과 덜 성숙된 국가주의에 아직 빠져 있으며, 미국과 러시아의 눈치를

미완의 아름다움

보면서도 지정학적으로 유럽에 속함을 안전판으로 마련하려는 의도가 강하다. 폴란드를 그런 면에서 눈여겨볼 필요가 있다. 또 다른 분열과 분쟁이 이루어진다면, 강대국 사이의 안전판으로써 폴란드가 안성맞춤에 가깝다.

허나 나의 믿음은, 21세기 나아가야 할 방향과 가치관은 과학이나 경제가 아니라 환경을 비롯한 자연보존에 있다고 본다. 물론 그렇게 나아가는 데는 경제와 과학이 필수적이다. 전혀 예기치 못할 21세기 인류의 방향을 예측하는 것조차 무모한 일이므로 나의 바람이 그렇다는 뜻이기도 하다. 민족, 인종, 언어, 국가라는 개념이 와해되고 공동의 목적과 공동의 삶이 지향하는 곳에 인간이 모일 것이기 때문이다. 아니 그렇지 않더라도 올바른 방향이므로 정신과학 중 문학이나 인문학자들의 노력이 그 어느 때보다 절실하다고 믿기 때문이다.

여행의 목적과 방법이 바뀌면서부터 여행은 더 자유로워졌다. 이국의 아침을 구르는 바퀴소리로 일일이 깨우면서, 폴란드의 넓은 평원을 달리는 기차는 승객들로 가득하다. 이라크에 군대를 파견하는 등 미국의 눈치와 부추김에 놀아나는 폴란드 정부, 국민들의 정서는 모르겠으나 주변국들과 너무나 차이가 난다. 허나 우리나라만큼이나 역사적으로 치이고 채이고 수난이 계속되어온 나라, 그러면서도 이웃나라 침범도 자주 했던 나라이기도 하다.

미지의 나라를 미지로 남겨두는 아쉬움이 무척이나 크다.

식당차에 들려 마신 맥주 탓인지 한 잠을 더 잘 수 있었다. 이제 바깥 구경도 목이 아파 못 할 정도가 되었다. 감각과 판단이 무디어지는 무미건조함만이 스치는 것이다. 그러는 동안 기차는 독일의 접경도시 '프랑크푸르트 안 데어 오데르Frankfurt an der Oder'에 도착을 알리면서, 양쪽 국경수비대 측으로부터 신분증 검사가 이루어진다. 유럽의 확대라지만, 서부유럽과 달리 여전히 국경이 엄존하는 상황은 낯설게 느껴진다. 불법입국은 값싼 노동력, 복잡하기 이를 데 없는 유럽사회의 각종 이익에 관련된 거래나 취업, 무역, 종교적인 이유 등으로 이루어지는 것이다. 복도를 사이에 둔 바로 옆자리 젊은 아가씨는 어설픈 학생증으로 인해 국경수비대 호출에 따라 하차를 한다.

프랑크푸르트는 이곳 폴란드 국경 근처 '오데르Oder' 강과 유럽중앙은행이 있는 '마인Main' 강 두 곳에 위치해 있다. 2차 대전후 독일 국경을 '오데르-나이세Oder-Neisse' 선이라고 하는데, 요즈음 강제추방과 재산 강제몰수 등 옛 땅 찾기에 독일 실향민들의 소송이 쏟아지고 있다. 새로운 긴장이 일어나는 국경 130km 지역—전승국이 독일에 대한 국경조정에 따라—은 전혀 새로운 형태의 화해와 공생의 노력도 활발하다. 이런 점에서 우리의 간도문제는 왜 그렇게 저자세이며, 동북공정에 따라 중국이 한국의

미완의 아름다움

역사를 부정하는 작금의 상황이 새삼스럽다. 게다가 일본이 제기하는 독도문제, 언제든지 우리는 다시금 분쟁에 휩싸일 수 있는 개연성에 놓여 있는 것이다. 정신 바짝 차려야지! 미국, 유럽, 일본 그리고 중국의 위대성에 함몰된 어리석은 지식인과 정치인들, 계산이 매우 빠른 그들이 가장 먼저 조국을 배반하지 않을까?

왜 이런 생각이 들까? 난 여태까지 많은 외국 앞잡이들을 보아왔으며, 그 선두에는 소위 지식이나 돈 또는 권력을 가진 자들과 기득권층이 주인공들이다. 여전히 지배와 특권의식에 젖어 있는 자들이며, 이들 중 상당수가 외국 생활을 오래 했거나 유학의 물을 먹은 사람들이 많다. 주체의 상실과 이웃에 대한 관심 부족을 말하는 것이지, 전체를 싸잡아 매도하는 것은 물론 아니다.

그런저런 생각도 끝나갈 즈음 기차는 베를린 동물원역에 멈춘다. 마중 나온 집안 여동생과 점심을 하고, 근교에 있는 베버 교수께는 여행 일정이 순연되는 관계로 방문이 어렵다는 전화를 한다. 베를린 쇠네펠트Schönefeld의 공항에서 쾰른-본까지는 한 시간 정도. 이국이라서 더욱 나를 기다리는 작은아들과 아내가 마련해 둔 식탁에는 맛있는 한국 음식이 준비되어 있다. 여행경비를 예상보다 적게 사용한 탓도 있지만, 몇 개 안 되는 기념품을 미안함으로 대체한다. 짐을 풀어 정리하니, 창 밖엔 어둠이 벌써 찾아와 있다. 라인 강변의 산책길 가로수며 집 근처 나무들도 긴 겨울잠

라인 강변의 겨울 풍경

을 대비하듯, 숨 고르기를 하듯, 어둠을 하나하나씩 포개는 손작
업을 계속한다. 일주일만의 귀가, 오랜 긴장 탓인지 어떻게 자게
되었는지도 기억에 없다. 단지 내일 아침이면, 갓 구워낸 따뜻한
빵을 사러 가야지 하는 의식을 베개 밑에 묻고서….

240 미완의 아름다움